千年等一回

易洪斌散文选

易洪斌 ◎ 著

长春出版社

全国百佳图书出版单位

图书在版编目（CIP）数据

千年等一回 : 易洪斌散文选 / 易洪斌著. -- 长春 :
长春出版社, 2025. 1. -- ISBN 978-7-5445-7576-8

Ⅰ. I267

中国国家版本馆CIP数据核字第2024DJ1558号

千年等一回——易洪斌散文选

著　　者　易洪斌
责任编辑　李春芳
封面设计　宁荣刚

出版发行　长春出版社
总 编 室　0431-88563443
市场营销　0431-88561180
网络营销　0431-88587345
地　　址　吉林省长春市南关区长春大街309号
邮　　编　130041
网　　址　www.cccbs.net

制　　版　长春出版社美术设计制作中心
印　　刷　长春天行健印刷有限公司

开　　本　880mm×1230mm　1/32
字　　数　276千字
印　　张　13.125
版　　次　2025年1月第1版
印　　次　2025年1月第1次印刷
定　　价　69.80元

"不恨古人吾不见"（自序）

　　人多以为我是个画者，这自然不假。然其实我爬格子更是有年，眼下这本正为之作序的历史文化散文集，就是这些年来爬格子的成果之一。

　　自小就喜欢文学，喜爱画画，不过那时读文学作品只是爱好，而画画是打算当成今后职业的，所以高考非美院莫属，但可惜阴差阳错，美院没考成，中文也没读上，倒是上了原先压根没想过的历史系。进了历史系才知道，这是一门可以将文史哲熔于一炉的科学，它教给你辩证地、历史地观察事物的方式方法，提供给你立足的最佳方位和俯瞰凡尘的大视野。历史，不管是指那在永恒时空中不息演变着的人和事及它们组成的社会形态，还是从观念上把握这个历史辩证运动的历史学，对我此生阅人、论世、为文都有着重要的方法论意义，获益匪浅。

　　"不恨古人吾不见，恨古人不见吾狂耳。"辛稼轩在《贺新郎》词中袭用《南史·张融传》中张融这话，发出的是人生知己寥落之叹，其间自有一番欲驱古人于股掌之上的不可羁勒之概。

但客观上却道出了"吾"与古人被阻隔在时空隧道两端而"脉脉不得语"的伤怀和困惑，道出了今人对古人一种主观上、情感上的期待，表达了"独与古人相往来"的破解历史迷思的强烈愿望。我倒是以为，虽然古人的血肉灵欲之躯早已化为虚无，但要与古人相往来亦非不可能。那不是时下文艺作品中时髦的"历史穿越"，而是指将文史哲熔于一炉的史学品格纳入文学创作中，让神与古人同游，思随史事跌宕，让古人在断简残篇、片言只语的史料中活起来，将如大气般弥漫在历史时空中的各种攸关信息收集起来，从而尽最大可能还原历史人物的全息影像，将已逝去的古人"追回"到当下。

于是有了这些历史文化散文。

第一次将它们结集成册的是吉林人民出版社，当时以"凡圣之间"名之。后由辽宁人民出版社作为"大家散文"系列之一出版时，改为《蓦然回首》。这次长春出版社重出，定名为《千年等一回》。这几次的定名、改名，都是有缘由的，每一次结集，篇章都有所更新、增减。因此，每次的序言、后记中提到本书书名时自然就不尽相同，这是要向读者诸君说明的。

我们正面临一个百年未有之大变局。由于中国的振兴崛起，由于"今天，我们比历史上任何时期都更接近、更有信心和能力实现中华民族伟大复兴的目标"，理所当然地引起了世界政治版图的深刻巨变，多少从未曾得见的挑战、考验、机会已经或正在出现。我在收入本散文集的《千年等一回》文中通过提出这样的大数据来表明历史发展大趋势：如果以公元纪年为坐标，以大一统的秦帝国建立为中国第一个千年之始，那么汉与唐位于公元第一个千年中国历史上的首与尾，构成了两大文明高峰，营造了千年辉煌。汉唐之后的第二个千年统一趋势更加强大，整个社会发展更加昌明，且宋、元、明、清也都是各有千秋的朝代，它们使中国的 GDP 一度位列世界第一，经济总量占世界三分之一，至于文化艺术更是独领风骚。现在，千年等一回的公元第三个千年已经迈过了初始的 20 年，而世界又正处于百年未有之大变局中。往后的社会进程都将发生多少震古烁今的历史大事啊，想一想都震撼人心！

正是站在这样的历史节点，蓦地又想起了稼轩"恨古人不见吾狂耳"的浩叹。古人已矣，见不到也没办法，但沉浸在"知我者，二三子"的孤寂中的稼轩，是多么希望古代的英雄豪杰、红巾翠袖能助其一洗胸中块垒以求得慰藉啊！其实，作为一位在写作上、散文中与古人打交道的写手，笔者也有稼轩式的遗憾，那么多古人从我眼皮子下走过，我们见证了他们在历史上的胜慨芳华，他们要是能亲眼看看今天这百年未有之大变局，当会做何等惊艳、惊叹之状啊！

"文章合为时而著"。这正是与古人神游写出新的历史文化散文的好时节。果能如此，庶几不负余生之愿耳。

2019 年 6 月

目　录

千年等一回
——秦兵马俑的遐想

一

这些年，由于工作的关系，笔者有幸览赏过泰岱之雄，匡庐之秀，版纳之美，阳朔之奇，此佳山胜水足以陶情寄兴开阔胸襟；而探访六朝之都，三国之迹，千年之刹，古战之地，那于江山代谢古今废兴之中生出的镜鉴则又启人思绪，开人心智。可这次到西安，却有一种从未体验过的，于惴惴然、跃跃然中，夹带着几分沉重、几分苍茫的复杂心理，仿佛是去"朝圣"似的。"南方的才子北方的将，陕西的黄土埋皇上"。陕西这片黄土对于中国历史而言实在是太古老太斑驳太厚重太邈远了，它几乎就是中国历史的源头，以西安为代表的三秦之地曾是周、汉、隋、唐等十三个王朝的帝都，那巍峨的古城墙墙头，那星罗棋布的皇家帝陵间，那随处残留的秦砖汉瓦上，都隐隐然飘荡着怀古的淡淡幽思，不时逸出几丝几许尘封已久的王霸之气……但是，吸引我下决心来此一游以不负平生的还不是这古城弥漫着的古文化氛围，而是名动江湖久矣的秦兵马俑。

在这深埋地下达两千余年之久的浩浩荡荡的大秦帝国军阵复现于人世二十余年之后，我才来此观瞻，心中不免颇多感触——人生苦短，有几个二十年？何况这二十年在当代中国史上揭开了那样浓墨重彩的一页！从当年兵马俑的第一块碎片被打井的农民掘出到这支古代大军终于成建制地复现于世，其时中原大地上肆虐的"文化大革命"也戛然而止，紧接而来的全国范围内的拨乱反正使中国义无反顾地走上了改革开放实现现代化的不归之路。二十年来中国形同再造，以空前的速度和规模改变着自己，"改天换地"这个被用滥了的近于空洞的陈词至此才有了它的实际意义，才真正有了它的指陈对象，人们才第一次明白了这个词所涵盖的吐纳日月更新万象的恢宏图景磅礴气势。而通过声势浩大的兵马俑军阵这个载体所凝冻起来的两千多年前秦始皇进行的统一战争，在当时也可以说是一场"改天换地"的"革命"，这是自战国时期封建制逐步取代奴隶制以来，新兴地主阶级为在全国建立中央集权制的封建大一统帝国而进行的壮举，是对旧秩序的无情否定，对新秩序的隆重奠基。它开启了中国历史上一个全新的时代，为中国以统一的大国形象跨入公元第一个千年的大门铺平了道路。

我忽然又想到：今天的中国是昨天的中国的发展。在这两千余年来承传不断的中华文明史上，中国今天阔步跨入 21 世纪迈向公元第三个千年的隆隆足音中，难道没有当年一统中国的遥远回响吗？中国的今天，同历史上的昨天、前天，究竟有着怎样内在的微妙的联系呢？

不过还是暂时抛开这些遐想，且直面那数千默默无语伫立千秋的武士们吧。尽管二十余年来关于这"世界第八大奇迹"的报道和渲染已使兵马俑们笼罩在重重神秘的光晕之中，但现在当我真真切切地与之双目相对时，仍然在一瞬间就如电光石火击中般地心神剧颤，为这两千多年前熔铸的一代雄魂所震慑。那浩荡凛然的阵容固然令人叹为观止，是造成强大视觉冲击力和心灵震撼力的重要因素，但更叫人难以忘怀，如见故人似曾相识的却是武士们那一张张与我们今人几无差异的典型的蒙古人种脸型，是那专注前方的圆睁的双眼，因凝注而微蹙的眉头，因激昂而翕张的鼻孔，紧张的但感觉到呐喊即将冲口而出的嘴唇，乃至眼角若隐若现的纹理……想想看，两千多年来历史长河中那么多惊天动地的大事、叱咤风云的身影都随风而去无迹可寻，偏偏这十分人性化、人格化、人情化的细微表情穿越千载时空依然如故常在常新，令人于匪夷所思之中涌出几分眩惑几分迷惘。无可置疑的是，秦始皇是历史上有名的暴君，秦王朝许多事都坏在他手上；但同样无可置疑的是，他和他的铁军创造了统一六国的历史，他又让千万工匠按照他的旨意用当时最先进的制陶工艺和成熟的造型艺术手段"克隆"出这段历史以付后人。千秋功罪，何以评说？眺望这庞大的军阵，凝视这一张张栩栩如生英气勃勃的脸孔，仿佛看到了他们坦然面对着的两千多年前的世纪风云，仿佛看到了他们的统帅，那长眠在距兵马俑坑1.5公里祖龙冢中的驾群才扫六合的"千古一帝"，正应和着卫队的呼唤、霍然而起，破土排空、龙行虎步烈烈轰轰而来……

二

那绝对是铁与血的英雄年代。

"铜铁炉中翻火焰，为问几时猜得？"一柄秦兵马俑坑中埋两千余年的青铜宝剑，在 20 世纪 70 年代出土时仍精芒射目，吹毛立断，它雄辩地证明着战国时期青铜冶炼技术的发展已臻于何种玄妙之境。其时社会生产力水平已由青铜时代过渡到铁器时代，铁制的剑、戟、矛、戈、盔、甲在逐步地武装着战国七雄的军队，极大地加强着它们的战斗力。继续与铁器并存共用的青铜兵器则呈现出更高的工艺水平、更强的硬度、更锐的锋刃、更华丽的装饰，由此更其珍贵也更显出军人的地位和荣耀。

铜铁兵器的大量使用以及由此带来的杀伤力的剧增，昭示着战国七雄争霸天下的战争日趋尖锐激烈：两军对阵，不死即伤；一战功成，血流漂杵。削灭群雄，兼并六国，定鼎中原，君临天下——如此争战所包容的政治功利内容和将个人潜能激活到极致所产生的惊险刺激，的确足以倾倒天下英雄。这是一个充满浪漫色彩看重个人作用的英雄时代，是一个让生命以超常方式尽情宣泄狂热燃烧的时代，是一个需要而且也已产生一批又一批精力上、智商上乃至体魄、技艺上都卓拔超群的霸主、谋臣、策士、说客、战将、智者的时代。他们湖海相逐，他们风起云涌，他们雄极一时，他们你死我活。或凭三寸不烂之舌议政议经，或提一旅虎狼之师倾城倾国。烽烟滚滚的历史天空因他们的惊才绝艳壮举高蹈而雄风鼓荡大气磅礴五彩缤纷，成为世界古代史上难得一见的奇观壮景。可惜风流总被雨打风吹去，从春秋天下大乱到战国豪杰争雄，五百多年过去，仍不见有定鼎中原的迹象。以致断言"五百年必有王者兴"的"亚圣"孟轲也不禁发出浩叹："夫天未欲平治天下也！"

直到出了那么一个人物，既有一个经营六世，中经商鞅变法图强，使天下财力"什居其六"的强国作为其大展拳脚的依托；又有"席卷天下，包举宇内，囊括四海之意，并吞八荒之心"，兼之以运筹帷幄决胜千里的雄才大略，才使数百年间的滔滔苍生泪无尽英雄血有了一个了断，这个人就是秦王嬴政，后来被称为"千古一帝"的秦始皇。

秦王政只用十年时间就一举结束了春秋以来五百余年的分裂混战局面，"秦王扫六合，虎视何雄哉！"他指挥的那支军队应该是用代表了当时社会生产力最高水平的最先进的物质技术武装起来的，其战略思想及阵法指挥也肯定要超出于其他六国军队之上，否则它不能如铁锤般一往无前地将所有的抵抗和阻力一一粉碎；这支大军所到之处一定会演出一幕幕铁与血的史剧来……然而这一切场景我们都不得而知，我们只能从史籍上找到秦大将王翦、王贲等分别率兵灭韩、破赵、平燕、伐魏、亡楚、下齐的简略记载。当年慷慨悲歌气冲霄汉令大地震颤风云变色内容极其宏富的统一战争，经过多少年的记忆淡化和一系列概括抽象后，给后人留下的终于只是极简括的符号了。

秦王政一统华夏，于公元前221年在中国历史上破天荒第一次建立了统一的多民族的专制主义中央集权的封建大帝国，那一年嬴政才 38 岁。登上宏伟的殿堂，看着俯拜的满朝文武，在颂祷的乐音缭绕中细细品咂君临天下的滋味，嬴政踌躇满志，顾盼自雄，向他的臣民，同时也是向历史宣言："朕为始皇帝，后世以计数，二世三世至于万世，传之无穷。"他雷厉风行地推行了一系列维护统一的措施：设郡县，定法令，同文字，筑直道，修长城，搞得轰轰烈烈，真个如太史公所言，"振长策而御宇内，吞二周而亡诸侯，履至尊而制六合，执捶拊以鞭笞天下，威震四海"。这个大秦帝国如一轮太阳升起在东亚大陆，不但以它高度文明的不世辉煌照亮了四周原始蛮荒的不毛之地，而且在当时的地球上，就文明程度、人口疆域而言，也只有距它万里之遥的马其顿帝国及其衰亡后取而代之的罗马帝国差堪与之比肩。

可叹的是，这轮太阳升得快坠落得也快，时隔十五年，秦就二世而亡。楚汉相争的铁骑夷平了秦帝国的峥嵘气象，战火轰毁了始皇帝传之万世的奢想。除了那由太子扶苏监修的长城依然在北方的群山上蜿蜒起伏孤独千年，秦帝国其他的一切几乎从秦始皇及其大军驰骋过的中原大地上被彻底抹去，只留下始皇陵两千余年独向黄昏……

三

"八百里秦川尘土飞扬，三千万儿女齐吼秦腔。"——这首民谣的粗犷雄浑真足以与汉高祖刘邦"大风起兮云飞扬"的千古豪唱媲美。

这儿正是八百里秦川上骊山下的一片黄土。两千多年来岁月沧桑，这片黄土上面也许曾是兵燹后的废墟；也许曾是农夫踏朝露牛羊下夕烟的村落；也许"一骑红尘妃子笑"的宽阔驿道或细雨骑驴离帝京的泥泞小路曾从这儿穿过；也许风中翻波起浪的麦田曾在这上面铺展过；也许——也许这儿曾一度废弃为沙砾之地，转眼又翻为舞榭歌楼……多少朝多少代的人们曾在这片黄土上奔波，开拓，居留，劳作，走了来，来了走，生复死，死便埋，埋了也就忘却，但谁也没有料到，就是这片不起眼的黄土下，埋藏着中华文明史上一个天大的秘密，一个浩如烟海的古代典籍从没记载过的空间奇迹，那是让人灵魂为之战栗的古代战神，是曾经掀翻一个古代世界重新安排尘世游戏规则的一代雄魂，是守护一统江山的忠诚卫队的浩荡阵容。

当1974年春天，西杨村的农民在此地打井抗旱掘出秦始皇陵兵马俑的第一块陶片，就像突然开启了一扇密封两千余年的失传之门的古代宝库，唤醒了曾经掀翻一个古代世界重新安排尘世游戏规则的一代雄魂。这个20世纪最重大的考古发现之震撼世界是注定了的，海内外异口同声地惊叹、赞赏、推崇，如潮涌至绵延至今。秦兵马俑的破土而出将历史上不可复现的一统华夏的秦军英姿真实地再现于两千多年后中国正待迈向公元第三个千年的今天，使我们得以领略祖先那种"四海一统万里同风"鼎盛中华的政治理想的灿烂光华。

人类文明史上有过大笔挥洒八千军魂的如此奇迹吗？

这八千名与真人真马等大的兵马俑组成的浩大军队分别排列在一号坑、二号坑和三号坑。一号坑中的六千余个兵马俑和数十辆战车在近一万五千平方米的面积内排成九列纵队，其中的武士俑中又交叉着一队队身材伟岸的坚甲之士，他们手执弩机，腰悬长剑，意气风发；而他们身边或驾战车，或候骑士的战马则头如斧削，锋棱峻峭，胴体强劲彪悍，四肢稳踏大地有若熔铁铸造。这些兵马俑构成了一个有前锋、有后卫、有主体、有侧翼，寓动势于静态、藏变化于严整的强大矩形战斗编阵。二号坑中两千余尊兵马俑、八十九乘战车和数万件金属兵器则显示出一个由弩兵、轻车兵、车兵、骑兵等不同兵种组成的特种兵集团军阵。三号坑与前两坑不同，一、二号坑的兵马俑按作战队形排列，而三号坑的六十余名武士则分成两组呈两列相向排列的形式。他们目不旁骛，面色凝重，手执一种一、二号坑武士所没有的无刃兵器"殳"作拱耳状；在这两厢卫士中间的是彩绘驷乘战车，上有四俑，这显然是秦军战时的指挥机关。研究者指出，综观三个坑中兵马俑布局的内在联系，当属一个有机的大型军阵无疑。在此军阵中，从步兵的大量集结，车兵的有机配合，骑兵的异军突起，到弩兵装配有当时最新式的劲弩，步骑武士所执冶炼精良的各式兵器，步、车、骑三军不同的戎装、铠甲，到这支大军排列组合中体现出的孙武关于"凡战者，以正合，以奇胜，故善出奇者，无穷如天地，不竭于江河"的正奇相合的"雁行之阵"阵法，再到军事指挥部（从春秋时置于军队之前或军阵前部以便凭武力冲锋陷阵，逐渐从军队中独立出来更充分发挥首脑运筹指挥的作用），在显示出中国古代军队经过漫长的路程，中经战国时期封建制取代奴隶制的天崩地坼的大转折所伴随的生产力的大发展，至秦始皇兼并六国时，无论是装备、素质、各兵种的配合及阵法等各方面均已演进到成熟完备阶段。战争的规模和时空也大幅度地扩大、拉长。

历史的前进从来不是田园牧歌式的，它必然踏着鲜血和尸体开辟道路。

目睹兵马俑坑中栩栩如生披坚执锐雄峙如山的大军，不难想象出当年嬴政指挥着秦国的百万带甲之士和数千乘战车、数万铁骑扫灭群雄时，广阔古战场上两军对阵，万弩齐发，矢如飞蝗，烽烟滚滚，遮天蔽日，铁骑纵横，喊声动地，干戈交加，战车撞击，人仰马翻，伏尸百万，血流千里，那是何等恢宏、惨烈，目为之眩，神为之夺的历史场景啊！

1978年兵马俑刚刚向世人展示两千年前的雄姿气概时，美国著名的《国家地理》杂志发表了《中国令人难以置信的发现》的署名文章，作者激情地写道：

我们面临的是本世纪以来最为壮观的发掘。看到这些雄壮有力、全部真人大小的人、马塑像从粗糙、润湿的土地中出现，令人永生难忘。在那儿，在中国渭河河岸的黄色土壤下，掩埋着千百尊残缺不全，但依旧美丽的赤陶塑像。其中有全副武装的战士，还有拉着载有士兵的战车战马。这些都是统一中国的第一位皇帝的扈从……我们站在雨中，激动得几乎流下热泪，如同每一个面对伟大艺术品的人。

的确，人类的感情有很多是共通的。当我第一次面对这些兵马俑时，浑身涌过一阵热浪冲击下的震颤，我为我们民族彪炳青史的辉煌业绩而几乎热泪长流！

　　上引文章的作者还指出："如此大的考古发现展示了历经战斗荣耀的中国历史。我们在此处看到的大军只是一个历史的开端，在不到三里远的地方才是坟墓的本身和历史的源头。也许就是在那个巨大的坟墓下面埋藏着帝国最大的秘密以及中国历史上空前绝后的最为瑰丽辉煌的宝藏。"

　　这个外国人的看法是有道理的。司马迁在《史记·秦始皇本纪》中这样记载："始皇初即位，穿治骊山，及并天下，天下徒送诣七十余万人，穿三泉，下铜而致椁，宫观百官奇器珍怪徒藏满之。……以水银为百川江河大海，机相灌输，上具天文，下具地理。"即是说，嬴政在公元前247年13岁登上秦国王位时就开始在骊山为自己建造陵墓了。公元前221年，秦始皇扫灭六国掌握天下，利用强大的中央集权和高度统一的政令，在全国范围调动起巨大的财力物力人力，从而使北筑长城、南戍五岭和建造阿房宫的浩大工程得以施行。同时，继续加大骊山陵墓营建的力度，致使高峰期的劳工达七十余万人，仅此工程就持续了三十九年，到始皇撒手人寰葬入此陵后工程也未全部完成，可见其规模之浩大。据现在已掌握的钻探资料证实，秦陵封土下的地宫东西宽485米，南北长515米，总面积几达25万平方米。如果我们再将筑长城、修直道、戍五岭、建阿房等浩大工程的工程量加起来，那将是个多么吓人的数字！要知道，这是在两千多年前啊。我们不能不惊叹大秦帝国这一个统一国家的巨大能量、雄厚国力和阔大气魄！最近始皇陵又传出最新考古信息：其陵冢封土东南侧又发现了一座内藏石质铠甲的巨型陪葬坑，面积近似于秦俑坑中规模最大的一号坑。天知道这一风水宝地还将向世人曝出何等惊人内幕。

世界七大奇迹中有土耳其哈利卡纳素斯的摩索拉斯陵墓，摩索拉斯是公元前四世纪小亚细亚加利亚王国国王，他的陵墓正面约33米，侧面38.7米，高约50米，该建筑虽美轮美奂，但其规模较始皇陵小了许多，而且在公元15世纪即已被焚毁。至于中国，古代巨陵大墓可谓多矣，但从无以兵马俑为之陪葬护陵一说。事实上，没有任何别的历史遗迹能比这八千余兵马俑组成的庞大军阵所物化对象化了的两千多年前大秦帝国的伟力更令人生畏、更令人心神激荡的了，那才真叫"振长策以御宇内"！这支大军两千多年后蓦地复现于世，使每一个靠近它的人都强烈地产生出历史与现实融为一体的深邃沧桑之感。秦始皇以此为陪葬，反映出他对这支军队的珍爱重视，他用这支军队统一了天下，又用这支军队来卫护自己身后一统江山的博大版图，以使它千秋万代垂于不朽。

站在这背负着沉重宏大使命的大秦将士面前，我简直无法与他们圆睁的双目长久相视；这双双眼睛曾目击了秦始皇荡平六国、五次出巡的壮举，一旦沉埋地下，虽然四周是无边的黑暗和巨大的挤压，但在他们头顶地面上两千余年间所发生的沧桑变化，肯定逃不过他们的感应，他们看得太多太多，他们仍然双目不瞑，他们还在注视着什么，期待着什么呢？

四

当大秦帝国这座空前宏伟的建筑物轰然倒塌所激起的漫天

烟尘经过若干年代慢慢飘散之后，人们前赴后继地凭吊废墟，或登高长啸，叩问苍冥；或典籍搜求，钩沉探秘；或林泉沉吟，赋诗致慨。于是今古兴亡，悠悠万事，全来眼底；千秋功罪，百世沉浮，尽上心头⋯⋯

历来的思想家、史学家、政治家乃至文人骚客对秦二世而亡的原因及教训说得够多够多。用今天的话说，最根本的一条无非是秦末的苛政暴政严重地压抑了人民群众的生产积极性，阻碍了生产力的发展，破坏了政治、经济、社会各方面的平衡态势，由此引发了致其于死命的农民大革命。但是，对于中国的统一大业为何一定会在秦始皇手上完成，秦帝国为何会创造奇迹，却仍然值得我们再三再四地回首遥远古旧的前尘往事。

秦始皇以雷霆霹雳手段荡平六国，"芟夷宇宙，混一车书"，威加四海，在历史背景中极浓烈地凸现出个人的巨大身影和巨大能量。但是，中国的统一却绝不是秦始皇或其他任何天纵之才的个人意志所使然。实际上，秦始皇是被一只看不见的巨手牵引着，驱使着去实践统一大业的。这只巨手，就是历史规律、历史大势。在中国，统一是贯穿于波澜壮阔的历史连续剧始终的主线；是生产力消长、国家兴衰、人民祸福之所系；是一部"二十六史"的出发点和归宿；是中华民族与生俱来的抹不去剪不断的"情结"；是这个民族身上永不褪色的"胎记"——这只要看看我们先民生息的这块土地的强大包容性以及由此生发的政治理论、哲学思想、文化形态和伦理价值观念就可了然。

人类是大地的产物且须臾不可离开土地。辽阔的中国大地东南临海，北横大漠，西南屏山，西高东低，千河入海。在生产力水平极其低下的远古时期，我们的祖先靠两条腿是很难走出这屏障的。事实上他们世世代代就在这片沃土上生息，因为一则屏障之间的土地极其辽阔，足以任他们驰骋回旋；二则流经这片土地的黄河、长江、珠江三大水系流域为先民们提供了哺育古代文明的一切必备条件。不仅中原地区的华夏诸族在充分利用这种有利的地理环境自然资源，而且如有的著作所言，"历史上，中国西部、北部游牧民族前仆后继，流星般地坠向中原腹地。"为什么？就因为看中了中原腹地气候的适宜，物产的丰厚。由此形成的那种向心力、内引力、凝聚力便自然而然地作为集体无意识在一茬又一茬先民的心中沉淀下来。与此同时，生产力的发展和生产规模的扩大，治理水患、疏浚河道等公共工程的需要，又不断扩大加强各个零散人群间的联系与合作，愈来愈需要一个能进一步促进生产力发展的强力集权机构来统筹协调，执行这种公共工程，而谁掌握这个集权机构，谁就能统治这片土地。在心理向心力和政治驱动力的双重作用下，获取权力，使这片土地成为自己的一统江山便成了历朝历代英雄好汉强权人物的最高政治目标。当然，这种统一是一个逐渐的，甚至有反复的历史过程。例如夏、商、周三代都经历了从局部统一到全国统一。从小邦到奴隶制大国这样的发展阶段；甚至到春秋时期，井田制崩溃，宗法制动摇，奴隶制大国分解为许多小国寡民的诸侯国后，仍然有"天子"这样的"共主"，"普天之下莫非王土，率土之滨莫非王臣"仍然成为社会共识。到战国之时，这些小国小邦又逐渐合并成"七雄"——七个地区性大国。在这个过程中，那种以集体无意识形式在先民头脑中沉积下来的向心力、内引力经过无数代智者的思考、加工、提炼，终于发展成统一的思想和理论，成为英雄们成就王霸之业的指针、旗帜，成为"祖训"，甚至成为哲人的某种"历史感应"和关于未来发展的预言。那个曾断言"五百年必有王者兴"的孟老夫子就宣称，"天下定于一"。而自诩为秦王嬴政"仲父"的吕不韦则通过《吕氏春秋》间接地给嬴政灌输"乱莫大于无天子"的一统思想。

大秦帝国是中华民族统一思想统一实践的集大成者，是历史机遇垂青的幸运儿，它的诞生，在欧洲大地尚处于混沌蒙昧状态的古代世界真如莽莽昆仑横空出世石破天惊。秦虽存在仅十五年，但由于实现了大一统，建立了在全国行使职能运转有效的高度集权的中央政府，统一了法律和制度，实现了相对的社会安定，因而在短短十数年中使自公元前 475 年开始积蓄的封建生产力及其他各方面潜力、生产要素得到合理配置，有效利用和充分发挥。由此才有了修长城、筑直道、击匈奴、取百越乃至建阿房、造帝陵等规模巨大宏伟的包括政治、经济、军事等在内的国家事业。这些，在国家统一之前的乱局中是不可想象的。秦兵马俑就是这种雄厚国力巨大国魄的象征。

秦二世而亡，比之有数百年历史的罗马帝国是短了些，但罗马帝国亡后再不见统一出现；而秦帝国短短十几年的作为却"开万世之基"——这在世界上是独一无二的奇迹。难怪目睹汉亡之后乱世的晋代名士阮籍会如此慨叹："时无英雄，使竖子成名！"我颇疑心在他心目中，只有干出了开天辟地一统伟业的始皇帝才是真英雄，西楚霸王项羽虽然"力拔山兮气盖世"，但徒逞匹夫之勇自取杀身之祸；头戴"斩蛇起义"光环的刘邦虽然创建了四百多年的汉家天下，只不过是承始皇余烈罢了，都算不得英雄，更遑论秦汉以降之余子了。

五

……广袤的朔漠静寂如磐，残月如钩，干冷干冷。奔袭千里的骑士和骏马已汗湿全身，直透重铠，人和马呼出的热气转眼凝成霜花飘落在马头人面泛出片片银白，旌旗半卷犹散发着风烟气息，将士们警觉的眼睛和矛戈在曙色熹微中光点闪闪。跨坐在西域汗血马上的霍去病面容沉毅，他在想什么人们不得而知，但他"匈奴未灭，何以家为"的壮语却直到今天仍在每一个中国人的心中回响。这儿必须一提的是，春秋战国以来，经常南下掳掠的匈奴一直是中国的边患。为了消除威胁，秦始皇曾命大将蒙恬率军三十万北击匈奴。到汉时，为了维护边境稳定和国家统一，武帝、昭帝做出了巨大努力，卫青、霍去病、赵充国等名将屡屡受命率数万铁骑北击匈奴，长途奔袭往往至一二千里。秦时崭露头角的骑兵此时成了纵横千里的快速打击力量。至成帝时，全国已有甲马四十五万匹。在当时交通极其困难、通信十分原始的情况下，能在苍茫大漠集结、驱动这样一支装备上、速度上、打击力度上都堪称一流的大规模骑兵队伍，的确是国力强盛的汉王朝捍卫国土完整、维护国家尊严的得意之笔。现在，只要大将军扬剑出鞘，这渊渟岳峙严阵以待的数万铁骑就会如怒海惊涛长驱千里势不可挡……霍去病英年早逝，壮志未竟，雄才大略的汉武帝不胜伤悼，用马踏匈奴的石雕和翼马表达王朝对一代卫国名将的追怀。石雕那阔大恢弘气派所反映出来的沉雄国威的确是大汉王朝雄厚国力的体现。

汉王朝是在秦帝国的废墟上建构起来的。秦帝国虽然一朝倾覆，但它为汉王朝的崛起奠定了基石。从"汉承秦制"的意义上说，汉王朝是秦帝国统一大业的延伸和继续。

大凡来陕西的人，当你从咸阳机场下飞机乘车向西安驶去时，首先撞入你眼帘的肯定是公路两侧咸阳原上硕大无俦的巨冢大墓，那是汉王朝历代帝王的陵寝，两千年来它们就这样耸如山丘般同关中大地连为一体，以至当地农民竟从它掘进窑洞贴墓而居——这种现象世所罕见，大概独此一家，人们不由得产生现实揳入历史的深刻联想。而这些陵墓的主人，从高祖刘邦到文帝刘恒、景帝刘启、武帝刘彻等，其中不少与他们执政时雄厚的国力强盛的国威联系在一起而名留青史。即以"文景之治"论，史家称其时"都鄙廪庾皆满，而府库余货财，京师之钱累巨万，贯朽而不可校，太仓之粟陈陈相因，充溢露积于外，至腐败不可食"。这种盛世只有在国家统一、与民休息、社会安定、生产力长足发展的条件下才能出现。

更重要的是，"百代皆沿秦制度"，秦开创的封建大一统国家模式为汉以后两千年间的历代王朝所沿袭，它所拓出的领土疆域为中华民族的生存发展提供了广阔的天地。正是遵循这种模式，依凭这个空间，继汉之后，隋、唐、宋、元、明、清这些大一统的中央集权制的封建王朝拔地而起接踵而来，构成了中华文明史上巍峨延绵的群峰。

隋王朝虽然也像秦一样二世而亡，但它一举结束了汉之后长达三百余年的分裂动荡局面，为大唐帝国将近三百年的帝业打开了大门，为盛唐气象促成的封建社会鼎盛时期做出了贡献。所以隋之于唐，犹秦之于汉，连秦、唐的统一战争也一样，均为十年之期。

秦时发轫、在汉代抵御匈奴的漫长战争中形成独立兵种的骑兵，到了隋唐，已成了统一战争中不可替代的铁拳。陕西礼泉县的昭陵六骏石雕举世闻名，李世民将他"以马上得天下"的六匹坐骑作为自己陵寝的千年护卫，于此可知那场统一战争在这位大唐天子心目中的位置了。但以马上得天下的李世民却深明不能以马上治天下的至理，他擢拔能人，重用贤臣，励精图治，推行了一系列有利于当时经济恢复和生产力发展的政策、制度，促成了著名的"贞观之治"，使这个统一大帝国奏响了光大秦汉、鼎盛中华的绚丽乐章。史传"贞观中期"，牛马遍野，丰衣足食，夜不闭户，道不拾遗，一派升平景象。有唐一代二百九十年中，从"贞观之治"到开元盛世，再到永贞革新、元和中兴，有为的君臣锐意进取，注重革新，大胆开放，杂糅胡汉，兼融中西，致使盛世迭出，好戏连台，在政治、经济、法律、科技、文艺、外交、军事、民族关系等各个领域都卓有建树。使当时的中国国势如日中天，居于世界文明发展的大潮之巅，"唐人"之名远播海外，享誉千秋。如果不是天下一统，何来如此极尽繁华的盛唐气象！

此后宋、元、明三个一统王朝共历时近七百年。此时中国封建社会步入中期，国家政治上的统一，政策的适当，社会的相对安定，为生产力的发展、经济的繁荣提供了一个宽松的环境，从而三代各擅胜场。宋代的农业、水利建设成就显著，手工业技术和产量居于世界领先地位，商业极大繁荣，外贸事业也十分活跃，封建社会经济得到了空前发展。元代不仅多元文化交相辉映异彩纷呈，端赖于大一统国家的辽阔疆域和丰富资源，而且诚如《欧洲称霸之前：1250 至 1350 年代的世界体系》一书作者所言："中国在 13 世纪世界体系中的地理位置十分重要。因为正是中国，把北方的陆上商路与即使不是更加重要那也至少是同等重要的印度洋海上商路联结成为一体。当这两条商业交通路线同时充分地发挥效能，尤其是当中国处于统一之中因而能够作为'毫无周折的交换中介'把它们联系起来时，世界商业的循环圈就得以完成了。确实，只有在 13 世纪和 14 世纪上半叶，亦即当上述循环圈保持着完整的时期，人们才能提到'前现代世界体系'这样的概念。"十分明显，中国的地理位置固然重要，但更重要的是，处于这个地理位置上的元代中国是个统一的大国，只有统一的中国才能胜任"毫无周折的交换中介"，强有力地推动整个旧大陆的经济文化交流进入"前现代世界体系"的循环圈。也正是在元代，西藏正式归入中国的版图。到了明朝永乐年间，朝廷重兵出塞，削平了漠北的割据势力，巩固了中央政权对北方的统治，设立的军事行政机构，日后又促进了对东北地区的开发。其时明朝综合国力在亚洲首屈一指，在世界上也罕有其匹。三宝太监郑和下西洋，开辟亚非海上交通新格局，沟通明朝与周边及海外 60 多个国家的交往，此一对外开放壮举就是在这种雄厚国力支持下得以实现的。永乐之后又出现了后人比之于"文景之治"的"仁宣之治"。甚至到了风雨飘摇的明朝末年，民族英雄郑成功还一举驱逐侵占台湾三十八年的荷兰殖民者，收复了神圣领土台湾。

正当明王朝在李自成农民大起义怒涛冲击下摇摇欲坠时，一个自山海关以北迅速崛起的"巨大身影"正向中原悄然掩至，这就是取明而代之的大清王朝。它一登场就声威赫赫，出手不凡，以史家艳称的康、雍、乾盛世享百年隆运，其时国力鼎盛，经济富庶，文化繁荣，四海升平，依凭政治上的一统、经济上的强大、军事上的实力，清王朝平定蒙古准噶尔部，设置机构，重新将新疆置于中央的管理经略之下；数次平定西藏内部分裂势力的叛乱，击退外国军队的入侵，确立一系列制度，稳定西藏的社会秩序，又实施重大的政治、军事、经济改革，推动西藏的发展；实施"改土归流"，加强了中央政府对西南少数民族地区的直接统治和内地发达的政治经济文化对此地区的影响。至此，幅员辽阔的中国版图最终确定，东南起自台湾，西北远至巴尔喀什湖，西南起云南边境，东北直达外兴安岭，南至南海诸岛，西至葱岭，北至恰克图，东至库页岛，都在中央政府直接的、有效的管辖之下。全国共有二十五个省级以上的行政区域，生活着五十多个少数民族，人口已超过了三亿。此时的中国，统一达到了空前的规模，人口之众多，国力之强盛，文明之发达，在当时的世界罕有可望其项背者，顶戴花翎长袍马褂长辫子的清朝官员形象作为中国的象征几乎传遍了全世界。

粗略统计，从秦帝国统一全国以来的两千两百年中，上述连续登上历史舞台的一统王朝时间加起来达一千七百年之久，它们如群山耸峙盘桓，占据了中国历史的绝大空间。唯此统一，中华民族才有了昂然挺立于世界民族之林的坚实根基，任何外族外国都休想撼动它；唯此统一，中华文明才得以不间断地延绵，一部"二十四史"极尽潇洒地挥写了难能可贵的历史连续性；唯此统一，古老的中国才能秉数千年的日月精华天地灵秀而成不死之鸟，一旦时机来临就如鲲鹏扶摇直上九霄。

六

离开兵马俑坑之后，我们还在心驰神往，梭巡于浩远的历史长廊。我们比造成这个世界第八大奇迹的古人幸运的是，我们有他们所没有的两千多年的历史经验；我们听到了他们身后留下的悠久绵长山鸣谷应的历史回响；我们看到了他们所期待所寻求的东西是如何在他们身后两千年的历史中次第展现开来——

秦二世而亡，但"汉承秦制"，汉王朝以泱泱大国的万千气象耸立在进入公元纪年的第一个千年之始，而以其阔大气魄独领当时世界文明之风骚的大唐帝国终于第一个千年之终。汉与唐构成了公元第一个千年中国历史上两大文明高峰，营造了千年辉煌，千载之降的我们哪怕是触摸一下秦砖汉瓦唐碑，仿佛也能感受到它们所传递的撼人心魄的历史信息。

当然，一部统一奏鸣曲中也夹杂着若干离乱之音，如汉之后的三国鼎立，东西晋交替，南北朝对峙，唐以后的五代十国，等等。但是，这种分裂局面在秦一统天下后的两千多年中只占五分之一弱，而连续登上历史舞台的一统王朝却占五分之四强，成为中国历史走向的基本轨迹和主要内容。而且，只要稍加分析就不难发现，造成分裂割据局面的根本原因，在于统治集团政治、经济、军事、文化政策和措施的失误及自身腐败导致的社会阶级矛盾的激化；在于统一均势的被破坏，而在这种混乱局面中登台角逐的各方神圣，除少数是真的唯恐天下不乱，蓄谋从分裂中捞取好处的枭雄外，多数还是希图在群雄逐鹿中实现一统天下大业的，只可叹他们不是缺乏重整金瓯的雄才大略，就是时候未到，历史的机遇尚未成熟。在隋统一全国之前，被迫南迁的东晋朝廷为统一全国曾多次努力，祖逖北伐，尽复黄河以南领土，后因受制于后方土著势力，功败垂成，之后庾亮、殷浩、桓温、刘裕等相继北伐均未成功；到了南北朝时期，双方互有攻战，都意图一统天下，只是由于势均力敌宏图未竟。所以，即使在分裂中，统一的思想统一的努力仍在顽强地付诸行动，也正是这种一时未见成功的统一行动造成了强大的统一趋势，一旦这种趋势达到某个临界点，此时只要有隋文帝杨坚一类的真英雄出来登高一呼，四海定会掀波扬澜，天下必将重新归一。

第二个千年看似不及第一个千年辉煌壮观，但统一的趋势更加强大。例如，汉末之后分裂局面达四百年之久，而唐之后只经过六十年的分裂就由宋太祖复归于一统。统一的大宋王朝肇建于第二个千年之始，此后虽几次改朝换代，元、明、清相继登场，但它们之间再没有插入过分裂的年代，哪怕是清末腐败无能到与洋人割地求和，太平天国横扫大半个中国，中国也没有分裂。这表明，秦皇汉武开创的一统大业，中经隋唐的继承、加工和发展，在政治体制经济格局上反复夯实焊牢，已臻完善至不可移易；合了分，分了合，合合分分，分分合合，最后定于合，归于合，统一的观念和思想得到社会各阶级阶层和朝野内外的一致认同根深蒂固，并成为臧否人物评判是非衡量功过的人心所向的道德准则和行为价值取向。

无可讳言，清朝晚期的闭关锁国、腐败无能一度使领先世界达千余年的中国被抛到时代大潮之末，屡遭船坚炮利的西方列强的欺凌，使列祖列宗为中华民族的受苦受难而长叹息。"泪添九曲黄河溢，恨压三山云岳低"，用这句话来形容中国人的百年屈辱百年长恨意犹未尽。不过，现在回过头来看，中国数千年的历史走到了那个时候，仿佛是为了更好更高地跃起，为了更有效地聚集力量蓄势而发，为了奋力攀上一个新的前所未有的高峰，拓出一片崭新的天地，为了震动、激发被两千年辉煌的沉重负担弄得有些麻木了的民族深藏的活力，为了降大任于斯民，才有了这百年的跌宕、沉沦、回旋、曲折、蹉跎。而历史唯其有此一蹐、一跌、一沉、一折，举步坎坷，蹉跎岁月，才有了此后的雄狮之吼金鸡之啼，才有了清末志士仁人的放眼西洋，才有了辛亥革命的惊雷炸响，才有了帝制的结束民国的诞生，才有了新的主义新的政党的崛起。20世纪20年代，一群从嘉兴南湖木船上登岸的身着青布长衫的青年转瞬之间就成长为顶天立地的巨人，他们唤起工农千百万，只用二十多年时间就以再造乾坤的伟力将一个如日初升的人民共和国置于自秦汉以来逐步定形的中国版图上。全世界的人们都看到了亚洲东方漾起的一派耀眼红光。

此时此际，我们正站在 20 和 21 世纪的交界处，千年等一回的公元第三个千年即将经由我们的双手将它迎来，每念及此，幸何如之！我们今日的中国，经过二十年的改革开放经济建设，综合国力蒸蒸日上，国际威望空前加强，人民生活欣欣向荣，在当今之世弘秦汉之遗烈，扬隋唐之风骚。继香港回归之后，澳门的回归已指日可待。"一国两制"的伟大构想也必将在台湾海峡两岸实现。我们虽无法准确地预言下个世纪这小小环球将会发生的每一变化，更无法估计公元第三个千年中人类世界的每一进程，但我们可以由历史而推知未来，坚信曾经创造过秦汉以来无与伦比璀璨文明的中华民族，在中国共产党领导下，定会将一个空前统一、更加强盛、高度文明的社会主义中国带入新的世纪，已经实现了小康的这个古老而年轻的国度将稳步步入更高的大同境界，在第三个千年为人类做出更大的贡献。毫无疑问，我们这些正生活在当今之世的人将会如我们秦汉先人一样在地球上消失不复存在，但有两千多年寿命的秦兵马俑将继续存在，有五千多年历史的中国将继续存在。既是如此，我们何不将这有限的暂时的生命为时代为祖国尽情挥洒以融入无穷而与金石同寿与日月同光呢！

已经睁大双眼在地下苦苦等待了两千多年的秦兵马俑在 20 世纪 70 年代破土而出，是不是一种吉兆、一种预告呢？他们要瞻望要躬逢其盛的，难道不正是中华民族在第三个千年的腾飞吗！

1998 年 12 月

羞答答的玫瑰静悄悄地开

一

青少年时代读宋词，偏爱"大江东去""风云奔走"一路，慷慨悲歌"铁马冰河入梦来"的陆放翁自然是心仪已久的豪放派爱国诗人，定格在我们心中的是他忧国忧民、壮心不已的形象。后来注意到他关于"沈园"的词和四十年后写的诗：

红酥手，黄縢酒，满城春色宫墙柳。东风恶，欢情薄，一怀愁绪，几年离索。错，错，错！

春如旧，人空瘦，泪痕红浥鲛绡透。桃花落，闲池阁。山盟虽在，锦书难托。莫，莫，莫！

城上斜阳画角哀，沈园非复旧池台。伤心桥下春波绿，曾是惊鸿照影来。

《钗头凤》词的哀婉凄怆和诗的不能忘情深深打动了我们那一茬学子，方知他在英雄肝胆之外还有如此一片儿女情长，于风云啸傲之际还曾经历过一段刻骨铭心的伤情之旅。心下不免为之唏嘘。再后来听说当年见证这一幕的沈园而今犹在，不觉动了凭吊之念。

终于在世纪末的一个夏天有了这个机会，我和朋友来到了位于绍兴禹迹寺南的沈园。过得园门，绕过迎面而立的刻有"诗境"二字的太湖石，眼前就展现出一片亭台水榭庭花香径。据说，此园在相当大的程度上保留了当年的原物和原貌，如水井、水池等。上溯八百多年前的那一天，陆游春日出游，与被逼离异的前妻唐琬不期而遇。唐琬将陆游来此的消息告诉了她的后夫赵士程。这赵士程也不是心胸狭窄之人，当即要唐琬"遣致酒肴"。陆游十分伤感，题此《钗头凤》于园壁上。四十年后陆游旧地重游，物是人非，情不能堪，乃作此《沈园》诗。八百多年过去了，眼下，天还是这片天，地也还是这片地，只是斗转星移，早已逝去了当年的前尘旧影……我在石块、卵石铺就的小径上缓缓而行，细心品味着足底与地面接触的感觉，一想到或许我的脚步与当年陆游、唐琬的足迹有所交叉、有所重合，心头就不期然地涌上一种很沧桑很哀婉的况味，但与这种况味相伴随的已不是那位赫赫有名金戈铁马气吞万里如虎的放翁，而是不怎么为人所知的"红酥手"一族（现在叫"红唇族"）的唐琬了——在这场爱情悲剧中，受伤害最深的不是陆游，而是唐琬。陆游身为以男性为中心的封建社会的须眉男子，除了家庭和儿女之情外尚有治国平天下的功业和豪情，它是他走出爱情悲剧阴影的强大牵引力。按精神分析大师弗洛伊德的说法，人们——主要是男人们——之所以能在社会文明领域有所作为，正是对爱欲和需要加以抑制而转移精力的结果。而唐琬却像历代女性一样，在男性社会中被先天剥夺掉了如男性一样行动的权利和可能，造物赋予她自身"生命再生产"的特殊生理机制和社会造成的对男性的依附性，使爱情、婚姻、家庭成了她们生命的意义和幸福的基础，成了她们的一切。这就不难理解，为什么就是这次邂逅之后不久，唐琬即抑郁而殁。想象着唐琬如花般的生命在爱欲压抑和情绪苦闷中寂寞地燃烧凄艳地凋零，就情不能禁地叩问沈园的一草一木一石一瓦：当月白风清之夜，那个早逝的芳魂还会来惊鸿照影吗？

这种怜香悼玉的思绪还未排遣掉，殷勤的主人又将我们带到了鉴湖女侠秋瑾的故居。鉴湖女侠的名头不同凡响，同为女性，她与历史上红颜命薄的唐琬相去千里。唐琬是被人主宰被人损害的女流之辈；秋瑾却是"生当作人杰，死亦为鬼雄"的女中豪杰。纵观其革命一生，从抛儿别女东渡扶桑寻求革命火种，到回国殚精竭虑准备武装起义，真是事事不让须眉，甚至男人做不到的她也做到了。特别是她的慷慨就义，血溅天地，气盖山河，真是古道照颜色，鬼神泣壮烈！来到这样一位为信仰不惜丧其元的女中先烈的故居，我们的心情岂止是崇仰、肃穆……

这天是阴天，且时间已到下午，室内的光线就更昏暗些。墙上那为世人所熟悉的烈士的遗像正从镜框中凝视着在她故居青砖地上来来往往的参观者。作为男人，你不能不为秋瑾姣好的容颜和超凡的气质所倾倒，江南佳丽的俊逸清秀与革命志士的逼人英气奇妙地融合在那张鸭蛋脸上，散发着一种特殊的魅力。尤其是那双蕴含着思想和深情的美丽的大眼睛，仿佛直看到你的心灵深处，但在光线朦胧中又似乎飘过几许不易察觉的淡淡忧伤（这也许是我多心了）……想象着秋瑾当年像我们现在一样在这屋里的砖地上不知多少次走出走进的倩影，想象着她曾在此与陶成章、徐锡麟等革命党人秘商起义大计时慷慨情怀指陈方略的情景，想象着她在这里与密友赋诗论剑，话声琅琅，意气纵横的神情，我就有一种恍然之感，似乎女主人清香的气息还弥漫在空气之中，随着呼吸在浸润着我们的肺腑。在秋瑾的卧室兼书房，烈士用过的雕花木床和书桌均在，摆设虽十分简朴，但分明是女子的闺房，而书桌上陈放的刻有"鉴湖雌侠""秋闺瑾印"的象牙印章，再次使人们记起了烈士的女性身份，想起了那双美丽的略带忧思的大眼睛。

驱使秋瑾从闺阁弱女成长为革命女杰，最后以宁为玉碎不为瓦全之惨烈悲剧名垂青史的，当然是那个时代的革命思想、民族激情和忧国救国情怀。她于1907年7月13日被清政府逮捕，7月15日凌晨即在绍兴古轩亭口就义，时间之短与态度之决绝均史所罕见。都说女子在接受某一思想、下定某一决心后行为比男子更坚决执着，此说信然。但是，细细咀嚼"秋风秋雨愁煞人"这句绝命诗，我还是陷入了沉思。秋瑾生前写下了数百首诗词和不少文章，忧时救国的思想一以贯之——

小住京华，早又是中秋佳节。为篱下黄花开遍，秋容如拭。四面歌残终破楚，八年风味徒思浙。苦将侬强派作蛾眉，殊未屑。

身不得，男儿列。心却比，男儿烈。算平生肝胆，因人常热。俗子胸襟谁识我？英雄末路当磨折。莽红尘何处觅知音，青衫湿。

这首《满江红》词，抒发了秋瑾伤时愤世肝胆俱热英雄欲有所为的激情奇志，同时也将她因女性受缚抱负难展而不屑为女儿身的矛盾心理披露无遗。

秋瑾说过："中国妇女还没有为革命流过血，请从我秋瑾开始吧！"直到 7 月 13 日清兵包围大通学堂，学生们劝她暂时避开，她还斩钉截铁地说："我怕死就不会出来革命，革命要流血才会成功，如满奴能将我绑赴断头台，革命至少可以提早五年。"她被捕后受尽酷刑与凶焰万丈的敌人唇枪舌剑而词不少屈，气不少堕，侠骨铮铮。真正应了"身不得，男儿列。心却比，男儿烈""英雄末路多磨折"之语。7 月 14 日，敌人再次刑讯秋瑾，秋瑾写下了"秋风秋雨愁煞人"七个字后掷笔不语。几小时后，她就牺牲于古轩亭北。许多年后，人们还在揣测秋瑾此时此境写此诗的感受和想法，有说她本欲写下自己名字陈述革命主张，但因担心授敌人以柄而中途改变主意就"秋"字写下此句诗；也有说此七字作为秋瑾唯一的"笔供"显示了她与敌周旋的策略和惋惜革命失败担忧战友命运的心情；还有的说此诗表达了她对黑暗清朝统治的憎恨，对吃人礼教的反抗，对国家民族的深情。本来，斯人已逝，任何揣测都仅止于猜想，但只要了解秋瑾的人格和思想，那么上述种种揣想都不至于离题，或曰题中应有之义。但我想这句秋瑾牺牲前的绝唱应是她内心最深处最隐蔽的思绪和情感的宣泄。"一切景语皆情语"。其时正值江南七月，何来秋风秋雨？秋风秋雨者，乃作者悲秋之主观感受也，它蒙上了一层女性的潜意识的情感色彩。

暮色似乎已在缓缓降临。从故居出得门来，是个小小的庭院，一侧一株柚子树上正青果累累。想到这里的女主人在 32 岁的芳龄就香消玉殒，被男性为中心的封建社会用最残暴残酷的方式（斩首）毁灭掉（这个社会毁灭起女性来一点儿宽容也没有，何况是反对它的女性革命者），心里就堵得慌。我举首望天，一种欲振衣长啸的愿望油然而生，但实际上只吐出了一口郁积深深的浊气。唐琬也好，秋瑾也好，我终于从这些截然不同的女性命运中找到了共同的感受，那就是悲香悼玉……

二

在一个地方且相距不远，就能找到历史上与两个名女人有关的文化遗迹，这在中国乃至外国也不多见。当然，在与浙江毗邻的江苏南京也能找到，最著名的莫过于秦淮河上明末名妓留下的那些香巢。数年前在南京开会时曾有朋友领我们去寻访过相传是"秦淮八艳"之一的李香君的故居遗址。据考，李香君在历史上实有其人，本是秣陵教坊的著名歌妓，"生小倾城是李香，怀中婀娜袖中藏。何缘十二巫峰女，梦里偏来见楚王。"当年流传的这首诗倒是写出了李香君的婀娜妙丽楚楚风姿。一时多少朝野名士，争相以识香君为荣。但是，当大明达官贵宦以重金上门聘香君为妾并以武力相逼时，却被这个风尘女子拒以严词："奴是薄福人，不愿入朱门！"最终血溅桃花扇，死守妆楼护尊严。明亡之后，香君不愿屈节降清做顺民，削发为尼，遁入空门。

　　徜徉在秦淮河两岸的街路上，遐想着数百年前李香君哀怨愤世的琴声飘出媚香楼，如霏霏雨丝洒进桨声汩汩的秦淮河中，引起多少士子心中的悸动；想象着香君的鲜血在纸扇上化成凄艳的桃花，头上一袭青丝在激愤中微微颤抖飘动；怀想着黄卷青灯旁、春雨秋风里禅心冷寂，红颜凋落……我就止不住地为旧时代女性的薄命而浩叹。

　　李香君的命运悲剧引人怀想费人思量，但造成这个悲剧的原因其实十分简单明了——从浅层次上讲，是当时明王朝的腐朽衰败导致的亡国之祸。清初作家孔尚任写的《桃花扇》将当时种种社会矛盾按典型化艺术原则有机地组织结构在一起，描写了李香君和志同道合者在为扶明抗清而艰难奔走之时，那个被她寄予了无限希望的南明弘光政权却无耻地践踏她的报国心、忠君泪，而让她以色相去侍奉大明官僚，终于促使她采取了血溅桃花的决绝行动。从深层次上讲，是父权制取代母权制基础上阶级矛盾、民族矛盾激化酿成的恶果。在这样的社会中，女人，特别是漂亮女人，似乎注定要成为一种可以交换的商品，甚至成为某种政治冲突、政治需要的祭品。意味深长的是，李香君之所以能名留史册这一现象表明，在父权社会中，女性像男人那样堂而皇之地通过仕途走上历史舞台几无可能，倒是从事艺伎、歌妓等卖笑生涯的女性有了一个从特殊角度楔入历史的机会。因为不论社会制度如何，只要是以父权为中心，女性的色相总是社会的一大需要。但女性以此种方式留名青史者毕竟微微了了，不过是"万绿丛中一点红"式的点缀而已。

与此成鲜明对照的是，只要一翻开"二十四史"，里面反复出现的帝王将相、王公大臣、能工巧匠、文人学士直至贩夫走卒，几乎清一色是男人；在中华大地上由历史层层堆积起来的文明遗迹如宫殿、寺庙、墓葬建筑和书籍、书画、工艺等等，不是为了男人就是男人所为。正是须眉男儿在中华大地上或是金戈铁马、气吞万里、攻城拔寨，建功立业；或是长袖善舞，多金善贾，商海扬波，聚敛巨富；或是折冲樽俎，纵横捭阖，翻云覆雨，烛光斧影；或是倚马草檄，金殿对策，帷幄运筹，奇才吐艳；或是斗酒成诗，下笔千言，风流倜傥，名垂后世……这里，一统中国的秦始皇，雄才大略的汉武帝，天纵英明的唐太宗，计谋百出的宋太祖，挽强弓射大雕的成吉思汗且不说了，这些男人名头太响，稍一触碰就地动山摇，无人不知。就是那些祸国殃民、倒行逆施的昏君、权奸、独夫、墨吏等等也不说了，这些男人臭名昭彰，一提也无人不知，被炒得沸沸扬扬。单说那一般不为人知、在小县城衙门和图书资料室藏诸高阁的县志所记载的公众人物，十有八九也是男人，女人似乎不曾存在过。即使存在，也是扮演着无声看客的角色、侍候男人的角色、烘托男人的角色。由于"妻以夫荣、母以子贵"的封建古训的作用，一些女性才得以浮出水面露个脸。秦始皇嬴政之母曾是吕不韦之妾，她之所以为史书所载为后人所知，完全是因为吕不韦偷天换日计谋的成功，使她的儿子嬴政成为后来的始皇帝，否则，她只是匍匐在掩盖在他们巨大身影之旁的女人们中的一员，与当时其他千百万女性一样湮没在历史的洪涛之中。汉代的阿娇之所以还为今天的人们所提及，也是因为了汉武帝刘彻的缘故。刘彻一句"金屋藏娇"的金口玉言，遂令此女留名千古。倘若这个刘彻成不了后来的汉武帝，又或阿娇不中刘彻之意，则后世何知默默无闻之阿娇耶！

还说那位唐琬。后人之所以知她芳名，之所以为佳人命薄一洒同情之泪，端赖陆游与她的关系，特别是沈园相会，放翁题词那一幕。其实，唐琬自己就是颇具才情的女子，相传唐琬看了前夫题在沈园壁上的《钗头凤》之后和了一首词，其中有"世情薄，人情恶"之句。若她是男人，恐怕就会名以词传，词以人传了。在绍兴，这也正常。因为是女人，凡提到唐琬时都要依附于陆游，而且她那首和词也被传得零零落落。至于李香君，如果当年不是因艳名远播后又遁入空门，成为一大时闻和传奇而为士人官宦所乐道，也不会流传至今了。

难怪，不管在什么场合，学术会议上，茶余酒后闲谈中，一提谁创造历史，不论是说英雄创造历史，还是英雄与奴隶共同创造历史，抑或即是奴隶创造历史，闪过人们脑海的，杰出人物也罢，芸芸众生也罢，总之都是男人，唯有这些男人。此事恐怕是世界通则。所以法国当代最杰出的存在主义的女权作家、女学问家西蒙娜·德·波伏娃将男性定位为"第一性"，将女性定位为"第二性"。记得前些年有人在文艺创作中命题曰："战争，让女人走开！"难道历史也要让女人们走开吗？

然而，当男人们在历史上竞武称雄，享尽"第一性"的无限权威和荣耀时，他们是否忘记了或是根本就不知道，娘儿们也曾有过荣极一时的巅峰时代，她们才是"第一性"呢！

那就是母权制时代。此其时也,离神话传说的"人猿相揖别"还不算太远。女人是长得粗糙些,远不如后世文明女性的千娇百媚,她不仅容貌和男人差不多,而且身上可能还残留着祖先的痕迹:眉弓稍突,宽鼻大嘴,四肢发达,手掌、脚掌因劳动、奔走而结下厚茧。女人的这种容貌形体还没引起男人的注意而成为审美对象,全社会注意的焦点是女人的肚子和会阴,因为那里装着生命,生产着生命,而新的生命是人类族群能延续下去的源泉。由此产生出女阴崇拜。这只要看看文明时代出土的各式原始女性雕塑"远古维纳斯"就一目了然,如奥地利出土的石灰石雕像《威林多夫的维纳斯》、法国出土的象牙雕像《列斯林格的维纳斯》以及陕西扶风出土的《史前维纳斯》等,体态肥硕、双乳及会阴突出是其共同性特征。

这是只知有母、不知有父的时代,是捕捞和采集的时代。女性是马克思所说"两种生产"的主体:既生产食物,又生产生命。没有什么时代比这个时代更能铸造女性的辉煌了——她是首领,她是权威,她是女神,她是主宰,不仅后代要依赖于她,后世不可一世的男人也得服从于她。但那时的女人虽地位至尊,却没有唯我独尊,她只是靠着天赋的能力无为而治,自然而治。问题在于,不论是物质的生产还是生命的生产都离不开男人,男人们一旦凭借自己较强的体力在生产中发挥更大的作用,特别是一旦看到了自己在生命再生产中的作用,女人的至尊地位就行将崩坍了,母权制终于被按男性血统继承财产的父权制颠覆了。

三

看来，说"母权制被推翻，乃是女性的具有世界历史意义的失败"真是不幸而言中。当我写这篇文章引用恩格斯老人这句名言时，似乎都感觉到了他手中笔的沉重。从男人颠覆了母权制以后，女人在几乎所有的社会生活领域中都处于劣势，屡遭败绩，历史的聚光灯照亮的从来不是她们，荣耀的花环从此与她们无缘。正像宫娥妃嫔只能充塞皇帝的后宫一样，整个社会上女性的地位也恰似男性的后宫。

只有一个领域，她们依然保持着男人永远取代不了、抹杀不了的独特生理优势，这就是生育——生命的再生产。历史是什么？历史无非是人类世世代代的活动，是人类的物质生产和精神生产的连续不断的过程，造成这种连续性的最基本前提条件就是生命的再生产——女人的生育。可千万别小看了这种时时处处发生的"婆婆妈妈"的小事，没有它，历史就会中断；没有它，多少名震后世的事件就不会发生；没有它，社会不会延伸到今天，也不会有我们以及我们的子子孙孙了。一部"二十四史"写尽古今兴亡，于中隐隐透出生命的再生产所形成的一代接一代人前赴后继延续历史、创造历史的秘密。没有生命的可持续生产，哪还有什么"二十四史"？

如果这么说对生命的再生产理解尚嫌笼统、抽象的话，那么请到山东曲阜的孔林去看看吧。作为孔子及其家族专用墓地的孔林，我十多年前曾去拜访过。当时我在一篇散文中写过这样的文字：这座位于孔府之北，被一道高三至四米、厚约五米、周长十几公里的墙垣环绕着的家族墓园，总面积相当于今曲阜城的二倍。"老桧虽沾周雨露，断碑犹是汉文章"，前人的诗句，正是孔林的写照。此地古木集陈，盘根错节，黛色蔽天，集东周以来的桧、柏十万余株，树龄高者已有千多年，多为孔子的历代弟子、孔门后人来凭吊时以"四方奇木来植"所留，为我国最大的人造林园。自从孔子被葬于此处始，两千多年来，他的一代接一代的子孙均长眠于斯，从未间断。从春秋之葬、秦汉之墓到近代之坟错陈并列，林中那座座碑碣，行行石仪，在草丛中起伏逶迤，组成了一卷完整的编年史。……当年我曾在墓园的草稞中徘徊，震慑于中国历史的割不断的延伸性；现在，我却从另一个思维角度看到了更加本质却往往被人真正忽视掉的东西：女人对于生命再生产、历史延续性的作用和意义。

固然，生命的再生产是男女共同参与的事——这只是就生命的生发离不开任何一方而言。但就生命的生产来讲，男女双方的作用却是不可同日而语的——男性在完成了与女性结合让生命生发这一事实后即退出了生命生产的全过程；使这一过程变为事实的是女性，是她令新生命诞生，是她让新生命成长。为了完成这种自然的和社会的使命，上苍将种种机能和种种禀赋赐予女性，极尽精致，极尽温柔，极尽艰辛也极尽伟大。想想看，大自然花了几十万年漫长岁月才搞掂的造人之术，一个女人只要十个月就可自然而然地做到，你不能不惊叹：女人，大自然的杰作！

然而在父权文化无孔不入的男权社会里，女性在生命生产中这种至尊地位和历史作用却一直被贬到最低，她不是生命生产的重要生产力，而只是生孩子的工具，而生孩子则不过是给男人传宗接代而已！承认是生产力，那就是承认在历史延续、历史创造中的作用，贬为工具，则就完全是被动的、被男人操控的、简单的产妇而已。一部以女人创造生命为前提为基础而得以写成的人类文明史，却几乎通篇不提女人的这种历史作用，从头到尾写下的都是男人的故事。

静静地、羞怯地隐于历史帷幕之后的那些"第二性"，名字就叫作女人！

我又想起了唐琬。这个因丈夫名世而侥幸通过史籍留下芳名的不幸女子。

人的血肉之躯是速朽之物，但女人这个速朽之物在她充满青春活力时却是美艳不可方物。我们谁也没一睹唐琬芳容，然而陆游有关她的诗词和她自己的和词所透露的信息，却足以使我们想象出她袅娜幽怨的情影。"矫若游龙，翩若惊鸿"。自从曹植如此形容洛水神女以来，"惊鸿"就成了姣好女性的代名词。"伤心桥下春波绿，曾是惊鸿照影来"，陆游的诗句饱含着对唐琬多少赞赏多少深情！倘若生于当今之世，这样一位才情样貌俱佳的女性，怕就是那种神采飘逸的白领丽人吧。这样一位女性，却不见容于陆母，于是山盟难续，劳燕分飞，造成了"一死一伤"的爱情悲剧。为什么？据南宋周密《齐东野语》载："放翁娶唐氏，于其母夫人如姑侄，伉俪相得，而弗获于姑。既出而未忍绝之，则为之别馆，时时往焉。其姑知而掩之，虽先知挈去，然事不得隐，竟绝之。"找具体原因似乎是多余的，总之身为女人，说什么都是她的错，她的命运是掌握在别人手里的，这与《孔雀东南飞》中的刘兰芝命运惊人地相似。刘兰芝尽管"鸡鸣入机织，夜夜不得息"，其婆母还嫌她干活太少；尽管兰芝"行无偏斜"，婆母还指责她"无礼节""自专由"。不到三年，兰芝就被逼返回母家，虽然她和丈夫焦仲卿伉俪相得，感情深厚。当我写这篇文章时，我在想，唐琬也罢，刘兰芝也罢，她们之所以被封建家长逼迫离开爱人的种种理由中，恐怕还有一条没说出来，那就是不生育。"不孝有三，无后为大"，不能给封建家庭传宗接代延续香火，这就犯了天条，势在必出之，还管什么夫妻感情不感情！

当女性为了人类生命的延续而遭受"临盆"之苦、生死之险，独自肩负起生育后代的使命而做出巨大牺牲和贡献时，将行云布雨的功劳记在自己账上的整个男性社会基本上是冷眼旁观且有意无意加以遮掩淡化的，他们的目光只集注在那将延续他们的财产和功名血统的后代上。而一旦女性不生育（尽管原因有一半出在男人那里），父权社会就将全部责任推到女人头上，要休要打要杀全都有冠冕堂皇的理由。

与唐琬的抑郁而死不同的是，刘兰芝却是抗命而死，她忠实于自己的爱情而不甘屈服于恶势力的淫威，终于"举身赴清池"。像林黛玉葬花诗所云："质本洁来还洁去。"她那曼妙的抑或悲壮的一跃，真如一个巨大的惊叹号，永远地悬浮着，让只见男人不见女性的历史触目惊心。

这是女人维护自己感情、维护自己尊严的一次决绝行动。寂寞的、羞答答的玫瑰这次绽出了一片血色。

四

但是真正震撼历史的当数一代女主武则天。

武则天与刘兰芝、唐琬、李香君们根本不同。刘、唐、李作为女性，是在男权社会巨大压力下以被侮辱、被损害的悲剧人生融入历史的；而武则天却是中国历史上唯一的名实相符掌握了至高无上权力的女人。她之所以能在男权社会中蹿升到至尊地位，既不是靠血亲关系上的继承，又不是走开科取士、仕途晋升的路子——因为她是女人。唯其如此，她就只能用最原始的资本——女色的魅力加上权变的手段，去达到按常规本不能做到的跻身政治权力核心的目的。她13岁入唐宫，之后成为共十九级的皇宫姬妾中的第十六级"才人"，而在这一级上与之并列的才人有9人之多。可见这个位置离皇位何其遥远！更可悲的是，她在这个绝望的位置上十三年之后，因李世民的去世，她又被打发到长安的感业寺削发为尼。用现在的话说，这下玩儿完了。然而武则天沉得住气，她在等待着冥冥中的机会。终于，五年后，新皇帝李治同王皇后到感业寺进香。李治与自己当太子时即已垂涎的艳光四射的女尼武则天四目相对，不由双双泪下。其实不用去看《大明宫词》之类的电影，我们每一个人读史读到感业寺这一幕时，都不难想象出在李治火辣辣的急色忘情的炯炯目光注视下，体态丰腴容姿曼妙袅袅娜娜的武则天美目悬垂、秋波乍现、泪光蒙眬、梨花带雨的勾魂模样。李治哪能受得了这种诱惑呢？

其时正与李治另一姬萧淑妃争宠的王皇后在旁看到这一情景，对武则天"我见犹怜"，愚蠢地以为可以利用武则天一起扳倒萧淑妃，于是将武则天接回皇宫。她却料不到这正是"与狼共舞，为狼所噬"的开始。入宫第二年，武则天将自己刚刚生下的女儿扼死，诬陷是王皇后下的毒手，意欲于李治不利。于是兴起一桩宫廷大狱，王皇后、萧淑妃冤屈惨死。武则天正式被册封为皇后。此后，这个聪明绝顶、忍性惊人、机关算尽、被骆宾王称为"掩袖工谗、狐媚惑主"的女人用了 35 年的时间，在自己 67 岁时，当上了皇帝。

至少在中国历史上，这是在女权社会被颠覆后的漫长岁月中，在女性成为"第二性"而被逐出政治等领域之后，在女性遭受一系列败绩之后，第一个好不容易将生杀予夺大权攫取到手，君临天下可以为所欲为的女性。这就很容易让人产生一个念头：既然男人把持大权时按照男人的意志造就了一切，那么，现在武则天当政了，她不是也可以按照女人的意志改变这种现存秩序、为女人一吐不平吗？可事实是，正好像封建社会的农民起义领袖在推翻皇帝之后照样当皇帝走老路一样，男权社会中的女性篡权者在谋夺政权后也是照旧当皇帝施旧政。武则天用女人的一套当上皇帝；当上皇帝之后行事、所作所为却跟男皇帝毫无二致。既没在政治上、仕途上优待、重用女性，为女性谋一出路，又没有从根本上提高妇女的社会地位，更没有试图改变男主女从、男尊女卑的父权文化格局。应该肯定，武则天是个有为的封建政治家，她当政期间打击门阀贵族、提拔普通地主的政策符合当时社会发展趋势，在历史上起了积极作用。她在巩固封建国家的边疆方面也做了不少工作，如击败入侵的吐蕃军，夺回安西小镇，击溃突厥军，稳定边境等。在武则天主政期间，全国户口增加很快，由她亲政前的 380 万户增加到她退位时的 615 万户。政绩固然可以肯定，但于此哪里能看出一丝一毫女人的痕迹呢？

武则天在干这一切的时候，包括最为史家、后人诟病的任用酷吏大开杀戒和广用男宠淫乱宫廷，她都是在依男人规范行事，或者说，她已经忘记了自己的女性性别，只记得自己是"皇上"了。这实在是女性的悲哀。

至于后武则天千百年的慈禧是又一个令全国臣民畏惧的女人，说来也巧，那拉氏从一个宫人当上太后，使用的也是武则天用过的那一套办法，女色加权谋。历史真应该记住 1851 年的那一天，其时刚刚即位的清朝咸丰皇帝奕詝去圆明园游玩。他在太监们的簇拥下缓缓来到一片树林旁时，恰恰从树林深处传来一曲江南小调，那莺莺呖呖的美妙歌声一听就知出自妙龄少女之口。坐在黄色御轿上的奕詝立即被这美声吸引住了，心驰神往，意马心猿。第二天带着几个贴身太监又来到这儿，又听到了昨日的歌声。奕詝急不可耐地命太监将唱歌人立马带来。于是，他眼前蓦地一亮，一片美色直沉入他心底。这样，在日后中国历史上权倾一朝的清代女独裁者慈禧就这样既偶然又必然地呼之而出、悄然上场了。那拉氏的出场是悄无声息，然而一旦登台，却像被无意中从瓶子里放出来的巨魔，再也收不回去了。当政后的那拉氏以"老佛爷"自居，不但不为妇女干什么事，反而命刽子手屠刀一挥，让另一个美丽女人的颈血在黎明前黑沉沉的天空喷溅出刺目椎心的虹弧，只因为这个美丽的女人胆敢造慈禧千方百计所要维护的包括父权文化在内的封建专制统治的反。

不能排除武则天在感业寺见到李治时的珠泪中也有爱情的成分，也有凄婉悱恻的情绪活动；也不能武断地说那拉氏被召来见咸丰时就已失去少女的纯情只有红粉争宠的欲望，只有玩弄男人于股掌之上的机心。但是，她们既然从此卷入了以男权为中心的封建社会政治斗争旋涡的最深处，说是身不由己也好，说是本性使然也好，总之其女性应有的天性被完全"异化"，玩弄起权术来比男人还狠毒生猛。武则天诬陷王皇后、萧淑妃，不只是排斥、取代而已，她还假手李治将王、萧各打一百棍，砍去手足，再投到酒缸中，听其哀号而死！这种蛇蝎手段，这种同性残杀，直叫人毛骨悚然。在这一点上，那拉氏毫不逊色，秋瑾的血就是证明。一个本应是柔肠百转的女人竟然为了权欲如此地凶残，世上还有什么比这更可怕呢！就某种意义而言，不独秋瑾，甚至唐琬、李香君们的悲剧也是武则天、那拉氏们造成的。这样，女人与女人之间就出现了深不见底不可弥合的鸿沟：一边是武则天那拉氏这种女人，她们在走向权力的道路上将所有阻碍她们的人，包括女人，统统踩倒、碾死在脚下；一边是刘兰芝、唐琬、李香君们，她们是被侮辱、被损害的一群。正是由于武则天、那拉氏们的狠辣手段，羞答答的默默无语的玫瑰所受到的风吹雨打更加凌厉无情了……

五

这是个女人吗？当年我到西安时曾在"托体同山阿"的硕大

无俦的乾陵下的无字碑前踯躅，我想，与无字碑联系在一起的绝不是一个女人的故事，而是一个失去性别的被"异化"了的封建政治家的功过。对于广大女人来说皇帝武则天只是一个"异数"，一个"另类"，她的确在历史上发挥了作用，影响过历史，但严格地说，那不是女人的作用，而是女人仿效男人行事方式发挥男人作用的结果。

本来，在男权文化的背景下，在父权社会格局中，女性无论从政还是从事其他活动，她们所做的一切都不能不在历史上烙下女性的印记。真正在世界范围内发挥女性作用，以女性身份深刻影响社会进程和历史面貌的是与"种的生产"有着内在联系的美与爱，她们用美给世界增添了千般色彩，用爱给历史注入了万种风情。在女性美与爱的神圣光辉面前，武则天们的作用又算得了什么呢？

英国作家耶弗利斯曾用这样诗意的文字来描绘女性之美：

……它来自一个半世纪以来吹过青麦的南风；来自那些摇曳在沉甸甸的金花菜和欢笑的威灵仙上头而藏匿山雀驱逐蜜蜂的渐长的草的香气；来自蔷薇罗布的篱笆，金银花，以及青杉荫下转黄麦茎丛中天蓝色的矢车菊。彩虹留住日光所在的一切曲涧的甜蜜：一切荒林的蓄美；一切广山所载的茴香和自由……

百年来的莲馨花、吊钟花、紫罗兰；紫色的春和金色的秋；不死的夜；一切正在展开着的时间和节奏……

诗人笔下这种来自大自然清纯芬芳之灵的女性美，实际上是大自然与人类社会交互作用的天人合一的产物。造物主为了让女性承担起生命再生产的天赋使命，将一种让整个男性社会为之心旌摇摇的婀娜体态花样芳容赐予女性；社会又按照基于功利需要的审美观强化了女性有别于男性的性心理性特征，特别是伴随着性爱而出现的羞怯。诚如康德所说，羞怯是大自然的某种秘密，用来抑制放纵的欲望，它顺乎自然的召唤，但永远同善、德行和谐一致。羞怯给男女关系蒙上了一层神秘的面纱，使女性如娇娜无语的春花，柔情百转，仪态万方，向异性辐射着强烈的挡不住的性魅力，甚至连其同性亦"我见犹怜"。苍茫坚实的大地因芳草萋迷而变得丰饶多彩充满渴望，峥嵘冷寂的岩石因山花吐艳而变得线条柔和生机勃勃，男人会因女人的爱与美而更有力更忘情地拥抱世界。

中国的"二十四史"虽然是以男性为中心、男性为线索的男权社会、父系文化的嬗变史，但中国的文学艺术却多与女性的美与爱有关。两千多年前的《诗经》就开了歌咏爱情的先声，中经数不胜数的言情小说、诗词曲赋，直到《金瓶梅》《红楼梦》，女性的美与爱始终是一个永恒不变的主题。文学艺术是现实生活的反映。中外古今，女性的美与爱之所以牢牢充实着文学艺术的内容，是因为人类的尘世生活时时处处都离不开它。不论是文学艺术还是现实生活，人们从中看到的是女性的美与爱照亮心灵，激活生命，触发灵感，点燃激情，升腾想象，乃至左右形势、影响历史的活色生香的生动场景。

为了说明一种与此有关的想法，我们得提到好莱坞影片《埃及艳后》所讲述的一个发生在公元前一世纪的真实故事。当时统治埃及的是托勒密王朝，其女王克柳巴天姿国色，百媚千娇。一位史学家称："她的美貌，使罗马军官见了比半打儿埃及军队还厉害。她两次攻击罗马军官的心，都得胜了。"这里所谓的被两次攻击的罗马军官，一是恺撒，二是安东尼。恺撒是有名的罗马大帝，他为了掠夺埃及的财富，也因为沉迷于克柳巴的美色，进军埃及并留在那儿以支持克柳巴，结果导致元老院旧贵族的愤怒而被阴谋刺杀。恺撒死后，其部将安东尼率旧部到了埃及，又为克柳巴的美色所倾倒，狂热地爱上了她并与之结婚，婚后纵情酒色，乐不思归。结果又导致罗马另一位野心勃勃的强势人物屋大维率军东进讨伐安东尼。安东尼本也英雄了得，无奈为情所困难以自拔，加之克柳巴在关键时刻又另有打算，于是几经较量，最终兵败自杀。克柳巴也被屋大维逼得走投无路，以放毒蛇咬死自己，玉殒香消。埃及沦为罗马帝国的一个行省。克柳巴和这段历史的关系曾经引起过学者、史家们的广泛关注：法国历史学家圣博甫在论文中说过："要是克柳巴的鼻子长得短一些，历史进程也许完全是另一种样子。"法国物理学家、哲学家帕斯卡也说："要是克柳巴的鼻子长得短一些，整个世界的面貌就会改变。"学者们说的意思是，埃及之所以亡国，恺撒、安东尼之所以英雄末路，都是为克柳巴的美色与爱情所祸。倘若克柳巴的鼻子短一些，她的美色就会受到损害，就不会具有颠倒英雄的魅力，恺撒、安东尼和克柳巴本人就不会死去，埃及也不会亡国。这样，"历史的进程也许完全是另一种样子"，"整个世界的面貌就会改变"。当然，已经发生的事实、已经走过的历史是任谁也改变不了的。历史学家们如此将历史与女人的鼻子长短联系起来发表议论，无非是极言女性的美与爱对历史作用之大罢了。

对于中国历史上那些著名事件，我们也可提出同样的假设：如果武则天眼睛小一点，是不是就不会选美选到唐宫中来？即便是进了宫，唐太宗李世民也不一定会对这个小眼睛的女人大加宠幸，以致使太子李治窥色惊艳为以后重拾旧情提供了机会吧？就算李世民不太在乎武则天眼睛小不小，那年轻好色的李治就一定会钟情于她吗？这么一连串"如果"下去，并非绝色的武则天就不可能利用自己的天赋本钱一步步逼近最高权力核心，大唐的天下就不会一度落到武氏手中了。我们还可以继续设问：要是杨玉环不是天生尤物，倾国倾城，怎么会"一朝选在君王侧"呢？就是万幸中选，那玄宗皇帝李隆基后宫佳丽如云，她又怎能集"三千宠爱于一身"？又怎么会导致险些葬送大唐王朝的"安史之乱"？还有，若是明末名妓陈圆圆只是一个姿色平常的艺妓，她怎么会被当成筹码，在决定中国历史面貌的关键时刻，身不由己地卷入了明军、清军和李自成起义军三大势力角逐的旋涡？又怎么会成为重色轻义的吴三桂的宠妾，在相当大的程度上左右着吴三桂的政治取向，使吴三桂"冲冠一怒为红颜"，最终倒向清军，从而造成力量的倾斜，加速了清军定鼎北京的进程？我们还可以提出：倘若叶赫那拉氏当年不是姿容出众且有一副好嗓子，她随口唱的江南小调怎么能吸引住偶然于此时路过的咸丰帝奕詝并马上得到奕詝的垂青？如果没有这次因美貌而起的激情邂逅，日后的清王朝就不会有什么慈禧太后，那一页历史很可能会呈现出另一种面貌，"秋瑾们"的血也许就不会那样抛洒了……

但是这一连串的假设只是反复证明着一个不争的事实：女性的美与爱，这偷食伊甸园禁果的人类始祖亚当睁开眼睛就看到的无边诱惑，所具有的颠倒众生、疯魔世界、影响历史的力量。这种力量来自女性的本色魅力，是润色人间、陶冶人性、化育万物的化雨春风。女性的美色与爱情是历史进步过程中必然生发的于促进历史发展所不可缺少的激素。如果说有的女人曾经在某时某地某事上导致过邪恶、失败，那并非美与爱之罪，而是当时政治、经济、军事、文化等因素错综复杂交织在一起形成的趋势所致，是以父权为中心的阶级社会的权欲思想和道德观念影响、侵蚀女人心灵的结果。男性如果真正懂得女性美与爱的不可阻挡的力量，懂得怎样爱护它，发挥它的作用，就能让它沁入心田，化为血肉，真的就能变得高尚神勇，力大无穷……

因此，问题应该变成这样提出：如果没有男权社会中权与欲的诱惑和驱使，如果没有以男权为中心而展开的你死我活的争宠角逐，如果当时的政治格局中有一套节制权力防止野心的制度和办法，手握重权的男人们如果不沉迷于酒色而蒙蔽了理智，如果不是那么嗜色如命且品质低劣，那么，与他们有关的那一页历史也许真的不是以悲剧终场，而与他们有关的那些美女也会是另一种结局，别一样命运了。

六

已经过去了多少岁月，羞答答的玫瑰一直在静悄悄地开放，在浓重的阴霾下，在凄切的风雨里，宠爱有加也罢，无情作践也罢，它总是呈现出淡雅可人的色泽，飘送着沁人心脾的幽香。但是，它也会凄艳地凋零萎落成泥，如唐琬般沉玉埋香，空留下化解不开的浓重的惆怅与忧伤；它有时也会如烈焰似的燃烧，将天空晕染成触目惊心的一片猩红，让人椎心泣血遗恨绵绵。所以，当秋瑾写下"秋风秋雨愁煞人"的绝命诗而愤然掷笔玉碎香消时，那血染的玫瑰真是开到了极致。

沉玉埋香，香消玉碎，怜香惜玉，悼玉悲香，这"香""玉"二字的确只有那被造物赋予冰肌玉骨、兰麝芬芳、花容月貌的女性才当得起。"云想衣裳花想容""花为容貌玉为神"，写的不是女性又是什么呢！令人浩叹的是，人世间如此美妙的珍物，却常常和"沉埋""怜惜""悲悼"等冷漠伤情的词联系在一起，难道二者之间的这种关联不可以一刀两断、一劳永逸地结束吗？

我没法不再次想到秋瑾。当她在毙命前一刻大义凛然写下"秋风秋雨愁煞人"的诗句时，内心深处难道没有波澜吗？这么美好的生命被残暴地毁灭，是暴殄天物，当天地同悲。她肯定如秋花般痛切地感受到了在风刀霜剑摧割下的痛楚和悲怆，这才有了"秋风秋雨"之感。临刑前秋瑾向刽子手提出三个要求：其一，给亲友们写信告别；其二，临刑时不许脱衣；其三，死后不以首级示众。足见一位尽管"身不得，男儿列。心却比，男儿烈"的女性革命者至死也没淡忘的性别意识和对自己性别角色的卫护。

花开花落两由之。无数个唐琬、香君香魂杳杳，红颜烈慨的秋瑾也侠骨茫茫，只留下一代又一代有良知的人们怜香惜玉、悲香悼玉的无尽哀思……

万幸的是，现在，经过志士仁人从"秋瑾们"流血牺牲开始的百余年的奋斗，我们已从根本上将造成女性悲剧的社会制度铲除了。今天的女性特别是为数还不算多但也不算少的时髦女性，她们身上那种过去基于传统女性意识而生的娴静、克制、羞怯、温柔等品格已越来越少越来越稀薄，她们在过去只属于男性的各个传统领域和新开辟的领域都试图与男人们一较短长；而最前卫的那些"新新人类"的年轻女性们则走得更快更远，她们在外表、服装、时尚、做派、行为方式乃至道德取向上，都越来越混同于和她们同样前卫的男性。女性男性化、男性女性化的趋势和结果必然是不男不女的中性人趋多，她（他）们身上，已很难找到令人怦然心动的女性魅力和给人以坚强依靠的男性胆色了。

唐琬那一缕幽魂千百年来所期待的难道就是这样一道风景吗？将女性生存境界推到极致的秋瑾拼将头颅所要换取的，难道就是如此的性别泯灭吗？它难道就意味着男权社会、男权文化遗存的淡化吗？

当然，更多的女人在滔滔而来的品牌时装、高级化妆品、高科技美容术、时髦瘦身术、健身法的魔法作用下是变得更漂亮更妩媚了。可是，在光怪陆离、唯利是图的商业运作中，她们中有的人沦落为性奴，而另外一些秉承了冰雪之操的女人却在各种关键时刻毫不犹豫地奉献出生命，而将青春与美丽置之不顾……

被践踏的玫瑰啊！

浴血盛开的玫瑰！

一个社会，如果让女性沉沦，践踏那美与爱的载体，造成唐琬、香君式的悲剧，固然不是合理的社会；但一个社会如果形不成对女性的自动保护机制，动不动就需要女人像男人般受皮肉之苦，遭生命之险，同样还不能算是健全的社会，不管是事出有因还是事出无因。的确，随着进化，似乎女性在智力上乃至体力上都不输于男性，近来的事实还表明，在百米、二百米竞赛等体育项目上，女性速度最快者与男性几无差别了。在越来越多的领域，女人们毫无愧色地与男人们平分秋色。这都是事实。当然，不管何时何地，个别女性因"异化"而逸出女性的整体，成为社会的祸害，这种现象总是难以避免的。就个体生理状态而言，女性接近甚至超过男性者也不少见，但就整体而言，女性就是女性。在体能上、心理特征和生理构造上、行为规范上、自然和社会使命上，女性在可见的将来都无法与男性混同。她们在与男性享有同样的人权和其他多种权益的同时，呈现和展示只属于她们的那种天地之至美，将是人类的大幸福。这是天意。是造物主造人时就定下的判阴阳、分雌雄的准则。

天意难违！

2001 年 6 月

啊！大师

一

希腊北部马其顿与忒萨利亚之间有一座高山，这就是希腊神话中诸神的栖息地奥林匹斯山。太阳神阿波罗、智慧女神雅典娜、爱与美之神维纳斯、战神阿瑞斯、火神赫斐斯塔司、文艺女神缪斯、海神波塞冬、医神埃斯库拉普、山林之神帕恩等各路神依据他们在诸神谱系中的地位，在奥林匹斯山上居住、履职和游乐，由此构成一种类似人间王国的等级关系，而雄踞于这个等级最顶端的是万神之王宙斯。宙斯作为至高无上的天神，掌管雷电云雨，主宰人间祸福，威力无俦。他高高坐在奥林匹斯山的神位上，左手抚按神雕之头，右手握着狄坦神赠送的霹雳棒，他的每一表示，都会使天空和大地为之震动。

很早以前读到希腊神话中这个关于奥林匹斯神山的故事，"一切人与神之父"宙斯的不容置疑的权威和崇隆的地位给人留下深刻的印象。试想，这位大神若不是法力高深身怀绝技德高望重何以慑服众神！从此，浮现在脑海中的宙斯就人格化为身材伟岸、容颜俊朗、银髯飘舞、目光如电、不怒自威的伟岸丈夫。

及长，负笈京华，读先哲书，恩格斯在《费尔巴哈和德国古典哲学的终结》中说：歌德和黑格尔各在自己的领域中都是奥林匹斯山上的宙斯。歌德、黑格尔是何等样人物！一位是世界文学巨匠，一位是开宗立派的哲学宗师，声名震撼当代，影响远及后世，地位难有人比，本身就像一尊"神"。将这两位文化泰斗比作万神之王宙斯，无非是充分肯定他们文学大师、哲学大师的地位，肯定他们在各自学术文化领域中的领袖群伦的作用。

大师！这真是一个令人肃然起敬的称号。世上权力比他大、职位比他高、财富比他多的人可说是车载斗量不可胜数，一部有文字记载的历史就是这些帝王将相、达官贵人、豪绅巨贾争名于朝、逐利于野的历史，他们煊赫的气焰、熏天的权势、富可敌国的财力可令芸芸众生拜倒尘埃，但却不敌文化大师们的文采风流。在大师们穿越时空的智慧之光、他们创造的艺术瑰宝的永恒魅力面前，甚至连位居九五之尊的统治者也得退避三舍。而历史事实往往是，有些达官贵人之所以名垂后世，不是因为他们的地位、权势和财富，而恰恰是因为他们的人文建树，如宋徽宗赵佶和宋元间的赵孟頫，作为一代昏君和两朝元老，他们不是留下骂名就是被人遗忘，但作为杰出画家，却流誉至今。

大师，不论这是称谓还是实体，必然要和权威、独创性、卓越建树、深远影响等联结在一起。一提大师，人们自然而然就会想起中外古今一连串光辉名字，即以艺术领域而论，中国的顾恺之、张择端、范宽、梁楷、仇英、陈洪绶、朱耷、石涛、金农、任颐……国外的波提切利、乔尔乔内、提香、鲁本斯、委拉斯盖茨、伦勃朗、库尔贝、莫奈、列宾、苏里柯夫、罗丹……都是当之无愧的艺术大师。说他们是各自时代艺术领域的宙斯，也不过分。可叹的是，在我们接受了大师这个概念的年代，现实生活中已没有大师，不知道谁是大师，也不明白什么样的人才堪称大师。鲁迅应该是大师吧，但称他为"鲁大师"在当时显然与他的"伟大的革命家、文学家"的革命定位不合，弄得不好反倒成了对他的亵渎。及至"文化大革命"之风飙起，"大师"一夜之间连名带实成了敝屣破帽。其时正当学生的我被学校派出到首都最高美术学府去学习画领袖像，在冬天的凛冽寒风中，有人指点着一个又一个佝偻着身子在学校院子里捡拾破烂、打扫卫生的老头，向我们报出了一连串的名字，让几无精神准备的我们听了如淋冰雨、木立在寒风中——这差不多都是我从小就耳熟能详、崇之仰之敬之佩之的著名艺术家啊！他们应该是一袭青布长袍随风飘卷，谈吐儒雅蕴藉，气宇轩昂地出现在莘莘学子面前，咳唾成珠玉，落笔起风云，怎么成了现在这种被人呼来喝去斯文扫地的受难者呢！

我不知道，在那个年代，有多少艺术爱好者心中的奥林匹斯圣山一夜之间土崩瓦解夷为平地。然而世上事常常是三十年河东三十年河西。没有大师推倒大师的年代转眼逝去，接踵而来的却是一个始料不及的泛"神"年代。记得是 20 世纪 90 年代的一天，我到某省会宾馆公干，至迎宾楼前上台阶，台阶颇高，愈显得楼堂的飞檐斗拱法相庄严；刚上得一半，就见一群人簇拥几位西装革履气度不凡的先生迎面作势欲下。其中的相识者给我介绍其中一位，说是著名书法家某某。某某乃递过一张名片，微笑着，居高临下地伸出右手，于是握手。拜拜。先生们渐行渐远。我方恭读名片，上面赫然印着"世界双笔王某某"。事后遍问书界贤达，均不识某某为何方神圣。不过愚以为，都南面称"王"了，不是"大师"是什么？这是我与"大师"首次邂逅，不免大惊小怪。几年后，我出差某地开会，下榻一度假村，接风宴上，主人向宾朋郑重介绍一位后到的秃顶中年人："这是某某大师，他的画堪称当世一绝……"于是举座肃然，继之觥筹交错，"大师""大师"的尊称如雷贯耳。我这才想起，这位"大师"别的不知其详，画几笔竹子还是蛮熟练的。席散后主人告曰："大师"近年来徜徉于南都北国之间，每来此地，为主人画几竿竹子，两月"白居易"也。

这以后，书画"大师"们不仅同气功大师、方丈大师们一样行走江湖，还像歌星影星一样以愈来愈高的频率亮相于各种传媒，在形形色色的笔会上、展览会上竞相献技，仿佛奥林匹斯山上的诸神纷纷将他们的桂冠赠给了改革开放后中国的书画家们，以便一露峥嵘似的。于是乎，"大师"从歌德、黑格尔这样"众神之王"式的巨人超人逐渐演化成蜕化成凡夫俗子，正不知是文化的进步还是文明的悲哀……

二

又不知过了几多光阴，直到某年某月某日，我们漂洋过海来到梵蒂冈，站在了圣彼得大教堂的大厅里，才如聆神示般，切身感受到了大师的真髓，感受到了大师魅力造成的经久不息的一种有质无形的强烈精神震撼。圣彼得大教堂有千多年的历史，整个建筑规模宏大，结构雄伟，外观巍峨，美轮美奂。全用钙华石块砌成的教堂大厅庄严峻峭，高耸如天穹的大圆顶出自文艺复兴艺术巨匠米开朗琪罗的构思。厅堂内立面和天穹的装饰华光璀璨，精美绝伦，叹为观止。四座巨灵神般的巨型雕像庄严静穆，无语俯视脚下如蚁的游人；由大建筑师贝尔尼尼建造的著名的青铜祭坛华盖巍然耸立如擎天之柱，而它细部的精雕细刻又极尽富丽堂皇，那种金属的光泽令人目眩神驰。看惯了东土土木建筑的我们乍一置身于这座历史悠久、气度恢宏的艺术之宫中，有一种身体内部的什么东西在刹那间一冲而上破空腾起的玄妙之感。用《西厢记》中张生乍见莺莺时"眼花缭乱口难言，魂灵儿飞在半天"一语差堪比喻。不过这种"魂飞魄散"不是"惊艳"，而是高山仰止的惊叹。同行者啧啧连声：人啊，怎么会有这样不可思议的神工鬼斧！只有宙斯，才会创下如此这般的神迹！

待到进入西斯廷礼拜堂目睹米开朗琪罗在巨大穹顶绘制的9幅《圣经》《创世纪》油画和覆盖西斯廷礼拜堂整面后墙的《末日审判》，那气势磅礴威严可畏的画面，孔武有力结构无懈可击的人体，各尽其妙的神态，博大深邃的思想和燃烧的激情，极富冲击力的色彩，简直让观者目眩神迷，由衷地产生一种要向绘制此画的大师顶礼膜拜的冲动。从1508年到1512年间，米氏躺在高高的脚手架上，仰着脸在头顶600平方米的天穹上作画长达4年之久。完成这项艰巨的工作没有超人的毅力和精力是不行的，以致米氏完成此画从脚手架上下来后身体各关节都没法伸直，甚至看信都不得不仰着脖子。而作《末日审判》时米氏已届花甲之年，垂垂老矣，可他仍以惊人的魄力和超凡的技巧用5年时间完成了这个画幅达221平方米（一说为234平方米）的巨制，使之成为人类艺术史上的瑰宝。画中那一大群尺度巨大的裸体人物以压倒一切的气势体现出米开朗琪罗异乎寻常的强大精神力量。一位友人在写给米开朗琪罗的信中说："人们对《末日审判》的赞誉在我耳际鸣响。我想，由于它的美，当基督披着光辉来临的那一天，他只能命令所有的人采用画中的姿态，展现画中的美，他会让地狱保持你所画出的黑暗，因为他怕自己不能安排得更好。"它的感染力、震撼力、冲击力是如此不可阻挡，以致委托画此画的教皇来此巡视时面对壁画竟脱口喊道："主呀，你于审判之日请勿判我有罪！"

再看那名闻遐迩被世人誉为"殆非人工，实乃神迹"的《圣母哀悼基督》和《大卫》两尊雕像，竟然是米氏二十几岁时的作品，怪不得当时的人们就认为米氏实非凡人，称呼他为"神圣的米开朗琪罗"而不怕亵渎神明。

意大利的文艺复兴产生一位神人式的米开朗琪罗已是全人类的幸事和奇迹，可是能够与他比肩而立的竟然还有拉斐尔和达·芬奇。米氏活了89岁，漫长的一生出入于雕塑、绘画、建筑各领域而硕果累累，而拉斐尔却英年早逝，但他短短37年的生命却爆出那样夺目惊心的奇光异彩。他留下的鸿篇巨制如《雅典学派》《圣事论战》《主显圣容》《西斯廷圣母》等，展示着人类才智和技能所能达到的最高境界，使他与米氏和达·芬奇并列为文艺复兴三杰而毫不逊色。至于达·芬奇则是一位全能的、百科全书式的旷世天才，文艺复兴最全面的体现者和集大成者。他集画家、雕刻家、诗人、音乐家、建筑师、工程师、科学家于一身，在每一个领域都卓建不凡、名垂后世。他的《最后的晚餐》罕有其匹，《蒙娜丽莎》则是巴黎罗浮宫的镇馆之宝。

我想起当年在罗浮宫美术馆的长廊里梭巡时，在纽约大都会博物馆的展厅里注目时，在特列恰柯夫美术馆里巡礼时，两边厢那一座座雕像、一幅幅油画散发出的艺术魅力直叫人目不暇接、心无旁骛。每一幅都是巨作、杰作、名作，每一作品后面似乎都隐藏着一位大师，一位既陌生又熟悉、既久远又亲近的大师，一位呼之即出若有神助的大师……只要想一想，你，"寄蜉蝣于天地，渺沧海之一粟"的一介凡夫，此时此刻竟然与古往今来如此众多的艺术巨匠"共聚"一堂，随便想起哪位闻名已久的大师，众里寻他不见，蓦然回首，他却正捻着胡子微笑地站在你身旁——这种经历、这种感觉是多么奇妙啊！

三

可以斗胆地说，中国没有意大利文艺复兴三杰那样的艺术大师。过去没有，现在也没有，没有这种在思维能力、精力乃至体力的充沛上，在将科学与艺术的完美结合上，在作品规模的宏大辉煌上都以直观的感性形式咄咄逼人、几乎是以压顶而来的威力让你匍匐的大师。中国的历史传统、哲学理念和人文背景都不能营造出产生这种大师、巨匠的生态环境。即便是和梵蒂冈教皇有某种类似之处的宋代皇家画院和清代帝王的御前画苑也不可能产生出米开朗琪罗或达·芬奇、拉斐尔，而只能栽培出赵佶或郎世宁之辈。

赵佶、郎世宁何许人呢？他们在中国历代画家中均非庸碌之辈，而是可上艺界凌烟阁的人物。赵佶不仅花鸟画技艺高超，是南宋"院体画"的代表，而且异帜独树地自创了一种"瘦金（筋）书"。郎世宁作为供奉清廷的意大利画家，则将西画的造型能力、光影技巧与中国画的要素巧妙结合起来，形成一种不中不西亦中亦西的崭新画风，为世人所喜闻乐见。但是他们还登不上大师神殿。真正的大师，尽管在性格上、趣味上、做派上、交游上不必求全责备，但不能有严重的人格破损和道德缺陷；真正的大师，其作品应该有丰厚的文化含金量和丰富的时代信息量，在技艺层面上必得有自己的绘画语言体系，不是开宗立派就是独树一帜；真正的大师，其作品和风格必定会在生前身后造成绵延不绝的影响……以此衡之，赵佶当皇帝荒淫无道，导致国破家亡，其画作自然主义痕迹浓重，失之于纤弱。郎世宁毕竟是西人而入于中国画，其文化素养先天不足，画品难于臻神妙之境。故未足当大师之誉也。

但是中国绝对有自己的大师，当然是具有中国特色的大师，这是一些在人格的峻拔高洁上、在文史典籍的浸淫和学养知识的广博深邃上、在诠释博大精深的中国文化要义上均独树一帜的大师。这样的大师既是艺术大师，往往又是文化大师。

八大山人朱耷就是这样一位三百年来独步古今的艺术巨匠。朱耷乃明室宗亲，在以清代明的大动荡中成为沦落市肆的贵胄王孙，国恨家仇和个人生活的巨大落差无疑在他的思想上烙下了深深的不可磨灭的印记。他一生拒不出仕，曾一度遁入空门以避世。据清人陈鼎的《八大山人传》所载，朱耷病癫，"初则伏地呜咽，已而仰天大笑，笑已，忽踊跃，叫号痛哭，或鼓腹高歌，或混舞于市，一日之间，癫态百出，市人恶其扰，醉醉酒，则癫止。"实则朱耷的"癫病"是装出来的，一则佯狂以保身，二则借癫以泄愤。他的好友裘琏就是明眼人："闻雪个病癫，归老奉新，予疑其托而云然。"一个正常人要逼迫自己装疯卖傻，可见周围生态的恶劣和个人孤愤之深沉。这些同他的知识分子人文思想融汇在一起，形成了他画作中傲岸冷峻、飘逸高古的精神品格。他精研儒、道、释，出入诗、书、画，深厚的学养直追国学巨擘，开文人画新风，使其画作的艺术层次臻于极顶，所至之境，人莫能入。由于他的绘画艺术在数百年前就植于传统又出于传统而入于现代，将中国画推向简约、单纯、夸张、变形乃至抽象的水墨大写意的艺术发展新阶段，与西方现代艺术的某些特征相吻合，因而具有难能可贵的超前性。试看他的《孔雀图轴》，系闻官僚宋某家中有孔雀奇花有感而作。图中山石花鸟均以"减笔"为之，孔雀用笔极精到简括，却以漫画形式出之，翻白眼而形已变居危岩而势欲堕，三根孔雀尾恰似清朝官员的顶戴花翎。此画构图奇倔，弄险化险，用笔用墨出神入化，前无古人，后无来者。难怪有人将"八大山人"比之为中国的凡·高，认为此二人"可以说是人类艺术史上的两个奇才。不仅是作为艺术家，而且作为知识分子和富于情感的人，他们永远以其独特性而又带普遍意义的典型性吸引着后世的人们"。

我每当端详着"八大山人"的画像，心里就寻思，这个清瘦的、身着布衣的貌不惊人且似乎有些拘谨的诗僧，除了两粒眸子黑如点漆外，整个一乡里冬烘先生模样。他那瘦小的身躯里，怎么能蕴藏那样可怕的颠覆传统的力量，他的艺术怎么竟能超越时空而与今天的现代艺术合拍呢！

这才是真正的大师。

让人遗憾或失望的是，尽管是屹立画坛数百年不倒的艺术大师，倘若将"八大山人"的画作与西方绘画大师的作品并陈一室，那么"八大山人"那些画在宣纸上的简约清纯冷逸高古趣怪冲和的作品的光彩，会尽为西画富丽堂皇的形式璀璨辉煌的色彩所掩，显得惨淡无光。无论是近些年这家出版社出版的《中国巨匠美术丛书》列入的大师，还是那家美术出版社推出的《中国画大师研究丛书》中开列的画家，其画作在外在形式上没有任何一位可与西洋大师比肩，甚至他们的生活条件也远不如西洋画家的华贵。我曾瞻仰过"八大山人"和青藤这两位大师的故居，那不过是江南常见的青瓦粉墙土木结构的几间平房，纸窗木牖，室内陈设至为简洁，如同其画，四壁萧然，寒气沁人。周遭一片静谧。唯有修竹龙吟，松梅照影。然而就是在这淡泊宁静的处所，远离了尘世的浮嚣，散淡了名利的羁索，刚刚沐浴焚香的大师遥望长天，临窗展纸，澄怀静虑，解衣盘礴，留下了千古不朽的杰作。这些作品中的每一根线条，每一处墨渖，每一个意象和意境，都内蕴着多少天声海韵和人文精神，积淀着画家毕生的人格素养、笔墨修为和学识精华。正如画家刘国辉在谈到中国画大师的用笔用墨时的精彩形容："用笔干枯，蘸墨少许，运笔匀定，以内劲将墨水从笔锋里徐徐挤出，一个'挤'字集凝涩、滋润、圆劲、饱满于一体，堪称绝唱。"又说："那渗化的墨色似永远在进行中，因而给人以新鲜未干的感觉，气韵随之而生……"身怀此等绝技的大师，功力往往深不可测。更何况大师们极善以虚当实，计白当黑，他们留在纸上的寥寥数笔、疏疏数点，以一当十，以无当有，空白处或海阔天空，或千军万马，数条波纹引来烟波浩渺，几笔勾出的一袭飘动的袍裾，使人感受到漫天风暴，那似与不似之间的物象则又直写出大师的万千心象……这种艺术的超前性使它内里与西方现代艺术精神相通。

这样的大师，夺天地之造化，参宇宙之玄机，真正是当之无愧的神——画神。面对他们，产生礼拜的冲动再正常不过了。难怪同样身为大师的齐白石会写下这样的诗赞："青藤雪个远凡胎，老缶衰年别有才。我愿九原为走狗，三家门下转轮来。"

四

作为古代画家的朱耷却有着与现代艺术相通的超前审美精神，这使人很容易将他与西方现代派大师联在一起。王朝闻先生就说过，他于1991年冬天在巴黎看了毕加索、莫奈等画家的原作，增加了他对中国民族艺术的自豪感，对八大山人的作品也更感兴趣了。王老在巴黎买到印有毕加索人与牛斗作品的明信片，王老认为："其洗练和生动的程度接近八大山人的花卉。他那寥寥几笔就画出的愤怒了的牛的犟劲，其造型的表现力和八大山人画的水仙花以及松树的舞姿有异曲同工之妙……"

尽管如此，细细想来，同为艺术大师的毕加索其实与朱耷还是很不同的。跟"八大山人""墨点无多泪点多"凄风苦雨的一生相比，毕加索的一生可谓风光占尽。他在有生之年就已得到众多的荣誉，富豪般的生活十分优裕，他频频出入上流社会，广交各界名人，大不同于朱耷先是伴青灯古佛，后老守田园、自甘淡泊的生活。身材粗壮精力过人有着斗牛士性格的毕加索与女人格外有缘，虽然洋画家多罗曼史，但像毕加索先后与七八个女性结下情缘的实属罕见；也因此他的作品中出现了众多的女性主题、女性形象，女人成了毕加索生活的重要内容和创作的重要动力。

一边是凄风苦雨中愤世嫉俗形容憔悴的山人朱耷，用瘦长的手指拈着秃笔写那怪眼向空的幽禽野鸟；一边是春风得意中左拥右抱激情如火的毕加索，在画布上勾写那三维空间中惊世骇俗的裸女娇娃。

仅此一点，中西两位画家的差别就大得不能再大了，但他们绝对都是艺术圣山上的神。毕加索的最大魅力、他最让人倾倒的品格，我以为是那种永不满足、永不停歇的创新变革精神和不知疲倦永无止境的求知探索欲望，是不断改变自己、超越自己的艺术实践。终毕加索一生，经历了写实主义、立体主义、超现实主义各个阶段，每一次改变都是一次否定和超越。他创立的立体主义绘画语言在其对传统绘画手段的反叛程度上，在对以后现代派绘画发展的影响上，在其大胆无羁上，都使其他画家瞠乎其后，黯然失色。

齐白石也许是一位立足于东方足以与毕加索抗衡的大师。两人都享有九十多岁的高寿。一生作品无数。毕加索旋风般一路扫荡陈词滥调而来，日日新月月新，最终以创立立体主义而享誉世界；齐白石则恰恰应了"不在沉默中爆发，便在沉默中灭亡"之理，他的"衰年变法"有如火山喷发，冲天而起的烈焰岩浆将他的绘画艺术送上一个前所未有的高峰，他亦因此而名震大千。没有破釜沉舟的大决心，没有顿开金锁走蛟龙的大悟性，没有挫天地于笔端的大手笔，何敢"衰年"为此！可以说，没有立体主义的创立就没有毕加索，没有"衰年变法"就没有齐白石。

然而毕大师在使凡夫俗子们的视觉和思维受到一连串刺激和震动之余，也将一个看法可能极端对立的大难题大疑问扔给了后人。

事实上是很多人看不懂毕加索那些标新立异的作品。这只能怪你智商太低。谁叫你不懂西方绘画传统、没有西方审美眼光，特别是不明白现代派的绘画语言呢？"有了毕加索，绘画破天荒第一次在表现形象方面不仅得以再现现实的外表，和通过现实来表达情感，而且还表现有关对现实本身的感觉的思想内涵。……绘画作为艺术家面对某一事物或某一事件有感而生的思想的客观叙述"——这种论断到底有多少审美经验的事实做支撑姑且存疑，问题在于：任何艺术品要有存在的价值就必须诉诸人们的普遍感受。如果一个男人或女人到了毕加索笔下因为要体现出画家"有关对现实本身的感觉的思想内涵"而成了《卡恩维勒肖像》《镜前的女人》《穿衬衫的妇人》中的模样；如果一个事件成了画家"有感而生的思想的客观叙述"因此构成了《格列尼卡》中的拼贴图景，那么，这只是画家极为个体化的感受而已。一般受众产生不了也体认不了这种特殊的感受。真实地摹写物象的写实主义绘画可能会因为摄影术的出现而失去存在的价值，把从几个角度看到的一个物象的几个不同侧面拼接为一体融汇到同一个画面，也会因影视和立体摄影的大行其道而成明日黄花。

绘画就是绘画，雕塑就是雕塑，它们作为感性的艺术，有一千个一万个理由拒绝承载哲学的功用和思想家的使命。标新立异而挖空心思，硬要让在二维平面和三度空间中表现可视物象的视觉艺术离开或肢解形象去玄思怪想，做佶屈聱牙状，做晦涩莫名状，做不知所云状，那大约真得到下几个世纪别一个星球上才找得到知音。

前些年国外传媒曾披露了毕加索的若干信件。大师在信中以调侃的口吻将自己那些久负盛名的抽象绘画称之为"胡闹的谁也看不懂的东西"，而世人竟以假当真人云亦云抬到无以复加的高度。这使人想起了"皇帝的新衣"。英雄欺人，大师亦欺人。毕加索寥寥几笔画出的怒牛，其造型和表现力也许真与八大山人笔下的花鸟舞姿有异曲同工之妙，简约是都简约了，但我想那造型的线条是绝不会一样的。刘国辉说的中国画大师集毕生修为"以内劲将墨水从笔锋里徐徐挤出"，"集凝涩、滋润、圆劲、饱满于一体的线条"，和"那渗化的墨色似永远在进行中"因而让人觉得永远活动着的生气勃勃的画面，其妙处只能怡然心会而难与旁人道。这些具有不可复制性的形式性因素甚至可以从画中抽象出来而成为某种意义上的审美对象，岂是其他任何线与色所能比拟的，又怎么会等于零？

五

对于稍稍年长一些的人来讲，只要一提起白髯飘飘、手拄寿杖、身着中式长袍的白石老人，十有八九会想起时而中式大褂，时而西装革履，气度儒雅，一身书卷气的徐悲鸿。当年齐、徐并称，"南徐北齐"的名头响遍中国，对于20纪五六十年代的我们真是如雷贯耳。如果就功业而言，徐悲鸿是中国美术史上最超卓的人物之一，他不仅集画家、美术理论家、美术教育家、美术和社会活动家于一身，而且几乎在每一领域都做出了开创性的建树。

他是最早走出国门，将西方的素描、人体写生法和写实主义引入中国美术教育和创作的重要先驱；

他是中国现代意义上的美术学院的创建者和徐悲鸿画派的创立者；

他是深具人文精神、画兼中西的杰出画家；

……

这里且撇开这一切不谈，即以画马而论，现在人们看惯了徐悲鸿画的马或画上"徐悲鸿式"的马，以为马就该如此画，或以为画马从来就如此。殊不知从唐宋以来画马基本上是细线勾勒出马的形体，然后以墨色渲染，画法精致而又凝重、高雅、传神，这只要看看曹霸、韩干、李公麟、赵孟頫、任仁发等画马高手的画就可了然。历史上，一种画法刚产生时也许不太自觉，也没有非如此不可的理由，你若有更好的画法完全可以取代它，而不致碰到太大麻烦，人们心里也买账。但是如果这种方法在千百年的实践中被定于一尊，成为模式和程式，也就成了层层因袭的传统力量，再要改变它可就无异于掀天造反，不知需要多大的胆识和魄力；何况，用什么去取代传统画法更是需要高度的智商和情商。当然，清代的任伯年、高其佩等少数画家，也曾尝试过用墨染和意笔画马，但不是点到为止就是浅尝辄止。始终没有出过孙悟空画的那个圈圈之外。但是，徐悲鸿就有这个胆魄和能耐，他依凭对马的解剖结构的深切了解和高强的造型能力，大胆地将书法笔意入画，形成了形神兼备、气势阔大的大写意画马法。从而一举掀翻了延续千年的画马传统和程式，并且还将这种画法推广到画虎、画狮、画牛、画鸡，画一切可画之物。自从有了徐悲鸿，中国画的传统领地里开始出现了一批全新造型的物象，阳刚、大气、凝重、坚实，一扫颓弱之风。这是一场丹炉九转、冻冰百丈、换骨脱胎、天地再造的革命，是一场轰轰烈烈的诞生，千万小觑不得。徐马的创造如此成功，影响极其深广，以致半个多世纪过去，尽管接踵而来的后继者们笔下的马莫不奋蹄疾驰，但至今尚未冲出徐马的巨大影子，这些画家也基本上没跳出徐悲鸿的"掌心"。

这是徐悲鸿的过人之处。但也是画界的悲哀。毫无疑问，无论哪个领域的大师，具体到个人都只能是唯一的，其人其作都是不可重复、不可复制的。即便有人功夫精湛画出来的作品与米开朗琪罗、毕加索、朱耷、齐白石等大师的作品相比几可乱真，那也只是仿作者，永远称不上大师。人类审美的求新性与对重复陈旧的排斥性注定了一个徐悲鸿是画界福音，两个徐悲鸿则是艺术灾难。那么多画家画马而没从根本上摆脱"徐家样"的羁绊，无论如何不是件值得称道之事；更何况时下流风所及，每有一人成功，便有多人趋之效之画风如出一辙；每有一种题材、画法被看好，便有趋时者仿之模之克隆之赝品络绎于道。

如此一来，艺术的独创性到哪里去了呢？

古往今来，真正的大师都是旧传统旧势力（社会的、艺术上的）的挑战者、超越者和反叛者。文艺复兴三杰如此，朱耷、毕加索、齐白石如此，徐悲鸿亦如此。试想，画家徐悲鸿如果还在画唐骐宋骥，那还能有现在的大师徐悲鸿吗？

也许是徐悲鸿生前死后太为时人所重而遮蔽了别人的光辉；也许是他同时尚、同主流、同政治关系太密难免有"歌德"之嫌；也许真是他的教学体系、绘画理念乃至学院派势力积习太深，制约了画坛的某种格局，影响了中国画的现代化走向，他就难免要在肯定之后经受否定之否定的历史检测。这样，出现要将他从既有位置上"拉下马"的说法亦不足为奇了。已经化作夏露春泥的徐悲鸿当然无言。只是难以想象将自己的人生和艺术与当时的政治斗争、政界人物交缠得难解难分，并且以其艺术风格影响了欧洲几代画风的文艺复兴三杰，在听到这种说法时，将会作何感？

六

当徐悲鸿让自己的艺术理想、艺术活动、艺术创作都成为时代精神的体现，而为时尚所称道时，一位才情功力绝不逊于徐悲鸿，并且同徐悲鸿一道为创建中国新的美术教育事业、革新中国画而奋斗并做出了巨大贡献的卓越画家林风眠，却最终走上了一条远离主流社会的道路。林风眠先是为人生而艺术，继之为艺术而艺术，终其一生都在探索中国画的现代发展和未来走向问题，并将之付诸实践，终于彻底开了中国彩墨画的新局面。林风眠笔下的裸女、花鸟、山水从形式到内容上都融汇中西，自出机杼，横空出世，当为守旧者所不容。晚年直面人生、决绝生死的人物画，又为粉饰太平者所不悦。但是他的不同凡俗的审美理念，他的峻洁冲淡的人格操守，他的永无休止探求艺术真谛的内心躁动，他的人文情怀和书卷林泉气，都驱使他走上这一条不见容于当世的荆棘丛生崎岖坎坷的艺术之路。

于是，历史为我们提供了两个完全不同的画面：作为中国新美术运动先驱，徐悲鸿画派创始人而身居中国美术学院院长、中国美术家协会主席高位的徐悲鸿，不仅有足够的权威而且有巨大的影响，真像奥林匹斯山上的宙斯，因而始终处在时代聚光之中，生前盛誉，死后哀荣，其大师地位已历半纪之久而不坠。倔强傲岸不通世故忠于艺术的林风眠则如窃来天火的普罗米修斯，几乎终身处于被缚在悬崖受鞭笞的苦难之中，被排挤，受冷落，遭贬斥，甚至身陷囹圄。"文化大革命"中，林风眠的家被先后抄了十几次，后又被以"国际特务"罪名缉捕投入监狱。他双手被冰冷的铁铐反铐着，心中在默默向上苍祈祷："让我再多活五十年，我可以继续探索出中国现代绘画，乃至世界现代绘画上一个超时空的层次。"侥幸出狱，大难不死，又为了躲避江青的迫害而被迫自我放逐，避祸香江。别说世俗的荣耀、声誉、地位、权势与他无缘，就连一种过得去的生计于他也成了奢侈品。当我这样概述他的不幸时，林老那沧桑的面容，孤寂的身影和因超前脱俗而与世隔绝的无边落寞合眼即来，挥之不去，令我心直往下沉。

然而，在造成这一切苦难的劫数结束之后，在所有的有色眼镜被击碎之后，面对林风眠因峻洁人格和超凡画品而日益崇隆的身影，谁能说他不是卓越的艺术大师呢！

大师是丘陵起伏中的峭壁奇峰，是绿荫连绵中的虬枝神木，独钟天地灵气，偏得日月精华，就像一株太过强大的植物摄取过多的营养水分一样，周围其他的植物就难以长得同样高大茂盛而细小平常，所以大师在芸芸众生中总是稀少的而且往往是孤独的、高傲的。他的思想、行为、作品总是不随流俗与众不同。大师与世俗的矛盾几乎成了规律性的现象。林风眠如此。与林风眠颇为相似的荷兰画家凡·高亦如此。

不敢说凡·高的绘画天赋有多高，至少从技术层面上看，他们这一茬叛逆者既赶不上神乎其技的文艺复兴时代的绘画大师，也比不了技艺超群的俄罗斯巡回画派的艺术巨匠。凡·高之所以能在强手如林的画史上独占一席，在于将奇特的主观感受和强烈的感情色彩融入有限的技巧之中，使他火辣辣的具有超前性、颠覆性的作品别说在当代惊世骇俗，难以为世俗所看好；就是百载之后的今天，我们一见仍然觉得触目惊心。画家体现在画中的狂放不羁、与周围习惯流风格格不入、极端敏感几近神经质的焦躁不安，恰恰是画家的悲剧性格、悲剧人生的反映，它同他的悲剧命运息息相关。凡·高和另一位特立独行的画坛怪才高更本来互相倾慕，他们曾在同一个屋檐下共同生活了两个月，这本来是艺术史上的佳话，这种交往交流会产生多少灵感和佳构！如中国历史上的李白和杜甫，又如徐悲鸿与林风眠。李白于唐天宝三载（744）春由长安赴洛阳后，结识了小他 11 岁的杜甫，两位大诗人一见如故，产生了兄弟般的深情厚谊。他们在一起度过了难忘的半年时光。次年秋天分手后天各一方，再也没见过面，但思念之情历久弥深。杜甫多次赋诗记叙他与李白的友情："余亦东蒙客，怜君如弟兄；醉眠秋共被，携手日同行。"他们彼此将光辉投射在朋友身上，成为中国文学史上辉映千古的双子星座。林风眠、徐悲鸿两位大画家虽然有着不同的艺术理念、不同的人生道路，但作为真正的艺术家，却都清楚并尊重、爱护对方的价值。据李可染回忆，20 世纪 40年代初，徐、林二位和他都旅居重庆，"两个大艺术家都同我非常要好……有一天我要到徐悲鸿家里去玩，我跟林先生讲，我们一道去好不好。林先生说：'我跟你去。'林先生与徐悲鸿见面这在过去是没有的。林风眠到了徐悲鸿家里，徐悲鸿一开门，我说林先生来看你。徐悲鸿非常震惊，样子都变了，马上请林先生进到房间里。话没说几句，徐先生就说，我三天后摆一桌盛大的宴席请林先生。确实三天后就请林风眠。我与李瑞年等几位学生作陪，这是很不容易的。从前的大艺术家是互相瞧不起的，你叫我去看他怎么可以呢，更不用说去拜访了。这件事情可以在艺术史上大书特书的，说明林风眠的心胸很开阔，徐悲鸿的心胸也很开阔。"

大师之间的这种惺惺相惜令人心折。

然而非常遗憾，凡·高与高更这两位大画家却彼此个性不合，互不相容，常常大吵大闹。以致某个晚上凡·高手持锋利的剃刀，威胁要割断高更的喉咙。高更慌忙逃走。结果狂怒之中的凡·高割下自己的一只耳朵并将它送给一位妓女。凡·高此后精神错乱而住进精神病院。具有讽刺意味的是，正是凡·高在精神病院当疯子时，他的画作有生以来第一次被售出。出院之后的某一天他走入一片田野，掏出手枪朝自己胸部开了一枪，两天后溘然长辞。死时才 37 岁。他的画在当时并不走红，但现在却卖出了天价，他本人也日益凸显出一代宗师的风采。

这个事例也许足以说明，一个孤傲超前的天才，其性格可以怪僻乖张不近人情到何种地步！凡·高和高更的艺术见解与画风并不相同，倘若他们当时能像李白和杜甫、徐悲鸿与林风眠一样相互包容相互影响，西方现代美术史上的一些章节恐怕要有所修改吧？但"既生凡，何生高"的局面已成。此时耶？命耶？运耶？

林风眠、凡·高无疑是很"酷"的，我们抚读他们的生平，品味他们的作品时，有一个问题常常困扰着我们的心灵：当这些大师生前背离社会时尚、政治需要、艺术主流而一意孤行，弄出一些不见容于当世的艺术品时，他们在想什么？他们为什么甘于寂寞甚至遭受排斥打击而艺术痴心不改？为何他们要追求、创造这样而不是那样风格、流派的作品，偏偏是这样而不是那样的作品在他们身后身价百倍大放异彩，好像他们当时有预感或预见般？这是偶然的巧合呢，还是真有鬼使神差？

这些问题值得艺术心理学家、艺术史家、艺术理论家写出整部专著去探讨。我总觉得，这里面有一种暗合"时代需要这样的人物，就会创造出来"的唯物史规律的东西在起作用。实际上是由某种生态需要产生出来的天人合一的各种信息作用下形成的启示，在无形中默默地牵引着遥控着艺术家的心智，使他的艺术感觉、艺术理念能超越现在时的阶段而合于未来的时尚与需求，真像冥冥之中有着神谕或看不见的手在引导着他们一样。至于具体是哪位艺术家幸运而又不幸地被选中来完成这一使命，那就要看谁具备接收上述信息的能力了——这样的艺术家往往是朱耷、林风眠、凡·高一类的奇才怪才，他们孤独、敏感、特立独行，不惧路途坎坷和人生落寞，目光和知性永远不知疲倦地向着前方……

于是，随着近些年凡·高、林风眠大师地位在中国的确立，其人其作的重新被评价，时尚变得格外推崇这类专走偏锋的大侠式的艺术家，偏爱这些生前猖狂身后留名的艺术家，他们的生前不被理解遭受冷落不是用大师的超前与世俗的保守之间的矛盾加以合理的解释，而是被低能儿、偏激者当作涂抹、制作光怪陆离"作品"的依据，以至于有"我为下个世纪而画，我的作品百年之后才能为人理解"等宣言。这当然与凡·高、林风眠相去甚远。凡·高、林风眠之所以为大师，不在于其人的特立独行甚至狂怪不羁，也不在其作品的不为时尚和当局所喜好，而在于他们真正窃得了艺术的三昧之火。当他们不管外界如何风刀霜剑相摧，内心如何狂躁不安，仍然与自己的艺术创作抵死缠绵时，他们谁也没想这是在为未来而创作，而只是觉得理应如此——他们就是为这种艺术追求而生而献身的。而宣言专为未来的人们创作的艺术家，只怕其言其做不到未来就已被雨打风吹去。

大师们播下的是龙种。

龙种生龙。然而有时也孵出跳蚤。

七

写到这里，我忽然想到了命运。没有什么东西比命运更令人敬畏的了，尤其是大师的命运之谜。

我在威尼斯的灌满咸湿海风的古旧的石板小巷里穿行；我在梵蒂冈庄严辉煌的圣彼得大教堂的穹隆式圆厅里仰望那些壁立了数百年的栩栩如生的雕像；我在佛罗伦萨的米开朗琪罗大广场凝望肌肉偾张的大卫雕像那紧拧的双眉、翕动的鼻翼；我在巴黎罗浮宫隔着防弹玻璃罩久久品味着蒙娜丽莎永恒的谜一般的微笑——每当这种时刻，我就止不住地遐想，中世纪发生于欧洲的文艺复兴是人类历史上极为特殊的年代，是只能有一次不可再现的年代，它似乎将人类的整个儿精气神聚集起来，在那个时刻做了一次天地为之低昂、风云为之变色的总释放。否则，怎么能在这么一个狭小的地方产生出以文艺复兴三杰为代表的大批艺术大师!对这种独特现象,你可以从各种不同角度、用形形色色的理论,做出各式各样的阐释;但又总觉得言不尽意,正有一种"怡然神会、妙处难与君说"的玄妙神秘之感,这就是天地玄机。少了这种天意,世界就将一览无余。

达·芬奇、米开朗琪罗、拉斐尔毫无疑问是命运的宠儿。生在那个独一无二、聚精会神的年代,他们受造物主青睐如此之深,以至如同时代人瓦萨利所说,"偶然地,以一种超越自然的方式,上天把极为丰富的美、仁慈和才能不可思议地赐给了一个人,这使他把别人远远地抛在了身后。"瓦萨利说的是达·芬奇,实际上这个赞词对其他二位也完全适用。唯其如此,他们才会创造出文艺复兴鼎盛时期的辉煌日出。但是,即便是这样宛若天神般的伟大艺术家,倘若生在中世纪或另一个专制的年代,那"暮云合璧"造成的狭小空间岂能容得下他们大动干戈再造乾坤,那种种的桎梏和束缚又怎能允许他们身与心的自由奔放的舞蹈!他们的天赋才华与激情都会被风干、消磨掉,即使创作,也必定会如丹纳所说,"绘画和雕塑中的人物都是丑的,或是不好看的,往往比例不称,不能存活,几乎老是瘦弱细小的,为了向往来世而苦闷,一动不动地在那里期待……不宜于活在世界上,并且也把生命许给天国了。"

由此可知,人类有文字记载以来的数千年历史中,会有多少天才被埋没、被摧折、被扼杀。

像徐悲鸿这样的艺术家,似乎天生就是要为时代而艺术的,他的艺术走向审美取向同时代方向完全一致,他的艺术成就同这个时代所要求所能达到的艺术水准也完全一致,所以顺理成章理所当然地成了时代的弄潮儿、幸运儿。时代选择了他，他也抓住了时代；时代因他而在艺术中发现了自己，他则因时代的厚爱而成其为大师。

文艺复兴三杰和徐悲鸿这些大师的命运，与凡·高、林风眠的命运截然不同。不同的命运又造就了艺术家的不同风范。三杰作品那种庄严巍峨神圣不凡的气度，凡·高作品那种奇光异彩狂放不羁如旋风般奔涌的激情，徐悲鸿作品那种法度从容恂恂儒雅的大家气派，林风眠作品那种独树一帜的孤傲冷峻，都是同他们的命运、同他们的角色定位相符的。

艺术家的命运同他们所处的宏观的时代背景、他们的具体的社会环境以及由此造成的生存状态（包括生理的心理的状态）息息相关。每个时代总有属于这个时代的独特的时代精神、时代风尚、时代事件，它们必然会从两个方面作用于艺术家：一方面，通过这种或那种方式、这种或那种渠道直接渗透艺术家的思想，影响艺术家的趣味，干预艺术家的人生，在他们的生活、精神、作品上打下时代的印记，形成一定的时代特色；另一方面，它又会影响着构成艺术家生存环境、与艺术家发生关系的那些人物和事件，并通过这些人物和事件的变化来影响艺术家本人的生存状态。但是，这两种作用会产生什么结果，最终取决于艺术家个人的性格、操守和理念。生活在同一时代的徐悲鸿、林风眠都是喝过洋墨水的知识分子，都立志复兴中国的美术事业，结果是一位为社会主流所推崇，另一位却备受冷落乃至排斥；一位推陈出新，另一位标新立异。这两位大师的命运和风貌如此不同，简直就像冰与炭的殊异。然而影响艺术家命运的还不止于此，甚至连寿算短长这样一些偶然性因素有时也起着至关重要的作用。人们十分清楚，如果画家齐白石没有"衰年变法"就不会成为大师齐白石，而"衰年变法"要得以发生并大获成功的前提就是活到九十多岁。曾经点化过齐白石，对齐白石的"衰年变法"起过直接促进作用的陈师曾，论学识、修养、悟性皆为一时俊彦，其画作名重当世，但可惜天不假年，遽然早逝，终未成一代宗师。真所谓造物弄人，天妒英才，令人太息。

八

不知道有没有人统计过，人类文明史上流传到今天的艺术品有多少，相信那大约是个天文数字。但是只要到那些举世闻名的博物馆、美术馆去看看，不论是巴黎的罗浮宫还是北京的故宫博物院，也不论是意大利的梵蒂冈城还是台北的"故宫博物院"，你肯定因为"万美皆备于此"而叹为观止。收藏、陈列于这些艺术殿堂中的艺术杰作，是五千多年来在地球上世世代代存活过的总计七百多亿人的审美理想、审美经验和审美实践的物化成果的精华。它们不仅反映着、折射着人类各个时代在各个国度和民族那里的物质生存状态和心灵演化史，蕴含着极其丰富而又久远的政治的、经济的、社会的、文化的信息，而且不断地向世人证明，人的智慧和技艺能够达到怎样不可思议的高度。

不过，尽管现在留存下来的艺术品是全体人类艺术实践活动产物的精华，应该归功于全人类，为全人类所共有，但显而易见的是，它们被创作出来，不可能假手于全人类，而只能借助于人类在艺术领域中的代言人亦即艺术家特别是艺术家中的高手来实现。

这种艺术高手就是大师。

大师的出现和存在是客观的必然的事实，不是应不应该产生的问题，而是在何时何地以何种方式产生的问题。当时代需要而且大师存活的各种要素都具备时，大师就会以不可阻挡之势涌现。例如文艺复兴时期以三杰为代表的一大批杰出艺术家风起云涌、波澜迭起，蔚为人类文明史上千年难得一见的壮景奇观；而在另一些地方，却可能千年也难得出现一位真正的大师。

大师是人类自身获得发展的不可或缺的要素。就像铺天盖地的万千奴隶创造历史的过程中总要推出杰出人物、英雄人物、伟大人物来发挥先锋作用、领军作用一样，人类在艺术领域中的突破和发展也必须依靠那些眼光卓越、才华出众、满怀创造激情和创新意识的优秀艺术家的创作实践才能实现：没有达·芬奇、米开朗琪罗、拉斐尔为代表的那批艺术巨匠，意大利的文艺复兴就没有今天我们所领略的这种万斛风情，甚至没有"复兴"之可能，人类文明史上的这一页就将出现空白。没有毕加索，没有毕加索冒着亵渎神明的风险，彻底否定自文艺复兴以来视三度空间为主要目的的传统绘画法则，从而创作出《阿维尼翁少女》一画，那么在现代派艺术史上占重要地位的立体主义也许不会产生。而如果没有徐悲鸿和他所开创的徐悲鸿画派，则中国近现代美术史就得彻底改写……大师是一种巨大的社会存在，人类历史因有了大师而冠冕堂皇，辉煌灿烂；而风流倜傥，风光旖旎；而峰峦起伏，胜景百出。

大师是人类心灵历程上的路标，人们由它可知艺术发展的来龙去脉，可以由此确定自己的艺术走向；大师是艺术发展史上的里程碑，艺术史家们可以据此划分艺术的发展分期，做出艺术成就的总结；大师又是艺术后来人攀登艺术高峰的阶梯，能够站上这些巨人肩头的人必然成为新一代的大师；大师还是人类艺术创造力的标尺，它能准确地客观地标示着人类的智慧之花能在难以企及的高度纵情绽放——归根结底，大师是大自然育化人类时赋予它的神妙之手，是无所不能的"上帝之手"，是卡莱尔、罗曼·罗兰称之为"英雄"的时代精英，是一个国家、一个民族的骄傲，是人类在各个领域的发言人。没有大师的时代是"失语"的时代，它将难以被历史记录在案，无疑是可悲的时代，失落的时代。请读读各类艺术史乃至人类文明史，有大师的时代被那样浓墨重彩、不厌其详地写满章章节节、篇篇页页。要表述大师，就必须介绍、分析时代，必须描绘产生大师和大师活动的环境；反过来，要叙述历史，就必得交代构成这历史的人和事，首当其冲的就是对推动历史最有力、最能反映历史、成为历史纪念碑式的杰出人物，包括大师——于是，历史因大师而彰显，大师因历史而流传。这就是人们为什么言必称希腊，言必称三杰，言必称汉唐，言必称齐徐的缘故。

我们每当读到孕育了文化巨匠、艺术大师的那段历史，心中总是充满崇仰，充满激情。流光溢彩的大师们或是跌宕起伏，或是波澜壮阔，或是充满内心矛盾，或是挣扎苦斗，或是激情澎湃的人生与创作连同那个时代，那个国度，那个环境，给了人们多少启示，多少向往，多少感受啊！这样的历史真是可赞可叹，可圈可点。而没有大师的历史却几乎成了"史外史"，苍白、滞板、灰暗、阴郁，恰如那个时代人们的精神状态，比如欧洲中世纪史。而有时某段历史因政治的、经济的原因搞得非常糟糕，几乎到了"吟罢低眉无写处"的境地，却因有一个半个大师级或准大师级的人物出现而有了引人注目的亮色，于是这段历史被人们拿来重新审视。赵佶之于北宋就是一个典型案例。赵佶是不幸的，他缺乏政治雄才，不明国务，上苍赋予他的是艺术天分，而现实却让他坐上了皇帝宝座，加之个人性格中的种种缺陷，结果落得个祸国殃民、身死异域的可悲下场。赵佶的悲剧昭告人们：艺术家尽管可以努力攀登奥林匹斯山的顶峰，登上宙斯的王位，但却千万别错误地把艺术当政治，艺术家而偏要去搞政治，往往是危险的。但是赵佶又是幸运的，正是因为他坐在了至高无上的皇位上，他的很高的艺术天赋和艺术爱好才得以借助优越的物质文化条件得到充分发挥。不仅本人入于杰出画家之林，而且培养和造就了一批"院体"画家，收集、整理了一大批古代书画文献。就因赵佶和宋朝院体画，那一段风雨飘摇的历史至今屡屡被人提及，人们对杰出艺术家的厚爱于此可见一斑。

的确，当我们这些凡夫俗子一朝置身于米开朗琪罗的世纪巨制《创世纪》《末日审判》面前时，当我们一旦被"八大们"足令天雨泪鬼夜哭的奇才、绝艺所震撼时，有一种直觉自己的渺小而欲向大师礼拜的冲动。其实不独面对"神圣的米开朗琪罗"和惊才绝艳的八大山人时会如此，我们面对所有崇高伟大高尚的事物时，只要良知未泯真情尚在，大约都会油然而生类似的感受。这实际上是一种再自然不过的审美感受。这算不得什么坏事，如果有人甚至由于慑服于大师们的绝世才华而慨叹他们在艺术上所达到的高度之不可企及，于是慨然掷笔，那也于人类艺术的发展无损，顶多是少了几个平庸的画匠。这对于具有自调节、自控制、自组织机能的社会大系统而言是必要的，只有这样才能实现自我淘汰、自我净化。值得忧虑的是，人们在现实生活中已不知多少次地目睹了这种现象：一方面因个人在大师面前有丧失话语权之虞而迁怒于大师的权威，恨不能以夷平奥林匹斯山贬低和放逐山上诸神来废弃仰视实现所谓的艺术"平等"；另方面又竭力通过艺术"作秀"制造新的"大师"，艺术功力不足就诉诸商业炒作以求迅速产生"轰动"乃至"耸动"效应。在这些艺术的乃至非艺术的炒作过程中，那种直奔主题急功近利喧嚣浮躁蝇营狗苟的市侩心态坦然直陈而无丝毫愧色……没有了奥林匹斯山，当然免去了仰视之累，朝圣之苦，崇拜之嫌，但从此就少了一种由衷的向往，一份执着的追求，一种纯真的期盼，一种大美的境界，一道不可替代的风景；没有了大师，人类的精神生活将会是苍白、暗淡的，世界上所有的博物馆、美术馆就将家徒四壁，空空如也……不会的，当然不会如此。

社会的自组织、自控制、自调节功能还体现在，大师的存在不仅会使有的人"失语"（若无大师，则是整个社会"失语"了），同时也会以自己的辉煌给有志者特别是那些具有潜在大师素质的人以标杆，以希望，以激励。1902 年，37 岁的野兽派泰斗马蒂斯将他的巨制《生活的欢乐》拿到"独立沙龙"展出，这幅大胆的作品引起了极大的轰动。其时25岁的年轻毕加索在这位年长的大师的作品前流连忘返，虽然妒忌但又极为钦佩。他从马蒂斯那儿找到了他要为之奋斗的目标，发愤也要创作出成名之作来。经过一番艰苦努力，遂有了《阿维尼翁少女》这幅成为毕加索一生转折点的作品，它标志着开宗立派的立体主义的诞生，也标志着毕加索向艺术大师的起步。由于立体主义画派的产生，毕加索周围形成了一个画家群体，其中一位年仅20岁的画家马克思·恩斯特对毕加索的作品简直入了迷。当即决心抛弃既往，而要成为一名真正的艺术家。皇天不负有心人，这位画家后来真的成为闻名世界的现代派大师。齐白石也是一位在朱耷、徐渭、吴昌硕等大师感召下"衰年变法"而成名的巨匠……这类事例还用再举吗？正因为大师一旦成为大师就不再是单个人的存在而是一种社会化的存在。每个大师的周围都有一个大小不同的引力场。他不仅影响着同时代的人，而且感召着身后的后来者。这样，人类史上，人类文化史、艺术史上才会有一代又一代大师相继崛起前赴后继的人文景观，人类的生活才有永不衰竭、奇变百出的美的延续……

在本文行将结束之时，引用一段罗曼·罗兰在《米开朗琪罗传》中的话也许不是多余的——

伟大的心魂有如崇山峻岭，风雨吹荡它，云翳包围它，但人们在那里呼吸时，比别处更自由更有力。纯洁的大气可以洗涤心灵的秽浊，而当云翳破散的时候，它威临着人类了。是这样的这座崇高的山峰，矗立在文艺复兴时期的意大利，从远处我们望见它的峻险的侧影，在无垠的青天中消失。

我不说普通的人类都能在高峰上生存。但一年一度他们应上去顶礼。在那里，他们可以变换一下肺中的呼吸，与脉管中的血流。在那里，他们将感到更迫近永恒。以后，他们再回到人生的广原，心中充满了日常战斗的勇气。

大山无欲。

大师无语。

大美无言。

2001 年 7 月

西出阳关
——阳关三叠之一

一

欲西出阳关，实蓄谋已久。

劝君更尽一杯酒，西出阳关无故人。

千古佳吟，已成绝唱。

每念及此，雄关绝域，大漠征人，朔风劲草，羌笛流云的塞外奇观顿现眼底，一股苍凉雄厉之气就横亘心头。

它蕴蓄着从祖宗血脉里继承下来的不解情结……

它浸润着从孩童时代起就生发出的斑斓梦幻……

终于有了西出阳关的机会。

说来惭愧，我们这个年代别说去阳关，就是去天涯海角，都不必像古代征夫旅客那样，徒步、骑马、驱驼，经年累月，风餐露宿，或僵冻于冰河，或焦烤于酷日，历尽千辛万苦，那无际无涯的沧桑之感一定会像刀子般刻在脸上烙在心底。现在，我们乘飞机到陇西大地，朝发而夕至，该是古人不可想象的舒适和惬意，也因此深感对不起古人。但饶是如此，当我们从飞机舱窗往下俯瞰时，那在西部骄阳下赤裸裸泛着白光、如波翻浪涌的秃岭荒山还是那样惊心动魄，一种地老天荒之感猛地震撼了全身心。

汽车行驶在从机场到兰州72公里的路上，两边全是几无绿色的荒岭，连绵不尽的土黄色给人视觉上造成的沉闷，前山后山四处皆山给人心理上带来的威压，直到进入美丽的兰州才有所减轻。但是出了兰州再经酒泉往西去，那砂飞石走、红柳的纤细枝条在风中战栗的戈壁滩再次让我们感受到了西出阳关行路难的艰辛。

经过汽车两天的辗转，终于来到阳关所在地了。西部极少雨水，晴朗的天空阳光格外充足。西汉时的阳关遗址已不复存在，那儿已变成一片所谓的"古董滩"，游人在此处细心搜寻，或许还能拾到一星半点的古物，如箭镞、货币之类。地面上唯一能让人发思古之幽情的，是距阳关2.5公里处的阳关候望之地——墩墩山烽燧遗址。两千年的风雨使阳关附近十余座烽燧中最高的这一座变得坍塌倾颓如土堆，烽燧的泥石在岁月中一层层、一片片剥蚀，历史的沉积却也在岁月流逝中一行行一页页地加厚。脚下是滚热的沙土，它随时可能淹没你的双足。背对古烽燧，在强劲的阳光下极目远望，无边的沙海中浮现出一片绿地有若仙境，更远处是白沙连着白云在天际滚动。

飘逝了，那想象中的驼铃、马队。

哪里去了，那记载中的雄关、豪宅？

"念天地之悠悠，独怆然而涕下"的古今兴废之感油然而生。

这就是名动四方的阳关。

这就是被古今文人反复吟咏过的阳关。

这就是两千多年前汉武帝在通往西域的丝绸之路上设置的两座重要关口之一的阳关。

这就是"西出阳关无故人"的阳关。

我轻轻抖了抖缰绳，马儿扬头振鬃作势欲行。我想象着，倘若我们是两千多年前的行者、旅人，从东土长安一路行来，再从阳关逶迤西去渐行渐远，会是怎样一番心情呢？

二

阳关也好，玉门关也罢，它们当年守护的这片土地，不应该是眼前这个模样吧。"三危上凤翼，九坡度龙麟。路高山里树，云低马上人。悬岩泉流响……应知有姓秦。"北周诗人庾信当年游历敦煌时写下的诗句，见证着那时这些沙地上也许还水美草肥，牛羊成片呢……

这样一片沃地，自然适合万物的生养蕃息。早在先秦时代，我国北方那个古老的游牧民族匈奴就涉足这一带。到秦汉之际，匈奴已发展为有"控弦之士三十余万"的强大奴隶主军事政权，他们盘马弯弓，铁骑进出，不断侵扰汉王朝边境，以掠取财货和奴隶，给汉王朝造成巨大压力，给西域和中原各族人民带来深重灾难。同时，还阻塞、切断了在西汉之前即已存在的沟通欧亚大陆的丝绸之路。

是可忍，孰不可忍！至汉武帝时，这位雄才大略的君王痛下决心全面反击，拉开了正面进击匈奴的三次大规模战役的序幕。

这三大战役由大将军卫青和骠骑将军霍去病指挥，先后动用了兵力数十万人，征战连年，铁流千里。从现在的内蒙古、甘肃一直打到新疆天山和今西伯利亚贝加尔湖一带。匈奴在遭重创之后远徙大漠以北向西发展，从此"漠南无王廷"。汉王朝则夺取了被匈奴占领的可供耕种的河西走廊大片土地，统一了西域三十六国。于是在河西走廊设武威、酒泉、张掖、敦煌四郡，"徙民以实之"；并设玉门关、阳关，以建卡、驻军、征税、缉私、保护商旅，安定边境，规范边贸，使古老的丝绸之路从此畅通、发展繁荣。

当其时也，中国的商贾、僧人、旅客、使节等要入西域，可以分别从南北两道起行：南道自阳关西去，沿白龙堆沙漠和塔克拉玛干大沙漠南缘，经楼兰、于阗等地，越过帕米尔高原，到达大月氏，再往西可达条支（今伊拉克或阿拉伯）、大秦（即罗马帝国，今地中海一带）；北道则自玉门关西入新疆伊吾，沿天山南麓和塔克拉玛干沙漠北缘，经车师前王庭（今吐鲁番西）、疏勒（今喀什）等地，越葱岭（今帕米尔），到大宛（今费尔干纳盆地）等地，再往西南经安息（今伊朗）可达大秦。而远在万里之外的波斯客、阿拉伯商人、古罗马使者、印度僧侣和西域三十六国来客亦循此两道分别从玉门和阳关进入中原腹地。

于是，在横跨欧亚大陆的那细如丝线、蜿蜒曲折联结中国和罗马这两大文明古国的丝绸之路上，出现了"驰命走驿，不绝于时月，商胡贩客，日款于塞下"，使者"相望于道"，故人相期于途的丝路风景。

阳关和玉门关则成了敦煌这个丝绸之路总枢纽上的两个开关。在这里，金发碧眼的胡人和高髻宽袍的汉人摩肩接踵出入于关门，西来的汗血马、玻璃、药物、玉石、异兽珍禽、奇葩佳卉和出关的绫罗绸缎则交汇于街肆。张骞的庞大使节队伍由这里堂皇进入西域，执行和亲政策的汉家公主的华贵车仗从这里驶往塞外……

你可以想象，在浩瀚的塔克拉玛干大沙漠里，当朝暾乍露晨光初动之时，那衔尾前行远送东方文明的马队留下的拉长的影子如何日复一日坚忍不拔地在沙丘上缓缓移动；当落日熔金暮云合璧之际，一片苍茫中，带来域外信息的悠扬、粗犷、苍凉的驼铃声是如何穿越时空响在自己心头……这时，你真的会涌起一股要向冥冥中的历史老人，向几千年前每一个走在丝绸之路上的先行者合十颂祷的强烈冲动，对这些为沟通东西方文明而筚路蓝缕以启山林的先人的压抑不住的激情和崇仰儿使你热泪如倾！

真的，在中国海路开通之前，这是我们的先人冲出亚洲、走向世界的唯一通道。虽然它是那么漫长、艰辛，但它与光荣和梦想、胆略和襟抱、惊险与刺激、奉献与回报联系在一起。"路漫漫其修远兮，吾将上下而求索"，则是当时热血男儿的共同愿望。"秋风吹渭水，胡人满长安。"文字记载和出土文物证明这是当时不争的事实。所以，那时的西出阳关，绝不至于生发出"无故人"的落寞和伤感吧。

西出阳关，意味着开放、开明、开通、开风气之先，它开启的是"魄力究竟雄大，人民具有不至于为异族奴隶的自信心，或者竟毫未想到，凡取用外来事物的时候，就如将彼俘来一样，自由驱使，绝不介怀"的汉唐盛世。

这是阳关历史上最灿烂辉煌的一页。

三

当年曾盛极一时阅尽繁华的雄关重卡，怎么唐代诗人一提起，竟会生发出"西出阳关无故人"的怨别之情来呢？

三十年河西，三十年河东。历史是一个永恒流动的过程，历史长河中的一切没有一样是居停不变的。

当我们的祖先在陆地上睁大探索的眼睛，迈开他们的双足，终于在千万次践行中将漫漫丝绸之路踩踏出来时，他们是实现了人类历史、中华民族历史上的不亚于哥伦布发现新大陆的空前壮举。这条友谊之路、生财之路、探险之路、求知之路本可以越走越宽广，愈走愈繁华；但事实恰恰相反，随着时代的推移，到了盛唐之后，在此路上跋涉的行人、商队越来越是零落。

陆上丝绸之路之所以衰落，是海上航路开通和发达的结果。中国的海上交通当然非自唐代始，中国大陆那一万多公里的海岸线，本已足够让人海阔天空大做珠宫探宝的美梦；何况早在公元二三世纪时大秦（罗马帝国）的使臣、商人曾从海路抵达中国，向汉王朝和三国时的吴国互通音讯呢！但拥有辽阔陆地的国人毕竟更习惯于脚踏大地的坚实感觉，西出阳关才成为长达多个世纪的神圣之旅、光荣之旅、经贸之旅。直到公元8世纪的唐帝国，随着生产力的发展，海上航行经验的丰富和航海物质条件、技术手段的完备，中国与欧洲通航的海上丝绸之路才大开。广州、泉州、明州等成为名闻遐迩的大港口。从广州出发，可以定期航运驶往波斯、美索不达米亚（伊拉克）、阿拉伯帝国本土、锡兰、马来西亚半岛、爪哇；还可从辽东半岛或山东半岛的任一港口出发，驶达朝鲜、日本和琉球群岛。

苍茫怒海蕴藏了无限商机，发财致富、建功立业的梦想在波峰浪谷间闪烁，孤舟巡海、一帆远航不再是令人生畏的险途。

一个新的"阳关"——广州港口悄悄地又是不可遏止地崛起于东南沿海，南下广州取代了西出阳关，桅樯帆樯取代了驼铃马队，无边大海取代了茫茫戈壁，劈波斩浪取代了沙海跋涉……

阳关冷清了，玉门关落寞了。加之东汉后期朝廷腐败，军阀长期割据，对西域的控制能力逐步削弱，而古罗马帝国的衰落又失去了对世人的金色诱惑，以至中原与西域的关系完全断绝。再加上生态环境的恶化，植被破坏，农田毁坏，洪水泛滥冲刷，来自西南大漠的风沙不断进袭、侵削，逼迫着人们步步后退，玉门关为之东徙，阳关峭然孤立。

此时再到阳关，唯见云生云灭，沙扬石走，鸟飞无迹，再没有了往日使者商贸"相望于道"的盛况。"玉门关城迥且孤，黄河万里百草枯"的咏叹油然而生……

于是，人们就看到这样一个文学史上的经典镜头：唐天宝年间的一个春日早晨，在陕西咸阳市东的渭城，诗人王维在酒肆为友人元二出使安西都护府（在今新疆库车县内）置酒送行。其时，刚刚飘飘洒洒下过一场霏霏细雨，空气清新湿润，地上纤尘不起，街路两旁的湿漉漉的屋瓦黛色凝重，垂柳嫩叶青翠欲滴。两人酒过三巡，执手相看，想起到安西必经阳关，阳关已故旧凋零云散，出了阳关，更哪堪那冷落偏远的安西，斯人一去，归程何期！"昔我往矣，杨柳依依"，一股深深的伤别之情、祝福之意涌上心头，王维于是吟诵出了这样的千古绝唱——

渭城朝雨浥轻尘，客舍青青柳色新。劝君更尽一杯酒，西出阳关无故人。

此诗寓凄清于豪迈，寄伤感于旷达，既是对老友的深情祝愿，更是对阳关历史终结的绵长咏叹。后人云："王摩诘'阳关无故人'之句，盛唐以前所未道。"盖因盛唐以前阳关的历史作用还未最终消失矣。这首诗在丝绸之路由陆上移往海上的大转折历史背景下，将一种往昔的繁华璀璨一去不复返所带来的怅然若失的复杂情绪和对美好友情珍惜却又无力留住它的惋叹内在地结合起来，深刻地反映出、折射出一个时代的时代心理和社会情结。所以"此辞一出，一时传诵不足，至为三叠歌之。后之咏别者，千言万语，殆不能出其意之外"。

此即谓"阳关三叠"。三叠者，据苏轼论三叠歌法云，就是

"每句皆再唱，而第一句不叠"。元代《阳春白雪集》所载阳关三叠词其结构与苏轼之论颇合：

渭城朝雨，一霎轻尘。更洒遍客舍青青，弄柔凝，千缕柳色新……

四

我们仍在马背上徜徉，阳关烽燧故址瞻之在前忽焉在后。正午的阳光还像两千年前一样似泼如倾，强烈的光芒造成似有若无的晕眩中。我们神驰思奔于汉唐两代的阔大气魄之中，汉唐间千来年的历史联结着阳关的始终兴废，连接着陆上丝绸之路与海上丝绸之路的彼消此长，也联结着今天开发大西北的大业宏图……

阳关，你曾雄踞在卫青、霍去病西击匈奴的雄师留下的蹄印斑斑的土地上；

阳关，你所吞吐的万里丝绸之路曾为欧亚大陆的沟通、东西方文明的交融发挥了多么重要的作用；

阳关，两千多年来，你见过了多少风云际会，多少悲欢离合，多少兴衰立废，多少尘世沧桑……

现在，阳关终于从这片灼热的、干燥的、一望无际的戈壁滩上湮没了，从历史的深处消失了，只留下那烽燧残垒的无言耸立，它已经在这儿默默挺立了两千多年，还将继续存在下去，就像历史老人，要继续看着这它曾守护过的故国的大西北被开发出来。

我明白，哪怕我们这个国家最贫瘠、最荒凉的地方都繁花似锦，流光溢彩，如诗如画了，阳关也还是现在这副残破苍老的模样，甚至更衰老，我们任何人都无权也无法改变它哪怕一丁点儿。它就是历史，历史永远无法更改，历史只能在历史中存在与消亡。

我们下了马背，我们上了汽车，我们要趑回头要离开敦煌了。我知道再不需要如古人似的西出阳关，我知道阳关内外正涌动着开发热潮，但我还是要一唱三叹——

渭城朝雨，一霎轻尘；更洒遍客舍青青，弄柔凝，千缕柳色新；更洒遍客舍青青，千缕柳色新。休烦恼！劝君更尽一杯酒，人生会少，自古功名富贵有定分，莫遣容仪瘦损。休烦恼！劝君更尽一杯酒，只恐怕西出阳关，旧游如梦，眼前无故人！只恐怕西出阳关，眼前无故人！

这是历史的一段情缘。

这是对美好事物伤逝的凭吊。

这是机遇不可再劝君倍珍惜的暮鼓晨钟。

2001 年 8 月 15 日

回望霍剽姚
——阳关三叠之二

一

……广袤的朔漠静寂如磐，残月如钩，干冷干冷，奔袭千里的骑士和骏马已汗湿全身，直透重铠，人和马呼出的热气转眼凝成霜花飘挂在马头人面泛出片片银白，旌旗半卷犹散发着风烟气息，将士们警觉的眼睛和矛戈在曙色熹微中光点闪闪。跨坐在西域汗血马上的霍去病面容沉毅……现在，只要大将军扬眉剑出鞘，这渊渟岳峙严阵以待的数万铁骑就会如怒海惊涛长驱千里势不可当……

从上大学接触到秦汉史实时起，脑海中就开始浮现这幅晨光熹微中的图景。它给我的印象如此之深，以致时隔数十年之后，终于将这个印象信手拈来，画蛇添足地塞进了一篇题为《千年等一回》的散文之中。

所以，当霍去病的铁军风驰电掣般掠过的古阳关故址真地出现在眼前时，止不住的前尘旧影便如泉水般汩汩从心田漫过……

当年，我与霍去病年岁相仿时，我像崇拜兄长似的喜欢他、钦仰他。

现在，我的年龄可当他的父执辈时，我像钟爱自己的子弟一样钦佩他、喜欢他。

毋庸置疑，他有一种时空阻隔不了的摄人心魂的魅力。

那是一位不世将才；

那是一个铁血男儿；

那是一团迅捷升空、猛烈燃烧、瞬间将大地与长空照耀得通明绚丽，却又骤然熄灭的焰火；

那是西汉帝国为抗击寇边的匈奴而出鞘的圆月弯刀霜刃上迸射出来的令人股栗的凌厉杀气；

那是忠肝许国的年轻战神与风花雪月的故事擦肩而过的孤凄背影。

那巍然耸峙在汗血马上的峭拔男儿永远 24 岁。但却比我们古老两千多年。

二

公元前 202 年，楚汉相争的烽烟终于尘埃落定，奠基于秦帝国废墟上的西汉王朝基业初创，疮痍满目，百废待兴。从高皇帝刘邦起，中经文景二帝，直到汉武帝，积六十多年的无为之治，休养生息，一个新兴王朝达到了它的鼎盛时期。

然而，在这个新兴王朝的北疆，掠夺成性的匈奴族侵扰造成的边患始终浓云翻卷风急雨骤。

挟统一全国余威的汉高祖在与匈奴的对抗中竟然蒙受白登被围之辱。

此后又被迫采用和亲之策，几多汉公主和大量金银财宝送给了匈奴，虽换来了一段时间的相对安定，但匈奴本性不改，边境滋事日多。

闻鼙鼓而思良将。

整治武备成了时代需要。

打造将星成了帝国荣耀。

时代需要从来压倒一切。上自汉武，下至庶民，莫不心悬塞外，情系边防。

于是，飞将军李广等一大批杰出将领脱颖而出；家奴出身的大将军卫青边塞称雄；卫青的外甥霍去病更是横空出世。

于是，卫青、霍去病指挥的三次正面进击匈奴的伟大战役由雄才大略的汉武帝亲自拉开了帷幕。

三

"中天悬明月，令严夜寂寥。悲笳数声动，壮士惨不骄。借问大将谁？恐是霍嫖姚。"

杜甫这首《后出塞》诗中的霍嫖姚就是霍去病。嫖姚亦作票姚，劲疾之貌。荀悦《汉纪》作"票鹞"，飞行迅捷无伦之鹫鹰。

霍去病于此"票姚"当之无愧。只看他 18 岁崭露头角那年，亲率八百铁骑远离大部队数百里，孤军进击，一骑当先，如出柙猛虎，摩云神雕，匈奴军望风丧胆，即可想见这年轻将军一往无前锐不可当的神勇。此一役，俘匈奴相国、当户及单于的叔祖等，斩杀两千余人，大胜收兵。霍去病由是获取武帝垂青，封为冠军侯。军中甚至视为可直追大将军卫青声望的明日将帅之星。

此后四年间，这矫健的摩云神雕便每每在决战匈奴的战场上空闪现。

这年轻的奇男子以骠骑将军之尊，指挥汉王朝一路大军四次出塞进击匈奴，无不告捷。

致使经过惨败后退往燕支山以北的匈奴人唱出了这样的哀歌："亡我祁连山，使我六畜不蕃息；失我燕支山，使我妇女无颜色。"

特别是最后一次远征，霍去病率骑兵五万从代郡出塞，北上长驱两千多里，痛击匈奴，总计斩俘敌人七万多人，匈奴左部几乎全军覆灭。霍去病的大军在今贝加尔湖之上会师，于狼居胥建坛勒石庆功。

那是一个盛大的节日，那是一个激情的盛会。载着光荣与骄傲，染着征尘与血腥，那狂烈不羁的勇士们来了，正义之师胜利之师的滚滚铁骑来了。如云屯大野，万蹄蹴踏，旌旗猎猎，马嘶人啸，一股雷霆万钧的勃勃雄风在这黑压压的部队中鼓荡。待到那如标枪般挺峙的军中主帅于万头攒涌中出现，响彻云霄的欢呼声立即炸响开来，一时间千万支胜利的火炬熊熊燃起，染红了漠北的沙石和天空。

从此，"匈奴远遁，漠南无王廷"。

于是，河西之地尽为汉王朝所得。武帝于此置五郡，设玉门关、阳关以扼丝绸之路。

在我们祖国疆域版图的历史形成中，就有着汉王朝戍边将士的贡献。

这一年，"黄沙百战穿金甲"的霍去病才 22 岁。

四

最具戏剧性的当然还是河西受降那一幕。

匈奴单于恨浑邪王数次为霍去病所败，欲杀之。浑邪王惧，决定降汉。消息报到朝廷，汉武帝"恐其以诈降而袭边，乃令去病将兵往迎之"。但等到霍去病率兵渡过黄河列阵前行，与浑邪王严阵等候的部队遥遥相望时，对方眼见汉军声威凛凛，猜疑之下不由敌意陡生，情势紧急，战云乍起，两军上空弥漫着浓浓的火药味。双方愈迫愈近，浑邪王的部队中突然有人煽动哗变，怀二心者纷纷逃走，炸营惊散的局面可说一触即发。霍去病闻讯，处变不惊，以百万军中取上将之首的无畏气概，一骑骤驰，众莫能当，直入匈奴营帐，亲自与浑邪王谈判，晓以利害，同时果断命令将逃走的人全部斩杀。此一举震慑全营，浑邪王志为之夺，气为之丧，骚乱迅速平息。之后，马上派浑邪王单身乘驿站快车去长安见汉武帝，霍去病自己则率匈奴降兵约四万人，号称十万，好整以暇，缓缓渡河东去，顺利回到长安。

定大局在危难之际，平动乱于指顾之间。这是这位大智大勇的年轻大将为汉王朝立下的又一大功。

难以想象，这世上还有什么东西能令这虎胆英雄为之却步……

五

每读霍去病的战史，都让人豪兴遄飞，血脉偾张，情不能已。

我一直以为，最能展现男性的阳刚气概，最能激活男性的雄性本能的，莫过于冷兵器时代在风驰电掣的战马上进行的铁与铁的交击，力与力的较量，生与死的搏杀。

现在，我徘徊在陇西黄河北岸的戈壁滩上。深深嗅着阵阵掠过的干热干热的风，细细品味着当年霍去病的铁骑留下的气息，真切感受到了古战场的味道。

想想，在辽阔的沙飞石走或牧草翻滚的广原大漠，狂风挟裹着浓云在长空低飞暴走，大自然的肃杀之气如铅块般地充塞天地之间……突然，在地平线上乌云开阖落日熔金处，一彪人马黑压压地仿佛从地下涌出，转眼间如铁流般倾泻下来弥散开去，浩荡的骑阵旋风般从眼前掠过，带着呼啸，伴着轰鸣，流光溢彩，气吞如虎，震慑心灵……经千百里长途奔袭，终于在黎明时分与盘马弯弓、悍不畏死的宿敌相遇，两军交刃，杀声震天，主将那随疾驰的风鬓雾鬣而翻飞的猩红大氅就是旗帜、就是号令，一剑挥处，千万支长枪短剑立时划破晨曛，龙吟虎啸与对手之兵铿锵撞击，神经和肌肉同时绷紧到极致，全身血液被坚强的心脏强力地输送到头脑和四肢，目光如电，激情似火，每一个招架斩劈动作都使生死悬于一发，顷刻间经历一生都未曾有过的大惊大怒大悲大喜，将七情六欲抛向人生体验的巅峰。

它真的符合现代体育竞技的原则——谁更快、更高、更强，谁就是胜者。

它真的是一种极于情而进乎道的艺术，一种让时下的"行为艺术"黯然失色的实践艺术。

它所需要的英雄气概、它所激发出来的人所能至的体智情的巅峰状态，它所包容的紧张、惊险、刺激的审美内容，确非只见坦克飞机、电脑几乎操控一切，两军远距离交手的场景所能取代。

六

纵观霍去病这天之骄子的一生，几乎每战皆捷，无往不胜，若有神助。故时人有"天幸"之说。

霍去病具有很高的军事天赋当无疑问。他在战场上就像老马识途般，对敌人的致命处及意图动向有着非常人可比的特异灵觉，纵使大将军卫青和飞将军李广也要多让。天赋加上不唯书、不泥古、不拘于成法，善于从战争学习战争、对战争之道有着深刻独到的理解，使他总能出奇制胜、无坚不摧。汉武帝曾要霍去病学习孙吴兵法，他回答说："顾方略何如耳，不至学古兵法。"于此可知其眼光、胆略的过人之处。

西汉初,骑兵已以其高速、灵动、极具冲击力而成为古战场上的"快速反应部队"。这样一支部队又是在辽阔的戈壁大漠上与能征惯战的匈奴军作战,常常是日行千里,战机百变,这就决定了它的指挥者不能只是远在战场之外的帐幕中夜观兵书昼划方略,而必须是能亲任前导随机指挥能骑善射勇冠三军的闯将。霍骠姚正是这样的军事指挥员。有他在,他的勇士们就能攒如铁拳,劲气十足,于敌人致命处痛下杀着。

当然,善于就地"取食于敌",以解远道奔袭的后勤给养难题,和善用熟悉地理的匈奴降将和当地人指引迷津,亦是霍去病的成功之道。

不过也不能不承认,冥冥之中的命运之神的确对霍去病格外垂青。否则,为何作战经验比他丰富不知多少倍、一辈子都在同匈奴人交手的飞将军李广却屡屡不顺,乃至老马迷途贻误军机而饮恨身亡,而这年轻人却功成名就得那般顺遂呢?

独坐南窗,文思徘徊,看窗外白云苍狗,深觉个中玄机神鬼莫测,令人生畏……

七

以往一提霍去病,脑海中就不期然地闪现出《三国演义》中对蜀国五虎上将之一的"锦马超"的描述:

"只见一位少年将军,面如冠玉,眼如流星,虎体猿臂,彪腹狼腰;手执长枪,策骑骏马,从阵中飞出……"但是这次从甘肃河西走廊到新疆寻访当年霍去病跃马千里横绝戈壁的遗踪，深深感悟到古时沙场鏖兵的艰难困苦。在那种霜凋百草、飞沙穿甲、骄阳袭肤、刀头舔血的征战生涯中摸爬滚打出来的霍去病，应该比马超更冷峻，更刚毅，更具大将神采。

马超是战将，霍去病却是战神。

这样一位年少得志，功高权重、冷峻刚毅、英武帅气而又出入侯门帝府如闲庭信步的奇男子，自是流韵生风，在男女大防尚不严苛风气甚为开放的汉朝，无疑会使上层社会的贵妇淑女芳心暗许为之倾倒，演绎出莎士比亚笔下"奥赛罗的玫瑰之约"和"罗马大将安东尼的浪漫之旅"是再正常不过的了。

令诗家扫兴让史家阙如的是，查霍去病短暂一生，似未有任何旖旎香艳的绯闻艳遇可供炒作。至当武帝着人为他造豪华府第让他审视接收时，他却断然予以谢绝。

"匈奴未灭，何以家为！"他说出了这流传千古的八个字。

他真是将国家的安危、社稷的轻重、军人的荣辱看得比泰山都重，遑论儿女私情了。他为抗击匈奴而生，他天生注定就是匈奴的克星，击灭匈奴成了他生存的意义，生命的价值。

也可能有一种七尺男儿宁愿马革裹尸，也不愿连累如花美眷的潜意识吧？"可怜无定河边骨，犹是春闺梦里人""醉卧沙场君莫笑，古来征战几人回"，调侃旷达中深含悲慨，亦霍剽姚之隐情乎？

检点史籍，再没有见这伟岸男儿有何豪言壮语。

仅此八字足矣，它已成为历代爱国志士的箴言，胜过许多高头讲章。

两千一百年来，它始终轰响在历朝历代戍边将士的心头耳际。

八

霍去病不仅"帅"，而且"酷"。

他冷峻寡言，善于行动，他的一生行状都写在铁马驰骋战旗翻飞的征战中。

然而事情也不可一以论之。

与他同时而比他年长的"飞将军"李广是位声名赫赫的军中精英。在跟随大将军卫青出征匈奴时卫青没有让他任前锋，而改走东路，结果因迷道而痛失战机，事后又受到卫青派去的长史的盘问，性烈如火自叹时乖命蹇的李广悲愤自杀。他死后，其子李敢为替乃父解恨，曾将卫青击伤。卫青对此秘而不宣。不久，汉武帝到甘泉宫打猎，李敢、霍去病同为扈从，不动声色的霍去病嫉李敢伤其舅，乘机射杀了李敢这位英勇善战的军中骁将。

同室相残一至于斯。读这则史料，令人错愕有加。这是那个"匈奴未灭，何以家为"的霍去病吗？是那个沙场致慨英风壮节的霍去病吗？

当然是同一个霍去病。他的作为让人想到他整个人就像一只黑豹，造物将这大猫的全副骨骼和肌肉打造得极为精致而强悍，就如一个随时可以紧缩或强力张开的弹簧，它的四肢修长华美，锐利的爪子可以缩在肉垫之中，使它行走起来悄无声息；

而那炯炯的目光甚至有一种勾魂摄魄的磁性魔力。它可以长久地不动声色地跟踪、守候一个猎物，极为耐心地等待可乘之机；时机一到，这黑色的精灵就会如闪电般暴起一举将仇敌击毙。

其实不难理解。霍去病所处的时代是个十分看重家族血缘关系和家族荣誉的时代，这是形成汉王朝统治集团内部门阀之争的重要因素之一。李敢为报私仇竟在光天化日之下将大将军卫青击伤，已是胆大包天。霍去病虽是资质超卓的军人，但他也不能超越门阀的藩篱，不可能超越时代的局限。更何况他血管里的血在同匈奴的血战中被烧得滚烫，他怎么能忍受对手方面的叫板！在这种事情上他绝非善男信女。

这矫健的、无情的黑豹在战场上对强敌更是以雷霆霹雳手段予以击杀。

此乃战争铁则：你死我活。

正合中文"酷"的本义。

九

既然说到了霍去病的"酷"，不妨再说点他的"不是"。史载霍去病生于宫廷，贵不爱卒敬士。出塞远征，皇帝给他配备了足够的食物，打完仗班师尚多有富余，而士卒却有饿肚子的。驻扎塞外，士兵缺粮以致乏力难以站立，霍去病却玩兴大发，令手下弄个临时球场，踢那种毛皮做的球以自娱自乐。

这哪儿还像个能驱使麾下儿郎跟着他出生入死排除万难每战必胜的统帅呢？

简直就是个养尊处优被惯坏了的大孩子。

然而这次到了酒泉，听到的是另一种传说——

霍去病抗击匈奴立下大功，汉武帝特派使臣载了美酒到前线去慰问他。霍去病对使臣说，谢谢皇上的奖赏。但重创匈奴不是我一人的功劳，功劳归于全体将士。命令将御赐美酒抬出犒劳部下。但酒少人多，怎么办？霍去病吩咐手下，将两坛美酒倒入营帐所在的山泉中，整个山谷顿时酒香弥漫，全体将士纷纷畅饮渗酒的山泉，欢声雷动。这就是"酒泉"的来历。

不管这是传说还是史实，我被这故事的美丽和浪漫深深打动了。对于一位统帅而言，这是多么潇洒、多么优美的一笔！这不是倾酒，这是倾情。还有什么豪言壮语比这一倾更能流芳千古呢？在酒泉公园里的"酒泉"旁，我真的被一股古久的醇香所陶醉。

即便如此，我还是宁愿相信史书上的记载。尽管这白纸黑字的记载有损名将风范。但我觉得它更真实。这样的一个侧面同其他侧面结合起来，才呈现出一个有血有肉的立体的活生生的霍去病。

他毕竟才二十出头呀。

否则这大孩子就太超凡脱俗太完美，失却让人亲近的人间烟火气了。然而与煌煌大节赫赫战功相比，谁能不谅解他这点"不是"呢。酒泉的传说就是证明。

因为实在难以解释，这样一个"贵不省士"爱踢爱玩的青年人，是怎样带领士卒去创造战争奇迹的。

十

去病，去病，消灾祛病。

奈何造物弄人，英才天妒，这不世出的一代雄才偏偏在24岁时英年早逝。

一颗光芒四射的将星在西汉王朝的天空骤然陨落。

可老天似乎是给过他恩宠的。

时耶？命耶？数耶？

有汉一代，霍去病的武功勋业也许已臻于极致。18岁崛起于行伍，即以武勇获"剽姚校尉"官号；20岁时以大功升任骠骑将军；22岁时被汉武帝任命为大司马，级别、俸禄均等同于大将军卫青。可叹的是，他在这个高位上只待了不到两年。

空留下几多遗恨，几多惆怅，几多叹息！

汉武帝极尽哀悼，发动沿边五郡的匈奴移民黑甲列队，从长安护送霍去病灵柩到茂陵墓地，其墓以祁连山为形，历二千年风雨而耸峙到今。

霍去病死后，军事上、外交上都占得优势的汉王朝再没有过对匈奴的大规模用兵。

萧条清万里，瀚海寂无波。

"严风吹霜海草雕，筋干精坚胡马骄。汉家战士三十万，将军兼领霍剽姚。……"李太白的诗歌，让人于千载之后犹能想象出霍剽姚的虎虎生气。

"霍剽姚"已成了英勇果敢一往无前的代名词。

只活了24岁，却长命两千多年。

这是一种境界。

更是一种超越。

人生如此，夫复何求！

2001 年 8 月 26 日

石窟惊奇

——阳关三叠之三

一

　　游方和尚乐尊饥餐露宿风尘仆仆来到敦煌的三危山下已是疲惫不堪，于是趺坐小憩。待到张开双眼注目前面的三危山时，忽见山上绽出金光万道，山岩上云遮霞耀，百鸟和鸣；一排排的佛陀宝相庄严，雍容圣洁。一时间乐尊目瞪口呆以致忘情；待到佛光慢慢散去，才蓦然醒觉，赶紧俯伏尘埃，礼拜上苍。他断定，这是神佛显灵来点化他了。于是许下大志愿，要将佛陀的宝相永远留在人间。他请来工匠，就在三危山对面的鸣沙山石壁上开凿一个供有佛塑的石窟。因此窟开在沙漠中最高处，遂起名为漠高窟，谁料后来却因言讹传为莫高窟了。

　　这事儿发生在 1600 年前的前秦建元二年（366）。有识者考曰：乐尊和尚之所以会在三危山上看到金光，是因为此山处于老年期，山上寸草不生，山岩呈黯红色，且含有矿物质，所以在阳光照射下出现金色反光。这是要用科学将此事坐实。不管此说能否成立，我倒觉得这样一来反而将一个浪漫的故事弄得苍白无味了。也或许乐尊和尚心诚则灵，真的看到了这一千载难逢的奇景呢？又或这是他感受到的一种心相？实际上，从古至今有许多自然现象和心灵现象都是难以解释的。反正无论如何，乐尊和尚此举开了依山面壁开窟造佛的先河。接着，又有一法良禅师从中原来到此地，见了乐尊所造佛龛艳羡不已，乃于此窟之侧再建一窟。故史料有"伽蓝之起，滥觞于二僧"之说。此后仿效者日多，从北魏始到唐初武则天，即已凿窟室千余龛，所以莫高窟又有"千佛洞"之称。隋唐特别是唐王朝，使莫高窟的雕刻彩绘艺术臻于辉煌的顶峰，在洞窟规模和艺术成就上空前绝后。其后随着大唐帝国衰亡，莫高窟也由绚烂趋于平淡。虽然吐蕃、西夏也在此有所开凿，但已属前朝遗韵，不足为观了。

从4世纪到14世纪，莫高窟的石窟开凿整整延续了上千年。

到了明朝，因嘉峪关的修建，敦煌遂遭放弃，西来的风沙在漫长的岁月中逐渐淹埋了莫高窟，就像柬埔寨的吴哥古迹被遗弃在丛林中一样，莫高窟也从人们的记忆中淡忘了，消失了。

如果莫高窟真的消失了的话，那无疑是人类文明史上的一大劫难，一个不可补救的损失。当然，如果它真的不存在了，不为人知了，那我们还不至于产生这样的感喟；我们之所以庆幸，是因为它在消失了数百年之后又因一个偶然的机会重新引起了世人的注意并且震惊了世界，它以现存的保存完好的从北魏到元代期间的各代 492 个洞窟、2415 尊雕像、45000 余平方米壁画的惊世辉煌，使人在一唱三叹之时产生后怕：如果它真的被毁灭了呢？

二

我知道这莫高窟几乎一辈子了。过去差不多是当作传说来听的，那一直是存在于一个可望而不可即的世界的神话；直到今天我站在了莫高窟的塑像壁画前，石窟的石壁伸手可及时，恍然中还觉有点难以置信。

我们参观的时间太短，导游小姐只能有选择地引领我们去看那几窟最有代表性的石室；其他的窟室，我们是裹在形形色色的游客中从它们跟前匆匆走过的。即便是如此惊鸿一瞥，我也不能不生出强烈的惊艳之感——仿佛满世界的色彩都通过我们现在已看不到的一双双补天之手汇聚到、弥散在这些洞窟的四壁天穹、流淌到佛陀菩萨的全身上下了。在幽暗的石窟里，这些色彩显得格外深沉、浑厚、和谐；愈往洞窟深处愈隐没于黑暗之中，沉埋到了千多年历史的深处。使人仿若面对一幕幕幽深莫测的梦幻，无数当年曾经被带到这里、被挥洒在这里的悲喜哀乐人情世故社会变迁都隐藏在孕育在沉积在这些色彩线条中了。可是一旦堵在洞窟门口的游人离去，或是导游偶尔将手提灯的灯光亮起，那漆黑虚空就像珠帘玉户蓦然开启，千多年前的色彩和形象几乎以当时的真面目绚丽地亮相于人们的眼前——庄静含蓄的佛陀，慈眉善目的菩萨，身姿曼妙的女侍一个个现身出场；尤其那扭胯拧腰，婀娜丰满，如蒙娜丽莎般神秘微笑的女塑足以颠倒众生；而壁画中长带飘扬、衣袂飞舞、柔若无骨、玉臂轻舒的散花飞天更令人击节叹赏，思越千年……

那一刻，我想我们肯定是因深深陶醉而神不守舍了，要不，怎么会感到石窟天穹上藻井中的飞天那长长的飘带在不易察觉地微微拂动呢？惊愕之际，目光移到了那站在神坛上扭胯探腰的女塑身上。奇哉怪也！刚刚还那么腼腆而矜持的菩萨眼角眉梢的几丝笑意，此刻竟如水波荡漾般在她丰腴的脸颊上徐徐绽开来；低垂的眼帘也似在轻轻颤动；保持了千百年的右胯隆起、头稍右倾的身姿，现在却变成了左胯隆起，头向左侧一波三折的S形，仿佛身列仙籍的她也站累了要换一个姿势……

我们目瞪口呆之时，阵阵仙乐、缕缕馨香就从深不可测的神秘之所传来，令人心神俱醉，几不知今夕何夕……蓦地神光乍现，宛若爆起一颗曳光弹，其强烈程度让人睁目如盲，一切都消失在"白洞"之中。不知过了多久，也许弹指之间，也许一生一世，刺眼的强光才慢慢消失，然而洞窟和游人也随之消失了。我茫然四顾：身在何处？只见头顶上五彩祥云舒卷攒涌，金光闪烁中，数位飞天云裙飘拂，披巾飞扬，回旋于我们的上下左右作天魔之舞，其姿容之曼妙，当真是翩若惊鸿，矫若游龙，仿佛兮若轻云之蔽月，飘飘兮若流风之回雪。远而望之，皎若太阳升朝霞；近而察之，灼若芙蓉出绿波……这些飞天少女们已然摆脱了重力对凡夫俗子的束缚，凌空御风般将人体的百媚千娇、千变万化展现得如此淋漓尽致美不胜收。我不由得一阵阵地惊叹于老天的造物之妙！俄尔，无数花瓣自飞天们的纤纤素手和翩翩舞影中飘洒而下如霏霏彩雨，异香袭人，直沁心脾。而端庄矜持的菩萨正在那边厢玉立亭亭，拈花微笑；薄薄的纱衣下丰满的躯体浮凸玲珑曲尽其妙，那深垂的眼帘缓缓开启，一双妙目秋水溶溶，深邃澄澈，人间天上的一切都倒映在它里面凝然静寂，一望之下涤心滤肺俗念全消。一种莫名的大感动大领悟由灵台直透脑际渗透全身直让人泪盈双睫。

忽然耳边环佩叮咚，惊觉回头，却见飞天盈盈自天而降；披罗衣之璀璨兮，珥瑶碧之华琚，星眸闪闪，娇吟细细，蛮腰袅袅，衣袂飘飘，如玉树临风，与妩媚多姿的菩萨一道合十致意，真有道不尽的万斛风情。我想问一百个问题，却什么也没说出。张口结舌之时，菩萨飞天微微领首，婀娜前行。我们在一种看不见的力量推搡下身不由己如影随形跟了上去。

她们在前面导引，从背影上看去，一会儿似是菩萨、飞天，一会儿又似导游小姐。迷离恍惚中忽至一石窟前，见一老僧禅坐于此做讲经状。他身披通肩田相袈裟，坚毅自信，端方持重，虽面目黧黑、形容枯槁，却仙风道骨、舌灿莲花，俨然世外高人。菩萨、飞天一齐拜倒，口称"尊师"。我们为之恍然，这不就是开敦煌凿窟塑佛之先河的游方和尚乐尊吗？不由肃然起敬，亦随之合十致意。不料转瞬之间乐尊已起驾与菩萨等一起御风而去，我们也像是上了飞毯，耳际风声呼呼，好像是在一个接一个的石窟中穿行，成群结队千姿百态的佛陀菩萨、金刚力士把臂来迎，又擦肩而去；又像是跨越了一个又一个朝代，以往在书籍影视中已熟悉了的唐宗宋祖被金冠龙袍装饰得灿然巍然的身影在眼前一一晃过，数不清的贵妇宫娃能工巧匠却劈面而来众口嘈嘈，似在争相讲述前朝旧事野史轶闻。

眼前衣袂飘舞，人影幢幢，倏忽变幻，但我们大体还能辨认出那以刻削为容、秀骨清相、"令人懔懔若对神明"为特征的佛陀、尊像，非北魏莫属；那雍容厚重、面相丰满、俗装华丽、易生亲近之感的菩萨则多半是隋代的宠儿；而在人头攒动中让人过目难忘如宫中贵妇般袒胸露臂、玉貌丰神、肌胜于骨、肤采润泽的众多菩萨则只能出于唐代艺术大师之手，与她联袂而来的佛陀也有着如凡人似的丰润肉体，面相庄重、慈祥，手势做说法、思维或召唤之状，自有一种大智慧的光辉在。啊，还有，那天真无邪的罗汉当是迦叶，世故深沉的定是阿难，而那盔甲严整或裸露上身，肌肉坟起、青筋绽露、金刚怒目的则是威猛正直的天王力士了……

神思悠悠、心旌摇摇之际，耳边风声顿止，只听乐尊和尚苍老声音的一声断喝："藏经洞！"眨眼工夫，尊师和菩萨、飞天均了无踪影，我们已和一群游人站在莫高窟北端七佛殿下第16号石窟前了。

三

虽然我们还沉浸在刚才如梦似幻的神游之中，但"藏经洞"这三个字还是吓我们一跳。藏经洞！光这名称就带着某种神秘奇诡。它那价值连城的文物蕴藏，它的离奇发现和由此延伸开去的中国乃至世界文化史上可圈可点、堪悲堪叹的传奇故事，使藏经洞具有了如埃及法老陵墓般不可抗御的魔力。难怪"乐尊和尚"和"神女"们要将我们带到此处！

据记载，藏经洞开凿于唐宣宗大中五年（851）。到 11 世纪时，元代统治者的铁骑席卷敦煌之前，莫高窟寺庙的僧众为避战乱外出逃亡，就将历史遗存下来的汗牛充栋的经卷、文书、档案及佛像画等全部封存于此洞，然后外加一壁，绘影图形以掩人耳目。期待等兵燹一过再返回取出。但是此后长期兵连祸结得不安宁，这些僧徒也再未回来过。年长日久，风沙淤塞了甬道，洞窟倾颓；此后八百年间幽闭于世，无人得知，遂成秘迹。到 19 世纪末，整个莫高窟已是流沙漫涌，层积如山，只剩下高处的石窟尚露出沙面。如果说此地还有人迹的话，就是窟前依地势高低佝偻着的三座破败小庙中的几个方外之人，上寺、中寺是几个喇嘛，下寺住的是道士王圆箓。

命运真是叫人难以捉摸。同是待在莫高窟，上、中寺的喇嘛早已消失得无影无踪，下寺的王圆箓却大大有名。要谈莫高窟，要说藏经洞，都离不开这个道士，不知者正不知他是何方神圣，搞风搞雨搞得天下皆知。实际上王圆箓是个十足的小人物，"芸芸众生"中的一"生"，如沙蚁民中的一"蚁"。这个湖北麻城的农民当过兵，退役后生活无着，便当上了道士，辗转来到敦煌莫高窟，做了下寺的住持。这样，当时早被遗忘遗弃无人打理的莫高窟实际上就置于王道士的掌控之下。因为有了这样一个实际上的位置，也才有了使他大大有名的两件奇事：一是因为他无意中发现了藏经洞这个天大的秘密，"劝募，急功经营，以流水疏通三层洞沙，沙出壁裂一孔，仿佛有光。破壁，则有小洞，豁然开朗，内藏唐经万卷、古物多名。"王圆箓的墓志铭上如此记载着藏经洞的发现经过。这是 1900 年 7 月 2 日发生的故事。藏经洞的重见天日，等于开启了中国文化的一扇神秘之门。"见者惊为奇观，闻者传为奇物"，以致整整一个世纪成为中外学者注目和研究的对象，由此而出现的"敦煌学"成为国际显学。二是通过王道士之手，这价值连城的稀世珍宝被闻讯而来的各种盗宝者大量掠往国外：

1907 年，英国的斯坦因来到莫高窟，以十四块马蹄银"换"走了二十四大箱古写本、五大箱绘图和丝织刺绣；

1908 年 7 月，法国人伯希和跟踪而至，以五百两银子买通王道士，掠走了六千五百件文物；

1910 年 10 月，吉川小一郎等率日本大谷光瑞探险队来此，劫走约四五百卷写经和两尊精美塑像；

1914 年，斯坦因二至敦煌，这次干脆连"换"的幌子也不要了，直截了当盗走经文五大箱六百多卷。

连遭浩劫，藏经洞文物已所剩无多。以致中国的学者要研究敦煌文化，不得不忍辱含屈地从外国有关机构买取被盗敦煌文物的缩微胶卷和文件。

有了上述两件事情，不仅王道士和藏经洞的传奇引起持久轰动，莫高窟也随之重见天日，名播四方。

带着复杂的思绪，我们随导游走进了 16 号石窟，除了从外面来的光线照亮了洞口处一小块地方外，往里瞅一片幽暗，也幸亏千百年来没有光线的侵蚀，洞窟里的壁画彩绘才得以保持原状。我们所立足的长方形甬道，就是王道士用流水疏通洞沙的地方。过道墙壁上有一长方形门洞，里面是一小间窟室，标号"017"，这就是名满天下的藏经洞了！借助导游手中的灯光，我探头向里望去，已是室徒四壁，空空如也。一种"人去楼空"的空虚怅惘直上心头……

四

出得洞来，外面阳光灿烂，游人如织。我确切地知道现实生活中刚才什么也没发生，只不过是自己如同当年乐尊和尚一样做了个白日梦，但这个梦留下的活色生香的景象却在脑海中挥之不去。梦中的菩萨和飞天其实是千年前被抬上神坛的盛唐靓女的写照。整个莫高窟壁画和彩塑在某种意义上可以说是中国从魏至唐古代女性美的集大成。这样一个伟大的艺术宝库千多年前始于方外之人乐尊，却在千多年后既损于王道士又彰于王道士。这本身就意味深长，乐尊之耿耿于藏经洞，自不难解也。

王圆篆并非大奸大恶之人，亦非重权在握唯利是图之辈。据说，他来莫高窟住进下寺后，"入乡随俗"，对佛和佛事表现得十分认真虔诚，化缘或做道场得来的钱，总是细心积攒起来，还时不时请人来清扫洞窟积沙，修补塑像，藏经洞的意外发现就来自于"以流水疏通三层洞沙"的创意。16 号石窟不远处的展馆里有王道士的发黄的照片，小帽长袍，一身道士打扮，在石窟前的阳光下叉脚站着，眯缝着小眼睛，一脸傻兮兮的笑。这幅照片正摄于斯坦因来此寻宝之际，不知王道士那农民式的脑瓜子里正在转些什么念头。他是那样平凡，甚至有些猥琐，没有文化却又带几分狡黠。这样的人物可说遍地都是，我们几乎每天都可遇到，说不定谁换个时间环境就是又一个王道士。人们痛恨项羽的火烧阿房宫，但是你一旦有了机会，敢保证不会干出王道士的愚蠢行为来吗？

我们就要离开莫高窟了。当我再回头瞩望山壁上那一孔孔石窟时，仿佛看到了前赴后继绵延千年的历朝历代的石工画匠们在脚手架上顶着骄阳，斧凿叮当，举着油灯色墨挥洒的场景。

这里应该是有过中国的雕塑巨匠米开朗琪罗的；

这里也应该是有过中国的绘画大师塞尚、高更的。

否则，不可能造出艺术上的这等辉煌，不可能造成这中国乃至世界的佛教艺术的伟大宝库。

也幸亏是乐尊福至心灵选中了这气候干燥阳光充沛的敦煌三危山来实现他许下的礼佛宏愿，才有了莫高窟千佛洞的存在，也才使这艺术瑰宝得以保存至今。然而，除了乐尊和尚的传说外，什么能工巧匠的名字都没遗留下来，他们统统消失在历史的记忆黑洞中了。只有他们的灵魂、灵感、灵气在他们亲手创造出来的艺术杰作中永生着。我甚至想，倘若知道他们中谁的名字，击掌三下虔诚地呼唤一声，他就会从佛陀菩萨身后悄然现身吧？

啪、啪、啪！真的有掌声三起。我疑心耳朵发生了错觉，一回头，同行者中有人举起双臂在兴高采烈地挥动："看，看，多美！"顺他的视线望去，只见三危山那边刚才还瓦蓝瓦蓝的天空，这会儿出现了几缕如飞机尾气形成的五彩波状云，它在大气中氤氲散化，竟铺成半天云锦，隐约之中似有若无地飘飞着几个婀娜的身影和无数袅娜的罗带……

但愿这次不是错觉。

2001 年 11 月

他成全的是历史
——回望西楚霸王项羽

一

公元前 202 年年初的那一天，在今安徽和县东北，那个南方人看去像北方、北方人看来是南方的乌江血祭的日子，该是愁云惨淡，朔风凄厉，烟波生寒的天气。曾在"秦失其鹿"后的中原大地上不可一世、搞风搞雨的西楚霸王项羽，此刻却已走上了英雄末路——他那曾经将秦军庞大主力无情粉碎的军团，如今在垓下（今安徽灵璧县东南）被他昔日的战友，后来却成了死对头的刘邦的联军重重围困，陷入四面楚歌束手待毙的绝境。然而项羽却端的了得，饶是铁壁合围，他也能仅靠百十骑就破壁突围杀出一条血路。突围中项羽斩汉军二将，杀数十百人。汉郎骑杨喜自后追之，项羽回身一声怒喝如晴天霹雳，杨喜人马俱惊，窜逃数里方止。现在他们已经奔至乌江西岸，再往前就是长江了。闻讯而来正驾船在此等候的乌江亭长，见到征袍血染披发如狮的项羽，不胜凄怆感慨，力劝项羽上船过江："大王，江东还有地方千里，人民数十万，足以容得下大王，请大王快快过江！这里就我有这一只船，汉兵是过不去的。"项羽有两个瞳子（重瞳）的眼睛凝滞充血，一时竟满是迷惘。他沉重的目光缓缓从亭长的脸上移开，横过水鸟惊飞哀鸣、芦荻瑟瑟的江面，投向了对岸。那儿晨雾迷漫，在凛凛晨风中摇曳的若隐若现的树木恍若大片移动的兵马……

是的，江东有送子弟随他逐鹿中原的乡亲父老，有他熟悉的故土风情……一丝不易察觉的温情伴着笑意在他年轻刚毅却又沧桑疲惫的脸膛上悄悄漾开。

一直在旁察言观色的亭长以为项羽心动，连连催促："大王，追兵已至，赶快上船吧！"

项羽却突然仰天惨然长笑："天要亡我，我还渡江干什么！想当年我和八千江东子弟渡江而西，征战无数，横行天下，何等威风！而今他们全都战死沙场，无一人生还。我还有什么脸面再去见江东父老？"此刻，傲岸不屈却又穷途末路的西楚霸王，脑海中一定闪现出曾结为兄弟、这当儿却正指挥手下要将他赶尽杀绝的汉王刘邦——那个高鼻子小眼睛，长着一把漂亮胡子的乡巴佬的身影。"即使乡亲们还同情我，尊我为王，我又怎能不问心有愧呢！"说罢，不容亭长张口，将跟随自己多年的乌骓战马交给亭长，"我知你是忠厚长者。这马日行千里，所向无可当者，随我已五载，情逾手足，我不忍心看它死去，就送给你吧！"

小船载着亭长和乌骓马刚刚从项羽含泪的目光中远去，刘邦的追兵已至，又一次围住了项羽。项羽身边只余二十余骑。他令众人下马，与汉军短兵相接。项羽自己抖擞神威，一柄长剑织出一片寒光闪闪的剑网，汉兵又伤亡数百人。但增援者有增无减。

项羽浑身上下伤痕累累，体力严重透支。他知道，活了31岁，最后时刻终于到来了。这位传奇斗士提起最后一点力气站定，仰望乌云奔走的天空，呼出一口长气，手中宝剑戟指对面一员汉将："你不是我原来的部将吕马童吗？听说汉王用千金万户来悬赏买我的头颅。现在，我就成全了你吧！"话音刚落，他手中的利刃就如一道雪亮的弧光飞上了自己的颈项，鲜血如殷红的骤雨刺目地溅飞开来，高大魁伟的身躯山崩似的轰然倒下，激起了悠久的历史回声……

中国历史上精彩绝伦、撼人心魄的龙争虎斗——楚汉相争至此画上句号；无数英雄中两个最卓绝人物斗智斗勇斗仁斗狠的对决至此分出胜负；一个决定秦亡之后中国社会历史走向的悬案至此得出结论。

但是，仁义道德与机谋权变，胆色智术与攻防杀伐，军事奇才与策略高手的较量和在历史上的作用、地位、关系及孰长孰短等一系列问题却让后人思索了两千年。

同时，一连串的假设也斑斑点点散见于诸多史籍：

——如果项羽进入函谷关后即占据关中称帝、经略中原的话；

——如果鸿门宴上项羽不是大施"妇人之仁"，轻易放走刘邦，纵虎遗患的话；

——如果楚河汉界既定之后，项羽不那样轻信刘邦因而有所防备的话；

——如果韩信等人杰为项羽所用而不是为刘邦效力的话；

——如果项羽兵败乌江时终于接受亭长的建议一苇渡江在江东十年生聚东山再起的话；

——如果……

如果以上任何一个"如果"成为事实的话，假如"如果"这种偶然的因素发生作用的话，恐怕楚汉相争的局面乃至结果都会有很大的改变甚至重写；而结局的改变则会直接或间接地将影响渗入此后中国两千年的历史之中。从当时的具体情况看，这种种偶然性因素究竟会不会发生作用、以何种方式发生作用、发生什么样的作用，似乎全系于当事人的一念之差、一心之用；而这一念、一心又与人的品格、人格、性格息息相关。想想被必然规律所支配的历史竟会因这种种细小的偶然而有所改变，不能不使人对冥冥之中的天机既感到敬畏又觉得神秘。它必定困扰着人们对历史奥秘的探索，直到永远。

二

中国历史上大约没有哪个年代的群雄争逐会比"秦失其鹿"后的风云际会虎掷龙拿更为精彩。那个年代距百家争鸣诸说并存，纵横之士蜂起，游侠成风的先秦理性精神范式不远——自由个性张扬，浪漫精神流韵远播，虽经秦的焚书坑儒，但人们的头脑远未被禁锢。一个空前大一统帝国烈烈扬扬的诞生过程和它所聚集起来的巨大能量所引起的深刻社会变革。所带来的权力和利益的重新分配，给隐伏在社会各个层面各个角落的形形色色的有识之士、渔利之徒、待起之雄以强烈震撼和无可抗御的诱惑。项羽、刘邦见到秦始皇出巡的排场时的艳羡和仇视，再真实不过地反映出当时普遍的社会心态。这种心态当然不会因秦帝国的短暂而有所削弱和淡化，恰恰相反，过去曾被激活却又暂时被压抑着的种种欲求，现在因"秦失其鹿"而造成的巨大权力真空、所形成的广阔表演舞台和千载难逢的机会而来了个猛烈的总释放，形成了各路英雄豪杰群起竞技争锋的浩大场景。只要想想，连为人庸耕、处在社会最下层的陈胜都能喊出"王侯将相宁有种乎"这样充满平等精神、张扬个性解放的口号，就遑论那些六国旧贵族和儒家知识分子了。

秦失其鹿，天下共逐之，于是高材疾足者先得焉。

精彩的场面一幕紧接一幕，目不暇接；紧张的悬念百出的情节跌宕起伏，扣人心弦；人物的角色转换时爆冷门，让人算不胜算……

但目标是一致的。不管是胸怀"彼可取而代也"之大志的项羽，还是一吐"大丈夫当如此也"豪言的刘邦，抑或是振臂一呼"王侯将相宁有种乎"的陈胜，最终目的都是要获"鹿"而归，夺得大一统封建国家的高度集权的皇位即政权；而不是割据一方，当个诸侯王或草头王——这个目标太小家子气，壮夫不为也——这只要看看他们争逐中原的战略布局都是志在掌握全国即可知。事实是，经过春秋战国数百年间的酝酿和秦始皇集其大成的成功实践，统一的大势通过种种曲折途径和方式几乎变成了一种不言而喻的"神谕"，一种潜在无形的深层的强大驱动力，在冥冥中支配着人们的思想和行动。

机会是均等的。逐鹿伊始，"高材者"胜出之前，没有什么力量能压制或阻挡任何有志者加入"共逐"的游戏。作为六国旧贵族之后有着深厚政治背景的项羽且不说了，连英布这样的"群盗"、郦食其这样的儒生游士也能乘机自立，或归附山头以求再起，就是证明。秦二世元年（前209）继陈胜、吴广7月起事之后，仅9月一个月间，就有"沛人刘邦起兵于沛，下相人项梁起兵于呈，狄人田儋起兵于齐"。那个年月，谁都不能顾盼自雄，大言"天下英雄谁敌手"，只因时势为每个英雄好汉都提供了相匹配的强劲对头——有范增就有张良，有项庄就有樊哙，有陈胜就有章邯，有章邯就有项梁……应该说，当其时也，对每一个参加到这场战争游戏中来的人来说，"获鹿"的机会是均等的、公平的。经过群雄无数个回合的较量，层层淘汰，最后只剩下刘邦、项羽这一对选手进入"高材者"争夺皇冠的最后决赛。他们无疑是众雄之雄，是"搅得周天寒彻"的顶尖级人物。

谁将最后胜出呢？

被今人称之为"历史"的那些既往发生过的事实当然谁也改变不了。重归一统的历史规律也不会轻易改弦易辙。但当初命运之神的确一度垂青于那个目有重瞳的英武刚毅的年轻人项羽。

项羽是楚国名将之后。秦时，项羽与叔父项梁避仇吴中，"吴中贤士大夫皆出其下"。这种政治渊源、家族背景、显赫门第，是他的最好包装，对于增强其可信度，扩大其号召力，塑造引人注目的公众形象是十分有利的，无疑远远胜过以小小亭长而举事的一介布衣刘邦。当时看中、看重项氏这一背景而来投靠项梁叔侄者可谓火矣。有一个东阳令史陈婴，当众人欲立其为王时，他谨遵母教而谢绝之，谓其军吏曰："项氏世世将家，有名于楚，今欲举大事，将非其人不可。我倚名族，亡秦必矣。"结果"其众从之"。就连日后成为项羽克星的刘邦和韩信，最初也是投奔于项氏旗下的。

在这种政治背景映衬下，项羽充满个人魅力的魁伟身影光彩四射地凸现出来。

且看他如何登场。

从公元前 220 年（始皇二十七年）起，并天下为一统，武功勋业超迈古人的秦始皇连续到全国各地巡游。那车骑滚滚、煊煊赫赫、极尽堂皇的浩大排场，和始皇帝君临四海的无上威仪，给沿途百姓以沛莫能御的巨大心理威压，莫敢仰视，拜伏尘埃。这个难得的历史场景，项羽和刘邦分别在不同的时间、地点看到了，并且不约而同地做出了非常人所可能的反应。

"嗟乎，大丈夫当如此也！"正在咸阳服徭役的刘邦见到秦始皇时这样表达他的内心感受。其时农家出身的他正在社会的底层折腾，虽弄了个小小的泗水亭长干着。但自小养成的贪杯好色、游手好闲的恶习使他仍几近无赖似的混日子，连他的嫂子都烦他。可当时谁能想到这个既贪财又好色的乡村小吏竟有如此不臣之心和非分之想呢！但单从此言看，刘邦其时并无造反作乱之意，他话里话外流露出的是对始皇权势、享受、排场的压抑不住的艳羡惊叹和自个也想享受一把的强烈欲望。

"彼可取而代也！"这可是项羽见到秦始皇时脱口而出的话，直截了当，掷地有声。其时他和叔父项梁正亡命在外，恰遇帝驾路经浙江。在无数旌旗于风中猎猎作响，车轮碾过咯咯有声，护驾甲士兵器的偶然撞击、步履铿锵汇成的一片肃杀中，路人无不噤声屏气。项羽的炯炯目光却越过烟尘旗甲，直盯在千古一帝的皇冠上。"彼可取而代也"——没有什么能比这个宣言更能表达出这个 24 岁的年轻人要将皇帝拉下马的万丈雄心和蔑视威权的包天胆色了。不是感慨"天下苦秦久矣"而要诛"无道秦"，也不是因为被逼到绝路故铤而走险，只是因为国恨家仇。"项氏世世为楚将，封于项，故姓项氏"。在秦国统一天下的过程中，楚国曾愚蠢地干过为虎作伥的勾当，自以为能幸免于秦的吞并，但最后还是为秦所灭。连他的祖父项燕都是被秦将王翦逼死的。所以，作为"愤怒青年"的项羽，不可能像与秦无冤无仇的"小资"浪子刘邦那样，气度从容地旁观者似的说"大丈夫当如是"，而是恨恨地要一举灭掉仇人取而代之。

这是何等样气魄！也只有项羽能出此言。史云："籍少时，学书不成，去；学剑又不成，去。梁怒之。籍曰：'书足记姓名而已。剑一人敌，不足学，学万人敌耳。'于是梁奇其意，乃教以兵法。籍大喜，略知其意，又不肯竟。"后人均以此责项羽学不专一或其学不精，实际上这正说明项羽乃非常人也。在那个靠武力打天下的年代，他断然放弃了无用的"书"和寡用的"剑"，而要学统帅之术。但为将之道绝不能用一个模子来复制，其运用之妙存乎一心，所以他"略知其意"即重在了解将帅之道的真髓，之后立即抛弃那些琐屑的刻板教条，凭着自己的天赋悟性（别忘了他的家族世代为将，DNA 里必定有此基因遗传下来）去自由地对兵法将略予以创造性的发挥，果然大行其道，大获成功。只要看他后来短短几年身经七十余战，"所当者破，所击者服，未尝败北"的辉煌战绩，即可了然。

西谚有云：培养一个贵族，须用三代时间。项羽是真正的六国贵族之后。其人目有重瞳，身躯伟岸，力能扛鼎，才气过人，"项王喑哑叱咤，千人皆废"，有金刚之勇，虽出身尊贵，具王者之风，却待人接物恭谨有礼，吐属文雅，行止雍容，极具风度。这是一种很难得的个人魅力，当时的年轻人都敬畏于他。他随叔父项梁起兵时才 24 岁，却表现出超人的胆识和勇力。彪炳青史的巨鹿之战将他的才华发挥得淋漓尽致。

其时秦大将章邯先败项梁于定陶，项梁死，后又将赵王歇困于巨鹿，形势危急。而项梁所立的楚怀王派去救援的上将军宋义却半道按兵不动。项羽在关键时刻当机立断，一举击杀宋义取而代之，立即发兵渡河去解巨鹿之围，自己尾随跟进。人马刚登彼岸，项羽即下令将船只凿沉，将锅灶砸碎，将住所烧毁，全军只带三天口粮，以示这一仗志在必胜，誓不生还。这种"破釜沉舟"的壮举极大地激励了将士们的必胜斗志，莫不以一当十，与秦军血战九次，喊杀声震天撼地，兵戈撞击如急雨敲篷。其惨烈之象令从四面八方赶来救援的诸侯军为之色变心悸，纷纷作壁上观，却无一敢出与秦军交锋。待到秦军被彻底击溃，项羽身披甲胄高踞大帐凛若天神，召见诸侯。入得门来，诸侯们个个膝行而前，莫敢仰视。自此，项羽以上将军名叱咤诸侯，威震楚国。

接着，项羽数追秦军，一破再破复大破，章邯投降。秦王朝的全部实力在章邯的军队，项羽击溃章邯军，等于是摧毁了秦帝国的最后支柱，从根本上倾覆了秦王朝，功莫大焉。而刘邦的入关，于灭秦更多的是象征意义了。"喑呜独灭虎狼秦，绝世英雄自有真。"前人的诗句，已将灭秦的功劳归于项羽了。

行文至此，停笔细想，在我们所熟悉的古代战例、古代将帅中，好像还没见过谁的出场比项羽更见光彩。一场激战，留下的不仅是"破釜沉舟""作壁上观"这样千古不磨、一见即想起有关项羽咄咄虎威的成语典故，更重要的是它证明了人的胆气、意志和战斗力可以被激化至超越极限的地步，证明了"置之死地而后生"是千古不移的真理。声威慑人，豪气迫人，英风夺人，这就是上将军项羽的出场亮相。

与之相比，与项羽曾一度共事楚怀王，并肩作战又结为兄弟的刘邦，其出场就平淡无奇了。这一点，连奉他为正统的史书也无法为其编造辉煌。刘邦是在大伙都北上援赵的当儿，受怀王之命西进入关的。一路上虽也打过若干仗，但对手均非秦军主力，相当顺利地在前206年由武关进抵霸上，再入咸阳，子婴降，秦亡。

有意思的是，刘邦和项羽一道作战时曾打过若干胜仗，攻克城阳，于濮阳东大败秦军，在雍丘杀三川守李由（李斯之子）。但一旦与项羽反目为敌，即屡屡败于项羽。刘邦入咸阳后接受谋士的建议，派重兵守住函谷关，以阻止项羽统率的诸侯军进入。谁知，"一夫当关，万夫莫开"的函谷关也经不住项羽的一记重锤，很快被击破，项羽麾兵突进，长驱直入。这才引出了流传千古的"鸿门宴"传奇。以后，凡刘邦亲与项羽对阵，鲜有胜绩。先是五十多万诸侯兵被项羽三万精兵所破；旋又于灵璧东濉水上被项羽击溃，老爸、老婆为楚军所俘；继之又败走荥阳……

从项羽、刘邦较力角逐的态势看，项羽曾很占上风，很具优势。但是，当历史的偶然性因素通过人物的性格、作风越来越多地介入必然性进程后，被必然性支配着的历史场景中的种种人事就出现了戏剧性的变化，使得所谓"真命天子得天下"的宿命论神话一朝破灭，更多的可选择性导致了"为虏为王尽偶然"（唐·李山甫《项羽庙》）的随机布局……

三

这里首先得摆摆"鸿门宴"。

这是楚汉相争折子戏中最富戏剧性的一幕，其产生就具有很大的偶然性。而在这一幕戏演进的过程中，我们会看到多种不确定因素即"变数"的随机出现，是如何彻底改变了项、刘二人的命运和楚汉前程的。

当初楚怀王命刘邦入关时，项羽因秦有灭国杀叔之仇，坚请与刘邦一同入关。但楚怀王听信了帐前诸老将的进言，认为项羽凶悍残忍，不如刘邦宽厚大度，不宜先入关，所以不让他去。没料到项羽在巨鹿大捷后也攻入函谷关来与刘邦争关中了。项羽这次是下定决心，要将羽翼未丰的刘邦一举歼灭。他的首席谋士范增更是看准了这个难得时机，力劝项羽除掉心腹大患。

当时项羽有兵力 40 万，驻军新丰鸿门，刘邦只有 10 万人马，驻军霸上。以项羽的神勇和强大兵力，要灭刘邦的确是瓮中捉鳖，十拿九稳。如果此计施行，刘邦既灭，项羽就搬掉了中原逐鹿的最大障碍，必将横行天下，现在写在史籍和教科书中的秦以后的历史进程在细节上就得重写。即使是两千年后的今天，我们来看当时的政治、军事情势，有一千一万个理由来支持，这一仗肯定是要打的，没有任何一个志在天下的统帅会放弃这个机会。因为在任何人看来，这里面的确贯穿着一种"必须如此""不能不如此"的必然要求。

可叹的是，这有千个万个理由必打的一仗根本没打，倒弄起了一个成为千古话把的"鸿门宴"。先是项羽的叔父项伯作为第一个偶然的意外因子介入此事，他因为是张良的好友而连夜赶到汉营向张良通风报信。张良大惊之下将他引见刘邦。刘邦见风使舵，除再三剖白心意说自己绝无与项王对抗之心外，还许诺与项伯结为儿女亲家。项伯回营后将刘邦的甜言蜜语悉告项羽："沛公不先破关中，公岂敢入乎？今人有大功而击之，不义也，不如因善遇之。"项羽竟答应了。翌日，刘邦亲自到鸿门面见项羽，又是一通花言巧语，指天发誓，再表心曲。项羽疑心尽去，乃设宴以待刘邦，言笑甚欢。

范增知道打是打不成了，但还是按照既定方针办。如果在宴会上兵不血刃地把刘邦杀了，那似乎比打一场血仗更划得来。他多次给项羽使眼色，把所佩玉块掐了三次，示意项羽赶紧下令干掉刘邦。但项羽装聋作哑，一言不发，没有任何反应。焦虑万分的范增只好找来项羽的堂兄弟项庄入席舞剑助兴，乘机杀掉刘邦。

直到此时，事态的发展虽然多少改变了形式但基本上还是按必然的逻辑在进行。可以设想，如果这下将刘邦击杀，那么虽然还有十万汉军屯于霸上，但蛇无头不行，已不足虑。可虑者张良、樊哙也。在两强只存其一，并世无可与项羽比肩者的情况下，张良很可能为项羽所用，否则，淡出江湖也符合他的性格。当然，更可能的是范增在击杀刘邦的同时也一并将他与樊哙等斩除。然后项羽亲自出马或派范增代传王命，霸上10万汉军岂有不降楚之理！这以后，天下还不是被项羽玩弄于股掌之上。如此，楚汉之争后的史书记下的就不是汉王朝而是楚帝国了。

但偶然因素第二次发生作用，再次改变了必然性发生作用的形态。这就是项伯和樊哙的介入。先是项伯见项庄舞剑，意在沛公，也拔剑而起与之对舞以庇护刘邦。"天云属地汗流宇，杯影龙蛇分汉楚。楚人起舞本为楚，中有楚人为汉舞。"宋人谢翱的《鸿门宴》诗道出了当时扑朔迷离的景象。接着樊哙接到张良急讯撞关而入，力数项羽。项羽竟"壮之，赐以酒"。刘邦则乘机如厕溜之乎也。这一走，就如放虎归山，纵龙入海。偶然因素的干扰，使得取天下的千载良机在项羽手上仅仅停留了几个时辰就永远失掉了。

读史至此，谁人不为之长太息！

清人王昙《西楚霸王墓》诗云："早擢函谷称西帝，何必鸿门杀沛公"，说的就是项羽被必然中有偶然、偶然中有必然搞得进退失据的这笔糊涂账。

　　刘邦之成为项羽争天下的劲敌、宿敌，这不是因为个人恩怨或心血来潮，随意设定，而是铁的事实。项羽对此应该比任何人都清楚。但是，头天晚上还将之视为眼中钉、肉中刺，翌日却化敌为友，彼动我以情，我活彼以命。就项羽而言，这一百八十度的大转变依据的不是任何政治考虑、利害计较或者策略需要，也没经过什么深思熟虑，其间起决定作用的只是项羽的"一念之差"。而这看上去似乎带有很大偶然性的"一念之差"，却是深深根植于己内化为他行为准则的旧贵族道德风范，即所谓"妇人之仁"，所谓"穷寇勿迫""不杀二毛"，所谓"不忍之心"，因而又带有必然性。就刘邦而言，则是他作为政治家的机谋权变之术，是他的以屈待伸之计在命悬一发之际救了他。项羽在这个事关成败、事关命运、事关历史的重大时刻，遵循的是常人之间的人情关系原则；刘邦遵循的却是政治家为争天下而屈膝妥协退一步进两步的策略。

　　放走这个曾与自己称兄道弟、却被范增预言为"吾属今为沛公虏也"的大敌之后，项羽大概是出于对有灭国杀叔之仇的秦帝国的深刻仇恨和强烈复仇愿望，一把火烧了阿房宫；又不假思索地拒绝了关于"关中阻山滞河，四塞之地，肥饶，可都以伯"的正确建议，一门心思要回江东，理由竟是"富贵不归故乡，如衣锦夜行"！其时项羽虽贵为西楚霸王，却还不到三十岁，他这种率性而为的性情简直就是个愣小子，哪像个要打天下的西楚霸王！

　　至此，反秦斗争宣告结束，进入楚汉相争阶段。这个"相争"是项羽一手制造出来的；在竞技场上，他制造出来或曰放出了那个虎视眈眈的敌手。

刘邦深得"大丈夫能屈能伸"之旨，为争逐天下，几乎将一切束缚他、不利于他的仁义道德说教和通行的礼法规则通通砸烂，包括敢于摘下儒生的帽子往里撒尿，从而进入一种为所欲为的无羁境地。汉二年春，刘邦会同数路诸侯计56万人东出潼关讨伐项羽，却被项羽以3万精骑大破汉军于彭城，死十余万人。接着，败退的十余万汉军在灵璧东睢水上又被楚军挤入滩水。滩水为之断流。刘邦陷入重围，幸赖风高月黑得以逃逸，但太公、吕雉却为楚军所俘。此后两军相峙于广武，久不能下。项羽乃企图利用手中的人质来作为迫刘邦退兵的讨价还价的重要砝码。改变楚汉相峙局面的机会似乎又一次走近了项羽。他命人高高搭起一个砧板，置太公于其上，对刘邦喊话："你要是再不后退，我就将你父亲煮了吃！"这在今天难以想象，在古代却是说烹就烹的。田横等不就烹过郦食其吗！对这一撒手锏，刘邦回答说："我与你从前一起侍奉怀王，曾经结拜过兄弟，我父即你父。你若一定要把你老子煮了吃，那就请你分我一碗汤吧！"项羽怒极，却也无可如何。我想起"文化大革命"中首都红卫兵小将有云："无私才能无畏。"后来某学生领袖以各种不三不四手段在派性斗争中死缠烂打，毫不顾及舆论，于是红卫兵复指其人曰："无耻才能无畏。"俗谚也有"力大的不如胆大的，胆大的不如心狠的，心狠的不如耍无赖的"之说。此说古今一理。项羽是从人情道义常规发出"吾烹太公"威胁的，他以为刘邦必会有所顾忌而退兵，却不知刘邦一切皆从政治功利着眼，根本不在乎有"耻"还是无"耻"，一句"吾翁即汝翁"就四两拨千斤，不但将项羽的狠招轻轻挡回去，还使对手陷入尴尬境地。刘邦这种"为天下者不顾家"的本性在对待子女上也表现出来。当项羽在彭城大败汉军时，刘邦乘车狼狈逃窜，途中见到自己的两个儿子，随从将他们拉上车一起逃亡。穷奔一气后，马疲而追兵至，急了眼的刘邦为逃性命竟数次将亲生骨肉推下车。幸亏同车的夏侯婴几次将此二子重新拉上车才使其幸免于难。刘邦不但不感谢，反而大怒要斩夏侯婴。

面对这样一个蒸不烂、煮不熟、咬不动、油盐不进的无赖，项羽纵能拔山扛鼎，也应对乏术。情急之下只好给刘邦传话："打了这么多年仗，弄得天下不宁，还不都是因为你和我？我愿意和你决一雌雄，免得天下父老兄弟再多受苦难。"项羽竟天真到如此地步，谁都看得出来，这个建议本身就是黔驴技穷的表现。刘邦只嬉皮笑脸地回答："我宁愿与你斗智，不愿斗力。"这真是看准了对手死穴而蕴力道于无形的一记闷拳。

明人王象春《书项王庙壁》诗借评鸿门宴和广武之战而从人品上论及项羽和刘邦："玉玦三提王不语，鼎上杯羹弃翁姥，项王真龙汉王鼠。"项羽鸿门宴上不杀刘邦是"龙"，刘邦为争天下而不管乃父死活是"鼠"。品格高下，于此立判。

既然是"鼠"，既然什么道德礼法都被当成儒生的帽子可以尿之，那么汉王还怕什么呢？就在"鼎上杯羹弃翁姥"之后不久，楚汉两军由于对峙日久而皆生厌心，最后两家约定以鸿沟划界中分天下，鸿沟以西归刘邦，鸿沟以东归项羽。项羽言而有信，释放了太公、吕雉，引兵东归。刘邦却采纳了张良、陈平的建议，背信弃约，发兵追击项羽，先为楚军所败；刘邦再约韩信、彭越等各路大军云集垓下，这次真使项羽陷于四面楚歌之中。

"此天亡我，非战之罪也！"项羽在垓下绝境中发出了这样悲怆的呼喊。对于项羽败亡原因的钩沉掘隐，两千年来几乎没有中断过。可以举出许多失败教训：战略失误。如没有先定关中，失去一统天下的基地；不该分封诸侯，造成割据；用人失误。如韩信得而复失，为汉王所用，终成自己克星；如范增，当世奇士，屡有良谋奇计，却为张良反间计去之，项羽失一大臂助，等等。这些，绝对是项羽兵败身死的重要原因。但是愈往深里探讨，愈发看出个人性格、个人品格不容小觑，历史的偶然性因素往往正是通过个人的性格、作风来起作用的。

"盖世英雄项与刘。"项羽与刘邦的确都是千古人杰，不世之雄，但是二人比较起来又大不相同。出身旧贵族门阀的项羽仪容高贵，天生神勇，深明将略，兼具当领袖人物的各种条件，似乎高高在上，但是他整个人较之平民出身的刘邦更易为一般人所接受。从我们对他的"回望"中，可以真切感受到其性格和行为方式都带着棱角，直白，刚劲，有丈夫气，但又不失人情味。诚如韩信对刘邦所分析的：项羽恚怒作声能使千人失气，其慑人之威一至于此；但他待人恭谨，言语温和，人有病疾，涕泣分食饮。他不仅不隐瞒自己的感情，往往处事还容易情绪化，活得更见真性情。当然，他性格中也有韩信批评的"妇人之仁"的缺陷。例如"至使人有功当封爵者，印刓敝，忍不能予"，等等。这也是同他遇事往往犹疑不决有关。平心而论，他是一位天才的出色的军事统帅而不是一个好的政治家，或者说，他从来不是一个政治家。当过市井混混的刘邦，虽然连自己也承认在政治背景、军事才能、战斗实力诸多方面远逊项羽，但天生是搞政治的材料，玩计谋的大师。他善忍、善变、善诈，有急智，圆滑阴柔，就像海潮，每次撞击礁石都无功而返散为水花，但瞬间又聚为海浪，再来阴柔的一击，直至礁石镂空坍塌为止。他就是这样动用策略计谋取得了单靠军事行动得不到的东西，将争夺天下的斗争进行到底。

不妨比较一下项羽和刘邦留下的两首诗。诗言志，歌咏言。在这两首气魄阔大的诗前，其他诗作都将黯然失色。这两首诗反映出两位盖世英雄的独特个性：

力拔山兮气盖世，
时不利兮骓不逝，
骓不逝兮可奈何，
虞兮虞兮奈若何！

鸿鹄高飞，
一举千里。
羽翮已就，
横绝四海。
横绝四海，
又可奈何！
虽有矰缴，
尚安所施！

有意思的是，这两首诗都是作者为爱姬而作。项羽兵困垓下，与美人虞姬诀别。诗中虽然也流露出"天亡我"的无奈和愤懑，但更多的是对命运无常、人生短暂莫测的感慨，对恋人死别的悲伤怅惘，性情中人的本色一览无余。刘邦此诗写在欲改立戚姬之子为太子却为吕后所阻，戚夫人泣涕之际。诗中虽然也流露出苦恼无奈，主旨却仍然不离政治，对统一宏图感慨系之，全然是一位政治家的情感抒发。两人差别，于此亦可见一斑。

项羽在个人品格上显然高于刘邦，他身上那些道德化、人性化、人情化的东西让人产生共鸣，产生同情，更多的是属于道德范畴和审美层面，由此导致悲剧性的失败令人遗憾。而刘邦身上那些导致他最后成功的东西如机变权术，为达目的不择手段、六亲不认，在世俗的道德评价上往往处于负面，但它比之取天下的宏大目标又算得了什么呢！当年有人在刘邦面前进谗，说陈平盗嫂受金，朝楚暮汉，因而是"反覆乱臣"。于是刘邦召举荐陈平的魏无知质询此事。魏无知回答说："臣向陛下所推荐的是陈平的才干，陛下问臣的是陈平的德行。如果一个人有古之信士尾生、孝悌之臣孝己的德行，却无益于胜败，陛下会用他们吗？当今楚汉相争，臣推荐奇谋之士，为的是他的计谋能力能够大大有利于国家。用这样的人，盗嫂受金又有什么妨碍呢！"这话用在刘邦自己身上又是何等贴切。

旧贵族的道德当然不敌新兴地主阶级的政治。

计谋和策略永远高于一切。

四

项羽伟岸的身躯轰然倒地……

在颈血如骤雨迸溅的那一瞬间，这盖世英豪的重瞳之目竟是睁得大大的，仰视着风云奔走的天空。

他其实大可不必如此轻生。

换了任何别的人，比如刘邦，是绝对不会这样痛快地自我了断的。考诸几千年的历史，没见过哪个历史强人会这么轻易退出历史舞台。

项羽虽然伤痕累累，体力透支，但并没有致命伤。几年前他赖以起事的江东是他的根据地，几十万人口上千里地盘，还不够他休养生息、养精蓄锐、与敌周旋吗？更重要的是这儿就只乌江亭长有一只船，只要他登船过江，汉军就只好望江兴叹。以项羽的军事才能和胆识，认真总结这些年逐鹿中原的经验教训，三五年之后，谁说不能东山再起。

> 胜败由来不可期，
>
> 包羞忍耻是男儿。
>
> 江东子弟多才俊，
>
> 卷土重来未可知。
>
> ——唐·杜牧《题乌江亭》

> 忍辱从来事可成，
>
> 英雄盖世枉伤神。

但知父老羞重见，

不记淮阴胯下人。

——清·何士颙《项羽》

后人这些明目张胆为项羽叫屈的诗句，表达着对失败者深深的惋惜和同情——君子报仇，十年未晚。鹿死谁手，尚未可知。只要能忍得一时屈辱，天下姓刘还是姓项都难说。在这种情形下怎么还会有人从争天下游戏中自动出局呢？

但项羽就是项羽，是真英雄自有真性情。直到生命的尽头，这西楚霸王依然是他那大孩子式的直爽、痛快；对杀刘邦，他是那样忍让、宽容、犹疑，最终放他一马；而对结束自己年轻的生命，他却是如此果决无情。

他难道仅仅是因为羞见江东父老而不肯过江吗？他怎么会不知道机会在江东，希望在江东，江东"亦足王也"呢？我猜想，在这血性男儿决心将手中利刃加诸颈之前，他一定真切地感受到了那在冥冥之中安排中原逐鹿结局和每个人归宿的神秘力量的可畏；也一定痛切地意识到，如果自己这时渡江东去第二次率江东子弟卷土重来，那么，已经临近尾声、行将画上句号的楚汉之争又将重演一次，又将闹得"天下匈匈"！这是自己起兵反秦的本愿吗？秦与自己有灭国杀叔之仇，所以自己成了誓死灭秦的坚忍复仇者。如果要以天下苍生的血泪苦难为代价，那么即使自己消灭刘邦，登上帝位，又有什么意思？现在秦已覆亡，自己不久前还告诉刘邦，"愿与王挑战，决雌雄，毋徒罢天下父子为也"，既然眼下大仇已报，雌雄已决，就该臣服于做出这一命运安排的那个不可抗御的神秘力量，痛痛快快地将这数年的恩恩怨怨一刀了断，又何必学儿女子纠缠不休呢！……

否则没法解释，为什么本来已杀出血路的项羽，在绝处逢生时却一反初衷，宁愿一死以谢天下呢？

项羽大张着的重瞳巨目开始蒙眬了，但虞姬哀怨的情影此刻如轻烟般在眼前飘舞幻化，诀别的情景又上心头——当项羽"虞兮虞兮奈若何"一曲歌竟，这平生唯一与自己真心相爱的女人已泪透罗衫雨洗海棠，悲不能抑……这应该是项羽最后的遗恨，自己英雄一世，江山易手且不说，连心上人也将永远失去，从此幽明陌路，何处相逢？……

凛冽强劲的朔风悲情万端地呼泣着横扫这中原古战场，地惨云愁。草泽地上铁壁合围的汉军见不可一世的项王颓然倒下，正待一拥而上，却蓦地看见项王身躯动了动，似要挣扎站起，立即纷纷惊退。再定神细看，项王一动不动。于是汉将王翳第一个奋勇上前取了项王首级，吕马童等四人争先恐后各得其一体。此五人以后尽获封侯。

项羽失败了吗？

当然是失败了——从两军对阵、天下易手、兵败身亡的意义上而言是失败了。然而项羽的失败、他的死，又实在是大有所值：他成全的不是吕马童之流，甚至也不仅仅是欲得天下的刘邦，他成全的是天下苍生，是顺应统一大势运行的历史。项羽虽然败亡，但他却是秦亡汉兴的不可缺少的人物。"剑舞鸿门能赦汉，船沉巨鹿竟亡秦。"清人严遂成的诗句恰如其分地道出了项羽的两大功绩。项羽在鸿门宴上真不只是放走刘邦这个人，而是放出了一个将中国封建社会的政治、经济、文化推向第一个繁荣高峰的大汉王朝。更何况，"博得美人心肯死，项王此处是英雄。"（清·吴伟业《虞兮》）在项羽身陷绝境末路悲歌之时，倾国倾城的爱姬宁为玉碎不为瓦全，她不是无可奈何地自尽，而是心甘情愿地为项羽赴死——赢得美人心比赢得江山更难，项羽是真胜了。

几百年后，晋朝的狂士阮籍闲游来到广武古战场，登上了山包上的广武故城，"观楚汉战处，叹曰：'时无英雄，使竖子成名！'"。唐代大诗人李白认为阮籍所说的"竖子"是指刘邦，很不以为然，予以反驳。他认为刘、项都是"龙"，刘邦既非"竖子"，则项羽定是英雄。金人元好问也以《楚汉战处》为题赋诗云：

> 虎掷龙拿不两存，
> 当年曾此赌乾坤。
> 一时豪杰皆行阵，
> 万古河山自壁门。
> 原野犹应厌膏血，
> 风云长遣动心魂。
> 成名竖子知谁谓，
> 拟唤狂生与细论。

在元好问看来，刘项之争是龙虎之争，而阮籍竟说"时无英雄，使竖子成名"，他指谁为"竖子"？真该将这狂生叫起来细细辩论一番。

其实，阮籍与李白、元好问虽各执一词，但都有一定道理，问题是站在什么角度。项羽在军事上、策略上的失误是摆明了的，如果阮籍是痛惜项羽这种致命之伤成全了刘邦的帝业，恨铁不成钢而出此言，我以为有理。但在率性做人的人格上，睥睨天下的气概上，项羽当真是千古人杰，而击败了这样一位人杰的刘邦当然亦是盖世英豪，李、阮理应为之辩护。

"成则为王败则寇"，这是几千年来中国封建社会衡人论事的是非标准。但是一败涂地的项羽在乌江边的交颈一刀，却完成了他作为千古悲剧英雄的人格塑造。太史公司马迁惺惺惜惺惺，在《史记》中将项羽事略归入帝王的"本纪"，且将《项羽本纪》置于《高祖本纪》之前。刘邦对一死以成全他的项羽也常怀崇仰敬畏之心，以"鲁公"之号隆重葬项羽于谷城，项氏诸属一个不杀。刘邦本人在项羽坟前率部属哀哀祭悼。想起往事种种，这位胜利者不觉泫然涕下泪湿征袍。斯人逝去留下的巨大真空，使刘邦感受到了难言的孤独和落寞。

距此 7 年之后，已是太祖高皇帝的刘邦荣归故里，置酒沛宫，将所有的故人父老子弟悉数请来一番畅饮，并且找来 120 名沛中小孩儿，教他们唱歌。酒过三巡，达到高潮。刘邦酒酣兴发，亲自击筑，高歌一曲：

> 大风起兮云飞扬，
>
> 威加海内兮归故乡，

安得猛士兮守四方！

　　命孩子们学唱此曲，一时弦歌之声轰响内外。高祖于是拔剑奋然起舞，袍风浩荡，慷慨伤怀，泪下数行。在那一刻，阅人无数、饱经沧桑的刘邦是否想起了项羽？他的伤怀，是因为惧怕再有项羽一类豪雄危及他的帝业，因而需要大批猛士来严加防守，还是为稳坐江山，需要大批项羽这样的猛士来护卫呢？

　　刘邦没有告诉我们。永远也不会。

　　历史却留下了享祚四百年的大汉王朝。

2002 年 3 月

历史成就了他
——回望一代风流谢东山

一

中国历史名城中，除千年十三朝古都西安外，最是风流蕴藉古色古香，最值得好古之徒去寻访的莫过南京了。这座曾被称为"建康"的六朝古城，历史上不知演绎过多少金戈铁马、多少烛光斧影、多少波诡云谲、多少爱恨情仇的故事。令风云变色的一代雄主、机谋迭出的军政强人、文采风流的高人雅士、容华绝代的佳丽娇娃，都曾在这儿留下过他们或深或浅、或大或小的足痕。而他们的勋业与宏图、憧憬与梦想、标榜与隐私、悲凉与惆怅、恩怨与是非；那些当年曾被那样执着、那样看重，甚至视同身价、尊严、荣誉与生命的一切，都已随着如滚滚长江东逝水的历史洪波日夜流淌尽净。我们在列满仿古建筑的秦淮河两岸能见到的，是千百年前尚不知以何种方式存在于宇宙中的各种化学元素，而今天聚合为血肉之躯的同时代人了。

以今之视昔，料非昔之视今。回望古人，每每兴起"独怆然而涕下"的伤逝之感。

我极尽我的目力回望建康古城生发出的活色生香的种种历史往事，我在难以止息的想象中尝试着走近那烟尘蒙蒙中的每一个久闻其名的人物：祖逖、桓温、桓冲、简文帝、司马道子、王羲之、王坦之、支道林、谢安、谢玄、谢道韫……他们的龙争虎斗、明争暗斗、机关算尽，他们的曲折人生、错综关系，他们的形象、气度、风神、心术，直至他们的一个眼神，一个表情，一举手一投足，对我们这些现代人都有一种莫名的吸引力。我想与他们并肩而立、接踵而行，感受与历史同步的震撼；或是忝陪末座，听听他们的奇谋高论，娓娓清谈，看看他们是如何影响于今后的历史进程的……

然而，我的目光愈是在这些人物身上逡巡徘徊，有一个人愈是吸引着我的注意，他的形象愈来愈清晰凸现，这就是一代风流人物谢安，被狂傲不羁的李白反复吟咏称颂的东晋名臣；要谈东山栖隐、兰亭盛会和淝水大捷就不能不谈起他。尽管历史上还有许多比他更具影响、创下丰功伟绩、对历史作用更加巨大深刻的人物在，但像谢安这样隐则为名士、仕则为名相，率性任情，将一生以风流潇洒出之，却又建不世之功盛誉流传后世的人物，历史上却只有一个。

不是每个时代都能产生谢安的，也不是每一个大人物都能效法、都能成为谢安的。"但用东山谢安石，为君谈笑靖胡沙。"我愈是走近谢安，这个被李白赋予传奇色彩的超卓人物隐逸不群的风韵和矫情镇物的风范，就愈是令我着迷；而为什么东晋的偏安小朝廷能产生出这么一位挽狂澜于既倒的英雄人物，则更是令我迷惘……

二

谢安所处的时代是个不幸的时代。

这是一个夹在中国两大盛世汉、唐王朝之间的一段荒唐史离乱史中的小王朝。本来就已是末世气象——汉王朝在奢靡腐败中耗尽元气，进入分裂动乱的三国两晋；略承秦汉余烈的曹氏父子和刘备孙权一脉尽归黄土，举世已无英雄，又何谈"天下英雄谁敌手"。剩下的只是一批又一批的三流乱世枭雄乃至乱臣贼子，这些人无鸿鹄之志有燕雀之行，谁也不能像秦皇汉武那样鞭扑天下，而搞阴谋诡计自相残杀抑或过之，出了不少这方面的专家里手。只要看看西晋"八王之乱"中，其始作俑者晋惠帝的皇后贾南风是如何上下其手翻云覆雨设下诛杀政敌的连环计，如何心狠手辣权欲熏心丧尽天良，就可知社会政治黑暗到何等地步，人际关系危殆到何等地步。一个深宫女辈尚且如此阴狠，那些倾轧于政界官场的男人们就更是无毒不丈夫了。从东晋的老祖宗司马懿用阴谋和杀戮篡夺曹魏政权始，其子孙后辈就始终没离开过血腥——先是隐居山林与司马氏不合作的名士嵇康被以"不孝"之罪诬杀，后是宫廷皇族间的互相残杀，尸骨层积，遍地游魂。人间翻为鬼域，白昼时见阴风。以致晋末一个皇帝听说了祖上靠杀戮立国的真相后，竟惊怖莫名不知身死谁手。

　　昼夜不休年年不断的杀戮造成的高压恐怖使士大夫人人自危，"为君既不易，为臣良独难。忠信事不显，乃有见疑患。"连身为皇亲贵胄的曹植都自觉朝不保夕，战战栗栗，一般士子的惶恐可想而知。为求避祸解忧，知识分子在朝在野，言谈尽量脱离政治和当时的现实，以免被人附会曲解诬陷，招来杀身之灾。于是崇尚"自然"、反对矫饰、主张清静无为的老庄玄学正好投其所需，为其所好，遂开一代清谈之风。东晋建立后，恐怖高压渐趋缓和，但清谈之风已经形成历史的惯性，不但没消失，反而更盛。所谓"元康之放"正是清谈的一副添加剂。晋惠帝元康年间正当"八王之乱"，血腥恐怖的时势给心灵本来就很脆弱的士人以强烈刺激，将曹魏以来的清谈进一步发展，鄙儒崇道，悖礼任情。这样的时代这样的风气无疑既难以产生，更不适于慷慨悲歌之士和经国济世之才的生存。如以"击楫中流"名垂青史的祖逖，本为北方士族，东晋时率数百家亲党南迁，沿途招募私人部曲，请求北伐。可东晋小朝廷只给了他个奋威将军、豫州刺史的空头衔，拨一千人的口粮、三千匹布，在武器都没到手的情况下，就让祖逖渡江北伐，这不是摆明叫他虚应故事吗！难怪此后祖逖数次北伐，均受到小朝廷的掣肘、防范，甚至被剥夺兵权，以致这位慷慨有奇气、"以中原为己任"的英雄忧愤交加热泪如倾，最终病死。英雄了得如祖逖尚落得如此下场，天下有志之士谁不寒心！谢安就生活在这个时代。这样的时代是可悲的、不幸的。这本来不是一个产生足以影响历史垂范后世的大人物的时代。

　　然而就谢安个人而言，他生于这个不幸的时代却是幸运的。

换言之，正是因为生在了这个可悲的堕落的不幸的时代，才造就了他的名士风流和名相风范，才成全了他东山栖迟的佳话和淝水大捷的神话。

三

但要了解那位大师，仍然需要把这些有才能的作家集中在他周围，因为他只是其中最高的一根枝条，只是这个艺术家庭中最显赫的一个代表。

艺术家不是孤立的人。我们隔了几个世纪只听到艺术家的声音；但在传到我们耳边来的响亮的声音之下，还能辨别出群众的复杂而无穷无尽的歌声，像一大片低沉的嗡嗡声一样，在艺术家四周齐声合唱。只因为有了这一片和声，艺术家才成其为伟大。

提起谢安，我就想起法国文学家兼艺术理论家丹纳在《艺术哲学》中的这段话，只要将此话中的"艺术家""艺术家庭"和"群众"置换成"谢安""谢氏家族"及晋时名士风气，那么这段话简直就像是针对谢安的一枝独秀而说的。

谢安之祖原系北方的衣冠望族，至西晋"五胡乱华"始南渡投靠东晋皇室以避乱。由于两晋南朝一以贯之地实行以门阀等第制度为基础的九品中正选官用人制度，自然而然地形成了一个个源远流长的豪贵家族，这是一批靠祖荫、靠资历、靠门望、靠血统而傲视寒人庶族，甚至轻视皇权，以尘尾风流坐取功名的贵族阶层。而当时清谈玄虚、任诞放达的社会风气则为这些贵族之家营造了最适于生存的生态环境和舆论氛围。

如前所说，清谈开始时本是士人们用以消灾避祸、消极混世的方式和手段，是一种无可奈何之举；清谈的要义和功用就是言不及物、以虚避实。但是，清谈以庄老玄学为依凭和内核，涉及文、史、哲、经诸多学问，因此，清谈本身就必然包含着一定的文化内涵和文化要求，要在清谈中让人折服，必得依靠辩才、风度、知识积累、文化素养的综合展示。这样，在清谈形成历史惯性继续向前发展，而当初清谈由以产生的社会原因有所改变之后，清谈的功用就在不知不觉中由佯狂避世、玄谈避祸逐渐演变成士大夫特别是王、谢这样的名门望族"装潢"门第、自高身价、炫耀风度、寄情使性、追求自我、品鉴人物、臧否世事的须臾不可或缺的工具或"抓手"，就如他们刻不离手的"尘尾"一样。不难想象，那个时代，士大夫们在厅堂、在野外、在官府、在欢场，身着宽松飘逸的宽袍大褂，姿态娴雅地或坐或立，肤色洁白保养极好的手优雅地挥动着尘尾，或侃侃而论，或娓娓而谈，警言佳句如春葩粲齿，玄理妙道似天女散花，举座动容，咸服其妙，这对于论者来说是多么风光的事情！清谈不但使论者当场就得到极大的精神享受，心理满足，更重要的是清谈可以高身价，养名望，得赏识，入仕途。怪不得清谈成为当时如空气般无处不在的社会风气，一批又一批清谈高手成为"名士"，名士左右有众多的给他以影响的其他名士，他周围还有一大批仿效名士、仰慕名士的追星族——这就是谢安之所以产生的社会条件、社会氛围。仿用丹纳的话来说，那就是——我们隔了千多年之后只听到谢安的声音；但在传到我们耳边来的响亮的声音之下，还能辨别出谢安周围人们的复杂而无尽的歌声，像一大片低沉的嗡嗡声一样，在谢安四周齐声合唱。

且来看看在谢安四周发出"嗡嗡声"的都是何许人——

谢鲲。谢安的伯父，此公深受"八王之乱"的刺激，又受元康放达之风的熏陶，性好庄老，行为放达，正是他开启了谢氏家族的名士家风。与谢鲲相互标榜的还有纵情悖礼、佯狂避世的所谓"八达"。在《晋书》中，他与任诞之士阮籍、嵇康合传，于此可以窥知个中消息。

谢尚、谢奕、谢万。此三人是谢安的平辈兄弟，首承谢鲲开启的名士家风。虽说不通军务，却都做过将军、出任过豫州刺史，其出仕、去世都早于谢安。三人均任诞风流，崇尚清谈、善于玄言。他们对谢安的隐与仕不能不产生影响。

王衍、王澄。此二人均为谢安周围朋友。前者是当时士林公认的风流领袖，后者是放荡任诞名士。此二人官居高位又善于品鉴人物。王衍更是落拓不羁，以致桓温要将"神州陆沉，百年丘墟"之责归咎于此公。

与谢安及谢家交游的，还有兰亭雅集中的诸位名士，如孙绰、支道林、王羲之、王献之等。这些人所体现、所传承、所影响、所维护的清谈之风，正是谢氏家风得以形成并存在的基础。谢氏家风在价值取向、利益趋同上与清谈之风完全一致，自然就得到社会特别是统治者的认可和肯定。它浸淫、笼罩着谢安，内化为他的价值观念、操守标准和行为模式。

四

东晋永和九年（353）农历三月初三那天，时为会稽内史的大书法家王羲之以"修禊"为由，与高朋俊侣雅聚于有崇山峻岭、茂林修竹、清流激湍、风景绝佳的山阴兰亭（今绍兴古城外的兰渚山下）。一时群贤毕至、少长咸集，曲水流觞，吟咏歌谈，使一向清幽萧疏的竹林弥漫着清雅的林下之风。最后将得诗数十首汇拢一起，公推发起此次聚会的王羲之为之作序。于是有了名传千古的《兰亭集序》。兰亭雅会也因此风流千古。

这次雅集的名士共四十二人，其中就有谢安。

谢安之被邀请参与兰亭集会，当不仅仅因为他是王羲之的好友，还因为他们在思想上、作风上、行为方式上都是同声相应、同气相求，都崇尚纵横任性，顺适自然。这些高人雅士向往闲云野鹤式的生活，只要有机会就隐于林下，游于幽谷，嬉于水滨，或清谈玄理，或吟咏诗章，自得其乐。王羲之曾心满意足地说：我终当快乐而死！

谢安因与闻王羲之的兰亭雅集，千载之后人们谈兰亭之会还会提到他，就此而言，他是借了王羲之的光；但是就栖隐来讲，谢安的名气却大得多，他隐得自由自在，隐得潇潇洒洒，隐出了"东山栖迟"的千古佳话。

所谓"东山"，就是会稽郡内四明山西北的东山。谢安筑室于此，几间瓦舍，虽不雕梁画栋，却也庭轩开朗，门前花树掩映曲径通幽。不远处还有两处亭堂，一名白云，一名明月，皆为冶游的好去所。谢安领着谢家子弟在此盘桓，一待就是二十年。

中国历朝历代都不乏隐逸之士。谢安之前，先秦时代有为逃避当国君之苦而遁入山林、后又耻食周粟以至饿死的伯夷、叔齐；有愤于时事放弃功名躲进深山风餐露宿的介子推；西汉末有不与王莽合作，"世无道则隐"，在崂山"养志修道"的逄萌，有皇帝三聘仍不肯应召效力、隐居渑池著书立说的周党。与谢安相近的有曹魏时期性爱山丘却又打铁为生、作"宁漆园之逍遥"的嵇康等。谢安之后，有唐一代多"身在江湖之上，心存魏阙之下，托薜萝以射利，假岩壑以钓名"，以走"终南捷径"的"隐士"；宋代隐风大盛，出现了形形色色的隐者——有以乞讨为生、以破纸为衣的董隐子、王江；有隐形于宗教外衣下的陈抟、智圆；有君子不事二朝，宁愿老死山林的遗民逸士，如郑所南、郑思肖、谢枋得等；至明清，真正隐迹山林者日渐稀少，隐于闹市者日见时髦，终于走向了"心隐"，大儒王阳明可说是始作俑者……

这些隐士，有的虽真正寄情于风花雪月恬静自适，但物质生活上则十分清苦，粗茶淡饭山菜草根已属不易，遑论其他；有的隐则隐矣然一心以为鸿鹄将至，身在江湖，心存魏阙，不得清静；或是为避祸消灾遁迹山林，心理负担始终放不下，栖栖惶惶；至于为蟾宫折桂而走终南捷径以抬高身价者就更等而下之了。

他们谁都不如谢安隐得适意，隐得痛快，隐得彻底。

而东山，在谢安眼前展现的是一片风光旖旎的佳山胜水。大画家顾恺之曾向京城的朋友如此描绘会稽：那里的山岩成百上千，一个比一个美；溪涧成千上万，一条比一条清。花草树木盖满了山坡，阳光下远远望去，真是灿若云锦，赛似虹霞。王子敬赞曰："从山阴道上行，山川自相映发，使人应接不暇。若秋冬之际，尤难忘怀。""我见青山多妩媚，料青山见我应如是。"这样一片佳山水，无疑是谢安等人心灵外化的对象，是他们的第二个"自我"。寄情于山水，托身于林泉，是谢安的必然选择。在经历了三国动乱和曹魏后期的排斥异己屠戮政敌镇压文人的高压恐怖，以及后来的"八王之乱"、五胡乱华的内乱外患之后，东晋士人见过了太多的生之变幻死之渺茫和生死之间的倏忽转化，嗅到了太多的血腥，他们时时感觉到有一柄他们控制不了左右不了的达摩克利斯利剑悬在头上不知何时落下。沉重的精神负担使他们的思想变得敏感悲观，情感变得脆弱细腻，生死解脱成为他们心头挥之不去的情结——这已经成为当时知识分子的"集体无意识"心理结构，何况谢安年幼时还经历过王敦之乱、苏峻之乱。

"谢太傅语王右军曰：'中年伤于哀乐，与亲友别，辄作数日恶。'王曰：'年在桑榆，自然至此，正赖丝竹陶写，恒恐儿辈觉，损欣乐之趣。'"谢安的"中年伤于哀乐"与王羲之的"正赖丝竹陶写"之语，正是当时士大夫精神苦闷的写照和对解脱之道的寻求。

于是，在东山盘桓的谢安呈现于世的不是千山独步、野钓无人、形容枯槁、鹑衣麻履、茅舍篱墙的隐者，而是袍袖飘逸、丰神俊朗、呼朋饮宴、携妓来游、任情达性、顺乎自然、徘徊沉醉于山水清音玄言丝竹之中的逸士。

王羲之的兰亭雅集正是这一批名士对寄情山水的时尚经典的倾情演绎。谢安不仅应邀参加了这次盛会，留下了四言、五言诗各一首，还经常与王羲之、王凝之、王献之父子，学养精湛的高僧支道林，以辞赋见长的名士孙绰等人时相过从，或宴饮，或清谈，或吟咏，或同游，把本是清冷的隐逸生涯点缀得有声有色。其中为世人诟病的是"东山蓄妓"："安每游东山，常以妓女自随。"也就是私养歌儿舞女，供闲居或游冶时声色之娱。文献中找不到谢安对批评的回应，但他没当回事怕也是真的。他出山以后，"及登台辅，属丧不废乐。王坦之以书喻之，不从"，以致"衣冠效之，遂以成俗"。又建楼馆，每携子侄往来游集，一饭竟至百金，"世颇以此讥焉，而安殊不以屑意"。谢安当大官尚且如此我行我素，没套上这夹板之前当然更不在乎别人说什么了。而事实是，他的携妓东山，却造就了一桩流韵千年的风流佳话，"小红低唱我吹箫"成为后世文人士子欣羡的艳遇和诗人画师吟咏图画的题材。清代杰出画家任伯年就反复以此题材入画。不过在当时，即使同为名士，也不是人人都可如此丰衣足食地隐栖的，比如谢安的好友、王羲之的堂兄王胡之，栖息东山比谢安早得多，应算资深隐士。但其生活却曾一度困窘，竟至无米下锅。有人要送一船米给他，他予以拒绝，声称："我要是真饿得不行，自己会去求助谢安的，用不着别人帮忙。"于此可以看到王、谢交情之深和谢安的人望，同时也可想见，谢安的确不乏逍遥之资。有吃，有喝，有闲，干什么都可以，何况做闲云野鹤般的隐士乎？

"朝乐朗日，啸歌丘林。夕玩望舒，入室鸣琴。五弦清激，南风披襟。醇醪淬虑，微言洗心。"你看，谢安们在野则放歌山水，披襟当风，尽情享受朝暾夕照；入室则畅言玄理，辅以琴瑟，在醇酒美食中酣然忘忧——这其实果真不是什么"隐逸"，而是类似现在城里人到大自然中敞开身心的旅游度假，只不过谢安这个"假"长达二十余年罢了。

　　盘桓东山，与谢家子弟亲情相娱是谢安隐逸生活的另一内容，也是另一特色。在中国古代世界，似乎没有哪位隐士能在深山老林中求田问舍，将三亲六戚一大家子人都弄去以享天伦。然而谢安却做到了。谢安的兄弟们出仕较早，其子弟多留寓中，谢安自然而然对他们时加关注。《晋书》本传上说他"处家常以仪范训子弟"，恐怕说得过于一本正经，以谢安的超脱通达和玄学本色，似乎不会像后世的道学先生那样拿儒家的礼仪和规范来"训"孩子们的。有则轶事说：谢安想讨一个小妾，但又惧内，不敢开口。其子侄辈为之解难，取《诗经》问谢安夫人刘氏："婶娘记得《诗经》上《关雎》那首诗吗？"刘氏乃聪明人，反问："记得又如何？"侄子们说：《诗序》上说，《关雎》不嫉妒，乐得淑女以配君子，而无伤善之心。"刘氏又问："《诗序》是谁作的？"答曰："周公。"刘乃哂之："《诗序》要是周姥所作，能说出这等混账话吗？"看看，这么一个谢安，怎么能板起面孔说教呢。实际上，谢安对子侄们实行的是"不言之教"，其课程就是带着他们游山观水，体会自然，涤滤心胸；或是与他们品赏诗文，研说玄理，讲论文义，增长才识，务使谢家子弟如芝兰玉树，生于阶庭，以壮谢氏家族门庭。可谓用心良苦。著名才女谢道韫、在淝水之战中大破秦兵的青年名将谢玄就是谢安的侄女、侄男，他们后来在文学、军事上的成功，不能说与谢安当年的不言之教没关系。就是在对子侄们寓不言之教于亲情之娱的天伦之乐中，谢安优哉游哉地打发了悠长的岁月。

　　据我们现在所看到的史料，谢安41岁之前栖迟东山，的确是出自本愿，并无作秀成分在内。据《晋书》谢安传载：

> 初辟司徒府，除佐著作郎，并以疾辞。寓居会稽，与王羲之及高阳许询、桑门支遁游处，出则渔弋山水，入则言咏属文，无处世意。扬州刺史庾冰以安有重名，必欲致之，累下郡县敦逼，不得已赴召，月余告归。复除尚书郎、琅邪王友，并不起。吏部尚书范汪举安为吏部郎，安以书距绝之。有司奏安被召，历年不至，禁锢终身，遂栖迟东土。尝往临安山中，坐石室，临浚谷，悠然叹曰："此去伯夷何远！"（《晋书·谢安传》）

这段话传递出许多信息。在东山盘桓期间，朝廷曾多次征召，催逼谢安出山，而且官都不小，但这位风流名士就是不为所动，不是称病不出，就是借故"不起"，实在被逼无奈赴召的一次，也仅"月余告归"。终于惹得有司恚怒，予以"禁锢终身"、永不召用。不料此举正中谢安下怀，乐得逍遥，"栖迟东土"，辗转山水间，以为如此就跟伯夷一样遗世独立了。可以说，至此，谢安的"隐逸名士"的声望已达顶峰，不管他本人如何看待，这整个过程也就是当时为社会所认可的"养望"过程。

在翻阅有关谢安资料时，我常常感慨于谢安所处时代对这些隐逸名士的宽容。以前却不是这样的。上文提到的那个被司马昭所杀的嵇康，名列"七贤"，又是曹操曾孙的女婿，只因不愿做官，隐居山林，以打铁为生，且菲薄儒家所推崇的商汤、周武、周公、孔子，就此得罪了司马昭。司马昭哪里容忍得下一个知识分子的这种傲骨，于是将嵇康收捕，以不孝罪处以死刑。

谢安就幸运得多了。经过多年积淀、铺陈、演化、渲染，至谢安时，东晋朝野已营造出了名士栖隐养望的社会氛围和相应机制。首先，按九品中正制的品评任官原则。东晋用人一看门户二看名望。以谢氏家族的百年声威和谢安自小就声名鹊起的声望，他之见用只是早晚间事。他越是不出，在士林的身价越高，至被"禁锢"，声望已达巅峰，以致当时有"谢安不肯出，将如苍生何"之叹。其次，当时朝廷上下已不需、也不可能对不迁就朝廷的"名士"加以压制和打击，人们已养成比较平和、宽容的心态。因为这些推崇庄老、放任自由的名士对现政权已不构成威胁。所谓"禁锢终身"照字面看是很严厉的政治性惩戒，大有一棍子打死的凌厉之势；而实际上地方政府和有关部门执行起来却变得温和稀松，照顾多而管制少。一旦被"禁锢"者回心转意肯于赴任，"禁锢"即自动解除，而被"禁锢"者不但无"前科"之虞，反而声望立即飙升。这个"养望"已成一种机制，是整个朝廷、社会和名士在一道做戏、作秀。而据记载，对谢安的"禁锢"，实际上根本没执行。否则，尽管惩戒雷声大雨点小，谢安也不能太纵情任性了吧！

五

有佳山秀水怡目养心、寄情致慨；有高朋俊友诗酒唱和、谈玄说理；有谢家子弟亲情相娱、朝夕身教，既不缺逍遥之资，又可免官场酬酢，可纵情高蹈远举，而无须尘务经心，谢安在东山真是得其所哉，乐在其中，真的不想出山了。那些岁月，东山周遭的山夫野老、孺子村姑，当可经常看到这位"风神秀彻"、清高出尘、袍裾飘飘的名士——或与三五好友游憩玄辩于林泉之下；或携风华正茂、衣冠磊落的谢家子弟徘徊谈笑于竹石之间。有时，若陌路相逢，这位头戴白纶巾、足蹬木底鞋的衣冠名士也会蔼然微笑，与樵子农夫晤谈一会儿吧。

远离了尘世的喧嚣，求得了心灵的宁静。人生如此，尚复何求？

不过，谢安的"无处世意"并非有出世之想。这是他与不少隐士的又一个不同之处。即使是身在江湖，谢安于世事也没做到"太上忘情"。

谢公因子弟集聚，问《毛诗》何句最佳。遏称曰："昔我往矣，杨柳依依，今我来思，雨雪霏霏。"公曰："讦谟定命，远猷辰告。"谓此句偏有雅人深致。

谢安隐居东山，在做逍遥游时究竟想了些什么，今已无从查考，只从这里透露出些许消息。他为什么将"讦谟定命，远猷辰告"看成"雅人深致"？因此二句在《诗经·大雅·抑》中，是"把宏伟规划审查制定，把远大谋略宣示于众"的意思。谢安既打定主意栖隐山林，难道还有什么宏谋伟略要制定宣示吗？怎么会对此与其现实生活八竿子打不着的诗句情有独钟呢？这只能理解为，在谢安心底，仍残留着儒家"达则兼济天下"的雄图大志，于波澜不惊之中时而涌动起建功立业的心潮。

所以，当夫人刘氏看到满门兄弟俱已富贵腾达，而谢安四十有余独为布衣，与他开玩笑说："大丈夫不当如此乎？"谢安立即给她一个肯定的回答："但恐不免耳。"

　　我佩服谢安的不矫揉不做作怎么想就怎么做。东山盘桓时，任你怎么着就是不出去；现在，不管出于什么考虑，想出山了，就立即行动。什么叫风流潇洒？什么叫真性情？这就是。正好此时大将军桓温礼聘他出任自己的军中司马之职，谢安欣然受命，那一年他41岁。我们现在已很难知道，当他看着婢仆收拾完行囊、告别同隐的朋友和一起度过许多难忘岁月的家人，离开那一枝一叶总关情的东山时，会是怎样一番心情呢？对往昔的留恋、伤逝？对离别的惆怅、伤感？对未来的茫然、憧憬？他会不会想到此去江湖风波险恶，他知不知道此番别去，就再无重回东山与林泉鱼鸟相亲的机会？

　　无论如何，谢安迈出了出仕的第一步，从此就止不住了。十几年间，他从桓温的幕僚起步步步高升，一直做到宰辅，总揽朝政，达于权力的顶峰。这期间，他对北方强敌前秦实行"镇以和靖，御以长算"的策略，对内实行"不存小察，宏以大纲"的黄老政治，居然协调了东晋小朝廷的内部关系，维持了南北相峙的局面，使东晋达于"小康"。这应算谢安的政绩。但是，谢安的政绩倘若仅止于此，那么，他只能以官职于史籍留名而已，"东山栖迟"也很难被后人乐道。谢安之所以名耀青史，是同淝水大捷密不可分的。

　　现在看来，淝水之战简直就是老天恩赐给谢安的厚礼。

　　当时的形势是这样：就在谢安攀上权力高峰总揽朝政之时，前秦氐族首领苻坚意欲挟统一北方余威进而统一中国，于是力排众议，举国动员，调兵遣将，以步兵60余万，骑兵27万外，号称雄兵百万，旌旗千里，于金秋十月浩荡南下，直逼晋境。

百万大军压境，强大凌厉的杀气锁定建康城。而倾东晋兵力只得 8 万将卒。于是京师震恐，东晋王朝危如累卵。魂定之后苦商对策，议定以谢安为征讨大都督，全权负责应战苻坚。于是，谢安便被推到了一身系晋室存亡的险地。

压力之大可想而知。

人人为之捏一把汗。

镇守江陵的荆州刺史桓冲见状心忧，急调自己所部三千精兵驰援谢安，拱卫京师。谢安不受，说三千兵马有之不多，无之不少，当即退还桓冲。桓冲叹息道："谢安乃有庙堂之量，不闲将略。今大敌垂至，方游谈不暇，虽遣诸不经事少年，众又寡弱，天下事可知，吾其左衽矣！"

桓冲的忧虑是有根据的——谢安"不闲将略"，不懂打仗用兵之道；"遣诸不经事少年"，除谢石外，谢琰、谢玄、桓伊等前线将领皆属谢家"小儿辈"子弟，年轻，没经过大阵仗；"众又寡弱"，敌我力量对比悬殊，为 11 比 1。不当亡国奴才怪呢！

然而，从未指挥过战争专研玄学的风流名士谢安却不见有任何慌乱。反而是一派胸有甲兵必操胜券的气定神闲风范。大军即将开赴前线，谢玄向谢安请示御敌之计。谢安镇静如常，了无惧色，说："已另有安排。"再无多话。谢玄不敢再问，但心里没底，便让别人再请示，谢安仍不作答。大敌当前之际，却吩咐备车，满载亲朋好友去游览东山别墅，又拽着谢玄下围棋。谢玄本是棋高一着，刻下心绪不宁，连连失手。谢安哂道："你真是心不在焉，一心以为鸿鹄将至了。"随后漫步登山游览，至夜兴尽而归，这才言归正传，"指授将帅，各当其任"。

查诸史籍，关于谢安在淝水之战中到底实施了什么高明将略，均语焉不详。但无可争辩的事实是，这场由谢安当主帅的兵力以1比11的淝水大战，竟然以东晋大获全胜前秦由此败亡而结束。后人检讨制胜之因，不外乎这几条：

部署有度。谢安决策，晋军分东西两线部署迎敌。西线由桓冲指挥，东线则由谢安之弟谢石指挥。其时兵力虽只八万，但晋军精锐"北府兵"极具战斗力，而"北府兵"正是谢安及其侄谢玄亲自组建培训的，堪称谢氏子弟兵。

用人得当。谢安举荐青年将领谢玄为先锋。谢玄是谢安亲侄，是谢氏子弟中的出类拔萃者，谢安在东山栖隐时就料定谢玄有军国才略，后当成大器。谢安举贤不避亲，慧眼识人。谢玄在淝水之战中果然战无不胜，洛涧大战中谢玄也起到了重大作用。其他如元帅谢石，战将谢琰、桓伊、刘牢之等，不是亲属就是亲信，但后来的事实证明，这些人都不负众望，作为谢家子弟兵，为淝水大捷建立了殊勋。

对策正确。正因为用人得当，所以在整个战争进程中，能因势利导，不失时机地根据被苻坚派来劝降的原东晋降将朱序提供的情报和建议，改变了原来坚守不战、以逸待劳的策略，转而采取速战速决的方针，发兵强渡洛涧，初战即大获全胜。接着在淝水之战时击敌后退以乱其阵势，然后精兵突击使前秦军队一溃而不可收。苻坚回到长安后，九十万大军只余下十分之一。而洛涧初胜和淝水大捷，晋军分别只用了五千人和八千人。

淝水大捷创造了中国古代史上以弱胜强、以少胜多的著名战例。它使原来根本不可能发生的事情发生了。它胜得那么突兀，那么漂亮, 那么辉煌, 那么令人难以置信, 简直就是奇迹和神话。难怪这场战争在当时和后世会享有那样大的名气、产生那么久远的影响。

但是在反复研读谢安一生行状之后却发现, 记在谢安名下的这份旷古奇勋是他所生活的那个可悲孱弱的时代所成全的。

局促在建康的东晋王朝是一个积贫积弱、偏安一隅的小朝廷。当时司马氏皇族与王、谢、桓等大族维持均势的"王与马、共天下"的局面, 是中国历史上极为罕见的政治现象。大族首领王导主导了朝政。他标榜"无为而治", 以调和统治集团内部矛盾、息事宁人为己任, 根本就不想恢复中原一统中国。而士族阶层在南方产业已丰、满足于既得利益, 无心北归。以"舍安乐之国, 适习乱之乡"为由反对还都洛阳的孙绰, 道出了整个士族的苟安享乐心理。因此, 尽管其时也不乏力主北伐收复中原的有识有志之士, 但都得不到朝廷的支持, 甚至遭到既得利益集团的反对、掣肘——先是祖逖忧愤而死; 接着庾亮、庾翼的两次"北伐"均因遭反对而胎死腹中; 以后桓温三次北伐, 又因缺乏后援先胜后败。谢安执政, 深得王导心传, 对北方强敌继续实行所谓沉着稳定后发制人的"镇以和靖, 御以长算"的策略。

在这种形势下, 谢安根本不可能再有北伐之举, 整个东晋朝廷的国策和他自己的心态都不允许他这样干。即便力排众议, 毅然出师, 他也不可不重蹈祖逖、桓温之覆辙。更何况出兵北伐是劳师奔袭, 比不得淝水之战是以逸待劳; 加之实力远逊于前秦, 晋军要想直捣黄龙, 击败强大的对手, 几乎没有可能。

谢安纵然历经千辛万苦，九死一生，又何来"为君谈笑靖胡沙"的赏心伟业、千秋盛誉？

相反，如果东晋朝廷不是这样苟安江左，矛盾重重，而是励精图治，志在恢复，那么，不待谢安出山，慷慨悲歌的祖逖、雄才大略的桓温早就北伐奏凯了。就算祖、桓不出，以谢安的名士之能，北伐的功绩绝不会比淝水一役大。

世上事就是你退我进。失之东隅，收之桑榆。正因为东晋小朝廷不作北伐之想，以偏安一隅为乐，才有了欲一统天下的苻坚的百万大军南下。强敌压境，杀气横陈，才使歌舞清谈矛盾重重惰性十足的东晋朝野骤然一惊，紧张起来，振作起来，将全部力量调动起来，凝聚起来。这是东晋决胜淝水的根本前提条件。此时的谢安再不想犯险也不行了，哪怕以卵击石也得干。于是，在一系列必然、偶然因素的作用下，他接过了苻坚的"招"。于是，就有了淝水大捷的不世之功。在这样的背景下，才凸显出谢安的名帅风流。

其实，前人似已看出谢安这个胜利、这份声望来得蹊跷，来得侥幸，故颇多微词。《晋史》不厌其烦地写谢安的栖隐风流、赏心乐事，于淝水之战仅以"玄等既破坚"数字一笔带过，已别有隐衷。宋代大诗人黄庭坚就直言不讳"太傅功名亦偶然"。清人龙燮说得更不客气："休夸决胜东山墅，只为苻坚下子低。"意谓对手自取其败，与谢安个人有无能耐何干。这些看法不能说没一点道理，但它否认不了一个社会现象——当一个人命中注定要走好运时，任你怎么挡都挡不住！

这可悲的时代酿成了淝水之战。而淝水之战真就是上苍予谢安的恩赐。嗟乎！

六

中国历史上的名士、名将、名相、名帅之多，如夏夜繁星闪烁，史籍罗列者当在万数以上。丰功伟绩胜如谢安者代不乏人。风流倜傥人物亦绝非止于谢安。那么，为何谢安在后世享有如许声誉，风流名士、风流宰相名头长盛不衰，似乎他已占尽千古风情？

这大概跟那个特殊时代造就特殊人物的风采有关，与谢安的个人形象、个人魅力有关。

三国蜀相诸葛孔明千多年来受到了朝野上下的一致推崇，他作为尽忠国事、鞠躬尽瘁、死而后已的范型，尽管已被神化或半神化了（这里有《三国演义》的功劳），但他与谢安的风流宰相的定位不大一样。虽然诸葛先生也曾一度隆中高隐，但他所求者非隐逸之乐，只是暂时栖身以待天时，哪像谢安以超尘为乐屡征不赴以栖隐为目的呢？但是，传说中"孔明身长八尺，面如冠玉，头戴纶巾，身披鹤氅，飘飘然有神仙之概"的超逸不群形象，和他"大梦谁先觉？平生我自知。草堂春睡足，窗外日迟迟"的闲适意态，仍为后人所乐道。苏东坡则神往于三国时大破雄曹于赤壁的周瑜，"遥想公瑾当年，小乔初嫁了，雄姿英发。羽扇纶巾，谈笑间、樯橹灰飞烟灭。"如果说在曾经隐居这一点上诸葛亮与谢安有相似之处，那么，就以弱胜强以寡敌众创造军事奇迹而言，周瑜与谢安互为伯仲。周瑜少年英发，谈笑间破敌的传奇和风范同样为历代士子所心仪。

可以设想一下，如果诸葛、周瑜不是那样一派俊逸飘洒，风神气质不足为后世范，那他们流传下来的公众形象和行状描述就很可能不是现在这个样子了。倘若搞民意调查，认同率、支持率就得下降不少个百分点。历史证明，无论何朝何代，干巴巴、缺乏个人魅力的公众人物都是不受欢迎的。不过反过来说，就算诸葛、周瑜不是如文人所描绘的那样神貌出众、气度非凡，当时与后世也很可能在对他们文治武功的表述中不断注入想象和愿望的添加剂，在传说逐渐弥散的过程中将其一步步塑造成公众心目中与其功绩才干相符的理想样貌。

正如时代需要解决其社会课题的代表人物，没有这样的人物就要创造这样的人物一样，时代同样需要仪表出众的人物。"美的形象是早期人类要求进步的一种表现。"匈牙利著名电影理论家巴拉兹说得对，"在我们这个电影文化的时代，人的形体的美又成为可见的……可见的美的形象又成为由来已久的生理的和社会的要求的一种表现。"

所谓"美的形象"涵盖着仪表、风度、气质、素养、行为、魅力等诸多因素。"美的形象"的确体现着一个时代文化、文明的精华，反映出人类要求自身完美的进步愿望，寄托了民众身心两方面的向往、愉悦、崇尚、满足的感受。一个公众人物，特别是身居高位、手握权柄、参与重要公众活动和重大历史事件的大人物，如果具备"美的形象"，这形象本身无疑将会发挥巨大的作用和影响。

谢安恰恰是这样的公众人物。

他是魏晋风度和谢氏家风浑然交融所诞育的时代骄子。一个秀外慧中、表里俱佳的人物，在任何时代都是受人瞩目、引为荣耀的。但像东晋时那样看重人的风神气度，那样推崇人的仪容姿质，却十分罕见。这是个典型的贵族之风劲吹的时代，品鉴人物竟成为士林要务，一经某名公藻饰，甚至可平步青云、名重一时，以致一部《世说新语》用了洋洋数十万言来记录这方面的趣闻轶事。中国历史上曾有过许多值得大书特书的时代，但将"风度"与朝代联结在一起成为专用名词（"魏晋风度"）的时代却只有这一个。

据说东汉时臧否人物重"骨相"，到魏晋时则以"风神"品鉴人物了。这与东晋乃至东晋之后的整个时代都崇尚以清谈相标榜的名士之风分不开。谢氏家族正是典型的豪门望族，特别看重、也有充分的条件来培育符合时尚标准和要求的"谢家子弟"。谢安4岁时，就有名士对他的"风神秀彻"大加叹赏。又有人断言他"后当不减王东海"。王东海即王蒙，比谢安年长十多岁，系当时名士，仪容超逸，纵情任性，善谈玄理，为士林风流领袖。后来谢安长成一位风华正茂、识见博雅、精于音乐、风度翩翩的少年佳公子时，曾去拜访这位王蒙，二人"清言良久"，相见恨晚。谢安走后，王蒙之子问乃父："刚才的客人比您如何？"王蒙说："娓娓不倦，咄咄逼人。后生可畏！"王蒙此话一经传出，谢安声名鹊起。大书法家王羲之也以"潇洒"目其风度。及长，时人评曰："风神调畅。"谢安出山后到权倾一时的桓温手下任职，深得桓温器重。桓温将谢安文章比为金玉，认为天底下难得有如此人物，以致不见谢安竟怅然若失。

容颜俊朗，神识沉敏，衣冠磊落，气宇轩昂，多才多艺、任情适性而又能"矫情镇物"，这样的一个谢安正是当世所需要的公众领袖。在他周围自然而然地会形成一个引力场，产生一批追星族。

有一则轶事，最能说明谢安的风度意味着什么，士大夫们从谢安身上寻求和寄托的又是什么——

> 谢太傅盘桓东山，时与孙兴公诸人泛海戏。风起浪涌，孙、王诸人色并遽，便唱使还，太傅神情方王，吟啸不言。舟人以公貌闲意说，犹去不止。既风转急，浪猛，诸人皆喧动不坐。公徐云："如此，将无归？"众人即承响而回。于是审其量，足以镇安朝野。（《世说新语·雅量第六》）

可见，谢安未出山之前，在"养望"之时也在"养气"，即砥砺情感、磨炼意志、扩弘气量，养其"足以镇安朝野"的气度。

这种为士夫倾倒的"镇安朝野"的气度在出山之后同权臣桓温的较量中初露锋芒：

> 桓公伏甲设馔，广延朝士，因此欲诛谢安、王坦之。王甚遽，问谢曰："当作何计？"谢神意不变，谓文度曰："晋祚存亡，在此一行。"相与俱前。王之恐状，转见于色。谢之宽容，愈表于貌。望阶趋席，方作洛生之咏，讽"浩浩洪流"。桓惮其旷远，乃趣解兵。王、谢旧齐名，于此始判优劣。（《世说新语·雅量

第六》)

谢安这种用意志控制情感，遇大事镇以静气，临危不乱、夷然不惧的气度，在淝水之战的整个过程中同苻坚大军压境带来的杀气针锋相对，鼓舞了士气，镇定了军心，发挥了巨大的精神力量。

玄等既破坚，有驿书至，安方对客围棋，看书既竟，便摄放床上，了无喜色，棋如故。客问之，徐答云："小儿辈遂已破贼。"既罢，还内，过户限，心喜甚，不觉屐齿之折。其矫情镇物如此。（《晋书·谢安传》）

"小儿辈大破贼"之后的"屐齿之折"已成为传诵千古的佳话。不管何朝何代何人，读史每至于斯，辄心生向往。谢安从容大度、算无遗策、气壮三军、宴谈破敌的个人魅力简直让人着迷，他的光芒几乎让历史上一些大大小小的角色黯然失色。以致唐代那位同样具有浪漫主义气质、一生不肯摧眉折腰事权贵、天子呼来不上船的大诗人李太白亦为之折服，将他视为济苍生平天下的偶像，为他倾情歌唱："暂因苍生起，谈笑安黎元""但用东山谢安石，为君谈笑靖胡沙"！

成就罕见的政绩军功，又具强烈的个人魅力；隐则任情放性，云无心以出岫；仕则功留青史，享百世之盛名——这在中国古代知识分子心目中，几乎已臻人生最高境界了。能将人生挥写得如此潇洒的，舍谢安其谁何？

七

淝水大捷，将谢安及其家族推上了荣耀的顶峰，竟至一门四公，世所难匹。但这个极盛期却极短，由于东晋小朝廷内部矛盾导致的倾轧掣肘，谢安想乘淝水之胜余威出师北伐收复中原的宏图终归破灭，他想急流勇退重返东山的夙愿也好梦难圆。

公元385年夏，淝水战后两年，忧愤交加的谢安抱恨病逝，年66岁。

又两年之后，年仅46岁的名将谢玄亦抱憾病逝。

"生存华屋处，零落归山丘！……"这是曹植《野田黄雀行》中的诗句。谢安病逝后，他的一位崇拜者曾恸哭失声，高吟这悲凉的诗句。自此之后，东晋局势每况愈下，终至灭亡。而建康城里乌衣巷的王、谢家族也荣华凋落，渐至寂寞无声。

也许，这就是历史辩证法的胜利？

离开南京又有几年了。浮嚣的现实生活早已将我在六朝古都产生的怀古幽思别绪渐次冲淡。然而，一件小事却又使我怅然久之：在我居住的这个城市上空，在我栖身的钢筋水泥构成的建筑物上空，早已见不到任何飞禽了。今年春的一天，忽然听到鸟儿的唧啾；隔窗一望，几只黑色的小鸟在平台上空边叫边盘旋。妻说，燕子找窝呢！我瞅着它们，那儿时非常熟悉的身影，"旧时王谢堂前燕，飞入寻常百姓家"的诗句油然涌上心头，夹杂着几多感慨，几许忧伤……我情不自禁地将目光投向数千里之外的建康，回望那一代风流谢安……

2002年11月12日

霜　锋　铮
——回望游侠荆轲

夜阑人静。读《秦纪》，至《刺客列传》，空中隐闻杀伐之声，似从无际深处传来。惊起四顾，不见有异。乃复俯首故纸，赫然见此文字："……荆轲乃逐秦王……秦王方环柱走，卒惶急，不知所为，左右乃曰：'王负剑！'负剑，遂拔剑以击荆轲，断其左股。荆轲废，乃引其匕首以掷秦王，不中，中铜柱。秦王复击轲……"于是耳际铿然之响突变而为金属剧震之声。余乃恍然醒觉：此非荆卿匕首中铜柱之声耶？两千数百年过去，犹余响不绝。莫非荆卿有灵，胸中块垒千秋遗恨欲一吐为快乎！

一

荆轲与秦王，这是先秦史上两位最著名最有个性色彩的人物。

他们既是当世之雄，又是一对死敌。一个是已经改造而且还正在改造世界的霸主；一个是力图改变而且差一点就改变了历史的侠士。

他们的行进方向、价值取向正好相反，因此注定要成为不共戴天誓不两立的死对头。

他们没有私仇，没有宿怨。除这一次历史性的会见外，两人从未谋面。

他们要么不见面，见面就立判生死。

他们要么不交手，交手就一决雌雄。

二

史载秦王"峰准，长目，鸷鸟膺，豺声"，可谓异人异相。而他也真英雄了得，"振长策而御宇内，吞二周而亡诸侯，履至尊而制六合，执敲扑而鞭笞天下，威振四海"。作为中国第一个封建大一统帝国的创建者，作为"百代皆行秦制度"的秦制创始人，秦王不仅是秦王朝的始皇，也是中国两千多年封建社会中五百多个帝王的始祖。

其功业巍巍，自不待言。

然而当年秦王定鼎中原的战争机器次第碾过六国的土地时，往往玉石俱焚。

历史在大踏步前行时从不相信血泪，从不怜悯死亡。

恶是历史发展的杠杆。

没有道理可讲。只有权力、暴力、强力在支配一切、决定一切。

没有公正可言。只有战争规则，谁的刀快谁的拳头硬谁就是老大。

虽说统一是历史大势，历史大势谁也无法改变，但在当时，处在这个历史大趋势中的所有人，从秦王到六国诸侯，从荆轲到燕太子丹，谁也不能未卜先知地预见到这个趋势所向。他们只能从切身利害来决定自己的行为模式，只能体验自己的感受，只相信眼前的一切。

就算知道秦并六国是大势所趋，难道就甘心国破家亡吗？

被倾轧、被击败、被欺凌、被剥夺、被宰割、被灭国的经历和感受是椎心刺骨的。

当人被赶尽杀绝又求告无门，当人面临亡国灭族之祸却公道难寻，这时，被欺凌的弱势群体求生存的本能必然驱使其做困兽之斗，对强权以死抗争。

秦王被六国之人视为共同的死敌是必然的。

这样，事情就由历史评价走向了道德评价。

于是，有侠士荆轲出焉。

三

荆轲者，卫人也。其祖先乃齐人，徙于卫，卫人谓之庆卿。到燕国后，燕人谓之荆卿。

荆卿既非士又非民，好读书击剑，嗜酒。其行状颇类无业游民，又像自由职业者，总之是个社会边缘人物。在燕国时每天与狗屠及击筑者高渐离饮于市，歌舞哭笑，旁若无人，时人大约目其为疯子，只有田光先生知道他不是庸人，故善待之。今天我们猜想，荆轲之所以歌哭无常，很可能是感慨于当世各国被暴秦肆意蹂躏却无招架之力，由此一腔悲愤无由发泄吧。

其实在当时，秦和齐、楚、燕、赵、韩、魏六国虽然实力有强弱、版图有大小，但国无大小在国格上都是平等的，都有其存在的理由，它们中的任何一个都有权力去削平其他六国一统天下。

只是，那六国都不如秦国强大，兼并六国的历史使命就只好由秦王一肩挑了。

于是秦出兵山东以伐齐、楚、三晋，蚕食诸侯，马上就要来收拾燕国。大难临头，燕国君臣尽皆股栗。忧国忧君的燕太子丹就通过田光约请了荆轲，"再拜而跪，膝行流涕"，痛陈强秦亡燕之心，欲"得天下之勇士使于秦"。荆轲略一沉吟后慨然允诺。我想，荆轲之所以痛快受命，肯定是太子丹的这一企图与他心中筹之已久的想法暗合。

承诺是决绝的。然而在荆轲出发那天，还是出现了古代史上最有名也最是牵动后人心的送别图景：太子和闻知此事的宾客皆白衣冠送至易水之上。高渐离击筑，荆轲和而歌，凄凉悲壮，风暗水咽，惊弦裂帛，碎人心魂，送行者无不扼腕溅泪。待到荆轲"风萧萧兮易水寒，壮士一去兮不复还"一曲歌竟，激昂慷慨，义愤填膺，"士皆瞋目，发尽上指冠"。

荆轲遂登车，义无反顾，绝尘而去。

四

即使是作为国家使者，荆轲想见秦王也绝非易事。其时各国使秦者多了，秦王哪会降尊纡贵——接见？顶多打发属下处理得了。要硬闯吧，秦宫深似海，禁卫坚如铁，每前进一步都会招来百剑千刀。

燕太子丹和荆轲有鉴于此，谋而后动。他们的行动方案是：用最厚重的礼物诱使秦王亲自接见，乘机劫秦王，迫使他归还从各国掠夺去的土地；若此计不成，则刺杀秦王，秦王死，擅兵于外的秦大将对朝廷必起疑心，若乘此机会使诸侯合从，破秦就有可能了。至于那份重礼，一是秦逃将樊於期的首级，秦王为得到它已悬赏千金；另一为燕国督亢地图，秦王对此垂涎三尺。而用来劫持或刺杀秦王的剧毒匕首就藏在地图匣的最下面。

秦王果然见利心动，破例以隆重礼节在咸阳宫大殿上接见了荆轲和他的副使秦舞阳。于是，社会地位天差地别的两个超卓人物实现了零距离接触。这就使得本来难以想象的刺秦事件得以发生。

秦王命荆轲将燕督亢地图献上，秦王取图而视，图尽，图下之匕首寒光刺目。于此千钧一发之际，荆轲闪电般跃起，左手抓向秦王之袖，右手持匕首刺向秦王之胸……

一场试图阻滞历史脚步的惊天血案眼看就要发生！

"图穷匕首见"，一个多么震撼人心的英雄诗篇。

"图穷匕首见"，一个如此机心深藏的刺杀行动。

"图穷匕首见"，一个那样心志坚忍的复仇故事。

五

说时迟，那时快，秦王在匕首及胸之际也已一惊而起，长袖撕断，脱身而走。边走边拔剑，剑太长，拔之不出，只好绕柱而奔，荆轲紧追不舍。秦法规定：群臣侍殿上者不得持尺寸之兵；卫士执兵器列于大殿之下，非有命令不得上殿。当时事出突然，卒起不意，群臣尽失其度，秦王惶急之中亦不及下令，只得且奔且躲。这时左右高呼：从背后拔剑！秦王将长剑移至背后剑果出，乃砍向荆轲，断其左腿。荆轲无法再追，以手中匕首向秦王奋力一掷，不中秦王，击中铜柱，火花四迸。秦王仗剑复击荆轲，荆轲身负八伤，自知大势已去，倚柱而笑，张膝跪于地，骂道："事所以不成者，以欲生劫之，必得约契以报太子也。"

相信当时天下所有拥秦与仇秦之士都听到了匕首击撞铜柱的铮鸣声。

在这整个短促而紧张的过程中，号称"年十三，杀人，人不敢忤视"的秦舞阳都干了什么呢？他捧着地图匣跟着荆轲上殿，刚到秦王高踞其上的台阶边，就"色变振恐"，以致"群臣怪之"。多亏荆轲临危不乱，从容掩饰，才过了这一关。此后，在荆轲刺秦王的龙争虎斗中，再不见秦舞阳那厮身影。只怕是早已吓倒出局了。

倘若秦舞阳也有荆轲般的胆气，局面或会改观？

经历了刚才短促而又令风云变色历史改容的较量之后，荆轲血洒秦廷，徒留千古遗恨。

六

荆轲是在笑骂中抱恨死去的。

那是一种极其复杂的心态：悲（功亏一篑）欣（杀身成仁）交集。

斯人已杳，易水凝寒。

唐诗人王昌龄《杂兴》诗云："握中铜匕首，粉锉楚山铁。义士频报雠，杀人不曾缺。可悲燕丹事，终被虎狼灭。一举无两全，荆轲遂为血。诚知匹夫勇，何取万人杰。无道吞诸侯，坐见九州裂。"王昌龄此诗对荆轲刺秦基本持否定态度，认为逞匹夫之勇不仅自己招来杀身之祸，而且燕国最终仍为秦所灭，何苦来哉？不足为训。但他也对秦吞灭六国颇有微词，认为靠强暴得来的东西归根结底仍会失去。咏叹与悲悼杂陈，惋惜与不屑相间，全诗体现出一种微妙的心情。今人更有因秦王统一中国而以此画线将一切反秦抗秦举动贴上"反动"标签者。

这实在是误读了荆卿，亵渎了荆卿。

"春秋无义战。"战国七雄之间的战争不是一个阶级镇压另一个阶级、一个民族侵略另一个民族的战争；而只是新兴地主阶级内部争权夺利、互较短长、互相兼并的战争，而互相兼并的目的是做大做强自己，实现独霸天下的雄图。至于谁能达到目的，那就看谁内功练得好，谁拳头最硬了。这是一个典型的以胜负成败论英雄的时代。谁都不愿成为败者，败就意味着丧失一切。所以，秦国或别的任何一国侵吞其余六国无可厚非；其他六国的反击、抗争更是正当防卫。至于抗争的方式，那是上帝也限制不了的，在实力不足、公道难寻、悲愤难抑的情况下，弱小者对强暴者的铤而走险，往往会采取非常规、超常限的极端方式。

被迫害者对迫害者的拼死抗争，从来就具有正面道德评价的意义。

所以，刺杀、暗杀绝对是七国争雄问鼎中原这场统一大戏中的一个有机组成因子——只有从这个宏观场景上来观察，才能看到荆轲刺秦行为所包含的历史必然性及其深层的社会、道德意义；才能得出这样的结论：秦并六国固势所必至，荆轲刺秦亦理之必然；也才能理解"侠"这一特殊人群，这一社会边缘群体为什么会兴起、兴盛于春秋战国时期；才能明白为什么二十四史中独独《史记》辟有"刺客列传"，记载了数百年间从曹沫、专诸、豫让、聂政到荆轲等一干义薄云天的侠士；才能懂得为什么从荆轲刺秦之后，还有高渐离"举筑扑秦皇帝"，张良以勇士椎击始皇帝等一连串刺杀行动……

简单地以成败论英雄，宏富多姿万千气象的历史将会一变而为干瘪、粗俗、苍白。

七

荆轲上殿，与秦王于数步之内对峙搏击，是一场力量对比极为悬殊的生死较量。

没有谁比荆轲更明白这一点。他在刺秦的整个过程中以言行表明了这一点。

　　答应太子丹的请求后，"久之，荆轲未有行意"，只有到秦军逼近燕国南界，太子丹恐惧再请，荆轲才将行程提上日程。由此推知，荆轲绝非单凭血气之勇鲁莽行事之人，面对可怕的对手，他一定是在不动声色之中权衡双方，调整心态，选择时机。

　　等到诸事准备完毕，荆轲仍"未发"，太子丹"疑其改悔"，再次催请启程。不料却惹得荆轲发火，指出，"提一匕首入不测之疆秦"，担当着天大的利害！他之所以徘徊未发，是要等待一位伙伴一起去——莫非荆轲已预料到秦舞阳是"银样镶枪头"，关键时刻靠不住，所以才"有所待，欲与俱"？

　　易水送别时，送行者皆白衣冠，垂泪涕泣，这分明是死别的征象。所有的人都感受到了来自遥远秦国的恐怖和杀气。坚忍如荆轲都表明了"壮士一去兮不复还"的誓死之志，做了最坏的准备。我们今天有理由相信，荆轲虽然对这次行动做了充分的物质上和心理上的准备，尽管十分谨慎行事，他本人对这个自己要扮演主角的刺秦之行并不看好，他一定已估计到此行定是凶多吉少。

　　刺秦失败后，荆轲自己说"事所以不成者"，是因为要生劫秦王逼迫秦王当庭签订有利于燕国的契约，结果留下活口，致使秦王有机会反击；而如果只是置秦王于死地，那么先躺在血泊中的就是秦王而非他荆轲了。

　　的确，当荆轲"左手把秦王之袖，而右手持匕首揕之"，秦王拔剑不出奔之于前，荆轲手执利器紧迫于后时，荆轲已几乎胜券在握了。

　　但他还是功败垂成。曾与荆轲发生过争执的剑客鲁句践听到这一信息后曾私下长叹："嗟乎，惜哉其不讲于刺剑之术也！"在鲁句践看来，荆轲倘若剑术精粹，那就大功告成了。

果真如此吗？

八

两千年之后的清人冯廷櫆在《荆卿故里》一诗中发表了与鲁句践不同的看法：

一卷舆图计已粗，单车竟入虎狼都。纵然意气倾燕市，岂有功名到酒徒？空向夫人求匕首，谁令竖子把头颅。南来曾过邯郸道，试问人知剑术无？

沈德潜认为，此诗在探究刺秦之失时指出"不独剑术之疏，直咎行刺之失策，此是正论"。这个看法颇有见地。荆轲刺秦的失败，绝不是可用"剑术不精"来解释的。荆轲"欲与俱"的朋友因路远而未能前来也罢，荆轲"欲生劫之"而未能将秦王立即杀死也罢，夏无且以药囊掷荆轲以滞其气也罢，荆轲剑术不精也罢，这些偶然性因素于刺秦失败可能或多或少都起了些作用，但最根本的还是这个借献图生劫秦王的行动本身包含着流产的必然性，因为它与它所要效法的"曹沫故事"完全不是一码事了。

九

历史会重演，但绝不会机械地重复。

春秋时，以勇力著称的曹沫在鲁国为将，在与齐国的战争中三次战败。齐国咄咄逼人，鲁庄公惧，乃献遂邑之地以求和。《史记》载：

> 齐桓公许与鲁会于柯而盟。桓公与庄公既盟于坛上，曹沫执匕首劫齐桓公，桓公左右莫敢动，而问曰："子将何欲？"曹沫曰："齐强鲁弱，而大国侵鲁亦甚矣。今鲁城坏即压齐境，君其图之。"桓公乃许尽归鲁之侵地。既已言，曹沫投其匕首，下坛，北面就群臣之位，颜色不变，辞令如故。桓公怒，欲倍其约。管仲曰："不可。夫贪小利以自快，弃信于诸侯，失天下之援，不如与之。"于是桓公乃遂割鲁侵地，曹沫三战所亡地尽复予鲁。

在战争中失去的东西，凭三寸致命之匕与三寸不烂之舌居然失而复得，这的确是个令人心动的诱惑。燕太子丹请荆轲刺秦就是要效法曹沫故事。"丹之私计愚，以为诚得天下之勇士使于秦，窥以重利；秦王贪，其势必得所愿矣。诚得劫秦王，使悉反诸侯侵地，若曹沫之与齐桓公，则大善矣；则不可，因而刺杀之。"曹沫与荆轲都以勇力称，曹沫能干成的事，荆轲就干不得？——这在形式逻辑上是绝对没错的，但在辩证逻辑、历史逻辑上就未见行得通了。古人早就看到了这一点。

秦皇本诈力，事与桓公殊。

奈何效曹沫，实谓勇且愚。

——唐·柳宗元《咏荆轲》

匕首西入秦，生死在眉睫。

秦政非齐桓，如何欲生劫？

——清·刘献之《咏史》

柳宗元、刘献廷相隔千年，却都对效法曹沫故事提出了质疑，认为秦王不是齐桓公，荆轲怎么能照搬曹沫之法呢。的确，曹沫之时，春秋列国尚处在一种混战状态，齐、鲁两国虽有强弱之分，但两国之间还可以争争讲讲，曹沫不仅不会被齐的气势汹汹所吓倒，反而能在心态上压住齐桓公，所以生劫之谋方能一举奏效。

然而荆轲之世早已时移势易了。说是战国七雄，实际上已是独秦一国坐大，秦为刀俎，六国为鱼肉，无论在经济、军事实力上还是在精神气势上，秦对六国都具有压倒性的威慑力。诸侯对秦已无还手之功、讨价之力，只有赔地纳贡的份儿。血气刚勇如秦舞阳，尚且经受不住秦宫肃杀如磐的凌厉之气的威压，经受不住秦王电目一瞬的精神杀伤力，就可见"生劫"之难了。

何况，强国无弱君，秦王本人亦绝非省油的灯，从荆轲断股、"身被八创"即可知其剑术过人。

十

这就注定了刺秦多以失败而告终：荆轲刺秦身死，高渐离击秦不中，张良椎秦亡命。难道秦王真是命不该绝？莫非天佑秦王乎？

荆轲自己是精心做了各种准备，他或许说不出这个计划究竟有何不妥，但他凭刺客灵敏的嗅觉已感受到了它的死亡气息。所以才会有易水送别那凄怆悲壮的一幕。

当然也不妨设想一下：假如荆轲此次刺秦得手，会怎样呢？恐怕很难全身而退。当殿下众武士冲上来以后，荆轲当庭伏诛是必然的。那么换一个秦王当会如何？答案一目了然：当时国势强盛侵略成性的秦国已是一辆疾驰在一统天下大道上的不可遏止的战车，任驭手是谁，都不能让它骤然止步或改弦易辙。又假设荆轲此次生劫成功，秦王被迫签订一纸协定，又会怎样呢？答案也只有一个：脱身即毁约。统一的车轮会继续毫不留情地滚滚前行。无论何种情况，荆轲都只能将性命白白赔进去。从这个意义上看，荆轲的匹夫之勇，真像是螳臂当车。悲乎！

结论虽然残酷了一些，但却是不争的事实。

十一

那么，荆轲刺秦的行动岂非成了毫无意义之举？还值得一提吗？

对荆轲的恐怖行动，秦国决定加以报复。史载：荆轲既死，

"秦王大怒，益发兵诣赵，诏王翦军以伐燕。十月而拔蓟城……后五年，秦卒灭燕，虏燕王喜。"具有讽刺意味的是，燕太子丹本人也被穷途末路的燕王喜斩首以献秦王，一如樊於期头被献于秦王。燕太子丹献樊将军头是为了解救国难，燕王喜献太子丹首也是为了"社稷血食"！一个又一个头颅的抛掷、奉献，终未能使燕国得免灭顶之灾。荆轲刺秦失败反而加剧了秦灭燕并进而统一天下的进程。

荆轲以这样乖谬的方式在历史上打下了自己的印记。

然而这都无关紧要了。

荆轲一类的刺客本就没有一直置身于历史之中参与历史的创造，他们是社会边缘人物，平时神龙不见首尾，似乎隐身于历史进程、社会事件之外；只有当他们突然现身如苍鹰搏兽闪电一击时才使世人一睹其风采。然而就是这突如其来的一击，或会爆出一天令人炫目的流星雨，或会绽现一片催人泪下的碧血花，或会卷起一股义薄云天的英雄气。它对人们心灵产生的冲击和影响，往往比那些实实在在的历史事变和杰出人物的丰功伟绩给人的印象还要深刻得多。

十二

荆轲之前的曹沫、专诸、豫让、聂政之俦捐躯赴难且不说了，他们的侠烈行动在数百年间已使一脉磅礴之风广为流布人间，他们所崇尚的临危受命、见义勇为、千金一诺等品格已成为社会认可的道德时尚和人格风度。荆轲之流无疑心仪久矣。

先是燕太子丹请来田光先生相商国事："燕秦不两立，愿先生留意也。"田光告辞时太子嘱咐："丹所报，先生所言者，国之大事也，愿先生勿泄也！"田光承诺，并将荆轲荐于太子。回去后，田光即自刎而死。他的理由是："长者为行，不使人疑之。"既然太子嘱己勿泄，就是怀疑自己；受人怀疑，即非义侠。于是以死为太子释疑。

接着，荆轲去见逃亡来燕的秦将樊於期，直陈己意："愿得将军之首以献秦王，秦王必喜而见臣，臣左手把其袖，右手揕其胸，然则将军之仇报，而燕见陵之耻除矣，将军岂有意乎？"樊将军竟扼腕奋然："此臣之日夜切齿拊心也，乃今得闻教！"遂自刭。

荆轲既败，其好友高渐离隐姓埋名为人打工，想方设法得到秦始皇的召见；虽有人举报他是荆轲一党，秦始皇惜其善击筑，还是赦免了他，但瞎其双目，让其作为宫廷乐师。高渐离乃以铅置筑中，在演奏时乘机接近秦始皇，愤然飙起以筑痛击之，又不中，亦血溅秦廷。

田光、樊於期、高渐离，当然还有荆轲，本来都好好地活着，看不出有什么理由或力量足以让他们去死。然而他们自觉自愿地，义无反顾地，前仆后继地去赴死了，只是为了一句话，一个请求、一个承诺，甚至一个眼神、一个表情——只因为都与"义"相连。

义之所在，虽千万人吾往矣！

信诚所至，虽九死而不旋踵！

十三

我每每惊叹于当时人对生命的那种豁达、自由、直面相对的心态。在他们看来，生命不是自己用来享乐的东西，不应为一己所独占，大义、尊严、信誉、公道、友情等等都比生命更可贵，生命不过是天赋的实现人生价值、人生理想的工具。因此，信义当前，他们绝对没有生之留恋，死之恐惧。

能够站在自己生命之外、生命之上来审视和使用自己的生命，这就已经超越了"自我"，在精神层面上达到了英雄的高度。

在人类大踏步走向文明的历史路途中，流淌的鲜血涓细成河，抛掷的头颅堆积如山，虽然血白洒命白搭者亦不在少数，但这不是用一句"历史的代价""历史的局限"就可轻易打发掉的。这其中不是有不屈之魂在长号，有不瞑之目在狞视，有不凝之血在闪光，有不甘之心在骚动吗？我想，荆轲一击余响不绝，就因为有不平、不忿、不甘、不屈之意蕴含其中吧。

"其人虽已殁，千载有余情。"只要有"义"在，荆轲即使活到今天，也仍会是——虽千万人吾往矣！

2002 年 12 月

所向无空阔，真堪托死生
——关于马的随想

　　我不知道这辈子是怎么和马结下不解之缘的——这不是说，我和实实际际的足踏大地疾驰绝尘的马儿有什么特别的瓜葛。比如说，当过骑兵、牧马人之类，因此也演绎不出人和马之间跌宕生姿的浪漫故事。我只是想说，马这种生灵，这个上帝的宠儿，这个造物恩赐给人类的忠实朋友，又被人类赋予独特审美意义的客体、符号，是怎样负载着人类历史的博大深沉、挟带着劲风海浪般的矫健奔放，渗入并在一定程度上影响我的人生轨迹的；我只是想说，正因为如此，马的形象才牢牢地屹立在我的画幅之上，引导着我去探究它的一切秘密……

一

　　1949 年，在人民共和国奠基过程中激扬起的烟尘滚滚南移的那些日子里，湖南南岳大庙前一直冷冷清清。因人迹罕至而显得格外洁净的那片空地上，花岗石铺就的甬道叶落无声，不知年岁的古老松柏落寞地夹道而立。忽一日，这儿突然挤满了战马——那在一个五六岁孩子眼中无疑巍然如山的庞然大物——它们有的全副戎装，鞍辔齐整，似乎又要踏上征程；有的已卸去束缚，坚实的肌肉在光亮的皮毛下兴奋地轻轻抖动；有的专心致志于饲料，只用那善解人意的湿漉漉的大眼睛余光照应着周围的一切；有的亢奋地在原地蹴踏转动，不时打着响鼻，偶然振鬣长嘶，悠长尖厉的颤声似饱含沧桑和感慨，与在花岗石道上嘚嘚响起的清脆马蹄声一道，一直洒落在我心湖的深处，漾出阵阵涟漪……多少年后，不管哪儿的马嘶、马蹄声，都会条件反射似的使孩童时见到的解放军入湘时的这一情景在脑海中重新回放，而那和清新空气混合在一起的马饲料、马粪的味儿都会唤起我久远亲切的记忆。

这是一支参与共产党打天下的宏壮战争的骑兵部队。战士们不管是用刀还是用枪，终归是在马背上大展神威的——若干年后，当我在宣纸上纵笔泼墨挥写马的图像时，每每会感到有淡淡的硝烟从纸上飘过，有隐隐的风雷在纸的深处轰响……

这时，我就觉得我不是在画马，而是在追踪一个横绝六合、在历史的波涛中腾跃的不羁的精灵。

的确，在与人类发生这样那样关系的非人生命体中，没有一种在作用上、地位上、文化内涵上比马更重要、更独特，对人类自身发展有更重要意义的动物了。

不过，多少万年以前，马的老祖宗始祖马却没有它的后代那样雄武俊逸，那是一种似豚类犬的小个子动物。马是在与人类互动的历史过程中进化成为动物中贵族的。在人类驯化的动物中，马一开始地位也并不高，它与牛羊鸡猪等一起被人类功利性地当成可供果腹的食物、可资役使的工具。然而后来，马却以其体魄的健美、行动的迅捷、品格的忠诚从其他动物中分离出来，跃升出来，成为人的坐骑——第一个骑士的出现既是马的命运的历史性转折，更标志着人类工具史上的一场意义深远的革命，它使人极大地超越了自身肉体上的局限，使许多靠自身体能和速度做不到的事情有了实现的可能。于是，交通、贸易、旅游、狩猎、邮驿、仪仗等各项事业渐次铺开——从而有力地加速了人类自身的发展。而马被使用到战争中——先是战车，后是骑兵——则更是战争手段和战略战术思想上的深刻变革。马作为唯一的非人生命更广阔地更深刻地介入到人类的历史中来。

中国历史上自秦始至汉为烈的匈奴寇边之所以成为大患，就在于这是一个生活在马背上的剽悍民族——以今观之，无异于坐在摩托车上——骁腾的骏马使他们来如飘风，逝如疾电，其机动性、灵活性、冲击力等前所未有，远非步兵所能抵御。只有当汉王朝重整军备、锻炼出自己的骑兵和它的统帅如卫青、霍去病之属，才有以铁拳对铁拳的能力。你看霍大将军墓前那巨石雕成的马，尽管刀法朴拙简洁，并未往深里开凿。尽管蜷曲的四肢几与身躯融为一体，使整个形体浑若一块顽石。但它那骨子里透出的龙虎精神、大汉气魄和作势欲跃的动感却让每一个人为之震撼；它内蕴的那种要向外扩张、向四方爆炸般的力量令一切虚张声势的"艺术"黯然失色。

到13世纪，使欧亚大陆发生地震的蒙古民族仿佛一夜之间从草原崛起，大首领成吉思汗则似自天而降，将他的帝国拓展到空前绝后的庞大。这位生就一张典型蒙古人种阔脸的小个子统帅能成就这份伟业，端赖他拥有当时世界上最精锐的战争机器——骑兵。

当全副武装的军人与驰骤如风的战马有机结合为一体，并成千上万甚至数十万地成建制地组合起来，按照严格的军纪军规去实现一定的政治军事目的时，就成为可怕的战争机器。

这是真正的铁流。人和马都被金属武装起来，一路铿锵，一路火花，怒涛般地向前推进，没有什么能止住这腾踏不停的铁蹄，除非迎面而来的是一支更强、更硬的武装。

这是壮观的挺进。没有什么在威慑力上、冲击力上比骑兵行进、骑兵搏杀更惊魂夺魄气势撼人的了，那是铁血的撞击，雷电的交鸣。阳刚大气激荡其中，英雄之星闪耀其上。挟风而进，一泻千里……

于是，"以马上得天下"成为一种历史的规律，成为英雄豪杰奋斗的目标；也成为与人共舞的马展现其高贵品格、无伦风采和卓越贡献的良机。

唐太宗李世民在削灭群雄一统天下的战争中，有六匹与他共生死同命运的坐骑：飒露紫、拳毛䯄、白蹄乌、特勒骠、青骓、什伐赤。光从这些响亮的或染上异域色彩的名头，即可想见其英风骏骨，同时亦可推知其传奇身世，它们中的每一匹都曾伴随李世民谱写过英雄诗章。据记载，拳毛䯄、青骓、什伐赤在冲锋陷阵矢石交加之际，分别身中数箭，血染鬃毛犹不歇蹄，真是生命不息驰驱不止，那种忠贞品格、无畏气概让人血脉偾张不能自已。可以说，大唐帝国就是这些战马从李渊起兵的代郡一路驮到长安的。

在李世民心目中，这些战马不只是一种可用来骑乘的工具，而是他忠心耿耿、立下汗血之功的战友、伴侣。他深知它们对于李唐王朝、对于他本人的重要性。他和它们之间已从单纯的功利关系转化为道德的与审美的关系，这种关系之深，已到生死不渝之境地，以致李世民特命当时的能工巧匠将六匹神骏变成浮雕，列置于自己的陵墓前，与自己千秋万世永相厮守。

考诸史册，有哪一种特定的冠名动物享受过这么崇隆的礼遇？

距此一千多年后，前面提到的在南岳大庙前驻扎骑兵的解放军的统帅，那位历史上第一次为人民大众的翻身从马背上打天下的马上英雄毛泽东，同时也是一位庸常之才难以望其项背的马上诗人。在艰难困苦的国内革命战争时期，毛泽东在指陈方略、克敌制胜之余，还写下了不少彪炳诗史的诗词。这些诗词对于"两句三年得，一吟双泪流"的文人墨客来讲，恐怕皓首穷经也不可得。毛泽东却只淡淡一笑，说，这些诗，都是马背上吟成的。

马背上不仅可再造乾坤，马背上还可诞生英雄史诗。

从霍去病的雄骏，到李世民的御乘，再到解放军的战马，毛泽东的坐骑，这些天之骄子时代精灵虽然在不同历史时代负载着不同的使命，效力于不同的主人，但是从它们身上都能强烈感受到贯通历史、推动历史、创造历史的一往无前的英雄气概，领略到一种难能可贵的历史连续性。

二

如果说威仪十足、君临百兽的狮虎是动物王国的王者，风情万种、仙姿绰约的天鹅是动物世界的仙子，那么，气度高贵仪表非凡的骏马就是动物世界的勇士和贵族。

在参与人类历史创造的历史进程中，马也被历史性地再塑了形象。

人类所曾做到的最高贵的征服之一，就是征服了这豪迈而剽悍的动物——马。它和人分担着疆场的劳苦，同享着战斗的光荣；它和它的主人一样，具有无畏的精神。它眼看着危机当前而慷慨以赴，它听惯了兵器搏击的声音，喜爱它，追求它，以同样的兴奋鼓舞起来。它也和主人共欢乐，在射猎时，在演武时，在赛跑时，它也精神抖擞，耀武扬威。但是它驯良不亚于勇毅，它一点不逞自己的烈性，它知道克制它的动作；它不但在驾驭人的手下屈从着他的操纵，还仿佛窥伺着驾驭人的颜色，它总是按照从主人的表情方面得来的印象而奔腾，而缓步，而止步，它的一切动作都只为了满足主人的愿望。这天生就是一种舍己从人的动物，它甚至于会迎合别人的心意，它用动作的敏捷和准确来表达和执行别人的意旨，人家希望它感觉到多少它就能感觉到多少，它所表现出来的总是在恰如人愿的程度上。因为它无保留地贡献着自己，所以它不拒绝任何使命，所以它尽一切力量来为人服务，它还要超出自己的力量，甚至于舍弃生命以求服从得更好。

法国作家布封满怀深情描写的马，是那样通人性、有灵性，英勇无畏、舍己为人的品格是那样高尚，它难道不正是人类的第二个自我吗？它所具备的这些美德，不正是人类所希望、所看重、所珍视的吗？"在它的整个肢体，特别是它的头上，有某种富有精力的同时也是柔和的表情。它是那样一种动物，仿佛它的不能说话，只是因为它的口的构造不允许它那样。"(俄·列夫·托尔斯泰《安娜·卡列尼娜》) 将这样一种只差不能说话的高贵动物征服，就像征服风华绝代的美女一样，真是人类所能做的最高贵的事情之一。它对于人类自身的意义是不言而喻的。

而在中国华夏文明中，马是具有龙相的，"凡马六尺以上为马，七尺以上为骏，八尺以上为龙。""果然那马浑身上下，火炭般赤，无半根杂毛；从头至尾，长一丈；从蹄至顶，高八尺；嘶喊咆哮，有腾空入海之状。"(《三国演义》)——这就是古人笔下被赋予龙相的神骏。

所以，当周穆王乘黄金碧玉之车巡行天下，将驭车的八龙之骏次第摆开时，展现出的是一幅令人目眩神驰光华璀璨的壮丽图景——先是沉沉暗夜星光闪烁，继之晨曦微吐，继而曙色欲染，一股明丽的大气冉冉升腾。蓦地，强光乍现天际，迅速扩张膨胀而成一巨大夺目光球，在壮阔的红色天空中流金溢彩；久之，其中影影绰绰有物天骄宛转、渐行渐近，终于光晕中涌来八骏，其态如龙，或黑或白，或赤或黄，长长的鬃毛似金色缎带凌风狂舞，修长有力的脖子若龙颈屈伸，宽阔的胸膛肌肉结抖动，钢打铁铸般的四肢腾挪劲健猎猎生风，张大的鼻孔有若喷筒，强大的气流由此灌入肺部再喷吐而出……它们是龙，又分明是马，真有上天下地之概。"四荒八极踏欲遍，三十二蹄无歇时。"正是因为有了这神异的八骏驾车，穆王才得以行遍天下，威加四海，八方臣服。

这世上还有什么动物在气势和作用上能与马相埒？

穆天子有马如此，后世豪雄谁又不想效法？有了这样的雄骏，就等于有了改变现状的利器，就等于有了实现梦想的魔杖，就等于有了寄慨抒怀的载体。

于是有了九方皋神乎其技的相马术。

又有了以千金市死马而后一年内千里马三至的君王。

难怪汉武帝孜孜以求汗血天马。

雄伟的王朝需要雄壮的骏马。

至高无上的帝王需要高贵的坐骑。

因此，一旦出使西域的张骞从遥远的大宛国带回一匹汗浆如血般殷红的宝马，整个长安上层社会立即为之轰动。汉武帝派出使者携重金宝物去大宛国换取汗血马，却不料遭到大宛王的拒绝，汉使者亦为其所杀。汉武帝闻讯为之震怒，即派大军西征大宛，首战失利后再派重兵征讨，大获全胜。大宛国臣服，献出的汗血马随凯旋将士来到长安。汉武帝亲眼见到这些"似鹿犹依草，如龙欲向空"的汗血天马，喜不自胜，乃大宴群臣，并亲自作《西极天马歌》以遣兴：

> 天马徕兮从西极，经万里兮归有德。
> 承灵威兮降外国，涉流沙兮四夷服。

这以后，获取宝马名驹几乎成了上自帝王将相、下至黎民百姓的共同心愿。它成了一种有独特内涵的文化，爱马、赏马、驭马、养马同功名、事业、门第、身份，甚至友情、爱情、生命联系在一起，马和人一道演绎出了无数可歌可泣、可圈可点、波澜跌宕、爱恨情仇的故事。

　　备屯樊城，刘表礼焉。惮其为人，不甚信用。曾请备宴会，蒯越、蔡瑁欲因会取备。备觉之，伪如厕，潜遁出。所乘马名的卢，骑的卢去，堕襄阳城西檀溪水中，溺不得出。备急曰："的卢，今日危矣，可努力！"的卢一踊三丈，遂得过。(《三国志·蜀志》)

　　这就是被《三国演义》极尽铺陈的"跃马檀溪的卢救主"的故事，过去几乎妇孺皆知。一部三国史，人物万万千，史实浩如烟，而史家略去无数人与事，却将"马跃檀溪"这一细节载入篇幅昂贵的史册，可见对其之重视和叹赏。在这里，有刘备的所谓"命运"问题，也有的卢马自身的体能、素养、品格因素在起作用，更有此马在危急时刻对主人心理的入微体察和凝聚全部体能于一瞬爆发的本领。不难设想：倘的卢此次溺于檀溪不得出，刘备为刘表追兵所执，则后来的三国史可能得改写，历史亦可能演绎不出"三国"这一精彩绝伦的故事。

　　《三国志》是正史。另据《丰县志》记载：宋代，当高宗还是康王时，曾在金国当人质，后乘靖康之乱逃出。途中，康王筋疲力尽，夜宿于丰县的崔府君庙中。梦中似闻人语："快起来，追兵至，请上马！"康王惊醒，见身边有马一匹，骑上后日驰七百余里，待至淮水渡口，再怎么鞭策此马都不动弹。下马一瞧，才发现是一匹泥马。康王恍然大悟：此乃神助。后来康王登上皇位，得以延续宋朝国祚。这就是有名的"泥马渡康王"传说。传说是现实的折射，它典型地反映出现实生活中马对于人、对于人类社会发展的重要性。

在马与人互动的漫长过程中，马与人的关系甚至超过了人与人之间的关系，达到了生死与共的境地。马自身的内在品格和审美特征也愈来愈表现得淋漓尽致，愈来愈人格化了。《三国演义》中关云长被孙权所杀，他的坐骑赤兔马亦绝食七昼夜而死，就是一个催人泪下的故事。

距汉武帝作《西极天马歌》约八九百年之后，"大宛汗血马"的故事还在大唐帝国朝野流传，它激起的英雄气概和对先贤伟业的追慕之情是与大唐王朝的雄厚国力与阔大气魄相适应的。

胡马大宛名，锋棱瘦骨成。

竹批双耳峻，风入四蹄轻。

所向无空阔，真堪托死生。

骁腾有如此，万里可横行。

——唐·杜甫《房兵曹胡马诗》

当诗圣杜甫搦管挥毫写下这样激情喷涌、寄慨遥深的诗句时，他大约也像我现在画马时那样，眼前一定风烟滚滚地掠过无数骏马与主人同生共死赴汤蹈火的景象。不同的是，他心中沉积的对社会的感察、对人生的咏叹、对友情的渴求，已然力重千钧地凝聚于笔端。"所向无空阔，真堪托死生"，此十字胜过千言万语，高度凝练地展示出骏马一往无前的气概和忠勇无俦的品格。除马之外，天地间何物可当此盛誉！此诗写尽了马的威力、马的风范、马的作用和人对马的深情，堪称咏马千古绝唱。而又过了千百年，一匹八路军的忠勇战马为此诗再一次做了最好的注脚。

那是一匹通体雪白雄骏非凡的马中之王。它的悟性，它的敏锐，它的通人性，令人叹为观止。"飞飞"这个名字是它"所向无空阔"精神的写照。抗日战争中它从新疆伊犁尼勒克草原来到八路军中以后，屡建殊勋，又曾从火线上救下负伤的主人。后来不幸被觊觎它已久的日本侵略军所俘。敌酋黑森先是用最优厚的待遇接待飞飞，却被能识别敌方、牢记仇恨的飞飞狠狠踢了一脚；于是又被判死刑，受到残酷拷打；后又被送回豪华马厩，供以美食。但飞飞义不食敌粟，滴水不进，终于绝食而亡，享年8岁。飞飞的死给本来就有反战情绪的黑森以很大震动，他亲笔写下了飞飞的墓志铭：一匹骏马安息在此。可惜，我不知道它叫什么名字。我只亲眼看见，它用它的死，写下了我们民族的羞耻。1944年6月，黑森以思想叛国罪回国受审，物证就是这个墓志。在法庭上，黑森在辩护词中说："一匹马尚不能征服，何况乎一个民族、一个国家？"

吟哦着杜甫"所向无空阔，真堪托死生"的诗句，遥想着那沉埋在抗日战场上的不朽骏骨，一股慷慨奇气就自胸至腹盘旋激荡。这马，真是大自然最高贵最杰出的造物之一，看来，天地间的精华灵秀，不仅钟于人，亦且钟于马！飞飞所体现出来的宁死不屈的凛然气节，足以令许多被称为"人"的生物为之汗颜！马犹如此，人何以堪！

随着现代科学技术的迅猛发展，马力也与人力一样渐次为机械力、电力乃至更先进的动力所取代，这是不争的事实。我们现在于城市中几乎已见不到马的踪影了，除非去骑马、赛马，或是观赏少见的仪仗队、女骑警。解放军最后一个骑兵连消解的消息曾使人回肠荡气。马似乎从历史的地平线上消失了。但造物主赋予马的高贵、骏美、轻盈、劲健的典雅气度；那锋棱斧削、四肢如铁、弹簧般伸展自如、内蕴无穷爆发力的躯体；如战旗、如火炬，似泼如倾、如飞似舞的鬃毛；那能察知主人细微内心活动并随机配合的高度智慧和能传递任何感受的湿漉漉的善良眼神；那让人心动、催人泪下、激人慷慨悲歌的忠诚无畏——这一切，是任何别的物种、别的物象、别的力量所取代不了的。它们综合成人类永恒的审美意象活在世世代代人的心中。

于是，我又似乎嗅到了南岳大庙前解放军骑兵驻扎时弥散出来的混合着粮草、马粪味的熟悉气味……

三

马和人共同创造了历史。

马和人有着过命的交情。

更何况，"马背上得天下"，马与人类社会的英雄史诗，英雄气概是紧紧相连的。

这不能不在艺术上反映出来。而造成世界影响的莫过于秦始皇陵兵马俑了。

那是一个浩浩荡荡的军阵。秦始皇凭借着古代世界最重要的军力要素——战马打天下，和马一起负载历史、拉动社会、推进时代车轮，人与马同生死共命运之种种，通过兵马俑这与真人真马等大的艺术杰作淋漓尽致地展现出来。

1996 年 6 月的一天，我亲临兵马俑坑，俯瞰那从历史堆积层中破土而出的兵马俑队列，心中的震撼和感触难以言表。两千多年了，已然逝去的，再也不可能重来的人与他最忠实的伙伴的关系就这样定格了，凝固了，物化了，成为一种可以昭示永远的恒久。

兵和马联系在一起，意味深长意义深远，它竟然使传统的中国绘画艺术专门产生了一个"人马画"科。在"人马画"这个独特的艺术长廊里，连威猛如狮虎，优美如凤凰，都得退避三舍，那是一片留给人类最忠实朋友的天地。

最早当可追溯到远古原始人在山洞壁上描绘出的马的形象，追溯到人类与自然界由隔膜对立到逐渐实现"天人合一"、互相依赖的过程。周穆王"驭八龙之骏……以匝天地之域"的传说虽然染上了神话的色彩，但的确折射出至少在周代就已有了多马驾车的制度和能力。到秦代达到第一个马政高峰，否则不会有一统六国的车兵、骑兵，也不会有秦兵马俑了。

凡是马政繁盛之时，大体是国家、民族尚武之时，或国力强大，或卫国戍边，或争逐天下。所以，马同英雄主义、浪漫主义和慷慨悲歌、壮怀激烈、沉雄阔大、所向无敌的阳刚大气的审美物象是紧相联系的。以此视角放眼而望，秦、汉、唐、元、宋、清这些朝代，画马高手迭出，笔下之马多有英雄开拓之志。

秦兵马俑不说了，汉霍去病墓前石马也不说了，单看那东汉画像石、画像砖及墓室壁画上的人马车骑，凡马皆颈项后曲，胸部前凸，四蹄弓曲悬空，马尾高举，做猛气横发一往无前之状。这种腾跃之姿与古希腊雕刻中的骏马及文艺复兴时期画马大师鲁本斯油画中的骐骥有相似之处。但在中国，此后除东晋顾恺之《洛神图卷》第四段《辞别》中的驭车之马上还可约略看出这种猛厉之志外，其他时代的马图上已无缘得见了。

但唐代，国势强盛如日中天，马政空前繁荣。初唐和中唐时官马分别达70万匹和43万匹之多。这个时代呼唤良马与呼唤良将的声音一样响亮，由此，一批画马高手如曹霸、韩干、韦偃等就在这此起彼伏的呼声中跃然登场。

你看韩干《牧马图》中的马，那躯体圆硕厚重、四肢纤细劲健，马首锋棱分明骨相清奇的造型跟昭陵六骏一脉相承，透着一种沉郁雄浑、武勇华贵的气象。韩干另一杰作《照夜白图》中被拴于马桩的白色骏马为唐高宗李隆基宠物，它不甘于被缚，四蹄腾挪，鬃毛直竖，鼻翼扩张，怒目圆睁，颈肌紧绷，欲脱尽羁绊之桀骜不驯状跃然纸上。此后的马图中再难一见此种生猛形状。

不过，憧憬"骁腾有如此，万里可横行"的杜子美还是不满意韩干画的马，而推崇曹霸之马。"干唯画肉不画骨，忍使骅骝气凋丧。"作为将一个时代化为"诗史"，对历史行程有着独特感受的一代诗圣，杜甫倒不一定是要崇曹抑韩，虽然曹霸的马也达到了时代的高度。时人评曰："曹将军画马神胜形，韩丞画马形胜神。"杜甫是在呼唤一种更沉郁、更雄强、更具历史感的社会理想和美学风格，这种理想和风格只能由"神胜形"、见风骨的曹马来负载。遗憾的是，此后历代的画马之作，虽经历了金代清代的第二次、第三次人马画高潮，虽然出现了李公麟、龚开、赵孟頫、任仁发、任贤佐、郎世宁等画马高手，尽管技法日臻精妙，但他们腕底之马仍未脱却凡马的形态，哪怕是画周天子天马的"天闲十二图"，画中之马也仍然是圈人手中之物。

是唐以后的历朝历代缺失了卓尔不群、高蹈远举的汉唐雄风？是士民的精神始终没攀登上英雄浪漫主义的精神层面？抑或是真正到了"龙媒去尽鸟呼风"的末世？还是肉眼凡胎的画家根本没有伯乐的眼光？总而言之，放眼望之，彩笺素纸上的滔滔群马中，竟然找不到一匹可以与西方文艺复兴时代达·芬奇、鲁本斯笔下骏马相比美的雄骏。在大不解之余，我常常为此而太息。

难怪历史上有那么多的高人"相马""千金求马"之说。人们历来以此喻示要善于识用人才，说明人才的渴求见用。然而，难道其本来意义上的千里马难求不也是一种悲剧？

历史在等待。

画坛在期盼。

杜甫以降千多年后，终于有了徐悲鸿锻造出来的"一洗凡马万古空"的狂傲不羁的神骏。

任何开宗立派、开拓创新之举不论大小都是十分艰难的，"艰难困苦，玉汝于成"。它意味着对传统、对成规、对世俗、对权威的反叛与颠覆，它需要烛幽洞明的远见卓识，需要舍弃凡俗琐屑凌风直上的如虹气势，需要艺术上脱胎换骨乾坤再造的功力和手段。我佩服徐悲鸿。这从南国水乡走出，恂恂儒雅，仅仅活了五十多岁的江南布衣，是怎样锻造出这丹青独步的时代精灵的？在徐悲鸿心中腕底，马再也不是帝王将相的厩中之宝，亦非美女侠士的贴身之宠，更不必沐浴水中翻腾地上做凡马俗物状。它已抛却鞍辔缰绳脱尽任何羁缚，"哀鸣思战斗，迥立向苍苍"，时刻准备腾波时代大潮负载历史使命。它是一种人格化了的符号，一种社会共识了的精神。横空出世，石破天惊——用这样的词来形容徐马的出现似不为过。可以说，徐马一出，世间骏骨龙媒的精气神才有了皈依，才真正夐夐乎而独立。从汉马的雄强浑朴，唐马的英气浪漫，到徐马的卓立不羁，其间整整经历了千年梦幻，可见神骏产生之难！

说来也巧，当徐悲鸿在画室中孕育他的神骏之时，也正是共产党领导的人民军队打天下的鏖兵岁月。"山河百战归民主，铲尽崎岖大道平。"徐悲鸿在一幅奔马图上题写了这样的句子，他将徐马的锻造同共产党对人民共和国的缔造联系在一起。这难道仅仅是历史的巧合，而不是心与心的相通？——我由此在南岳大庙看到的战马与徐马之间找到了一种内在联系，一种似曾相识基础上的心灵共鸣。否则，连我自己也无法解释为什么从小就迷上了画马，在中断二十多年后重提画笔时什么都画，但慢慢地别的物象渐行渐远，唯独马牢牢地屹立于我的画纸之上。

这是心灵的契约。

这是历史的承诺。

事实上，在这个声光化电高科技空前发展的时代，马无论在军事上民用上都已淡出历史——它已经完成了自己的历史使命。它再不需要依赖于、服从于谁，它就是它——时代的强音。"似鹿犹依草，如龙欲向空"，我们偶然还能在某些地方见到马群在草地上徜徉的一派平和宁静景象，而在时代意义上讲它已衍化为龙，一种在现实生活中不得一见的灵异之物，一种承载既往历史、承载民族精神、承载人类美德、理想的符号……

奋鬣龙气象，嘶啸虎精神。闻鼙思战斗，蹴踏起风云。吟就这四句口号，我又铺展开宣纸，握笔凝神，遥望远方，虚空中有那熟悉的不羁身影在夭矫涌动，又似乎嗅到了数十年挥之不去的淡淡的马饲料和马身上散发的汗气混合成的气味。我知道，我对这时代精灵的探究之旅在继续向前延伸……

2002 年 11 月

英　雄

一

望气之术，古已有之。

史载：楚汉相争之际，有名的"鸿门宴"发生之前，范增说项羽曰："沛公居山东时，贪于财货，好美姬。今入关，财物无所取，妇女无所幸，此其志不在小。吾令人望其气，皆为龙虎，成五彩，此天子气也，急击勿失！"然而项羽施"妇人之仁"，在鸿门宴上放走了心腹大患刘邦，从而将一个可怕的终极杀手置于自己面前。几年之后，项羽兵败垓下，刘邦一统全国，是为汉高祖，正应了范增所请"望其气"的术士之言。

此说真耶？伪耶？姑置不论。

让人感兴趣的是，范增的望气之术启发我们可以寻求一个观察事物的新视角、新方法。"山雨欲来风满楼"，一个杰出人物的登场，一个重大事件的发生，一场社会变革的酝酿，都是在错综复杂的社会关系中实现的。由此引发的这些社会关系变化所产生的感应和影响，会通过形形色色的社会现象表现出来，这就有类于笼罩着、伴随着这个人物、这个事件、这场变革的"气"，只不过这"气"凭凡夫俗子的肉眼是看不出来的。范增指使给刘邦望"气"的术士想必是位独具慧眼的奇人高士——假设我们有这样的灵心慧眼，那么我们像在宇宙飞船上观察地球般遥遥"望其气"，就会看到，在那通过漫长时空隧道、有亿万斯人参与组成的在混沌中运动、生灭、变幻的社会文明递嬗过程；在交织着发展、停滞、喧腾、沉寂、辉煌、苦难、逆行、突变、渐进、冲突等运行状态的历史天幕上，经常有一种如激光般耀眼、如虹彩般绚丽、似焰火般辉煌、似熔岩般灼人、若燎原烈火般壮阔、若陨石雨般华彩、像倚天剑气般犀利的光芒，在沉寂中铿锵，在压抑中奔突，在停滞时飞旋，在黑暗中爆亮，在无声处炸响，在暧昧时龙吟虎啸……这就是人间英雄气，这是天地正气，阳刚大气，沛然浩气，它照亮人寰，激活历史，让开明盛世气魄阔大，令萎靡之世一振疲癃；它针砭时事，一洗沉疴，力挽狂澜，一改颓势；它化腐朽为神奇，措凡庸于大雅。这种英雄气辉映在杰出人物奋发图强、百折不回、乾坤再造的宏图伟业和开通历史关隘的英雄壮举中；也炳耀于凡夫俗子临危受命、仗义助人、成仁取义的志士诺、烈士血中。它使顽者警，懦者立，凶者惧；使被侮辱被迫害者得伸正义，讨回公道，心生希望；使暴虐者、专制者、为富不仁者为之气挠，为之胆丧……

历史证明：凡是这种英雄气蔚集、蒸腾之际，必定是英雄出世之时。人无分贵贱，位不论高低，一旦赋得这人间正气天地浩气，则人人皆可为英雄。历史的天空因英雄惊世骇俗的活动而更加璀璨！

二

他们来了！

在那条被称之为历史的或平坦，或崎岖，或宽阔，或狭窄的时空大道上，在熙熙攘攘、有时如浪如涛、有时行色匆匆的人流中，不管何时何地，哪朝哪代，总会有一些与众不同的人混杂其间，让人过目难忘——这不一定是他们的样貌有多么超群出众，而是他们内在的品格和气质不同凡响，是他们身上散发出来的英雄气息灼热迫人。他们之中有贵为帝王将相者，亦有引车卖浆、贩夫走卒之流；有主流社会的名公巨子，也有不见经传的社会边缘人物……

从人类童年时代开始，他们就怀着特有的赤子之心像追寻太阳般追求理想，追求光明，追求真理，为了这种追求，他们摩顶放踵，胼手胝足，哪怕朝闻夕死也甘之如饴……

他们憎恶一切仇视、毁灭人类、剥夺人生命和自由与幸福的恶势力。哪怕这种恶势力强大得如大海汪洋足可吞没一切，他们也夷然不惧，奋起进击，哪怕失败一千次，也会做第一千零一次冲击，其悲壮惨烈，足令天地改容……

他们为了生存和发展，以移山填海的坚忍不拔意志奋力开拓，一代又一代前仆后继地披荆斩棘，终于从没有路的地方开出路来，将不可能的事情变为现实……

　　这就是中华民族自远古时代就张扬着的英雄主义气概，是人类早期英雄意识的觉醒。这股英雄气对于先民们在生产力水平极为低下的远古战胜洪水猛兽、天灾人祸，得以繁衍生存下去具有极其重要的意义。无数这样的无名英雄和他们焕发出来的英雄之气，在一代又一代人的口碑传扬中凝聚成形，于是有了夸父追日、精卫填海、愚公移山等神话经典——

　　夸父与日逐走，入日；渴，欲得饮，饮于河、渭；河、渭不足，北饮大泽。未至，道渴而死。弃其杖，化为邓林。

——《山海经·海外北经》

　　昔炎帝女溺死东海中，化为精卫，其名自呼。每衔西山木石填东海……誓不饮其水。

——《述异记》卷上

　　太行、王屋二山，方七百里，高万仞，本在冀州之南，河阳之北。北山愚公者，年且九十，面山而居，惩山北之塞、出入之迂也……遂率子孙，荷担者三夫，叩石垦壤，箕畚运于渤海之尾……河曲智叟笑而止之曰："甚矣，汝之不惠。以残年余力，曾不能毁山之一毛，其如土石何？"北山愚公长息曰："汝心之固，固不可彻……虽我之死，有子存焉；子又生孙，孙又生子；子又有子，子又有孙；子子孙孙，无穷匮也。而山不加增，何苦而不平？"

——《列子·汤问》

夸父追日、精卫填海、愚公移山虽表现为远古神话，但其所体现出来的那种冲冠裂石劲气慑人的英雄气概，则是我们先民固有的积极本质。从这个意义上来说，夸父、精卫、愚公也罢，其他神话人物也罢，皆非虚构，而是实实在在为中华民族的发展筚路蓝缕以启山林的先驱。

当这些远古的英雄们渐行渐远，隐于历史的大幕深处之后，有名有姓的英雄更是史不绝书络绎于道。我们回望先秦那个天崩地坼的大变革时代，一眼就看到了唐雎，一个不知其身世的布衣之士，却怎地英雄了得！时当春秋战国之世，贪得无厌的秦王觊觎小国安陵国的五十里之地，花言巧语欲以五百里之地换之。安陵君以"大王加惠，以大易小，甚善；虽然，受地于先王，愿终守之，弗敢易"回绝。秦王怀恨在心。"欲加之罪，何患无辞"，于是诚惶诚恐的安陵君以唐雎使秦解释此事，不料惹得秦王雷霆震怒。于是有了以下的戏剧性场面：

秦王怫然怒，谓唐雎曰："公亦尝闻天子之怒乎？"唐雎对曰："臣未尝闻也。"秦王曰："天子之怒，伏尸百万，流血千里。"唐雎曰："大王尝闻布衣之怒乎？"秦王曰："布衣之怒，亦免冠徒跣，以头抢地尔。"唐雎曰："此庸夫之怒也，非士之怒也。夫专诸之刺王僚也，彗星袭月；聂政之刺韩傀也，白虹贯日；要离之刺庆忌也，苍鹰击于殿上。此三子皆布衣之士也，怀怒未发，休祲降于天，与臣而将四矣。若士必怒，伏尸二人，流血五步，天下缟素，今日是也。"挺剑而起。

《战国策》这一段描述真是绘声绘色，画影图形，千载之后读之犹气壮英雄胆。它之所以值得我们再三品味，在于它充分体现出卑贱者、弱势者"说大人则藐之"的以弱抗强、由劣转优的英雄观。这是一场真正的高手过招，比定力，比胆色，比智慧，比气势。结果，善于御气的唐雎不战而屈人之兵，在其迫人锐气前，"秦王色挠，长跪而谢之"曰："先生坐！何至于此！寡人谕矣：夫韩、魏灭亡，而安陵以五十里之地存者，徒以有先生也。"其实"色挠、长跪而谢"的秦王也非等闲人物，就凭他痛快认输而不是死乞白赖，即可断定他也是条好汉。

宋代民族英雄文天祥写过一篇传颂千古的《正气歌》，实际上是一篇"英雄颂"，其中有这样一段：

……时穷节乃见，一一垂丹青。在齐太史简，在晋董狐笔。在秦张良椎，在汉苏武节。为严将军头，为嵇侍中血。为张睢阳齿，为颜常山舌。或为辽东帽，清操厉冰雪。或为出师表，鬼神泣壮烈。或为渡江楫，慷慨吞胡羯。或为击贼笏，逆竖头破裂。……

文天祥实际上是对他之前的志士仁人的高风亮节做了一个总结，他用精粹精彩的诗句高度概括地撷取了这些英雄生命中最悲壮最光彩的篇章和镜头——这里有为国家尊严和个人气节而舍生取义者，如被匈奴拘留 19 年执节不屈的苏武；有以"但有断头将军，无有降将军也"的壮言节标青史的严颜；有大骂叛将，口齿皆裂、舌头被钩，宁死不屈的张睢阳和颜常山；这里有"鞠躬尽瘁，死而后已"的诸葛亮；还有中流击楫、气吞胡虏的祖逖……

这些仁人志士的雄风烈慨惊天动地，人们早就耳熟能详，姑不置论。最叫人震惊的倒是诗中所说，为维护历史真相而杀身成仁的史官。据《左传·襄公四》所载，齐国大臣崔杼在一次叛乱中杀死了齐国国君，于是，"大史书曰：'崔杼弑其君。'崔子杀之。其弟嗣书而死者，二人。其弟又书，乃舍之。南史氏闻大史尽死，执简以往。闻即书矣。乃还。"请看，为了忠于事实，为了直书"崔杼弑其君"这五个字，竟然有三位史官前仆后继，视死如归！这"头颅掷处血斑斑"的惨烈悲壮，连妄图一手掩尽天下耳目的崔杼也深为震慑，不得不罢手，所以才有"崔杼弑其君"的史实留下来。这就是诗中的"在齐太史简"。"在晋董狐笔"也是如此：董狐是春秋时晋国的史官，晋灵公被赵穿杀了，赵盾从外边回来没有惩办赵穿，董狐就不顾个人生死记下"赵盾弑其君"之事（事见《左传·宣公二年》）。

写到这儿，我忽而警醒，这可是发生在靠在竹简上刻字以纪事的先秦时代的事呀！那三位史官名不传于后世，我们当然更无法想见他们的容貌风神了。然而，他们明知写下那五个字就会死，却仍从容赴死，那澄明、无欲、至刚、至勇的心境，我们却是多少可以感受得到的。可是，他们难道当时就曾断定，他们记下的文字定会流传后世吗？记下那几个字于世于史真有那么重要、值得拿性命作代价吗？他们处在人类社会刚刚脱离蒙昧时代的远古，难道就已经具有了坚持真理、维护真相的良知、理性和勇气，并进而超脱生命的束缚？想到这一点，我有一种神圣的冲动。一个社会，一旦说真话都成了一个问题，那说真话者就非英雄莫属了。历史已无数次证明，有多少事，坏就坏在讲假话，掩真相上，坏在不尊重事实，不坚持真理上！为了一个看起来并不那么雄赳赳气昂昂、没有耀眼光环、甚至不留名姓的义举而不动声色地、平静优雅地从容赴死，是更需要真正英雄气概的。

　　当然，这里也有在我们今天看来或许不太值得宣扬，与我们的价值观、历史观相去甚远的人和事，如"为嵇侍中血"。其实这也可以理解，因为文天祥不仅是位爱国者，而且是站在臣子的立场上来回望前贤的，自然要肯定嵇绍的以生命鲜血护卫主子的行动。如果我们不拘泥于这些细枝末节，而整个地探究一下文天祥心目中英雄人物的共同之处，就不难得出结论，在文天祥看来，身为英雄，其作为大小、地位高低在其次，根本的是在道德品格上要异于常人、高于常人、胜于常人。不论是坚持真理、维护真实、抗击强暴，还是忠于事业、实践大志，抑或是潜形独处、隐迹清贫，都要清操自励，大节凛然，生死相许，鞠躬尽瘁。这种足以压倒任何邪恶和艰难，维护人格尊严、人生大义的胆识和气魄，就是天地正气，英雄浩气。"是气所磅礴，凛然万古存。当其贯日月，生死安足论。地维赖以立，天柱赖以尊……"文天祥是将这种英雄气的评价推向了极致，它成了能与日月分辉，让世界有序发展的人间奇气。有了这股英雄气，生死又算得了什么！个人利害更算得了什么！

　　实际上，谁被赋予这种英雄气，谁的人格就具有了高尚、高洁的品位，反映在审美上就是崇高，悲壮、雄伟，其审美效果就是油然而生高山仰止之情。诚如鲁迅所言，在大漠长天见到狮虎鹰隼劲跃雄飞，是会消去鄙吝气的。

文天祥本人就当得起是位大英雄。这位被他身后各代画家描绘成修眉长目、五绺长髯，一身儒雅气的文士，眉宇间似乎总攒着一股忠愤之气、抑郁之情。元兵南侵，宋朝国祚危如累卵，朝廷束手，武将缩头，一介书生文天祥却在家乡召集义军勤王，抗战到底。被俘后，任敌人千般诱降，绝不动摇，于狱中著《正气歌》以明志。面对元世祖的最高级别劝降，他慷慨陈词："唯有以死报国，我一无所求。"最终血洒北京柴市刑场，达到了古圣贤所谓"立功、立德、立言"中之"立德"至境。这就是"威武不能屈，富贵不能淫"的气节，为大义从容赴死的义烈。文天祥和他所歌颂的先贤们已日渐远逝了，但却一一留下了千古芳名。

如果说这些人还是活跃在政治历史舞台上的为官作宰者，那么平民百姓中具有英雄气概、一展英雄本色的更不在少数，只是等于为帝王将相作家谱的所谓"正史"很少记录罢了。据《世说新语》载："荀巨伯远看友人疾，值胡贼攻郡，友人语巨伯曰：'吾今死矣，子可去！'巨伯曰：'远来相视，子令吾去，败义以求生，岂荀巨伯所行邪！'贼既至，谓巨伯曰：'大军至，一郡尽空，汝何男子，而敢独止？'巨伯曰：'友人有疾，不忍委之，宁以我身代友人命。'"终于使友人免祸。没听说过这荀巨伯有什么显赫经历，这则轶事中他也没什么惊人之语，只不过是大难当头不舍友人而已。但要做到这一点，则非有置生死于度外的英雄气概不可。而明末江阴百姓宁死不降清的史实就更是英雄气概惊天地。其时清兵入侵中原，清将豫王都铎派赫斤部万余兵力直逼江阴城下。守城士兵和乡民与攻城清兵血战，两面夹击，大败赫斤部。被激怒了的豫王亲自率大军将江阴城死死围住。这种情况下，深明大义、宁死不降的江阴百姓做出了自己的选择：各自带领妻儿老小来到督军府内，关门点火自焚，大火三日不熄。清兵终于入城，但得到的是一座无一活人的死城。

至于在沙场上为国家安危、为民族大义、为父老生存而奋勇前行、慷慨赴死的无名将士，在开山通河为民造福的生产劳动中披荆斩棘、踏尽崎岖的芸芸众生，都是将其慷慨奇气般投射到历史天空，给社会平添无限风光的无名英雄。

从夸父到文天祥，从荀巨伯到江阴百姓，时间跨越了数千年，一股流被于中华大地上的英雄气一脉相承一以贯之。当年，狱中的文天祥作《正气歌》，写英雄颂，那些志士仁人曾给了他以精神道义上的巨大鼓舞。今天，我们再回首包括文天祥在内的逝去的先哲先贤，那感受，正如文天祥当年写下的诗句："……哲人日已远，典型在夙昔。风檐展书读，古道照颜色。"

三

在生死关头，在需要超乎常人的精神品格、道德风范时，我们往往看到英雄；在历史波涛起伏的波峰浪谷，我们也常常看见英雄，一如现代的冲浪运动员，冲浪疾行是他们的本色所致，弄潮击水是他们的使命所在。我们看着他们腾波踏浪，引来迭起高潮，不能不感受到一种非凡的刺激。

这是一些专为打通历史险阻、解决社会难题、制造历史事变而生的卓绝人物。正像凿岩机只有在向坚硬的山石掘进时才会惊天动地、石火四进、碎屑暴扬一样，这些人的英雄本色，他们强大的精神力量和卓越才能，他们推进历史的一往无前的英雄气概，正是在同千难万险的搏击中展现出来。

陈胜无疑是这样的英雄。这个2200多年前为人佣耕的贫贱者，在被秦二世的暴政逼得走投无路、唯有一死之时，竟与同伴揭竿为旗，斩木为兵，发出了"且壮士不死则已，死则举大名耳！王侯将相宁有种乎？"的呐喊。陈胜率领的农民起义军左冲右突，将横暴昏庸的秦二世一手造成的昏天黑地撕裂出一个大口子，给压抑的社会以新鲜空气，给沉重蹒跚的历史以喘息之机，给求生存的人们以希望，给渴望建功立业的高材者以机会——尽管陈胜最后失败了，尽管他犯了不少错失，但他敢于向暴秦这个庞然大物叫板，敢于冲击不公正社会的大无畏英雄气概却是千载难掩其光华的。

项羽也是这样的英雄。且不说他一生作为对秦亡汉兴的意义，单说他解巨鹿之危、"破釜沉舟"的壮举，就足以撼人心魄——"当是时，楚兵冠诸侯，诸侯军救巨鹿者十余壁，莫敢纵兵。及楚击秦，诸将皆从壁上观。楚战士无不一以当十，呼声动天地，诸侯军无不人人惴恐。于是已破秦军，项羽召见诸侯将，入辕门，无不膝行而前，莫敢仰视。"此一役中，项羽率其铁军破釜沉舟如利斧大破秦军的无坚不摧的凌厉劲气，正是那些奋不顾身打通历史险阻的人物英雄气概的典型写照。

这样的靠一股无坚不摧的闯劲和魄力去开拓，去进击，去改造，给历史和社会打下印记的英雄，在数千年的时光隧道中风起云涌。许多成一定气候的农民起义者、农民造反者们，许多"以马背上得天下"的开国帝王们，几乎都当得起这"英雄"的称号——不是说他们一生行状都可入英雄谱，不是对这些人物作全面的历史评价，更不意味着这些人物没有错失和局限，而只是说，当封建王朝的专制统治达于极点、社会腐败黑暗达于极点，历史之步履维艰达于极点，人们的苦难也达于极点时，敢于奋起反抗，"敢把皇帝拉下马"的暴烈行动是要有"舍得一身剐"的大无畏英雄气概的；当各个时代的以这样那样的名义、这样那样的理由啸聚山林，转战大漠，逐鹿中原，浴血奋战，最后"以马背上得天下"，创建一代新王朝的开国帝王们也是不能没有一点英雄气概的。由是观之，历史大道上搅起滚滚烟尘铁骑突出的黄巾军张角兄弟、赤眉绿林好汉、黄巢和他的战友们、李自成、洪秀全、李岩、李秀成们……历史舞台上被聚光灯锁定的秦皇、汉祖、唐宗、宋帝、明太祖、康熙、乾隆们……都能从他们身上找到英雄因子。这些人物以一种非常积极主动，甚至热情狂放、烈火烹油般的姿态投身到历史创造过程中来，参与甚至发动历史事变。没有他们的精彩演绎，没有他们的英雄气概，还谈何历史！

然而，英雄决战岂止于沙场！

只要社会运转的齿轮轴承出现了滞涩，只要历史滚动的车轮碰到了障碍，而又有人试图去清淤排障。那么，任何一个社会生活领域，从政治到经济，从思想到文化，从传统到时尚，都会随时随地成为英雄效命的战场。有时，在如老牛破车般缓缓滚动的平庸岁月和灰暗年代进行的改革和变革，所面对的旧传统、旧势力、旧观念的阻力和反抗往往比战场上百十万敌军还可怕，更其需要敢为天下先、打响第一枪、冲决罗网和羁绊的大无畏英雄气概。

发生在战国之世的"赵武灵王胡服骑射"中的赵武灵王，我看就是一位这样的英雄。赵国原先不是一个大国，在战国列国中充其量只能算二三流之国，它虽然能战胜一些小国，但碰上齐、秦等强国就败军失地，长此以往，难免有被兼并之忧。赵武灵王正是清醒地看到了这一点，遂下决心对现行的军政制度进行改革。其突破口就是实行"胡服骑射"，亦即改革赵国将士重盔笨甲、结扎烦琐不利作战的服装，采用胡人举动灵便、适于马战的短衣长裤，以利于发展组建起一支强大善战的骑兵。

然而就是"换换衣服"这么一件看似简单的改革，在当时实行起来却是需要巨大勇气的。想想：祖祖辈辈穿惯了长袍大褂并将之视为遵圣贤遗教的赵国君民，突然换上被视为野蛮的化外之民的胡人的短衣长裤，其惊世骇俗的程度恐怕比二十年前在 T 形台上着三点式更甚。没有足够的胆量，谁敢？

果然，这改革从一开始就遇到重重阻力。先是以赵武灵王之叔为首的宗室贵戚形成的守旧势力坚决反对。赵武灵王不得不亲自到他家去和他辩论，费了老大的劲才将其说服。继之王族公子和大臣又坚决抗命，对赵武灵王横加指责。好在赵武灵王是一国之君，软硬兼施后终将其劝服。于是，赵武灵王下令全国改穿胡人之装。同时，为组建强大的骑兵而亲自训练士卒。于是，举国上下皆"胡服骑射"。

曾见过一幅古人画的"胡服骑射图"，发黄的画面上，窄袖短衣、戎装挺拔、气宇轩昂的武灵王手持利器正在马上腾挪，周围目注主帅的悍将也莫不装束精干，跃跃欲试。这样的精骑一旦投入战斗，在以"带甲"的步兵和车兵混合编制的军队为作战主体的当时，显然是一支可怕的、难以抵御的军事力量。

历史事实证明，只三年工夫，赵国即国富兵强，连连击败强国劲敌，一跃而为"七雄"诸强之一。

"赵武灵王胡服骑射"也成为变革经典流誉千秋。

至于人们所熟知的商鞅、王安石、谭嗣同，更是中国历史上的变法先驱。他们所处的时代虽先后不同，但都有一个共同之处，就是都到了不疏通、不整治、不变革，历史就无法大踏步前进、社会就不能出现新局面的关键时刻。当然，不疏通、不整治、不变革也未尝不可，那结果就是任社会循其惯性慢慢滑行下去，腐败下去，衰朽下去，等到烂到极点坏到极处时物极必反，"于无声处听惊雷"，来一场自下而上的社会大变革。但这样一来，历史的进程就得延缓多少年，在这种消极等待的过程中又会糟蹋掉多少生命和激情！——赵国迟早会成为他人俎上之肉，灭国亡族；秦国会推迟其富国强兵兼并六国统一天下的进程，甚至这份旷古奇勋将花落他人之手；宋朝中期面临的那场深刻的政治、经济危机将无法化解，必将导致加快宋王朝衰败和灭亡的速度；而清朝封建末世将更加黑暗混浊，人民要遭受更多苦难。——正是在这种是消极等待、听其自然，还是积极用世、干预社会的历史岔路口，不论是古代的赵武灵王、商鞅、王安石；还是近代的谭嗣同，都积极主动地、义无反顾地选择了置身历史之中、创造历史事变的变法之路、改革之路。

任何变法或改革本质上都是对旧传统、旧办法、旧体制、旧利益格局的批判和否定，遭到激烈反抗和严重打击是必然的。这就需要参与变革、创造历史事变的改革者们拿出巨大的勇气和毅力。而事实证明，改革者们的确表现出了超乎常人的英雄气概。

赵武灵王和商鞅、王安石、谭嗣同作为改革的主角，是他们制造或参与了"胡服骑射""商鞅变法""王安石变法""百日维新"的历史事变，给停滞不前，或死气沉沉的历史引入了新的情节；并且由这个新的情节引发出新的故事，某种程度上影响了历史的进程。我们从以上列举的那些历史人物所参与的全部历史活动来探究，可隐隐约约看到这么一种带规律性的现象——一个英雄，他的英雄品格、英雄气概表现的程度往往是与他所要打通的历史壁障的硬度、所要解决的社会问题的难度、所遇到的挑战和困难的刚度成正比的；一般而言，越是艰险越向前，越是危难越英雄。当然表现形式不同。如果英雄如赵武灵王那样，居于主宰形势的位置，那么，当英雄气概足以压倒一切困难时，壁障就会打通，历史往往就会挪动，社会往往就会推进；而当英雄处于受制于人的境况时，如商鞅、王安石，又或谭嗣同，那么，一旦有人掣肘、刹车，那么英雄往往只能以自己的血来表明他的英雄品格。当然，不论在哪一种情况下，都必须以一定的物质条件和历史可能性为前提。否则，任何人都难以去展现自己的英雄业绩，硬要去逞英雄的话，只能是血白流或是当一把堂·吉诃德式的角色。

这样，我们就走近了另一类英雄。这类英雄面对的也许不是开土拓疆，不是改革变法，不是沙场征战这些本身就足以成就英雄大业让人血脉偾张的任务和目标，而是一些看似平淡、随机性偶然性极大、充满不测、缺乏明晰前景和运作程序的使命。但是，一旦接过这个使命，介入这项工作，它自身包含着的创造历史的潜在可能就会极大地激活这些人物内在的英雄情结。于是，历史就伴随这些英雄的人生轨迹通向新的领域，揭开新的篇章。他们行动到哪里，历史就书写到哪里。

汉代二出西域的张骞，明朝七下西洋的郑和，就是这类英雄。他们毫无疑问是中国古代享有世界声誉、思想开放、眼界阔大的两位探险家和开拓者。在人们的想象中，张骞那骑在马背上率领驼队在苍茫无际的沙漠上日复日年复年艰难跋涉的日见衰老的身影，郑和那屹立船头、披浪御风、指挥船队远航于茫无际涯的大海的挺拔英姿，总是同泱泱大汉气魄和沉雄大明国威叠印在一起的。

其实，通西域的构想，是汉武帝在一个偶然机缘中触发的。当时正值汉王朝抗击匈奴寇边，武帝忧于国事，一次从匈奴俘虏口中了解到，西域有个叫大月氏的国家与匈奴有世仇，但苦于无人相助雪恨。武帝甚喜，决定派使者出使大月氏，互结友好，以断匈奴右臂。但是到大月氏要经过匈奴控制地区，旅途肯定艰险莫测，前景难卜，随时随地都可能使这次出使中途夭折，功名难求。然而，正是这项前景扑朔迷离的任务所具有的刺激性冒险性吸引了具有使命感和英雄气的张骞，他主动应召，行程万里，两赴绝域。第一次出使前后达 13 年，其间历尽千辛万苦且不说，还被匈奴所俘，一扣就是 10 年，但张骞不改其志，终于完成使命，回到祖国，出发时一百多人，此时只剩下张骞和副使二人。数年之后，张骞再度出使西域，历时 4 年，与西域各国建立了友好关系。

至于郑和下西洋的目的，历来说法甚多。据《明史》所载，朱棣当了皇帝后，疑心政敌建文帝朱允汶逃亡海外，特派郑和下西洋查访行踪，当然也有向海外炫耀明帝国富强之意。明眼人一看便知，这本来是一个"语焉不详"的差事，何处查得朱允汶行踪？如何做才算是宣扬了大明国威？其间伸缩性、随意性均太大，可以这样也可以那样，就算什么没搞成回来复命也奈何他不得。然而郑和却以他的冒险精神、英雄胆识和爱国情怀，将这模棱两可的使命做成了一篇炳耀青史的绝妙文章。从郑和 35 岁第一次下西洋，到他第七次扬帆远航，已是年届花甲。前后二十余年，先后到达越南、柬埔寨、泰国、爪哇、苏门答腊、斯里兰卡、孟加拉国、菲律宾、马来半岛、印尼、马尔代夫、印度、伊朗波斯湾口、也门、麦加、索马里等。大大促进了明朝与这些国家的友好关系和贸易往来。

张骞和郑和都是在最后一次出使回国后不久去世的。他们将毕生精力献给了中国历史上的对外开放大业——一个早在二千年前率先开辟了陆上丝绸之路；一个在中国民族资本主义即将萌芽之际开通了海上商贸之旅。任何一个懂得中国历史的人都明白，此举于中国、中华民族的生存和发展具有什么意义，其功莫大焉！

的确，这里没有陈胜斩木为兵的铤而走险，没有项羽破釜沉舟的刀光剑影，没有商鞅变法的巨创大痛；不像他们刀头舐血、攻坚闯关时那般淋漓尽致地展现出大无畏的英雄气概。然而这里有万里狂沙、无边恶浪；有九死一生的惊险；有千难万苦的磨砺；有水滴石穿、风餐露宿、穷年累月的跋涉；有坚忍不拔、顽强不屈、埋头苦干的开拓。这往往是一种更需要意志、毅力，更需要淡泊精神、牺牲精神、忘我精神和远大抱负的英雄行为。

"我们从古以来，就有埋头苦干的人，有拼命硬干的人，有为民请命的人，有舍身求法的人……虽是等于为帝王将相作家谱的所谓'正史'，也往往掩不住他们的光辉，这就是中国的脊梁。"（鲁迅）有了张骞们的开拓意志，项羽们的攻坚胆魄，陈胜们的革命精神，商鞅们的变革理想，才铸就了中华民族的铮铮傲骨，写下了中华民族的英雄史诗。

四

历史是一个后来居上、新陈互替的过程。在中国这片古老的土地上，每一个时代、每一个王朝都是奠基于以往的建筑物和人文土壤之上的。如果我们将这一个个叠压、层积的朝代逐一铺展开来，那就成了时空隧道中一道绵延无尽的奇异风景；而在这片风景中，我们一眼就可看到若干巍峨耸拔、壮丽辉煌的巨大建筑，其气派之宏伟，架构之繁复，远超于同侪，宛于群峰中的崇山峻岭，令人心生向往之情。这就是历来为人所称道、所礼赞的英雄王朝、英雄时代，如秦汉、隋唐、康乾……中国历史上若无这些朝代的存在，将会暗淡无光，它是一个民族的气节、一个国家的风范的集中体现。

秦，二世而亡，统共才存在了区区 15 年。秦从一个边陲小国走向中央集权的帝国的过程中，特别是在削灭六国的战争中，的确尸横遍野，血流成河；帝国诞生后，一瞬间即毁于它自己的虐民暴政。它之被人骂不绝口是事出有因的。但将秦帝国放到历史天平上去衡量，却是货真价实的英雄时代，如有的论者所言，那是一个大毁灭、大创造、大沉沦、大兴亡，从而在总体上大转型的时代。是青铜文明向铁器文明转型，隶农贵族经济向自由农地主经济转型、"联邦制"国体向中央统治国体转型、使中华民族达到了农业文明极致状态的英雄时代。这个时代，这个帝国所凝聚、所释放出来的物质的精神的能量究竟有多大，所创造的业绩究竟有多辉煌，可以有种种计量办法。本文略去其他，只就秦始皇陵这一个建筑物来做一简略探究。《汉书·刘向传》讲到秦始皇墓的奢豪时说，"自古至今，葬未有盛如始皇者"，然而"项藉燔其宫室营宇，往者咸见发掘。其后牧儿亡羊，羊入其凿，牧者持火照求羊，失火烧其臧椁"。但是据20世纪70—80年代的考古报告，秦始皇墓仍然保存完好。现在已掌握的钻探资料表明，秦陵封土下的地宫东西宽485米，南北长515米，总面积几达25万平方米。这么巨大的一个地宫，里面都有什么呢？那就是《史记》所载："穿三泉，下铜而致椁，宫观百官奇器珍怪徙臧满之。……以水银为百川江河大海，机相灌输，上具天文，下具地理。"这几乎是将天地宇宙浓缩到地宫里了。这需要多么丰富的想象！要有多么超群的胆识！既然秦陵地宫仍在，那么史料所云"数年之间，外被项籍之灾，内离牧竖之祸"的就只能或是讹传，或是指的秦陵旁的陪葬墓了。证据就是：20世纪70年代为秦陵陪葬的一、二、三号兵马俑坑的被发掘和 8000 名与真人真马等大的兵马俑的重见天日。仅一号坑面积就达 15000 平方米，排列着 6000 余个兵马俑和数十辆战车。这就是世人称誉的世界第八大奇迹！然而奇迹尚不止于此。此后，秦陵封土东南侧又发现了一座内藏石质铠甲的巨型陪葬坑，面积近似于规模最大的一号兵马俑坑。2003 年初又传来惊人消息，秦陵封土之北侧，近日探测发现一座达 8 万平方米的巨型陪葬坑，其面积相当于秦陵一号陪葬坑的 5.6 倍！据说，迄今为止，在秦始皇陵区共发现 180 余座大小、内容、形制都不相同的陪葬坑。但它们还只是始皇陵园陪葬坑的"冰山一角"。而整个陪葬坑又只是秦陵的附属物。附属物都如此规模宏伟、工程巨大，其主体始皇陵地宫该是何等壮丽非凡的建筑！如果再将秦筑长城、修直道、戍五岭、建阿房等浩大工程的工程量加在一起，那几乎是一个天文数字了！——在生产力尚不发达的秦代，这些工程的实施肯定伴随着非人的奴役、超常的劳动强度和血泪生命的大量付出。但无论如何，它的确凝聚着一个英雄时代巨大的物质精神能量。作为这些工程主持者的秦始皇，无疑是个将自己的帝国建于黔首白骨和血泪之上的、令人生畏的独裁者和暴君；但同样无可置疑的是，他也是一位令人钦佩的英雄。且不说其一统华夏的丰功，单看其立国之后定集权、设郡县、筑长城、修直道、车同轨、书同文的一系列举措，都是极富开创精神、极具政治智慧、极有远见卓识、前无古人、后启来者的大手笔。其雄霸之气、英烈之概咄咄逼人。秦帝国之成为英雄王朝、英雄时代，是同秦始皇及其文臣武将的英雄气概、英雄作为紧相融合的。

汉王朝和唐帝国，是继秦之后拔地而起的又两个英雄朝代，两大文明高峰。大汉立国垂400年之久，大唐享祚300余年。这两个王朝出了一拨又一拨的风云人物，生发过一件又一件值得大书特写的历史事件，开创了一种雄视古今的被称之为"汉唐气派"的阔大风范。"以马上得天下"的汉高祖刘邦和唐高祖李渊、太宗李世民，无论是作为军事统帅还是政治领袖，放在何时何地都是足以与亚历山大大帝、汉尼拔、恺撒大帝、安东尼、拿破仑、库图佐夫、彼得大帝这些世界史上的顶尖人物相颉颃的英雄。他们与其后继者们所创建的文治武功、所开创的"文景之治""贞观之治"盛世，使政治、经济、外交、军事、文学艺术及社会各项事业都臻于极致。整个社会英气勃发、文采风流、生机盎然，呈现出一派对外开放、吞吐八荒的气魄。汉代陆上丝绸之路的开拓，唐代海上贸易之旅的兴盛，都具有划时代的意义，它使长安两度成为国际化大都市。今天我们所看到的"老外"的祖先，说不定汉唐两代时就曾作为使节和商贾、学者、旅者在古长安和中国大地上留下过他们的足迹。而中国的使节和商贾的行踪则遍及当时的整个世界。"汉人""唐人街"、汉代文明、唐人风俗伴随着中国文化在世界各地撒播、生根、开花、结果，影响了中国众多周边国家；汉唐风度、汉代衣冠成了后世各代令人无限心仪怀想的文明典范。居庙堂之尊的帝王将相也罢，处江湖市井的黎民百姓也罢，既不妄自尊大，又不妄自菲薄，通通以一种平和心态来对待外来事物、外边世界，诚如鲁迅所言，"汉唐虽然也有边患，但魄力究竟雄大，人民具有不至于为异族奴隶的自信心，或者竟未想到，凡取用外来事物的时候，就如将彼俘来一样，自由驱使，绝不介怀。"古人创建了汉唐帝国、汉唐文明。汉唐帝国、汉唐文明反过来又潜移默化地影响着中国人的思维方式、性格特征。我毫不怀疑，在我们今天中国人的身上，一定有着汉唐英雄时代 DNA 的遗传因子。几乎不可设想，倘若历史上不曾有过汉唐盛世，中国今天的形象和在世界上的影响是否还会是如此！

秦帝国，汉、唐王朝，它们处于历史上的不同时期，尽管表现形态上千差万别，但勃发着英雄气概的这三个王朝，一个共同之点就是上演了一些令后人叹为观止的正剧和悲喜剧。其场景之浩大，演绎之倾情，端的是感天动地，气射斗牛，足以媲美世界历史上的一切重大事变。秦王定鼎中原削平六国的战争前后动用了数以百万计的兵力，耗费资财无数，铁骑风暴席卷上百万平方公里土地，其间穿插着无数宫廷密议，政坛雄辩，沙场争逐，外交折冲。其摇曳多姿、气象万千，恐怕只有古罗马帝国、马其顿帝国、成吉思汗帝国演出的历史大戏差堪比拟。汉王朝对匈奴的三次大战，数十万热血男儿和他们的忠实坐骑如狂飙横扫大漠，深入不毛，直打到贝加尔湖之滨，然后又不留一兵一卒，班师凯旋。这样的气魄，这样的风度，这样的英武之举，又有哪一国哪一支军队可相伯仲？这三个帝国力量如此雄强，气派如此雄阔，一切纤细小巧、萎靡颓唐的东西在它们的强光照射下似乎都难以存在。甚至连唐时的安史之乱都得伴以"渔阳鼙鼓动地来"的无边悲怆，在一片惊心触目的血红中演绎出"天长地久有时尽，此恨绵绵无绝期"的李、杨千古悲剧。其内涵之深刻，美学品格之经典，对后世影响之深远，远非宋徽宗、李后主之流"春花秋月何时了"的悲吟浅唱所能望其项背。我们只要闭目遥想历史上历朝历代的种种人情世态，那么，流韵千古，气壮山河，灿若云锦，慷慨激越之事、之人、之音、之景多来自秦、汉、唐三代，这大抵是不会错的，大抵！

其实，直到封建末世的清王朝前期也是不乏英雄气概的。它是由一个少数民族建立的王朝。这个少数民族在其发展史上正处于成熟期，其问鼎中原的勃勃雄心和澄清天下的慨然壮志，在大清帝国奠基的战火中和康雍乾百年盛世的强势治平过程里得到了尽情展现。其时中国国力之盛已达于封建社会经济发展之顶点，国土版图之广，拥有民族之众，邦交之国之多，均为汉唐以来所未有。

历史上的英雄王朝、英雄时代是社会生产力发展到一定程度的必然产物；是政治、经济、文化诸因素在一定形势下互动互用的结果；更是无数英雄与全社会共同奋斗的成果。它是历史的一个阶段，涵盖了社会生活的方方面面，而非人情世态的零金碎玉，因此它比个别英雄人物的活动于历史、于民众更重要。它支撑历史，教化风气，促进发展，激活社会，强民筋骨，扮美山河，其作用怎么估价都不为过。中国数千年的历史，的确因这些英雄时代而充实丰厚，而顶天立地，而大气磅礴！

五

然而历史行进不可能一路凯歌。至少在中国，数千年间，腐败的王朝、倾颓的时代并不少见；几乎每一个朝代在其鼎盛期之后势道就逐渐低落，停滞、衰败，直至长夜如磐，万马齐喑。于是戾气、瘴气、阴气、杀气、晦气从各个阴暗处宣泄而出，障天蔽日污染整个社会。若无至大、至刚、至强、至猛的英雄浩气的冲击、中和、涤荡，何来光天化日？一部青史会成什么模样？长夜难明，人们只能叩问苍天，希望在何方？出路在何处？

先哲说得好：没有天才的民族是可耻的。

我们可断言：没有英雄的时代是可悲的。

所谓英雄，就是这样一种人：他们无论是置身于历史事变的尖端，肩负贯通历史的重任，还是混迹于市肆，斤斤于引车卖浆的区区琐事；亦无论居庙堂之尊，贵为王公，还是处江湖之远，贱为草民，只要正义需要维护，公道需要主持，危难需要援手，壁障需要破除，他们都会义无反顾、舍生忘死地全力以赴，表现出压倒一切困难、冲决一切罗网、抛弃一切私利直至生命的英雄气概。像文天祥，虽官居宰相，在金兵压境国难当头的危难之秋，既未能挽狂澜于既倒，又未能建退敌之奇功，但是于生死关头却大节不亏，威武不屈，宁死不降，表现出了"男儿到死心如铁"的英雄气节。这就是英雄与非英雄的区别之所在。

不错，一个社会要维持正常运转，必得有行政机构、军队、警察、法律、舆论等等工具或手段。但是，还有相当广阔的领域是上述这些工具或手段涉及不到、干预不了的，甚至连无所不在的一般道德法则也望而却步。荀巨伯面对强寇，即便一走了之，又能责备他什么呢？张骞出使西域为匈奴所俘，让他娶妻生子以淹留其行；他逃脱出来，即使就此打退堂鼓回到汉朝，还能苛责他不该回来吗？王安石为相，不搞变法，不求新政，照老祖宗皇历办事，又有谁能说他错了？然而倘若这样，他们就把自己混同于芸芸众生，历史就会泯灭许多奇光异彩。所幸的是，"袖里奇珍光五色，要为补天裂"，他们该出手时就出手，一出手就尽显英雄本色。民气由此而慷慨激昂，社会由此而平添生机，变革由此而别开生面，历史由此而一展辉煌。

英雄，是真正的精神贵族，是社会的宝贵财富。他们的精神世界非庸夫俗子所能窥其堂奥；他们的作用亦非任何别的社会力量所能替代。英雄气是一种巨大的精神力量，是一个时代精神文明的重要内容。任何时代，任何社会，要顺利地实现自身的发展，要做到与时俱进，没有英雄和英雄气是万万不行的。英雄和英雄气，是一个民族的壮骨丸，一个社会的造血剂，至崇至巍，可钦可敬，当圈当点。哪怕是后工业社会，科技文明空前发达，个人作用似乎越来越微，人们断言无英雄的时代，也是离不开英雄和英雄气概的。

壮哉！英雄之为气也。

2003 年 1 月 11 日

在天愿为比翼鸟
——大唐华彩悲情

汉皇重色

汉皇重色思倾国……

白居易《长恨歌》劈头而起的这句诗，其审美取向的坦率大胆足令古今一切假道学色挠气丧。就当时而言，这首名篇是在为一对非常男女充满浪漫主义的爱情悲剧而燃情；对于今人来说，则并非只是男人，尤其是大权在握的男人"爱江山更爱美人"的古代童话。"东边我的美人西边黄河流……"如同男人的侠客梦一样，一首当代通俗歌曲如此这般的一声吼将古往今来男人们潜意识中的绮思、奢望、痴想和壮慨雄心柔情幻梦表露无遗。尽管唐王朝三百余年的历史元气淋漓激情酣畅地写满了男人们金戈铁马、经天纬地的铿锵音符，若没有杨玉环、李隆基交颈而鸣的悲情绝唱，那大唐奏鸣曲终会缺失一唱三叹低回婉转的浪漫情怀风流韵味。

诚然，李、杨爱情故事具备了今古传奇所应有的一切要素：人物的高知名度；双方地位、经历、年龄的巨大差异；事件本身的惊世骇俗以及它同一些重大政治历史事件的关联度；跌宕多姿的爱情过程和凄美华丽的爱情终结，等等——绝对符合"爱江山更爱美人"的兼得心理、罗曼蒂克情结和《奥赛罗》情殇式的悲剧品格。因此，不但自白氏《长恨歌》始，千多年来李、杨爱情故事成为文学艺术创作的传统题材，单是"贵妃醉酒"就一醉千年；而且终有唐一代，唐玄宗一直在被政治家们、学者们反复评说，唐以后关于李、杨故事的版本就更多，人们似乎由初时的从政治上剖析玄宗总结教训逐渐变得愈来愈看重李、杨爱情，艳羡或指斥玄宗，同情怜惜贵妃了。以致有玄宗与贵妃七夕长生殿定情和方士为杨妃招魂，以及贵妃没有魂断马嵬，而是东徙日本，且留下后人的传说。更叫人拍案惊奇的是，最近报载一条"山口百惠是杨贵妃后裔"的消息，据百惠称："我是中国杨贵妃的后代。"而且好事之徒的最新调查也证明她是浙江杨氏后人。就连韩国电视剧的剧中人谈起美女时竟然也以中国的杨玉环作譬。一个古代女子，只活了短短38年，生平既无惊天动地之举，且又不得善终，为何不仅在"女人是祸水"观念甚深的国人心中占有一席之地，还芳名播及海外，这不能不让人惊叹。杨玉环名列中国古代四大美女之列，但西施、貂蝉、王昭君与之相比，在历史上的分量就如轻烟一抹了。

究竟是什么让这个女人如此长久地出没于历史、存活于人心呢？

更令人困惑的也许是，唐玄宗不仅是唐王朝"可称者三君"之一的皇帝，在中国历代帝王中也可算是佼佼者。他的文治武功大有可圈可点之处，怎么白居易偏偏揭出"汉皇重色"这一篇章？

好色如饮食，天性使然，人皆如此。为何"汉皇重色"就值得大书特书？秦皇宋祖就不重色吗？"汉皇重色思倾国，御宇多年求不得。""汉皇"统治天下多年，情迷绝色而绝色难觅。"绝色""重色"被明目张胆地抬到这般高度，而且又获得后世无数人的认同，它究竟涵盖了什么？

到底是什么使这个男人如此重色？

难道唐玄宗所重之"色"、所重之"情"，真能重过他的文治武功，乃至文人墨客为此"色"争输文采，天下英雄为此"情"竞相折腰？

华清惊艳

对于历史而言，一个女人究竟有多美并不重要，重要的是她的美能否在一个特定的时刻集束成一道强光，灼伤一个特别男人的眼与心。

那只是瞬间的电光石火，却可以使当事人一生激情燃烧直至成灰。

那只是惊艳的四目对射，却足以令美色烙入竹帛丹青永不褪色。

那只是心灵的刹那碰撞，却必定会撞击人生、震撼社会。

杨玉环就是那个有幸让天下安危集于一身的大唐天子疯魔的女人。

祖上虽是隋朝的弘农望族，然而到杨玉环父辈已是家道式微，即使有为官者也顶多是个七品芝麻官。作为蜀州司户的小女儿，杨玉环"生于蜀，好食荔枝"，10岁父母亡故，被叔父领到河南洛阳抚养。虽天生丽质，"含章秀出"，倘若命运之神不予特殊眷顾，这一片美色也就会随岁月流逝而在民间、官府自生自灭吧。巧的是，唐玄宗要为他最宠爱的武惠妃之子寿王清选妃，其时正值他第五次东巡洛阳。玉环养父时任河南府衙吏，参与对皇室贵宾的接待。"杨家有女初长成"的玉环以其美貌已为洛阳上层社会所了解，在各种关系、信息交互作用下，玄宗与武惠妃终于选中了玉环为未来的寿王妃，并随之举行了"册妃"大典。时年玉环18岁，与寿王清同庚。而公公唐玄宗51岁，婆婆武惠妃38岁。册为寿王妃这一步对于杨李爱情十分重要，它为二人日后的"零距离接触"创造了近便条件，搭起了跳板。玉环这小妮子的美色正在默默地等待着那双能欣赏它、逼视它、攫取它的眼睛的出现。

有这样一双慧眼灵心的唐玄宗又岂是等闲人物！史称其"仪范伟丽，有非常之表"。他幼年封王，因排行十三而被宫里呼为十三郎。很早就在李氏与武氏的宫廷斗争中经受磨炼，培养成"英武果断"的性格。26岁那年一举诛灭乱政的韦后势力，以武功从监国即皇帝位；继之又粉碎太平公主及其奸党的政变阴谋。随即大展宏图，"依贞观故事"寻求"安国抚人之道"，任贤用能，求教纳谏，抑制奢靡，移风易俗，成就了政治清明、经济发展、文化繁荣、社会安定的"开元中兴"之局，朝野咸谓"贞观之风，一朝复振"。史家称唐玄宗为唐史上除太宗外最杰出的帝王，诚不为过。这么一位雄才大略的帝王，在其保江山安社稷的同时，也热烈地爱着那些如花似玉的美女，享受着鱼水之欢、琴瑟之乐。他24岁外任潞州别驾，到任之后，得识"乐人"赵某。赵之女容颜秀丽，能歌善舞，李隆基一见钟情，与之相爱并生子。值得注意的是，赵女虽出身寒微，身为帝胄天潢的李隆基却没有嫌弃玩弄，一直与之相守，直到后来赵女成为赵丽妃。而在结识赵女前他纳有王、刘二妃。成为大唐天子后更是后宫美女无数，身旁佳丽成行，而他独专宠武惠妃达三年之久。

可见，虽贵为天子，作为男人的唐玄宗和作为贩夫走卒的男人一样，离不开"情""色"二字，亦即离不开以爱情审美为前导的两性相吸。或者毋宁说，越是精力充沛、情感奔放，越是需要在政治、经济、军事、文化等领域中有大投入大成功的男人，越是具有浪漫主义气质的男人，越是不能没有命中注定的那个异性，越是需要那个能真正进入他生命的女人。

——她使你完整充实。阴阳化育衍生万物的自然规律决定了女人是男人的另一半，男女结合才是完整的人生。越是在灵肉两方面超卓的男人，他的情感与欲望的世界就愈丰富、愈深邃、愈广博，追求完整充实的需求就愈强烈，那种对理想异性的包容力就愈强大……

——她是你的"第二个自我"。男人总是会去追求那种体现出自己所珍爱、所欣赏的品格、气质、形貌的异性。这样的异性正是你自己积极本质力量的对象化，是你的第二个"自我"。

你从她身上观照出了自己，证明了自己，你与她"相看两不厌"，有了她，你会强烈地感受到自己的存在，无论何时何地，都不会失去自己，也不会感到孤独……

——她是你生命的皈依。女人绝对是情感的载体。她作为主体，用她的感情滋润你、浇灌你；作为你的"对象"，又寄托着你的感情，你为了这份情会最大限度地激活自己，尽可能地完善自己，情之所至，生死相依、生死相许，甚至死去活来；她对你的激活力越大，你的生命就越有价值和意义……

唐玄宗正是这个"你"。他虽富有天下，功名权力已是囊中之物，但是却替代不了情感之依归，这些身外之物永远成不了他的第二个"自我"。从潜意识和生命体验而言，唐玄宗尽管历经沧桑，心灵深处肯定仍有强烈的空虚、欠缺之感。因此，爱江山也爱美人的唐玄宗虽然也脱不尽封建帝王对后宫佳丽滥情的恶习，但是一旦出现为他所倾倒的"另一半"和"第二个自我"时，他会不由自主地将原来的"滥情"收拢为一点，专注于独特的"这一个"身上。若不然，怎么能解释除武惠妃外"宫中虽良家子千数，无可悦者"这一现象？

巧的是，就在杨玉环正式成为寿王妃的当年，武惠妃即撒手人寰。

对多情种子玄宗来说，这真是个沉重的打击。史称："（开元）二十四年惠妃薨，帝悼惜久之，后庭数千，无可意者。"（《旧唐书·杨贵妃传》）于是从开元二十六年起至开元二十八年正月，玄宗三次到骊山避寒，都触景生情，怅然若失。每次驾幸华清宫，"内外命妇，熠耀景从，浴日余波，赐以汤沐，春风灵液，澹荡

其间。上心油然，若有所遇，顾左右前后，粉色如土。"（唐·陈鸿《长恨歌传》）

香魂既杳，情亦成空。谁能来替代武惠妃填补精神恍惚、郁郁寡欢的玄宗感情上的巨大空白，似乎已成为大唐朝廷的当务之急。既然"后宫数千，无当意者"，于是"诏高力士潜搜外宫，得弘农杨玄琰女于寿邸"。（《长恨歌传》）《杨太真外传》则云："（开元）二十八年十月，玄宗幸温泉宫，使高力士取杨氏女于寿邸。"

寥寥数十字，包含了中国情爱史、审美史上最香艳、最辉煌、最具人文意义的一幕胜景。

凭借史料和文学典籍的零星记载（当然也需要一点合理想象），那么，这一幕大致是这样渐次展开的——

继开元二十六年以来三次避寒骊山之后，开元二十八年（740）十月，金风送爽，天高云淡。玄宗再次驾临骊山华清宫。相随的内外命妇、宫娥彩女环佩叮咚、兰香馥郁，臣工卫士、百乘千骑、冠带堂皇、矛戟森然，皇家气象自是非同凡响。高踞于众人之上的唐玄宗此次只作一人想——高力士从寿王府中"取"来的杨玉环（其时还是玄宗的儿媳）。

杨玉环虽然已当了五年寿王妃，但也才22岁。她由一个地方小吏的养女到贵为王妃，那已是平步青云，地位、身价、起居、眼界已是今非昔比。对于玉环而言，真是喜从天降，她那份嫁作贵人妇的春风得意的心情，后人不难想象。但她这次被从寿王邸"取"到华清宫之际，在谜底没解开之前，想必心里是忐忑不安、诚惶诚恐的。因为"老奴"高力士虽然善揣上意，深知玄宗"忽忽不乐"而急欲觅得倾国之色以自慰，而玉环又"姿色冠代""资质丰艳""含章秀出"，但他毕竟不能确定这次会见的结果究竟会怎样。玉环到底能否博得阅女无数的玄宗的欢心，尚为未知数。更何况还有玉环是玄宗的儿媳这个人伦大限。所以他（或者是他派出的手下）在"取"杨玉环时肯定不能把话说透、说白、说死，只能是闪烁其词、含糊暧昧。杨玉环也就因此会心悬半空，忧喜参半，疑虑重重。喜者，她这次赴华清宫朝见公公陛下，不是往昔那种逢年过节的礼节性参拜，而是被专门"取"来的；作为王妃，作为儿媳，平时也不是那么容易见到大唐天子的，此次单凤来朝，该是多么崇隆的恩典与荣耀；忧者，身为女人，不能不敏感到这次被专门"取"到天子行宫的异常，自古天威难测，高力士们的暧昧暗示，更会加重她对此番前去的结果和自己今后命运祸福的悬想——这本来应是小说家深入人物内心世界、表现情感冲突、塑造典型性格的大好素材，可惜由于史料的缺乏，我们今天也无法确证杨玉环当时的心态，以上不过是据常理做的推想。玉环会不会预感到自己命运中即将发生的巨大转折呢？我想不大可能。虽然前有唐太宗娶其弟媳为妃、唐高宗纳曾为其父唐太宗侍寝的武则天为皇后的旧例，但那毕竟是前朝往事。深藏寿王邸的杨玉环也未必知道多少，她毕竟与寿王同床共枕已五年，当不会作此荒唐之想吧。

这样，在开元二十八年十月甲子至辛巳的 18 天中的某一天，满怀心腹事的寿王妃被宣进华清宫，正式与唐玄宗相见了。

过去几年中，在将玉环册封为寿王妃及寿王大婚小两口朝见公婆时，在每年元旦皇子亲王与王妃对父皇母后的循例朝贺时，在随从游幸华清宫时，在为武惠妃祭奠守灵时，玄宗有可能数次见到杨玉环，当时玉环惊鸿一瞥或许曾引起过玄宗的注意，但玄宗那时或寄情于武惠，或哀思于宠妃，不可能移情别恋，自然也不会生出什么绮想杂念。即是说，彼时的玄宗不是以男人对女人的视角看杨玉环，而是以长辈看晚辈、公公对儿媳的身份看杨玉环。眼下则不同了，昔日那个维持长幼君臣之礼心无旁骛的"公公"早已不知去向，现在踞坐在华清宫胡床上的是一个处于情人状态的男人；一个身心俱健、勋业虽已臻于顶峰而感情却留下巨大空缺，并且被高力士的建议大大吊起胃口，内心充满渴望与欲念的孤独男人；一个阅女无数，在与武惠妃等"亲密爱人"长期相处中，在大唐审美时尚的香风艳雨沐浴下已形成自己独特"审女观"的精品男人；一个时时都想用拥有的无尽权力享天下之福、尽人世之欢的强势男人。

所以，不难想象，用以导引佳人的《霓裳羽衣舞》的华丽乐音刚一奏响，轻移莲步，颔首低目、袅袅娜娜的杨玉环甫一出现，胡床上那男人热烈的、带有明确性指向的审美目光便如聚光灯般罩住了她，锁定了她。杨玉环此时还是以臣妾的身份、儿媳的身份朝拜皇上、叩见公公的，现场庄严威压的氛围，吉凶未卜的忐忑，使她虽行礼如仪，却未免诚惶诚恐，战战兢兢，叩拜舞蹈之间，莺声呖呖，娇喘微微，细腰转折，清影徘徊……大约正是这种有些"戴着镣铐跳舞"氛围的特定晋见情境，使夭桃其年、琢玉其貌，年方 22 岁，正处在女人一生中最富魅力期的杨玉环更其娇态可掬楚楚怜人——这一切都巨细无遗地摄入大唐第一男人眼中。凭他的审美敏感和细微洞察力，他甚至能品味出她既飘逸灵动又随形婉转的衣裙下那丰隆有致、夭矫转折、时隐时现的鹤势螂形。只要是正常的男人，没有不为上苍赋予女人的这些"致命诱惑"所倾倒的（在崇尚丰腴的唐代，现时大行于市的都市"骨感美人"恐怕无立锥之地），而从玉环形体展示的万种风情中更有一股发自骨子里的被李渔名之为"媚态"的气息飘散开来以致充溢于整个大堂。当时，一定有什么类似西人所云"上帝启示"的微妙感应在他与她之间发生了。玄宗在惊艳的同时肯定会有一种"众里寻他千百度，蓦然回首，那人却在灯火阑珊处"的"前世今生"的深刻感触。这就可以理解，为何武惠妃去世后数年间，玄宗视后宫三千佳丽"粉色如土""忽忽不乐"，今朝却龙颜"大悦"，立坠情网。

可是大唐第一"美眉"杨玉环的感受又是如何呢？很少有人谈及这一点，也没有史料反映这一点。似乎玉环只不过是个青春、美貌、快乐的性感载体，一个为玄宗制造和提供享乐的工作平台。实际上，杨玉环的心态应比玄宗复杂得多。

作为女人，杨玉环的全部生命潜能应该说也都在趋向自己的另一半；那个另一半只有和她自己这个"一半"完全吻合，才算是命中注定、前世今生的天作之合，那个另一半也才能成为她的"第二个自我"和"对象"。因此，并非任何名义上的男女结合都是真正爱情意义上的"吻合"。

玉环与寿王清结婚已有五年之久，虽是少夫少妇，但史籍似从未提过他们之间情感究竟如何，她内心深处有无隐憾，不好妄测，姑置不论；但玄宗恩宠有加，几无心理准备的玉环一定受宠若惊，女人要被人爱的本能和企求一种更理想生活的愿望可能同时被激起，让她霎时有了一种全新的心理体验，进见前的忐忑不复有了。但由一向执臣媳之礼的她一下子变为与公公肌肤相亲的情人，所产生的伦理道德观上的巨大逆转又令她惶惑羞愧，但若婉拒玄宗的意旨则可能招致杀身之祸……真不知杨玉环是怎么度过那几天的。被伤情离别、受宠若惊、惶惑羞愧、担惊受怕等种种情绪纠缠着的杨玉环，恐怕会如一只被温存地握在拳中的瑟缩不安的小鸟吧。但现在哪里还由得了她，她只有承欢献笑的份儿了。但与此同时，会不会也有因自己的"另一半"蓦然现身而引发的心灵悸动乃至晕眩之感呢？

从万千女子中被择为寿王妃，到今天"一朝选在君王侧"，杨玉环人生路上这两步走得真是花枝招展，若有神助。

据《长恨歌传》载，玉环"进见之日，奏《霓裳羽衣舞》以导之；定情之夕，授金钗钿合以固之。"有论者以为以"金钗钿合"之类信物定情乃民间男女风俗，非极礼仪之复杂的皇家之所为；且李、杨之间名分上仍为公媳，怎能一夕之间亲密到"定情"程度。这实在是有点以辞害意了。年轻时曾数度卷入或参与皇家内部骨肉相残，为了达到既定目标不怕采取非常手段，同时雅好音律歌舞，具有浪漫主义气质，现在正情潮澎湃的李隆基，在惊艳、厮磨、销魂之际，怎么就不可能采取一种最发自内心、最能表达他此时此地感情的方式向意中人示爱呢！至于如何遮人耳目，使杨玉环合理合法名正言顺地归己所有，那都是后话而非今夕所需马上思考的问题。所以从十月甲子至辛巳，玄宗和玉环权把华清宫当成了温柔乡，情深爱热地度过了18天。

这18天究竟具体做了些什么，已不甚了然。但是历史上的文人墨客不吝文采大做文章的是"赐浴"一事。陈鸿《长恨歌传》云："别疏汤泉，诏赐藻莹。既出水，体弱力微，若不任罗绮；光彩焕发，转动照人，上甚悦。"白居易《长恨歌》亦称："春寒赐浴华清池，温泉水滑洗凝脂；侍儿扶起娇无力，始是新承恩泽时。"别说"赐浴"，就是"混浴""合浴"，甚至比这更甚的举动，在历代皇室恐怕都算不了什么大事，但是把皇室的赐浴在文学作品中堂而皇之地描摹如画，且那么风流蕴藉、旖旎香浓，就值得注意了。陈、白二人当然没有亲睹昔日杨妃出浴实况，但是有关传说他们一定听过不少。为什么华清18天中的其他种种父老不传，独独只谈"赐浴"，足见此事对于朝野审美满足的重要性及其社会意义。

不由得想起几年前在华清池凭栏俯瞰脚下考古发掘出来、由椭圆形砖石砌成的贵妃汤池遗址时，眼前那干涸的汤池中似乎正温泉汩汩，碧波荡漾，热雾蒙蒙。一千二百多年前，正是在这里，在玄宗的热切注视下，杨玉环娇羞满面，任侍儿宽衣解带，丰腴浮凸白如玉的身体一旦脱开所有的遮蔽和束缚，立时荧光四射，终于将天公一段秘藏的稀世之美释放出来。她慢慢浸入水中，一如天鹅浴羽；温泉的热力使她双颊如染，艳比出水荷花；这美人鱼在透明皎洁的碧波中回旋婉转，每一回眸浅笑每一玉臂轻挪都是美艳不可方物的定格造型；那像凝冻油脂一样白净细润滑腻似酥的胴体在温泉中稍一待久，就真像要融化了，于是侍儿赶紧将她扶起，玉环此时体弱力微，连一袭罗绮都成了不能承受之轻，那娇羞无力星眸低垂的神态真是倾国倾城……

　　——这不就是中国古代的维纳斯诞生图吗？文艺复兴艺术大师波提切利的油画杰作《维纳斯的诞生》，将爱与美之女神维纳斯的裸体描绘得那样优美，那样温馨，那样圣洁。她站在贝壳之上，金色的长发凌空飘舞，明澈的眼睛淡定从容，并未为展现自己充满青春气息的肉体而感到丝毫的羞涩。中国封建社会长达两千余年，一直都是男权社会，女性长期处于受压地位而沦为"第二性"。但是中国历史上还没有过欧洲中世纪那种禁欲社会，至少在唐代男女关系就不那么严苛。即便是"灭人欲，存天理"的程朱理学大行其道的宋明时代，市井小民和文人学士仍然雅好女色。女性美在中国历史上从未泯灭过它的光辉。西方的美爱女神维纳斯诞生不过是古代神话，是神话作者和文艺复兴的艺术大师使她幻影成像，以假成真，折射出西人充满人文精神的审美理想；中国的杨妃出浴却是真人真事，她温泉溶脂的迷人形象和陈、白等文学家描摹的娇娜情态，其审美意义绝不亚于《维纳斯的诞生》。在人们心目中，"贵妃出浴"的那一刻，杨玉环真的成了美爱女神的化身。

　　"回眸一笑百媚生，六宫粉黛无颜色。"杨玉环在经过度为女道士，由寿王妃一变而为"太真""娘子"，住进兴庆宫与玄宗朝夕相伴以后，大唐王朝真就有些变化了——她不仅使本来就很孤寂地消耗着青春美貌的六宫粉黛因她"三千宠爱在一身"而陷入更加冷落沉沦的残酷境地，而且因裙带关系，爱屋及乌的玄宗使杨氏一门骤然大富大贵大红大紫起来。杨国忠当道，杨氏三姐妹干预朝政，玄宗沉迷于贵妃美色，朝廷政事废弛，社会各种积压的矛盾在潜滋暗长——唐玄宗执政前期励精图治造成的"开元盛世"开始从它的顶峰缓慢下滑。

这一切都跟女色有关。它通过一个强势男人的手,参与政治,抚摩历史,制造事端——要做到这些于别的男人难上加难的事,拥有这美色的女人只需要对一个强势男人回眸一笑就足够了。

这就一千零一次地提出那个老掉了牙的问题:

女色,这个既非物质又非纯精神的东西,这个似乎说不明道不清,只依存于女性却又很容易离女性而去的东西,这个离开男人就无意义,只对男人起作用的东西,这个既不能用更不能当作遗产流传下去的东西,在社会生活中,在历史活动中,究竟占什么位置?起到什么样的作用?

美色一旦与权力结合会产生什么后果?

美色对于女人本身,对于拥有它的男人,究竟是祸是福?

千古疑问,扑朔迷离……

马嵬情殇

自古红颜多薄命。

自古如此说红颜。

当杨贵妃在深宫与大唐天子耳鬓厮磨沉溺太平时,当这朵帝苑名花在三千女人花凋残的缤纷落英中热烈绽放娇艳欲滴时,一场由玄宗昏庸荒唐,李林甫、杨国忠擅权乱政引发的政治危机已经悄然酿成。它所导致的军事叛乱由贵妃"养儿"安禄山发动了。

要说中国历史上的野心家、两面派,安禄山绝对是此中高手。

他机巧权变，从一个小小边将一步步爬高，终于成为边将中最受玄宗宠信的一个；他又利用这种宠信一步步接近玄宗，向玄宗效"忠"：表白"腹中唯忠心也"；向杨贵妃献媚：当杨玉环的"养儿"，弄出了"洗儿"的宫闱闹剧。他韬光养晦10年，积蓄力量，等待时机，终于在天宝十四年（755）十一月初九拂晓发兵造反，"禄山一呼，四海震荡"。很快，叛兵饮马黄河，戟指长安。消息传来，玄宗、贵妃尚在华清宫里寻欢作乐、歌舞升平。"渔阳鼙鼓动地来，惊破霓裳羽衣曲"，白居易的诗句非常形象地再现了其时宫中的惊惶万状。玄宗仓促应敌，在短短半个月里连设三道防线，以阻御叛军前进。然而，此时的大唐帝国已无复往昔雄风，外强中干，在叛军的奇袭强击下，一个月内三道防线土崩瓦解。玄宗两次欲"亲征"，也因叛军进军太速加上唐王室内部矛盾而告吹。此后出现了半年左右的相峙局面。然而好景不长，天宝十五年（756）六月上旬潼关失守，京都长安震恐。原先一直还抱有幻想和侥幸的玄宗，此时精神防线已近崩溃，而恐惧之心猛涨，顿萌逃跑之意。经过近臣一番紧张安排，天宝十五年六月十三日凌晨，玄宗领着杨贵妃及其姐妹和一干大臣西出长安，开始了大唐天子的逃亡之旅。

中国历史上的封建王朝、封建统治者有许多荒唐可笑或叫人气煞之事，唐玄宗秘而不宣突然弃城出逃，如果不是其中最惨不忍睹之举，那也该是丑不可闻之行。宋代史学家范祖禹指出："自是以后，天下有变，则京师不守，人主先为出计，自明皇始，其可丑也夫。"（《唐鉴》卷五《玄宗（下）》）一个年轻时出生入死，后又开创了开元之盛，文治武功垂于后世的帝国最高统治者，在朝廷军力尚可与敌周旋，大局犹可为之时，竟然被叛军一时的汹汹气焰吓破了胆，竟然弃祖宗社稷于不顾——当年的英明神武哪儿去了！一国之君的脸面哪里去了！一个男人的男子汉气概和自尊哪儿去了！看他宗庙社稷不要，单携贵妃西逃，真就是"爱江山更爱美人"甚至"不爱江山爱美人"的风流天子了。但殊不知，玄宗此次携杨妃出逃，本意爱之，实则为杨启了杀端，反误了卿卿性命。

逃亡的第一天，君臣一行饥餐露宿，苦不堪言，"将士饥疲，皆愤怒"，以至发展到"六军不进，请诛杨氏"。这种看似因饥疲直接引发的"愤怒"其实是六军将士长年来对现实不满的积愤。"天下以杨国忠骄纵召乱，莫不切齿"，所以一下子就将所有的不满和愤怒全集中到奸相杨国忠身上了。于是，在护驾的龙武大将军陈玄礼率领下，杨国忠及韩国夫人为军士所诛。迫于群情激愤的强大政治压力，一贯宠信庇护杨氏一族的玄宗也不得不"杖屦出驿门，慰劳军士"。

杨国忠伏诛，玄宗认可，将士们的目标达到，理应罢休。然而当时的事实是"六军不散"，仍然包围着驿站。玄宗命令收队，竟无人从命，只好派高力士去宣问，将士们异口同声："贼本尚在。"

杨玄礼更明确指出："国忠谋反，贵妃不宜供奉，愿陛下割恩正法。"

玄宗闻此，不啻冷水浇头，说："朕当自处之。"言毕"入门，倚仗倾首而立"。这已全然是一委顿老者的形象，再无复大唐天子气派了。相信此时的玄宗一定五内俱焚，思绪万千，无法平静。

这时京兆司录韦谔一脸惶急过来说："今众怒难犯，安危在晷刻，愿陛下速决！"

玄宗忍无可忍，反驳说："贵妃常居深宫，安知国忠反谋？"

"贵妃诚无罪，"一直对玄宗忠心耿耿的老奴高力士接话说，"然将士已杀国忠，而贵妃在陛下左右，岂敢自安！愿陛下审思之，将士安则陛下安矣。"

外面将士众怒难犯，里面亲信软磨逼宫，将与贵妃生离死别的悲痛令玄宗这 71 岁的老人万箭穿心。

这是一场残酷的缺席审判：驿站门外，大唐君臣在就杨贵妃当不当死的问题进行舌战，而当事人杨玉环却在驿站里，等着她的情郎李隆基回来，对门外腾起的杀机和侵逼过来的杀气一无所觉。

贵为大唐第一夫人，连事关自己生死的知情权都没有，更别提为自己辩护了。悲乎！

更可悲的是，她不知道，最后决定她死的竟然是她的"知心爱人"李隆基。

李隆基此时肯定一千个一万个不情愿杨贵妃去死，但形势是那样严酷——贵妃不死，则有"秋后算账"之忧，将士不安；将士不安，则不仅贵妃终难免一死，自己都性命难保，遑论帝位了。

纵然"贵妃诚无罪"，作为政治家的唐玄宗于"安危在晷刻"之际还是击败了作为情人的十三郎，生的渴望一时压倒了与死联系在一起的对情人的宠爱。乃命高力士去将杨贵妃"赐死"。

关于杨贵妃之死，后人说法甚多。

一说"扈从至马嵬山，百姓惊惶，六军奋怒。国忠、方进咸即诛夷；虢国、太真一时连坐"。(《高力士外传》)

一说玄宗"命高力士缢贵妃于佛堂前梨树下"。(唐·李肇《唐国史补》)

一说在玄宗将贵妃赐死时，贵妃泣曰："愿大家（指玄宗）好住。妾诚负国恩，死无恨矣。乞容礼佛。"玄宗曰："愿妃子善地受生。"(宋·乐史《杨太真外传》)

有论者认为，上述说法除杨玉环是被缢死一事属实外，其他如缢死于佛堂前梨树下以及李、杨对话均不确,恐为后人附会。比较可信的记载当出于《玄宗实录》：

> 帝不获已，与妃诀，遂缢死于佛室。时年三十八，瘗于驿西道侧。

如果将这数十字的记载还原为当时活生生的历史镜头，那真是一幅"宛转蛾眉马前死，君王掩面救不得"的妃子血、天子泪相和流的绝世惨象。一个雍容华贵、丽色照人、风情万种的女人，一个曾让自己倾心、同床共枕 16 载的女人，一个曾经高踞于大唐所有女人之上，身为大唐国母的女人，一个到现在自己还深爱着的无罪女人，现在却要由自己亲自下令，并且在自己眼前，被高力士或小宦官用罗巾套上她那天鹅般修长白净的脖颈一寸一寸缩紧勒死，玄宗当会如何？也许当时紧张的气氛或多或少抑制了玄宗的哀伤，使他还能硬撑着违心地将自己心爱的女人送走；也许当时他太过悲痛反而麻木以致如木偶般的被高力士、陈玄礼之辈提示着办完贵妃死事；但贵妃死别的哀伤一定会像刀子般刻印在心底，直到他生命的终点。而贵妃，这个可怜的女人，直到要被处死的前一刻才被从驿站她和玄宗双栖双宿的房间里叫出来，对外面发生的突变懵然无知，当时一定是由高力士或陈玄礼仓促地当然也是义正词严地冠冕堂皇地宣布她为何要被处死的罪状，这对她不啻晴天霹雳，这时她或许有了如在法庭上一样向审判长直面陈情的机会。但法庭已缺席判了她死刑，她百口难辩。实际上她很可能有口难言。更可能的是连她自己也会认为朝廷如此下场都应由自己负责！她只是张目结舌，绝望、惊恐无助的目光，如待宰的绵羊、兔子的眼神。这目光撒开团团围住的人群，死死地落在她此生此世唯一的情人和靠山十三郎脸上。

她不能相信他会要她死，她只相信他能让她活。却万万没料到他会掩面转身摆手！于是顷刻间天昏地暗天崩地塌。当她被高力士"引"到佛堂去行刑时，简直无法想象她的纤纤玉足是怎么走完那短短百十步路的！——这百十步的起点和终点连着阴阳两个世界，连着她一生的大富大贵和大悲大恸，连着她的爱情、幸福和情殇、悲苦！

如果用罗巾来勒死她的是高力士，那么这个对主子忠心耿耿、对奸相杨国忠满怀嫉恨的老奴，为了赶紧逃出眼前的困境，一定会用他那颤颤巍巍的手将罗巾越勒越紧。

如果干这事的是高力士手下的小宦官，那么这帮多少有点心理变态的小厮慑于力士之权和叛军之威，也一定会虽哆哆嗦嗦但并不留情地将手中罗巾拉紧，谁还会去顾及这要被窒息而亡的曾是皇上的枕边人。

　　而如果高力士和宦官都干不了这杀人取命的勾当，那么陈兵于佛堂咫尺之隔的陈玄礼们就要出手了；一出手势必是血溅龙袍，玉石俱焚。

　　于是，当朝国母，一代尤物，绝世妖姬，不明不白地就这样三魂杳杳七魄悠悠，徒留下佛堂前玉体横陈，以便陈玄礼们进来验明正身。

　　我想起一桩典故：古希腊雅典有一位绝世美人芙丽娜，因为常被艺术家们请去做模特而被"正人君子们"以违反教规有伤风化之罪告上宗教法庭。审判之日，所有陪审员众口一词地斥她为祸水，激愤的人群大叫大嚷："处死她！处死她！"法庭决定判她死罪。在这命悬一线之际，芙丽娜的辩护人基彼里德猛然揭去了她身上紫红色的披衣。于是，像神光乍现，芙丽娜毫无遮盖的丰腴、白皙、修长、婀娜有致百媚千娇的玉体散发出的艳彩，使法庭上的所有人为之目眩神迷叹为观止，心头涌上一种大感动。

　　"我们没有理由把上帝赋予人类的绝伦精品毁灭掉！"基彼里德此言一出，叹服声即漫过大厅，芙丽娜当即被宣告无罪释放。

　　感慨之余又想，杨贵妃不是大唐第一美女吗？她的美，她的无罪，玄宗、高力士、陈玄礼直至士卒们都心知肚明，为什么都忍心叫这大自然造就的天姿国色毁于一旦？为什么竟无一人挺身而出冲冠一怒仗义执言？中国历来不是有敢于抚哭叛徒的吊客，有敢于以命搏凶的死士吗？在蒙冤遭陷之际，芙丽娜以自己的美赢得了生，而杨玉环却因自己的美招致了死——这就是国人与西人的不同。在"女祸论"中浸淫的中国男人上自天子下至小民，当需要女人顶罪或认定女人该顶罪时，谁也不再会怜香惜玉了。呜呼！

"请以贵妃塞天下怨"——这句话，真是将女人、女色用处的此中三昧和女人原罪性的悲剧命运说得出神入化。

这次马嵬驿兵变历时半天，最后玄宗慰劳众军士，"玄礼等皆呼万岁，再拜而出，于是始整部伍为行计。"就是说，贵妃一死，大伙的心头刺拔掉了，隐忧去掉了，所以继续簇拥着玄宗逃往四川。

实事求是而言，马嵬驿兵变，在玄宗出逃乃至整个安史之乱中都具有重要意义。这是一次紧急发动的诛奸相、清君侧行动，是大唐历史上危亡关头的一次救亡之举；是多年来种种社会矛盾郁结丛集不得不一吐为快的一次减压性释放，历史上理当记上一笔。

然而若仅止于此，马嵬驿兵变大约也仅仅见诸史籍，决不会弄得那样遐迩闻名，叫人一唱三叹回肠荡气，千百年来流传不绝、家喻户晓。

这不是因为杨国忠伏诛大快人心。

也不是唐玄宗当机立断顺时应变绝处逢生。

而是杨玉环的冤死，是杨、李爱情的悲剧性终结。这也是这次政治事变中最能折射出人性之复杂的亮点。

一个治理大唐帝国几近半世纪的强有力的男人，一个能让全国臣民在他的咳唾声中诚惶诚恐匍匐于地的拥有绝对权力的皇帝，在马嵬驿兵变中竟无力保护自己的爱人，眼睁睁地看着

"宛转蛾眉马前死"。这一事实本身包含着深刻的社会内容、必然的历史规律和惨痛的政治教训。千百年后东欧剧变中一些前国家领导人及其家属的下场无异于历史的重演。它说明，任何强人都有自己的软肋，都有败走麦城的可能。当个人私密、个人情感与政治大局、天下大事发生关联时，如果处理不当，大则危及社稷，小则伤及爱侣，自己也会从一呼百诺变成形影相吊，体验到毛泽东说过的"终有一天会霸王别姬"的情殇命绝的至悲至痛。当时玄宗的那种万般无奈，悲苦凄惶，那种英雄垂暮之感，足令一切大丈夫气短。而杨妃的红颜薄命，更使天下有情人拊膺长太息。

杨玉环不过就是个女人而已，既无治国兴邦之才，又没有主动投怀送抱，她之所以"一朝选在君王侧"，专宠16载而不衰，无非是她与生俱来的美色。女色美到极致，必定成妖成精，男人这东西岂能抵挡得住。

美色一旦与至高权力相结合，不管主观如何，意识到没有，就直接间接地、潜移默化或明目张胆地作用于社会各领域。李隆基因贵妃而废政，杨国忠因贵妃而高升，安禄山因贵妃而得宠，一切祸国殃民，都是美色惹的祸。"贵妃诚无罪"，真无罪吗？美得让男人望风披靡，这本身就是原罪。既然如此，拥有这美色的女人就得付出代价。

"只今唯有温泉水，呜咽声中感慨多。"终于又来到了华清宫故址。远处有硕大无俦的始皇陵、兵马俑和以昭陵六骏名满天下的唐昭陵，它们所物化了的陵墓主人往昔混一天下、再造乾坤的雄霸之气曾经催发了古今多少有志男儿的建功立业之想。

然而华清池让人遐想的贵妃出浴的旖旎风情却让人有一种隐隐的心神不宁之感——那是一种脂粉味和血腥气混在一起的怪异味道，它所唤起的幻觉是极度香艳的美色与无可告白的悲情的重叠……

美色，你究竟应对历史负什么责任？

大唐绝恋

唐玄宗与杨贵妃如何相知相恋？这个同开元之治走向天宝之乱有密切关系的问题，这个大唐最高统治者的"绝对隐私"的问题，不仅历来为史家所关注，同时也吸引着无数的文学家、社会学家、心理学家去穷根究底……

毫无疑问，是杨玉环的稀世姿容和娇娆体态在第一时间吸住了玄宗的眼球，激起了玄宗的爱慕之情，即所谓"惊艳"。在杨妃华清宫觐见之时，温泉池赐浴之际，她将一个女性的娇媚之美展示到极致。此时此地的玄宗也不再是大唐天子，那些什么矜持、尊严、礼仪，甚至伦理大限都被他撇在一边，对美色动情的他已还原为一个本色男人。此时此际，杨玉环的"颜色、仪态、容貌就变成了对性欲的刺激和两性选择的向导"——不知李、杨为何人的美国美学家乔治·桑塔耶纳的话却似乎是针对早他千多年的中国皇帝说的："若不是感官首先被吸引，性的吸引力就不能起作用。本能中预定应追求的那个对象，也必须能迷惑眼睛和娱悦耳朵。"从武妃逝后到杨妃进见之前这几年中，后宫虽粉黛三千，却没有一人可以吸引他的视听，故玄宗觉得"无可悦目者"。那次驾幸华清宫，玄宗赐随来的内外命妇以汤沐，看着这些贵妇娇娃在清澈温暖的泉水中嬉戏荡漾，"上心油然，若有所遇"，好像蓦然看到了心中美人的姣好形貌；但收回目光再看一下池里池外的女人，却跟刚才"若有所遇"的仙姝差之甚矣，简直"粉色如土"！而杨妃甫一出现，就令玄宗怦然心动神不守舍，肯定正暗合于他以前"若有所遇"的那个理想美人的图式吧。

可以这样说，华清宫李、杨相会相厮守的那 18 天中，杨妃对于玄宗是充满了魅惑力的；而玄宗对杨妃也满怀着青春激情的冲动。杨妃虽比玄宗小三十多岁，但从两人如胶似漆的亲密关系以及此后 16 年之久的共同生活来看，玄宗的确有能力满足一个如花似玉少妇的欲求，而这也正是他们 16 载鱼水之欢的坚实基础。至于杨妃，一从投入玄宗怀抱，肯定就知道自己的生活将发生巨大变化，受宠若惊、乍娇还喜、如登仙界——这正是她的心态的写照。无可置疑，华清宫的这 18 天，他们沉迷于"两个人的世界"，天天都是极乐狂欢忘乎所以，"不复知尚有人世间也"。

云鬓花颜金步摇，芙蓉帐暖度春宵。春宵苦短日高起，从此君王不早朝。承欢侍宴无闲暇，春从春游夜专夜。……金屋妆成娇侍夜，玉楼宴罢醉和春。……缓歌慢舞凝丝竹；尽日君王看不足……

白居易的诗，真是活色生香地画出了一个宫廷贵妇的万种风情，写出了玄宗、杨妃的极尽春色之娱。终得意中人的喜悦，久违了的复燃的青春激情，使玄宗对怀中这个娇艳欲滴的少妇产生一种可意会难言传的微妙感情。这种感情又会转化成一个真正成熟男人加倍的轻怜痛惜、缱绻柔情和大度宽容。而这种由成熟男人的宠爱、宽容带来的如温暖厚实的毛毯将人轻柔覆盖使人直想甜蜜蜷缩不愿起来的温馨感觉，在与杨妃年岁相仿又没多少人生阅历的毛头夫婿那儿恐怕是难以得到的。杨玉环有理由觉得幸福。他们是坠入情网了。所以，真正的情欲之花不是在寿王邸绽放，而是在华清宫盛开的。它开得那样热烈，那样奔放，那样娇艳，那样无所顾忌，虽然有点媚惑，有点邪异，有点另类……

不过，如果认为李、杨之间长达 16 年的恋情全是靠这种性的吸引、这种色欲情欲来维持的，那就错了。因为色欲、情欲是会随着"色"的变化而变化的，而女人的"色"也不可能永远保鲜，终有红颜老去的一天。色衰爱弛在某些男人那儿几乎是一个铁则；即便色未衰，产生审美疲劳甚至移情别恋也很容易，这其中似有自然法则存焉。最近，又有人"科学地"证明，使人产生情爱的那种化学物质，只能维持一年之久，刚好够生一个孩子用。既然如此，又何来"三千宠爱在一身"？又怎么会延续 16 载？

也不仅仅是玄宗巨大权力给杨妃带来的荣耀感和宫廷奢华生活赋予的舒适满足。杨妃与不少后宫宠妃不同的是，她似乎对权力看得比较淡，没有利用玄宗的宠幸干预朝政，更没有如武后、韦后那样窃取权力的勃勃野心，至少史无记载。但是"一朝选在君王侧"，玄宗至高无上的权威所产生的魅力和连带效应她是感同身受并引以为荣的。一般而言，女人可以不要权力，她们需要的是绝对真情，是灵肉俱秀的伟丈夫；但也有一些女人却希望自己的男人有权有势，这意味着她的依靠、她的荣耀、她的地位、她生活的质量。因此，在这些女人心中，权势本身也许是男人身份、男人吸引力的一个重要组成部分。至于杨妃被宠幸后的物质生活则更今非昔比了，"华清宫之香车宝马，至天宝而极矣"（赵翼《廿二史札记》）。临时行幸的华清宫尚且如此豪奢，长安的宫廷生活就更不用说了。"三千宠爱在一身"，那是怎样一种颐指气使，要风有风要雨得雨，花团锦簇随心所欲的日子啊。"一骑红尘妃子笑，无人知是荔枝来"。用驿马从南方将贵妃喜食的鲜荔枝快递到京师，以致"百马死山谷""警尘溅血流千载"，这个向为士人乐道的轶事充分说明了玄宗巨大的权力是如何转化为贵妃的口腹之欲和心理满足的。但是，权力给贵妃带来的荣耀也好，奢华的生活也好，贵妃由此而心生感激离不开玄宗也好，都不能阻止皇帝的移情别恋。只要玄宗一旦爱弛恩消，举手之间就会令一切繁华富贵云散烟灭。有唐一代，先是恩宠一时，后被打入冷宫的妃嫔宫娥知多少！——这正是封建社会天威难测、伴君如伴虎的可怕之处。

李、杨之恋之所以历久不衰，是因为他们之间在思想上、艺术爱好上的"心有灵犀一点通"，这是互相之间产生强大吸引力的重要激活素。据史籍所载和论者确认，玄宗是一个道教崇奉者，尽管富有四海，贵为"至尊"，他仍然慕长生，炼金丹，思飞升——长生不老是人类永恒的欲望，那些已经得到了、享受了人间种种的大人物恐怕更是如此。而杨妃自从被拥入玄宗怀中，"明修栈道，暗度陈仓"成为女道士"太真"起，就以玄宗的宗教信仰为信仰，紧密配合，"勤志元（玄）宗，协诚严奉"，以热衷于道教活动而得到玄宗的赞赏。思想、信仰上的一致是男女心灵共振的最高层次，李、杨爱情因了这点而历久弥坚。而共同的音乐舞蹈修养和爱好，则使他们更加情投意合。伴随玄宗所作《霓裳羽衣曲》的旋律，晓音律、善歌舞的贵妃自编自舞。"飘然转旋回雪轻，嫣然纵送游龙惊。小垂手后柳无力，斜曳裾时云欲生。烟蛾敛略不胜态，风袖低昂如有情……"白居易描绘的舞者在"霓裳羽衣曲"第一部分"散序"击磬箫时不歌不舞，蛮腰箭袖，长身玉立，静若停云。到第二部分"中序"时，节拍骤然而起，舞者按拍起舞，其袅娜翩然之态，飘忽回旋之姿，端的是回雪轻，惊鸿顾影，莲步轻移之间风有情而宛转，裙裾摇曳之际云无心以出岫，天地低昂，极尽华彩。到第三部分"曲破"，节奏由徐缓转快，到极快时，舞者急转如作"胡旋舞"，卷起的旋风将阵阵兰麝芬芳播送四散，令观者心旌摇摇……白居易描摹的未必是杨贵妃，但贵妃解舞，舞时旖旎百态，直教玄宗如醉如痴。开元国势之盛，社会风气之靡，玄宗宠溺之深，尽在这素手翻飞裙裾摇曳香风飘荡之中了。

　　李、杨之恋之所以历久弥坚，还因为在这场皇家爱情马拉松中，唐玄宗情动于中，走下了森严的"至尊"神坛，像一个真正的男人去品味、感受、体验一个真实的女人；而杨贵妃也不像别的妃嫔那样匍匐在地，将玄宗当作"至尊"的神来膜拜。相反，她是将玄宗当作一个如夫如兄能依能靠可昵可恋的男人来爱着的，因为对于她或对于女人而言，也是如同男人一样需要自己的"另一半""第二个自我"的。而玄宗在她心目中就是这样的"对象"。在这个情爱"对象"面前，她得以始终保持着她的"女"性、她的"人"性，而这正是玄宗在别的女人身上感受不到的。

贵妃的两次"出宫"风波，将包裹在皇袍艳服中一对男女的恋情赤裸裸地曝了光。

虽说两次出宫之因皆为婆婆妈妈的芝麻小事，但却让当时的最高统治者方寸大乱。

第一次，天宝五载（746）七月，杨玉环被册为贵妃不到一年，就因"妃以妒悍不逊，上怒，命送归外第"（《资治通鉴》）。第二次，天宝九载（750）二月，杨妃旧病重犯："太真妃常因妒媚，有语侵上，上怒甚"（《开天传信记》），致使"妃复得谴还外第"（《新唐书》）。两次遭遣"出宫"，均因"妒"而起，妒甚？妒谁？论者其说不一。或曰虢国调情，或曰梅妃分宠，或曰玄宗选美，对此本文不加辨析考证。但有一点是可以肯定的，即"妒"皆因有别的女人介入。这里有趣的值得探究的不是第三者与当事人的关系问题，而是当事人的复杂微妙心态和一波三折的情感旅程。

中国封建社会的后宫制度，给皇帝提供了与众多女性合法发生关系的可能；而众多女人却只能共有一个男人，因此红粉争宠蛾眉生妒是难免的，它因其符合爱情的排他法则和"种的生产"规律而具有必然性。历览历朝历代宫闱秘史，从狐媚惑主、谗言离间、栽赃陷害到借刀杀人、弄权泄愤、宫闱仇杀，无不有之；但却少见保持独立个性、维护爱情权利、敢于公开犯颜以示不满者。杨玉环也不是没干过排斥异己打压群芳之事，例如天宝五载出宫风波就与玄宗选美有关。白居易在《上阳白发》诗前小注中说："天宝五载以后，杨贵妃专宠，后宫人无复进幸矣。六宫有美色者，辄置别所，上阳是其一也。"结果导致"上阳人，红颜暗老白发新"，不知其数的女人花在贵妃专宠的燃情岁月中落寞凋残。但是杨妃与众不同之处是，在面对危及自己爱情的重压和危险时，她没有逆来顺受听天由命，而是挺身"捋逆鳞"，敢于为维护自己的爱情专利顶撞握有生杀予夺大权的玄宗，即所谓"妒悍不逊"。尽管"出宫"之惩离"冷宫"之险已不太远，她还是我行我素。天宝九载又一次为此类事冒天下之大不韪进行了抗争，其大不敬激怒玄宗，第二次"出宫"。这两次风波中，杨妃作为恋爱主体体现出爱情要求专一的心理的、生理的、社会的必然要求，放射出与这种合乎人性的要求相符的张扬人性、维护人格、追求幸福的个性光彩，这在历史上是鲜见的。

杨妃"妒悍""妒媚"，在封建卫道士眼中是犯了"天条"，玄宗有绝对的权力和一百个理由将其送遣"出宫"或打入冷宫，数年情爱就此了断。而后宫机制马上就会为他送上承宠新人。唐玄宗以前就曾有过多次类似举动，当时心安理得事后无动于衷。唯独对发遣杨妃，玄宗却表现出有类"少年维特之烦恼"的反常情绪。

据史籍所载，第二次贵妃出宫，"是日，上不怿，比日中，犹未食，左右动不称旨，横被棰挞。"（《资治通鉴》）杨贵妃虽是玄宗一怒之下亲自下令遣送出宫的,然她的倩影刚一消失,玄宗就怅然若失,心神不宁。杨妃走了,走的不仅仅是几年来"车同辇,止同室,宴专席,寝专房"的朝夕肌肤相亲的情人,还有贵妃的气质、风度、言笑举止造成的魅力场和弥散在玄宗所到之处的那种既熟悉又亲切的旖旎氛围。于是,玄宗从心灵到周围都是一片空虚,一腔抑郁失落之情无由寄托,无法排遣。那一天整日闷闷不乐,急躁易怒,举止失措,以至于忘食废餐,左右近侍动辄得咎,横遭责罚。——其时玄宗61岁,从当时人的寿命而言已步入晚年,但玄宗整个的情绪表现却像热恋又失恋的青年一样,足证他对她爱之深情之切,也表明玄宗其时从生理到心理都还处于一种充满活力的应激状态,所以很容易被激活。幸亏"探知上旨"的高力士为备受煎熬却又下不了台的玄宗铺下台阶,"奏请迎贵妃归院",果然正中玄宗下怀,顿时如释千钧,立马准奏。为了既让贵妃便于马上回宫,又要不事声张,当天夜里破例连开二道只有逢军国要事才可启开的"禁门",一路上皆由禁军护送。玄宗翘盼佳人归的急切心情于此呼之欲出。

这一天,长安皇宫的深宫大殿中,哪有什么运筹国事关注天下的大唐天子,只有一位身披龙袍、被情人搞得心慌意乱焦躁不安进退失据的失意男人!

第二次,据多种史料载,"太真妃常因妒媚,有语侵上,上怒甚,召高力士以辎送还其家。"(《开元传信记》)"天宝九载,贵妃复忤旨,送归第。"(《旧唐书》)"天宝九载,妃复得遣还外第。"(《新唐书》)"(天宝九载)二月,杨贵妃复忤旨,送归私第。"(《通鉴》)这里众口一词指出杨妃是"常""复"开罪玄宗，可见天宝五载风波以来杨妃并没接受教训，在要求爱情专一上依然故我；也没有调整视角，没有将玄宗当作一个皇帝、一个政治家来看待，没有理解后宫三千是玄宗特权这一事实，却仍然把玄宗当成她的生命与共的"老公"，把自己当成他的"唯一"，因而恃宠使性，出言不逊，发泄不满，估计举止间也难免甩脸子，给他难堪。玄宗忍无可忍，又亲自喝令"出宫"。这里的"其家""第""外第"均指贵妃兄家杨宅。据学者考证，送的当不是高力士，而另有其人。这一次贵妃"出宫"后玄宗如何不甚了了，倒是杨妃较之前次深受震动。据记载：杨见其妹再次遣归，忧惧交加，谋于工于心计的吉温。吉温打通关节得以入宫面奏皇上，大意是女人见识短，有忤圣情，如果有罪，就让她死在宫里，怎么能让她忍辱于外，贻笑大方呢！玄宗听了，为之"感动，辍食"，饭也不吃了，立即派宦官张韬光至杨宅抚慰贵妃。贵妃一见张韬光即趋前"泣奏"，为自己"有忤圣情"被逐出宫痛表歉疚悔恨。言毕，"乃引刀剪发一缭附献"，说："珠玉珍异，皆上所赐，不足充献，唯发父母所生，可达妾意，望持此伸妾万一慕恋之诚。"杨妃此举，表明她这次"出宫"，在心理上留下了深刻烙印，作为女人，她是不可能没有玄宗的，没有玄宗，也就没有了她存在的意义。她是在被动中求主动，积极争取重回玄宗身边。张韬光回宫，向玄宗汇报，玄宗一见贵妃头上青丝，立知事态严重，深为震恐，挥涕悯然，急命高力士召还贵妃。从此对贵妃"宠待益深"。这以后，他们再没有过分离，直至与贵妃死诀于马嵬。

多亏史官们对两次出宫事件有所记载，才使人们窥探到高踞于大唐王朝顶端的这一对男女恋人跌宕起伏的情感历程和复杂微妙的心理状态。作为成熟的男人，尤其是那些手握重权，筹谋宏业的军政强人，一般都会高筑城府，深修静气，不论发生何种变故，他们都不会轻易为其所动，甚至在死亡面前也不会皱眉。坚毅、沉着、不乱方寸，正是这些男人的本色。唯有男女之情，唯有女人，唯有感情纠葛，能令男人，哪怕是玄宗这样的强势男人失态。在那种失常状态中，一向举止沉稳的男人会不能自持，心态失衡，茫然无绪，心烦意乱，心情沮丧，郁闷压抑，心神不定，举止失措，一如陷入牢笼来回不安踱步的狮虎困兽。

因为只有爱情，才会如此刺伤他们心中最柔软的那部分。

古往今来多少英雄好汉，九死一生都挺过，天崩地塌无惧过，万险千难都闯过，可是却勘不破一个情字，跳不出一座情关。因为只有这种因得不到或失去自己的"另一半"而产生的与个体生存状态生死攸关的私情，才是最个人化、最不受羁勒，有时是连钢铁般的意志、哲理性的思维都左右不了的。

这就是男人。不论地位高低，不论年龄大小，在那样的时刻，他们都是大男孩，一个控制不了自己情绪的大男孩，哪还有昔日强人的风度。这时的男人是最最脆弱的，要致其死命简直轻而易举。

当然，他们也可能在外部某种因素或压力的作用下走出这种失常状态。马嵬驿兵变中，尽管对杨妃的那份情剪不断，理还乱，千丝万缕，拔则痛彻心脾，但在要么留得美人在、江山化作灰，要么忍看美人死、留得江山在的两难抉择中，作为政治家的玄宗最终还是击溃了作为情人的十三郎，选择了后者——这是政治上的胜利，却是人性的毁灭。从来的政治，许多次都是这样无情地碾过人性而大步前进的。

千年孤独

问世间情为何物，直教人生死相许？

一首时下流行歌曲的缠绵，的确叩问到了人的感情特别是男女恋情的最深处。

不仅叩问今人，也在叩问古人。

不仅叩问古今芸芸众生，也在叩问给历史留下深刻印痕的大人物。

相信唐玄宗愈到晚年也愈在叩问自己的灵魂。尤其是当他自四川回到长安，以太上皇身份在深宫里过着绚烂而趋平淡、甚至是孤寂的日子之时。

贵妃魂断马嵬驿，是作为政治家的唐玄宗杀死作为情人的杨贵妃的结果。由是，玄宗从绝对困境中得以解脱出来，将士们肯簇拥着他继续西奔入蜀了。否则，玉石俱焚，玄宗的政治生涯可能就此画上句号，以后大唐皇室历史就会少不少内容，而李、杨的华彩恋情也许以另一种方式来谢幕了。

没有了贵妃，玄宗果然像是清醒不少，看事看人颇能从政治上着眼了。除了在入汉中、赴剑门的幸蜀路上，玄宗因霖雨不止、马铃声阵阵而勾起思妃之情，作《雨霖铃》曲以寄恨外，似再未见他对杨妃之死有何表示。倒是为安抚"潜怀去就"的士卒，为整顿涣散的禁军，为收罗人才，为重新部署平叛力量，玄宗采取了一些重要举措，还下了一道罪己诏。自756年7月避难成都，到757年10月离蜀回长安，玄宗这段时间在政治上痛定思痛，对国忠祸国、禄山谋反做了通盘思考，对已往的十余宰臣逐一评价，特别是对曾经指出过安禄山狼子野心的故相张九龄追思不已，遥致祭悼。为弥合自己与已登帝位的肃宗的父子关系，也为弥补往日对肃宗生母杨氏的冷落，将她追册为元献皇后。在这些活动中，独独不见杨妃踪影。即便做梦，玄宗也只梦见唐初有名的方技人物孙思邈，油然有求仙之意。

离杨妃殒命才一年多，难道就已记不起一代娇娃曾存在过？

而实际上，笔者妄测，杨妃之躯、杨妃之情、杨妃之死，是玄宗生命中永远不能解脱的爱与痛。

这一年多非不用情耳，只为逃难路上，寄蜀旅中，运交华盖，忧患当头，诸事丛集，且讨杨之声未远，求振之议犹在，平叛与再起成了唐王朝的第一要务，迫使玄宗不得不将自己重新定位于政治家的形象，没有时间没有条件也没有心境去与杨妃香魂缠绵也。

待回到长安，与儿子肃宗会见的虚热闹散尽之后，玄宗以太上皇身份重返兴庆宫，再也不用管天下事了。至此，尘埃落定，在生命的最后几年，年逾古稀的玄宗注定要在"无为"中了此残生了。在此状态下，玄宗这个已徒具空名的天子愈来愈向"人"

性复归，愈来愈远离身外物而趋于心灵迹化，留在他记忆中感情中的杨贵妃生前的种种琐细在眼前愈来愈活灵活现，愈来愈引起他伤感痛苦的思念。

闲居无事，有个名叫贺怀智的乐工向玄宗讲述宫中旧事——很久以前，一次玄宗命怀智独弹琵琶，贵妃俏立一侧。忽然一阵风来，将贵妃的领巾吹落到怀智头巾上，良久，回身方落。怀智回去后犹觉香气袭人，乃将头巾储于锦囊中以为纪念。此时怀智献上头巾，一股久违了的香味就直达玄宗脑际，玄宗情动于中，泣曰："此瑞龙脑香也。"香气、香味历来是同女性、女体、女色如影随形二位一体的，非美不香，非香不美，"闻香识美人"已成千古佳话。此际香犹在，人已杳；人虽杳，香仍在，玄宗宁不涕泪交垂！

在兴庆宫的日子里，玄宗还曾一度到华清宫避寒。华清宫已许久没有接待这样尊贵的客人了，只是景物依旧，物是人非。人去楼空、人何以堪的惆怅之情郁结在这位古稀老人心中，浓得化不开，苍茫暮色正越来越重地笼罩着华清宫，也笼罩着玄宗。于是召见了新丰名伶谢阿蛮。阿蛮过去常出入宫中，贵妃待她甚好；此次玄宗重来华清，阿蛮殷勤献舞。阿蛮虽已不复当年青春少女风华，但韵致犹存，起舞还算轻盈，然热情超过以往，她是在用心去舞，用情去舞，毕竟玄宗、贵妃是她一生中交往过的最重要的人物。舞影翩翩中，大唐盛世的气派和当年与贵妃行乐的情景似乎幕幕重现，但又转瞬即逝，繁华不再。阿蛮终于停下来了，翻飞的裙裾舞袖萧然下垂，她微微屈膝致礼，在玄宗眼中，这个伴随着灯火明灭摇曳不定的倩影恍惚朦胧，显得那么落寞。阿蛮复又趋前，将一件物饰与玄宗过目。玄宗目光甫一接触，即如电击，五内震撼。原来这个"金粟装臂环"是当年贵妃赐赠阿蛮的。睹物伤情，玄宗"持之出涕，左右莫不呜咽"。从此，华清宫里再也不见玄宗踪迹。

此时的玄宗已经七十多岁了。痛失自己"另一半"的玄宗再也不可能是完整的、健全的了。数年之间，倾颓的国势、仓皇的逃亡、贵妃的惨死、晚年的冷寂、无尽的忧思，不能不严重影响到玄宗的身心状态，"仪范伟丽"、体魄强健的玄宗，这时也承认垂垂老矣。就在这次他重回华清宫时，当地父老纷纷出门迎接，想一睹阔别多年的天子骑马打猎、神采飞扬的景象；可是玄宗这次改为坐轿了。父老动问为何，玄宗答曰："吾老矣，岂复堪此？"言者神色黯然，听者为之悲泣。在他的夕照之年，虽然再没见有什么异性进入他的生活，但他从灵到肉肯定还保留着性爱的余热，而在这基础上升华出的悱恻凄婉的持久不息的恋情，又是指向那个独特异性的。

人最痛苦的，莫过于将一种愧疚、负罪和永远失去不可复得珍物的大恸大憾之情伴随终身直至坟墓。痛定思痛，暮年的玄宗对杨妃的慕恋愧悔一定使他的灵魂如在炼狱中饱受煎熬。要赎救自己的灵魂，玄宗此时唯一可做的就是改葬贵妃。贵妃死于兵变之中，当时就地取材，草草包裹，"瘗于驿西道侧"（《旧唐书·杨贵妃传》）。锦绣堆中脂粉窝里，同床共枕16年的玉人，一朝毙命弃于荒郊野地，软玉温香任其自腐，孤魂与狐鬼相伴，令玄宗每一念及辄痛彻心脾。几年前从成都返回长安，又经过马嵬驿，越是接近这个伤心之地越是肠断，那种想早点见到又害怕见到的矛盾心理令玄宗大为踌躇。不过，由于史书记载不详，玄宗重过马嵬的情景，我们只能从后世诗人的作品中来揣摩了。

> 金甲银旌尽已回，苍茫罗袖隔风埃。
> 浓香犹自随鸾辂，恨魄无由离马嵬。
>
> ——唐·李益《过马嵬》

> 冀马燕犀动地来，自埋红粉自成灰。
> 君王若道能倾国，玉辇何由过马嵬！
>
> ——唐·李商隐《马嵬》

"恨魄无由离马嵬"，语极哀伤，杨妃魂断马嵬，"罪"也定在马嵬，她的魂魄被锁在了马嵬，又怎么能随上皇车驾离开这凄风苦雨的马嵬呢！

"自埋红粉自成灰"，言极沉痛，玄宗自己将贵妃赐死，红粉自埋，纵生前万种风情对何人说？留下的只是痛苦得心如死灰的玄宗了。

怀着深深的歉疚哀伤，玄宗"自蜀还，令中使祭奠，诏令改葬"（《旧唐书·杨贵妃传》）。对于一个王朝而言，对于一个曾经号令全国的太上皇而言，这根本就是区区小事。但却遭到了严重的反对，理由堂皇正大："龙武将士诛国忠，以其负国兆乱。今改葬故妃，恐将士疑惧，葬礼未可行。"（《旧唐书·杨贵妃传》）很清楚，问题的关键不在杨妃有没有罪，是否其罪当诛，而在于这个替死鬼现在已成了马嵬事件当如何评价的晴雨表。

于是，玄宗为贵妃公开举行葬礼的打算化为泡影，只能派宦官秘密到马嵬改葬贵妃。

那情景肯定是凄然而寂寞的。也可能天正在下着霏霏细雨，几个临时雇用的小厮不怎么太费力就将驿道旁高不过三尺的小土坟掘开，坟上长出的青草现在又被掘出的泥土翻在下面了。坟中赫然可见一紫褥包裹，里面贵妃如花似玉的血肉之躯已腐坏与泥土同朽。想着世上不论多么尊贵的人物，多么璀璨的青春，多么荡人心旌的美色，多么刻骨铭心的爱恨情仇，就这样悄无声息地了结，委为尘土，唯蝼蚁知之，令今天的我们都不免要与当年玄宗派来掘坟的人一起浩叹唏嘘。小小坟坑中一望索然，没有什么物事可拿回去复命。幸好贵妃随身佩带的香囊仍在，宦官们将它带回长安，献与玄宗。玄宗手接香囊，老泪纵横，贵妃生前死后的种种都来眼底，倏忽几年，而天人永隔，香囊上却似乎还有她的体温……我想，此时的玄宗一定会体验到一种深刻的战栗的无可告白的绝望的悲情，一种白茫茫大地真干净的末日之感……

你怎么可以把你放进我的生命里，然后又拿走，还告诉我，你根本没来过？

所有该逝去的都逝去了。

一切都不可能重来了。

此情可待成追忆，只是当时已惘然。

李隆基、杨玉环在大唐盛世演绎了一段大唐由盛而衰的华彩悲情。它真像一面镜子，照出了人世间爱恨情仇的众生相。历史上、生活中曾经或正在进行着无穷无尽的爱情故事，它或轰轰烈烈，撼天动地；或平平淡淡、寂然无声；或回环跌宕，一波三折，可圈可点；或一泻无碍，激情迸射，可咏可歌；或者喜气洋洋，或者悲情叠叠；或电光石火，转瞬即逝，在历史长河中不留点滴痕迹；或波起云涌，绝唱千秋，连青史也为之动容。那些在政治、经济、军事、文化等各个社会生活领域中发生的错综复杂、勾心斗角、扑朔迷离的种种关系、事件、人物；那些看似与个人情感、私密生活毫不相干的纵横捭阖、倾国倾城的政治变迁、战争行动、外交风云、文艺纷争，可能都隐隐约约地与男女之间的爱恨情仇相连，但是当男女之情引发的矛盾、冲突在政治、经济、军事等领域展开时，这些矛盾、冲突引发的事变、造成的后果会离它的初发之因、基本出发点越来越远，且以那种历史事变的正剧形态愈演愈烈，非情爱性的社会文化因素介入愈来愈多，以致完全遮蔽了它的原始面目——这个原始面目、最基本的动因，不过是男女之间的情爱互动而已。

无怪乎孔夫子慨叹：未见好义如好色也。

对于社会文明而言，这似乎是人性的弱点，特别是男人不堪一击的软肋。"义"是道德范畴，属于精神文明，得靠后天的教育、培养。"色"却是先天的本能，人生而有之。它看似粗俗，却关乎着马克思说的人类两大生产之一的"种"的生产，不论男或女，没有在"色"上亦即两性感情上持久永恒的、不顾一切地、发自天性的、甘之如饴的追求——这是一种必然的规律性要求——人类生命的再生产就不可能，人类就不能繁衍至今并将继续生存下去。说到底，这是人类生存和发展的一种自调控自组织机制。"义"一旦与"色"携手，性欲就会催生爱情之花。李隆基、杨玉环的华彩绝恋之所以情动后人、传诵至今，就因为它折射出人类生命再生产规律这个必然要求是如何通过多姿多彩的社会生活形态来为自己开辟道路的，哪怕是为帝为王者也不能例外，尽管李、杨之恋的结果并没有直接再生产新的生命，这一事实正好表明了这一规律表现形态的多样性。

唐玄宗在万般无奈下草草迁葬了贵妃之后不久，由于宫廷小人离间他与肃宗的父子关系，被逼迁居甘露殿，实际上被幽禁西内。从此处境每况愈下，心情更加沮丧。终于积郁成疾，带着深深的悔恨于762年5月病逝于西内神龙殿，享年七十有八。

只有到这时，他才得以甩掉一切羁绊，与贵妃自由地舒卷苍穹——历来的文人雅士、市井细民都是这样期待着、希望着、想象着。这是善良的人们给予李、杨绝恋的巨大同情。由是有了贵妃死后方士为玄宗招贵妃之魂的故事，有了贵妃殁后魂魄超升，化为仙姝游于蓬莱的传说，甚至还有杨妃并没死于马嵬，而是逃往海外仙山，逃到了日本的奇闻……

但是，尽管过去了千多年，尽管关于李、杨之恋的形象包装已趋于定型，可人们真正读懂杨玉环、李隆基了吗？如果真有灵魂的话，他们死后一定会比翼云天吗？

不知玄宗弥留之际会让怎样的表情凝固在脸上。庞大的帝国，曾经炙手可热的权势，令人侧目的繁华富贵，后宫三千粉黛，——这些身外之物任什么人都是带不走的，对于生命稍纵即逝的人来说都只是过眼烟云。一个人在生命的最后一刻能够带走的只有一份心情，一份深藏心底的挚爱温情。如果他知道世上有一个"她"在他生前死后都会无时无刻不想着他，而他心中也深藏着对她黄泉碧落不相忘的爱，那么他就会伴着这份温馨之情微笑着合上双眼的。玄宗能如此吗？

天长地久有时尽，此恨绵绵无绝期。

很可能他们要孤独千年。李隆基对杨玉环恋情的真实性当然毋庸置疑，但是他的两宗罪也不可否认：始乱与终弃。始乱自不待言，说到"终弃"，与外国的奥赛罗真可一比——玄宗迫于政治压力亲自下令将贵妃"赐死"；奥赛罗误信谗言于爱恨交加的狂迷状态中亲手将爱妻掐死。在干这种绝情勾当时，他们两人都处在强大的心理压力和情感冲突之中而不能自拔。不同的是，奥赛罗在明白真相后，原来为情所蔽的人文主义男女平等的思想灵光重现，他以决绝的自裁完成了对爱人的忏悔和自赎。而玄宗一开始就知道真相，却依然置贵妃于死地，从此他要用终生的孤独来作为忏悔的代价。贵妃能原谅、能重新接纳这负心郎吗？

或者，也许国难当头，天妒绝色，天意难违。玄宗何能，当可原谅？

人们真不知道。

人们知道的是，从"汉皇重色思倾国"到"爱江山更爱美人"，一千二百多年过去了，可男人这东西几乎无甚长进，还是对异性趋之若鹜，还是面对美色就好昏头。当然，女人也依然是性感尤物，依然千娇百媚。这世界上正在发生着的生生不息的爱情故事也依然摇曳多姿、精彩纷呈。而玄宗与贵妃的华彩之恋也依旧为人所艳羡，所同情，所传诵，甚至连日本影星山口百惠也要将自己附会于贵妃苗裔了……

2004 年 4 月

那山 那庙 那人

衡岳纵横，由西南奔驰而来，至星沙骤然而止，于湘江之滨甩出一林木葱茏的处所，这就是岳麓山。此山虽不高，却应了"山不在高，有仙则名"的古话。在它的半腰，有一座麓山寺，这座山寺不像北京香山的碧云寺、杭州灵隐寺、河南五乳峰的少林寺等那样声闻遐迩，但却是我国创建最早的佛寺之一，"汉魏最初名胜，湖湘第一道场"的门联和唐代书圣李邕题写的"麓山寺"碑，正证实了它历史的悠长。而在这儿参禅悟道的，不是候补神仙又是谁呢！

盛夏之际，偕友重游，此时的岳麓山离"万山红遍，层林尽染"尚早，然古木盘空，浓荫蔽日，漫山碧透，连空气也仿佛染成了绿色。我们从与它一江之隔的挥汗如雨进行现代化建设的长沙市区来到这儿，顿觉凉气袭人肌，鸟鸣山更幽。从爱晚亭过枫林桥，沿斗折蛇行的石径上行，就到了麓山寺。二十多年前，当我还是个学童时，不知多少次和小伙伴们来这儿玩耍过，那时，这儿蓬蒿上阶，青苔侵壁，寺垣颓败，兔起鹘落，只有上了年纪的僧尼迈着蹒跚的步子出入其间，一派寒山古寺景象。而现在，殿前的六朝古松如旧，松后的寺庙却修葺一新；庙中灰积尘封的观音大士像也重现金身；而台阶下原先派作种菜之用的空地则变成了供游人观赏的花圃；至于原先那些老态龙钟的僧人已音容杳杳，代替他们的是年轻的佛门弟子了。就在大慈大悲、普度众生的观音大士金身之侧，一位二十多岁的尼姑正合十参禅。她神态肃然，专心致志，尽管面前游客熙来攘往，笑语喧哗，她却如处无人之境，与咫尺之隔的游客恍若两个世界中人。看她那虔诚的样子，不知为什么，我忽然想起了北京的雍和宫，正是在那里，我们见到了一些身着赭色僧衣，但却戴着电子手表的年轻和尚。他们，她们，我这十几年来走南闯北，所见多矣，而现在，却撩起了我的思绪……

"天下名山僧占多"，此言不谬。在中国，几乎有山便有僧道，他们的踪迹不仅遍布名山胜地，在令人目眩的悬崖绝顶、启人遐想的白云生处、赏心悦目的林泉幽谷，建起了数以千百计的小自仅容一僧栖身的"葫芦庙"，大到可供上千僧众同时修行讲道、规模宏大、金碧辉煌、使人心神飞越的伽蓝，而且峨眉、普陀、五台、九华也因历代高僧、名寺丛集而成为中国佛教的四大名山。至于东岳泰山、南岳衡山、西岳华山、北岳恒山、中岳嵩山，则是道教的圣地，被视作五小洞天。道、释之所以要遁迹深山，固然是为了远离尘嚣，潜心悟道，但也未尝不体现着它独特的审美情趣。在僧侣禁欲主义桎梏着世人心灵的中世纪欧洲，"厌世的心理，幻想的倾向，经常的绝望，对温情的饥渴"以及"烈焰飞腾和万劫不复的地狱的描写，光明的天国与极乐世界的观念"（丹纳：《艺术哲学》），促成了基督教审美趣味的形成，那种哥特式的大教堂危楼高耸，雕花镂空，孤独瘦削，病态似的直指上帝所在的苍穹，教堂内部则"罩着一片冰冷惨淡的阴影，只有从彩色玻璃中透入的光线变作血红的颜色，变作紫石英与黄玉的光彩，成为一团珠光宝气的神秘的火焰，奇异的照明，好像开向天国的窗户"。（同上）神秘，阴森，孤独，压抑，这正是基督教要求的审美效果。而中国的道、释却是讲求宗教的玄奥和文人的野趣，他们将寺、观建在不沾人间烟火的林泉之所，那是多么飘逸、空灵、秀雅，引起的是脱俗超尘的出世之感，使人忘却人世绝扰而来世之想，这同释、道的教义要求是一致的。它同大自然的野趣融合在一起，构成了中国名山胜地独特的景观。

但是，宗教信徒主观上想脱俗离尘是一回事，客观上能不能摆脱尘世的干扰和影响又是一回事……

不容否认，宗教信徒中不乏怀着坚定信念，将它当作一种真理、一种事业去追求、去献身的人。唐代高僧玄奘为了取得真经，万里间关，西游天竺；鉴真和尚为弘扬佛法，历尽劫波，东渡日本。他们为中国与外国的文化交流、人民友好做出了卓越的贡献。当他们为了实践自己的信仰而甘愿舍弃人生享乐，胼手胝足、摩顶放踵、顽强奋斗时，那精神足以令人动容，他们和中华民族历史上的精英是可以并列而无愧的。

然而具有讽刺意味的是，这不食人间烟火的宗教，却往往成了草莽英雄、江湖叛逆、孤臣孽子、乱世佳人的遁迹之所。如果说《水浒传》中三拳打死郑屠的血性汉子鲁达削发为僧，血溅鸳鸯楼的刚烈男儿武松混迹行者，是虎卧龙藏、英雄待时而起，那么"掩袖工谗，狐媚惑主"的武则天削发为尼，却是野心家在形势不利时的韬晦之计。而一代雄主朱元璋年少时投皇觉寺出家，农民领袖李自成九宫山败绩后入灵泉寺为僧，则一为贫困所迫，借此栖身，一为英雄末路，以了余生。至于封建社会中那些在宦海沉浮中看透尔虞我诈的丑恶世相，挣脱名缰利锁的文人，或是在酷烈的阶级压迫下辗转于生死线上，觉得四大皆空的贫民，则是将空门当作世外桃源，从中寻求精神和肉体的解脱了——宗教在这些人的命运中已经失尽了它的灵光，只不过是一种工具，一种掩体，一种鸦片了。

纵然这些人的命运令人扼腕，使人太息，发人长思，但最使人一洒同情之泪的却是那些被命运驱使到青灯古佛旁度过一生的青年男女。青春是同爱情联系在一起的。爱情意味着生命的孕育，而生命的生产正是马克思讲的维系人类生存和发展的两种生产之一。宗教向往的是天国，寄希望于来世，当然不能容忍尘世间的爱情。所以，它虽然也追求美，但只崇尚使人脱俗超尘的出世之美，却排斥人间的现实之美、生活之美，特别是使其信徒动"凡心"的与男女之爱联系在一起的人之美。西方号称教会之父的奥古斯丁说过："肉体的美、光的闪耀……是不会得到神的重视的。"而佛教也有"六欲""九想"之说。所谓"六欲"指的是观照人的六种自然美因素（如肤色美、体态美、风度美、音调美、形象美等）所产生的愉悦之感，它往往是爱情的先导，为了杜绝爱情这俗物，就得用对人体的九种丑的主观想象（如血肉模糊的想象、尸体膨胀的想象、脓烂腐臭的想象等）

去攻破"六欲"。不难想见，在这种禁欲主义窒息下，那些青年僧尼的身心会受到怎样的压抑！《红楼梦》里那个色艺俱全的栊翠庵中的"槛外人"妙玉，虽正值豆蔻年华，却要修炼得心如古井，不起微澜。但一个活生生的有血有肉的人，要"一念不生，万缘俱寂"又谈何容易！终于有一次凡心一动，在"貌若春花"的宝玉面前脸红起来，以至晚上虽欲"断除妄想，趋向真如"，可一想起宝玉日间所言"妙公轻易不出禅关，今日何缘下凡一走？"就神不守舍，"一时如万马奔驰，觉得禅床便恍荡起来，身子已不在庵中。便有许多王孙公子，要来娶她，又有些媒婆，扯扯拽拽，扶她上车，自己不肯去。……骂道：'我是有菩萨保佑，你们这些强徒敢要怎么样？'"这段描写入木三分地揭示出了怀春女尼内心最深处的隐秘和矛盾——神性与人性的冲突。而在《贵族之家》中，少女丽莎由于纯洁爱情的被扼杀而裹上严实的黑色道袍到一个遥远的修道院当修女去了。八年之后，她昔日的恋人又见到了她，她却神色木然，但是当她紧挨着他走过时，她那"朝他这一边的眼睛的睫毛却几乎不可见地战栗了，她的消瘦的脸面也更低垂了，而她的绕着念珠的、紧握着的手的手指，也互相握持得更紧了……"惜春曾说："妙玉虽然洁净，毕竟尘缘未断。"丽莎不也是如此吗？这是爱情的悲剧，是罪恶的封建社会造成的悲剧，而宗教所需要的正是这种摒弃人间的爱与美、槁木死灰般的悲剧性人物。难怪丹纳说，在欧洲中世纪禁欲主义支配下，"绘画和雕塑中的人物都是丑的，或是不好看的，往往比例不称，不能存活，几乎老是瘦弱细小的，为了向往来世而苦闷，一动不动地在那里期待……不宜于活在世界上，并且已经把生命许给天国了"。这就不难理解，在文艺复兴时期，当油画《蒙娜丽莎》中的女性显示出人性蔑视神性的微笑时，人们会那样振奋……可是，她，麓山寺这位年轻的出家人，却与丹纳笔下那些画中人相去甚远，她虽然没有绽出蒙娜丽莎的微笑，但显然是健康而开朗的，那男孩似的纯朴的脸上分明透着女性的秀气。而北京雍和宫的那些小青年，如果不看僧衣只看神态，倒像一群充满青春朝气的大学生。那么，又是什么样的原因使他（她）们步入空门的呢？真想问问。可是，她们那肃然的神情止住了我们的好奇心。我们这些凡夫俗子，怎好用俗气十足的问题去打扰这些"槛外人"呢？

然而，当我们登上岳麓山顶的云麓宫，透过四周古木的茂密枝叶远眺时，却生出了一种感想——山下，由近及远是飘带般的湘江，柳叶似的橘子洲，阳光灿烂的城市，那里汽车的鸣笛、人流的喧闹、工厂的轰鸣汇成的强大声浪，甚至在这脱俗超尘的"仙界"也隐隐可闻。看来，宗教想超凡脱俗也难。从马克思主义观点看，"一切宗教都不过是支配着人们日常生活的外部力量在人们头脑中的幻想的反映，在这种反映中，人间的力量采取了超人间的力量的形式。"（恩格斯语）就是说，宗教那朵花虽然开放在幻想世界，它的根却是扎在世俗生活的土壤之中，其本身乃是现实的产物。从历史上看，不但俗世的各色人等曾经借宗教的旗帜和建筑为各自的现实目的服务，而且寺庙哪怕建在深山最深处，也避免不了人世变迁风潮的拍击，麓山寺就曾几遭兵火，偌大的建筑物仅余后殿，在"文化大革命"浩劫中，它的信徒甚至被遣散一空。只是到了十一届三中全会后安定团结的太平盛世，有党的宗教政策的保护，它才得以免受干扰，殿宇修葺一新，它的信徒才有了信教的自由。想到这，我们不想再对那些出家人刨根问底了，不管她和他出于什么动机上的山，也不管宗教作为一种社会现象、一种意识形态还要存在多久，从社会主义制度讲却是从根本上也再不会为人所利用。谁也不能强迫人们上山，同样，谁也不会强迫人们下山。但是，既然他们可以自由地走上山，不也可以自由地走下山吗？

美、爱情、幸福和希望毕竟在社会主义的人间！

1985 年 11 月 11 日

从"长人"到巨人

——孔子：一个人的形象史

一

不管情不情愿，在曲阜孔林孔墓中沉睡了二千多年的孔老夫子到了 2006 年，注定要再"摩登"一次，让世人再追捧一回——

2006 年 7 月，中国孔子基金会发起组织评选制定孔子标准像。此消息一经发布，立即引起海内外的广泛关注。6 月 13 日，山东（国际）文化产业博览会和中国孔子基金会召开新闻发布会，向海内外正式推出孔子标准像雕塑初稿。对此，世人不仅关注，而且议论纷纭。到了 9 月 23 日，即孔子诞辰 2557 年纪念日前夕，中国孔子基金会在孔子故里山东曲阜向全世界正式发布了孔子标准像定稿。

标准像究竟什么模样？报载："更加慈祥，宽鼻、阔嘴、浓眉、长髯，国字形脸，眼神也更加温和，是一个具有山东人相貌特征的忠厚长者。"创作此像的负责人说："我们重点从形象定位和精神气质等方面做了修改完善，更注重体现孔子'仁'和'礼'的思想内涵，表现他的博大儒雅。"

从传媒刊发的照片看，"孔子标准像"也确如上述报道。

原以为一锤定音，孰料言者谆谆，听者藐藐。孔子究竟长什么样，有无必要和可能制作如此一个"标准像"？是谁将造孔子像的"标准"授予制作方的？……围绕这些问题，引发了沸沸扬扬的议论。

笔者倒是从来也没费脑筋去想过孔子到底是什么模样，其实这根本就是个无解方程，一个千古之谜。从小到大，在书本、图册、孔庙、碑刻等载体上见过千百年来留传下来的无数个孔子的画像、塑像，这些孔子像自然无一"标准"，各不相同，正合了"一千个读者就有一千个哈姆雷特"的审美定则，唯其哪个造型都没标榜为唯一"标准"，所以谁见了也不会太当真，非得刨根究底问一问"像否？"这中间最为人们所熟悉、所接受的大概还得数唐代吴道子画的孔子像。画中，孔子雍容凝重，温厚质朴，拱手而立，腰佩长铗，体现着他一生看重和践行的"礼"与"义"，身着宽袍大袖，的确是"吴带当风"，观之印象深刻。

端详着孔子现在的"标准像"，却让人恍兮惚兮——这个憨厚拙朴的山东老者，就是史学巨匠司马迁礼赞为"高山仰止，景行行止""可谓至圣矣"的孔圣人吗？就是宋代名相赵普对之五体投地，以"半部《论语》可治天下"之语极赞之的孔先师吗？就是那位被历朝历代最高封建统治者供于殿堂之上、尊为"万世帝王师"的"素王"吗？就是那位千百年来一直深入到民间私塾、三尺小童入学时第一个要叩拜的"至圣先师"孔夫子吗？就是那个以四书五经支撑中国传统文化典籍、被定于一尊的儒家学派的祖师爷吗？就是那个以巨大身影投射到中国二千多年历史上留下不灭影响的思想家、教育家吗？……

说来也巧，几乎与孔子标准像发布同时，在号称西方思想文化发源地的希腊，官方于 10 月 24 日发布了一幅古希腊哲学大师亚里士多德的半身雕塑照片。这是日前在雅典卫城山脚下发现的古罗马时期的雕塑。亚里士多德是古希腊三大哲学家之一，他与另外两位哲人苏格拉底、柏拉图在思想上有着师承关系，他们三位生活的年代几乎与从孔子到孟子这段时间平行。在希腊官方公布亚里士多德雕像照的前几天，我们中国新闻代表团正在雅典访问。在那三位哲人的故乡，见到他们的雕像复制品自非难事——其实在国内，在有关古希腊的印刷物上早已拜识过多次了。待到回来，将新公布的亚里士多德雕像与早先见过的一比较，尽管角度、表情不一，但绝对就是一个人。古罗马紧接着古希腊。真多亏了古希腊罗马时期那令人或许至今还难以企及的艺术大师，可能就在这些哲学大师生活的当时，艺术家们神乎其技的魔手就已对之摄魂勾貌，留下他们逼真的形象了。所以两千多年后，我们还能一睹大师们的真实风采。——这里不存在任何"真否""像否"的质疑。

这无疑是亚里士多德比孔子幸运的地方。

不过，也正是在看了亚里士多德那形貌、表情惟妙惟肖的雕像照片之后，我才明白，孔老夫子几千年来尽管化身千亿，仿佛无处不在，实际上却已真身隐去，弥散在千年时空隧道中了。

我们捕捉到的，留在印象中的，无非是老夫子生前死后发出的各种信息，在人们想象中形成的形象碎片而已。然而即便是碎片，也达到了"一花一世界，一叶一如来"的境地。

这么看来，还是没有留下真容的孔夫子更神秘、更耐人寻味，更鲜活，也更幸运吧。

难怪在已经有了荧屏美女、时装美女、香车美女、篮球宝贝等"美眉"的当今，又冒出了"国学美女"，且发出了要勾引孔子以发扬国学的热辣宣言！是否在你们的想象中，号称"圣之时者"的孔老夫子已变成翩翩少年郎了呢！

幸耶？非耶？

二

不论在中国历史上，还是在世界历史上，孔子都绝对是老天夐夐乎独造的"唯一"。

那是一位不可复制的逐日夸父般的巨人。

然而在当时，孔子同时代的人既没把他当成"唯一"，更没把他当成巨人、伟人而向他顶礼膜拜，尽管他那时已相当地有名气。

俗云：仆人眼里无伟人。同时代人眼中也没有伟人吧？除非有计划、有组织地发动一场造神运动。但在中国古代，所谓巨人、伟人几乎是半神话式的人物，不是活在远古洪荒年代，就是活在传说之中，如尧、舜、禹和周公这样级数的圣王先贤。而出身贫贱，又几度落魄、常与凡夫俗子厮混的孔子在当时人们心目中却未免平民化、生活化、情绪化了，离现实太近了，偶像化也难。

实际上的孔子，那个2500年前活动在齐鲁大地上的古山东汉子，应该是一个身材颀长，体格强健的人。这可证诸其父叔梁纥的威猛，史载叔梁纥是个"以勇力闻诸侯"的"武士"，曾在一次攻城战斗中，手托落下的城门，让被困的部队撤出来，避免了重大伤亡。如其主帅孟献子所言："《诗》所谓：'有力如虎'者也。"还有一次，叔梁纥星夜率三百骑突破敌人重围，将鲁大夫护送出险境。这么一位"有力如虎"、屡建军功的壮士，体格必然健壮，在其63岁上，娶了一位不到20岁的姑娘颜征在为妻，"纥与颜氏女野合而生孔子"——从生理学角度看，健康的基因遗传，悬殊的年龄差距，激情的云雨交合，必将诞育出强壮的新生命。晚孔子数百年的司马迁在拜访了孔子故里，广采史籍和博闻古老传说之后认定，"孔子长九尺有六寸，人皆谓之'长人'而异之"，足见在时人眼中，已对孔子这位"长人"另眼相看了。虽然早年"贫且贱"，管过仓库和牛羊；壮岁又以布衣而入仕，由中都宰而为司空，由司空而为大司寇，在鲁国动乱的政局和与周边国家复杂艰险的关系中费心竭力地周旋数年之久；未几，迫于时势，又不得不弃官离鲁，为实现自己政治理想而开始了十多年的列国周游；一路上风餐露宿，备尝艰险，"斥乎齐，逐乎宋、卫，困于陈、蔡之间"，好几次命悬一线，但"长人"孔子坚忍地一路走过来了；晚年继续孜孜不倦地从事教育和古籍的编纂，终年72岁。这在平均年龄不过三四十岁的春秋时期，不能不说是少有的高寿了。于此可见其毅力的顽强、体魄的强健。

想到这些，我觉得周游列国时的孔子在外形上颇类鲁迅《理水》中那位舍命治水的大禹——瘦长粗莽，面目黧黑，衣服破旧，即便在旅途中下车小憩，也"并不屈膝而坐，却伸开了两脚……满脚底都是栗子一般的老茧"。干过粗活，又在十多年的艰辛奔波中日晒雨淋饱经风霜，我们的孔夫子如果不是如大禹这样，难道会是细皮嫩肉的白面书生吗？

然无论怎样揣想他的状貌，有一点是肯定的：他的学识、才华、能力一如他的身高，在当时活跃于政坛、学界的诸子百家精英中，都是高出一头、鹤立鸡群的"长人"。

但是，这只是对他外观想象所得的感性印象。一旦这位黑瘦颀长、粗手大脚的长者和他的一大群弟子向我们走近时，我们却会感受到有什么东西拂过我们的灵魂，有什么东西沉到了我们的心底，——他的移动左右着我们的视线，我们不能不注视着他。

那是他几十年育人、从政、治学、求道生涯中形成的博学、睿智、仁厚、爱人的精神境界中散发出的人格魅力之所致。那是老天雪藏已久的千年佳酿，凡是闻到些微酒香的人都会为之迷醉的。

人而不仁，如礼何？人而不仁，如乐何？

吾十有五而志于学，三十而立，四十而不惑，五十而知天命，六十而耳顺，七十而从心所欲，不逾矩。

富与贵，是人之所欲也，不以其道得之，不处也；贫与贱，是人之所恶也，不以其道得之，不去也。

饭疏食，饮水，曲肱而枕之，乐亦在其中矣。不义而富且贵，于我如浮云。

其身正，不令而行，其身不正，虽令不从。

志士仁人，无求生以害仁，有杀身以成仁。

……

这些因《论语》而流传下来的耳熟能详的至理名言，以一种只有孔子时代才能具有的高度凝练高度概括的先秦语言风格，将孔子的"仁""义"精髓、政治理念、人生哲学和盘托出，其微言大义深入浅出，成就了后世那些以注释它为能事的汗牛充栋的高头讲章。

然而，了解、熟知孔子的人，尤其是在鲁国跟他同执政柄的同僚和跟他一道周游列国的弟子们却知道，他们这位"夫子"并非总是"温、良、恭、俭、让"或一味峨冠博带，道貌岸然，色彩单一，枯槁乏味之人，否则，也就没有《论语》和有关典籍记载中那个如多棱形金刚体般闪烁着异样光彩的孔子了。

他厚重则厚重，仁爱归仁爱，但也有撂脸子、动杀机的时候，诛杀少正卯就是一例。那是在孔子被赏识他的鲁国国君姬宋任命为代理宰相不到三个月之时，孔子处死了一位相当有名望的文化人少正卯。事后宣布少正卯所谓的五大罪状：居心险恶，善于迎合人意；行为邪异，不肯接受劝告；谎言惑众，却标榜全是实话；博闻强记，但所知全是丑事陋闻；自己犯错，却文过饰非。——历史上，这件事，自然是反孔派抓住不放的劣迹，尊孔派则讳莫如深。直到两千多年后的我辈，也仍然百思不得其解，孔子究竟是出于什么心态要下此辣手？难道权力真有如此魔力，能使执掌它的人迷失本性，连圣人也不能幸免乎？唯一合理的解释是，这位以"克己复礼"为己任的迂直的夫子，好容易逮住用权的机会，岂能不兑现他的施政原则。

其实在此之前姬宋与齐国国君的夹谷之会中，以礼仪专家身份亮相的孔子就曾以"平民轻视国君"的罪名，命鲁国卫士将表演了宫中轻喜剧的齐国男女演员抓到台下断其手足。为了他坚守的"礼"，对艺人尚且如此苛酷，况乃政敌乎！

他不语怪、力、乱、神，但信天命，并且和自己的政治主张、道德品格融为一体，从而充满自信地奔走呼号以实践自己的理想。周游列国时路过宋国，孔子那天正和弟子们在大树下演练周礼，与孔子闹过纠纷的宋国司马桓赶来砍倒大树，追杀孔子，弟子们为老师担心。已是 59 岁的孔子却认定："天生德于予，桓其如何？"经过匡地，因孔子长相与荼毒匡民的阳货相若，于是人们将孔子拘禁起来，"弟子惧"，孔子又一次显示出他的自负与自信："文王既没，文不在兹乎？天之将丧斯文也，后死者不得与于斯文也；天之未丧斯文也，匡人其如予何！"其实，天也罢，命也罢，在孔子那儿，不过是一种信仰而已，他并不听天由命或靠天行事，我以为，他只是坚信冥冥之中有一种支持他信奉的理想的神秘力量在，因而能以天下为己任，临难不苟，遇宠不骄。至于当时人十分迷信的鬼神，孔子则持回避态度，而将注意力集中到社会人生的现实问题上。"未能事人，焉能事鬼？""未知生，焉知死？"这实在是一种十分睿智的态度，于中或许能看出孔老先生的几分调侃吧。

　　的确，孔子不乏幽默感，而且是一种和乐观与共的幽默。就在桓追杀孔子之时，弟子子贡焦急地四处寻找老师，有人告曰："东门有人，其颡类尧，其项类皋陶，其肩类子产，然自要以下，不及禹三寸，累累若丧家之狗。"子贡将此话转告孔子，孔子竟未动怒，却开怀一笑说："形状，末也。而谓似丧家之狗，然哉！然哉！"承认自己状类丧家之犬，足见孔子此时已狼狈到何等地步。不过，这样级数的名人以狗自况，历史上恐怕还是第一次。这也表明，狗在当时还没背上后世人们加给它的种种恶名，因而人与之并列也不以为是多大的羞辱吧。

　　孔子似乎也不免于凡人的七情六欲。在卫国时，卫灵公夫人南子颇有美色，然为人不羁，又干预国政，名声不佳。却不知出于什么动机，必欲召见孔子。是要向孔名士卖弄风情，还是要在文化人面前炫耀自己的威权？不得而知。"孔子辞谢，不得已而见之。……夫人自帷中再拜，环佩玉声然。"在司马迁笔下，好一幅活色生香的图景，好像他亲眼所见似的。那位后来战死时还要系紧帽带而死的子路对此大为不悦，孔子百口难辩，只好对天起誓："予所否者，天厌之！天厌之！"这一情节，"五四"时期在"打倒孔家店"的大背景下曾被激进学生以《子见南子》之名演于舞台，盖在刺孔之好色也。"文化大革命"中，又被以污言秽语包装起来，以从道德上将孔子搞臭。其实，孔子虽圣却也是人，在当时投奔卫国的情势下，既然"寡小君愿见"，又请之再三，总不能佯装没听见吧？也不能太没绅士风度吧？

　　依我辈俗人心性，倒宁愿孔子真的是对南子的美感到赏心悦目，甚至怦然心动，"美眉"嘛！"目之于色也，有同美焉。"

这是"亚圣"孟轲说的。"吾未见好德如好色者也。"这可是孔老夫子自己说的。经过夏商周三代先儒们对人性的思考,至孔子已是深知人性之二重性了。此处之"色"当为"美色"而非"色相"也。现代儒家张中行援引西哲之言说:面对美人而不心动,对不起上帝——这倒像是对孔孟之言的注脚。不然,一个对美色(包括异性美)无动于衷的人,人们有理由怀疑,此公要么是生理不健全,要么是矫情,再不就是假道学,而非孔夫子也。

然而,诛少正卯也罢,子见南子也罢,对于孔子的历史评价,对于孔子这个博大精深的"人"而言,又算得了什么呢?同是在世界名人排行榜上傲视尘寰的歌德、爱因斯坦等文学巨匠、科学泰斗,也皆非一尘不染的圣人。他们和孔子一样,是巨人,但非完人,更绝非小人。他们的种种不足和缺失在只见一斑、不及其余的庸人看来,是有犯天条、罪无可逭的。"鹰有时飞得比鸡低,鸡却永远也飞不到鹰那么高。"——列宁曾引用过的这句话用之于孔子非常贴切。孔子的思想之"鹰"究竟能飞到什么样的精神高度,请读读他关于大同社会、小康社会的论述即可了然:

……大道之行也,天下为公,选贤与能,讲信修睦。故人不独亲其亲,不独子其子,使老有所终,壮有所用,幼有所长,矜、寡、孤、独、废疾者皆有所养。男有分,女有归。货恶其弃于地也,不必藏于己;力恶其不出于身也,不必为己。是故谋闭而不兴,盗窃乱贼而不作,故外户而不闭,是谓大同。今大道既隐,天下为家,各亲其亲,各子其子,货力为己,大人世及以为礼,城郭沟池以为固,礼义以为纪,以正君臣,以笃父子,以睦兄弟,

以和夫妇，以设制度，以立田里，以贤勇知，以功为己。故谋
用是作，而兵由此起。禹、汤、文武、成王、周公由此其选也。
此六君子者，未有不谨于礼者也。以著其义，以考其信，著有
过，刑仁讲让，示民有常，如有不由此者，在势者去，众以为殃。
是谓小康。(《礼记·礼运》)

世人往往称道美国二百年前的独立宣言，高度评价它提出
的人权平等、社会公平等社会原则，于法国大革命时期的人权
宣言亦然。以为理想社会的基本原则于此尽矣。然而两千多年
前孔子憧憬的大同世界、小康社会，所展现出的那种和谐社会
的美好图景，却是孔子对中国上古社会生活的理想化总结和概
括，其饱含激情和道德评价，千载之下读之犹令人怦然心动。
它为古往今来人类所共同向往和追求，在中外历代先进思想家
包括18世纪空想社会主义关于理想社会的论述中都可看到它的
影子。甚至在读马克思恩格斯关于共产主义社会的论述时都会
油然联想起孔子的大同世界构想。这里的差别只在空想还是科
学，愿望还是实践。作为一种美好崇高的政治目标，孔子关于
大同世界的和谐图景，产生了广泛深远的影响，两千多年来让
无数志士仁人热血沸腾，前仆后继地去追寻、去为之奋斗。它
的一些范畴至今仍为我们所乐道、所践行。至于"见利思义，
见危授命""三人行，必有吾师""德不孤，必有邻""吾日三省
吾身""见贤思齐""学而不厌，诲人不倦"等妙言警语，在《论
语》等典籍中直如碎金散玉，字字珠玑，随处可见，流光溢彩。
其精义至理百世不殆，让我辈常常惊叹于孔子何以在那时就达

到了如此的思想高度和巨大思想容量。

我常想，我们现代人往往挟现代科技和社会财富而骄矜，蔑视古人，大大低估了古人的智慧，想当然地以为，在那样蛮荒粗陋的时代，人们智性初开，能有什么深刻的思想、超卓的能力。其实，除了必须随生产力高度发展才能产生和形成的现代科技知识外，当年古人以其近乎通灵的澄明头脑，已将天、地、人之间的奥秘想了个透，将人性看了个透。以致两千多年来无数人思索过的问题在深度和高度上都难超过前贤。真如歌德所说："这个世界现在太老了。几千年来，那么多的重要人物已经生活过、思考过，现在可找到和可说的新东西已经不多了。"我们今天之所以终于超越了古人，乃是因为我们是站在孔子这类古代思想巨人的肩上。

这样一位孔子，同古希腊的哲学三杰一样，无疑是各自奥林匹斯神山上的大神宙斯。

颜回，这位孔子最为称赏的弟子，后人推为"七十二贤人"之首的"复圣"，在谈到他们老师时曾如此动情地说：

仰之弥高，钻之弥坚。瞻之在前，忽焉在后。夫子循循然善诱人，博我以文，约我以礼，欲罢不能，既竭吾才，如有所立卓尔。虽欲从之，末由也已。

越是仰望他，就越是觉得他高；越是钻研他，就越是感到他深。你不能简单地、片面地、静止地来把握他，他或是在前导引，或是在后助力，或是在旁启蒙，他是那么丰富多姿，其思想和人格魅力会整个地笼罩着你……这就是弟子心目中的孔子，大哉高哉智哉的孔子。

那么，别人怎么看？

后人怎么看？

历史怎么看？

三

公元前479年夏历二月，已是72岁高龄的孔子病重。他是在前484年秋结束长达14年之久的列国之行回到父母之邦鲁国的。晚年的孔子倦鸟归林，不再奢望老天会给他一个手握权柄一展宏图实现其政治人文理想的机会了，于是重操教书育人之旧业，学生多达三千；同时作《春秋》，删《诗》，赞《易》，序《书》。这些本应列入国家重点工程的大事，皆由孔子一人完成。此时的孔子，已入垂暮之年，除了偶尔还能在鲁国都城曲阜的街头巷里见到他或独自一人，或三五弟子跟随踽踽于道略显佝偻的高大身影外，就只能在杏林办学之所和编修典籍的居室看到他日渐衰老下去的华发苍颜了。然而命运的箭石接踵而至——孔子70岁时，独子孔鲤先他而逝；接着，西狩获麟旋即被杀，这在孔子看来意味着天下无道；未几，孔子最器重的学生颜回不幸早死；不久，跟随孔子最久的弟子子路又在卫国的一场内乱中战死……沉重的劳作和连串的精神打击彻底损毁了孔子的身心健康。当跟随他多年的子贡来看他时，他已预感到大限将至，长叹自歌曰："泰山其颓乎！梁木其坏乎！哲人其萎乎？"

　　"泰山其颓乎"，想都可以想见那真是自然界一个可怕的灾难性的事件，它震天撼地的巨响要很久才能消失，它引发的地质地貌、生态环境的改变却马上会开始，并为人们所感知……

　　"哲人其萎"呢？它会激起什么样的社会反应？

　　一切历史遗产的价值、作用、地位、意义，均视其满足当代需要的程度，由此也决定了它的当代面貌。孔子已经消逝，作为他和他的形象的历史即由此正式展开。

　　自孔子去世到秦一统中国的二百余年间，天下大乱，秦楚燕齐韩赵魏七国争雄，逐鹿中原，伴随着纷飞的战火，列国关系处在纷繁复杂的变动之中，在政治、经济、外交各个领域相互较量，一个大变革、大动荡的时代来临。思想文化领域呈现出"诸子蜂起""百家争鸣"的活跃局面，其中以儒、道、墨、名、法五家学派为最著。儒学虽因了孔子及其后人、门生的努力而居显学之首，但因为儒家推崇的以仁为根本的旨在恢复西周鼎盛时期有序状态的礼治主张和改良社会的思路并不符合当时各国当权者攻城略地、吞并对方的迫切政治军事需要，不能成为他们攫取利益的灵丹妙药；同时，当时可供选择的思想武器五花八门，各派游说之士投怀送抱、登门献技者日众，而孔氏子孙却多恪遵"有道则见，无道则隐"的祖训，对当时各国统治者采取了一种若即若离的隔膜态度，所以儒学虽为先秦诸子学说之首，在当时却并未一家坐大。此时的孔子虽广受尊崇，却也只不过是一派学说的精神领袖，是"人"而不是"圣"，更不是"神"。他的学派、他的后人甚至还出现了他生前始料不及的变故。

秦一统天下之后不久，秦始皇听从宰相李斯之言，以个别儒生的言论和不合作态度为由头，实行了焚书坑儒的惊天酷政，儒家和儒学遭到了初创二百余年以来最沉重的打击。以致在秦末大起义的怒潮中，孔子的第九代嫡孙，当时名气颇大的大儒孔鲋竟带着家传的祭器和礼器，投身于陈胜领导的农民起义军中，并被尊为博士、太傅。

一种温和的学派，竟被最高统治者目为乱政之说而用血腥手段予以镇压；一个旨在用"仁"学改良社会的家族竟出了一位参与用暴力"犯上作乱"造反行动的儒生。掌握历史话语权的时代风云就是这样书写当代史，为孔子及其学派塑造形象的。

夫子在天，作何感言？

然而到了汉代，一个在某种意义上决定了孔子及其学说历史命运的大人物终于应运而生了，识货的大买家终于出场了，孔子学说的价值也终于被看到了。由于自春秋战国至秦末的数百年战乱，社会经济遭到严重破坏。汉初天下复归于一，统治者要坐稳位子，就必须恢复生产，稳定封建秩序。至武帝刘彻时，经文景之治，社会财富充盈，而阶级矛盾加剧，迫切需要从政治上、经济上和思想文化上进一步强化专制主义中央集权制度。而儒家的春秋大一统思想、仁义思想与和谐君臣吏民关系的伦理观念对于统治者而言岂非"正合吾意"！于是，在汉高祖刘邦"行自淮南还。过鲁，以太牢祠孔子"，"此帝王祀孔子之始也"。开历代帝王崇儒祭孔之先河后不久，至汉武帝朝，被誉为"千古雄才"的刘彻采纳了大儒董仲舒"罢黜百家，独尊儒术"的建议，将儒学钦定为国家主流意识形态。

　　汉武帝、董仲舒们的这一举措还真是"顺天应民"的大手笔，它首先是巩固了自己的统治，使汉朝成为中国历史上寿命最长的第一王朝。这里的秘密在于：孔子学说中的民本爱民和群臣等级思想，对于封建王朝既有支撑、巩固、维护的作用，又有一定的规范、制约之效。揆诸二十四史，就某种意义而言，遵从还是违背儒家民生民本思想原则成了一个王朝寿命长短的重要因素。史家认为，汉朝四百年命脉全系于尊儒崇孔。此说不无道理。而那些颠覆孔子民本思想的王朝，实则也就颠覆了自己，没有不短命的。

　　儒家理论从此与帝王意志、国家权力结为一体，孔子则成为其人格化身，从此被抬上了神坛。经过孔子门生、后人一代又一代的努力，经过孟子、荀子、董仲舒、朱熹、王守仁、王夫之等历代大儒的修正、调整和发展，儒学和孔老夫子在不同时代都有了与之相适应的形式和形象，而为当时的统治者所需要、所接受，传承不绝。而每朝每代不管是打天下还是治天下的军事枭雄、政治强人则都会不约而同地去从儒学及其经典中汲取智慧和力量。据传，宋初，人言宰相赵普所读仅只《论语》而已。一日太宗问赵普此说确否。赵普答曰："臣平生所知，诚不出此，昔以其半辅太祖定天下，今欲以其半辅陛下致太平。"时人云，赵普其示例每决大事，启观书，乃《论语》也。（宋·罗大经《鹤林玉露》卷七）由此可见孔子、儒学、《论语》在中国古代士人和统治者心目中的显赫地位。是故，在中国这片古老的土地上，两千多年来，一个接一个的王朝前仆后起，一茬接一茬的帝王纷至沓来，不管是大一统的汉唐宋元明清，还是分裂时的魏晋南北朝、五代十国；也不论是汉人统治者君临华夏，还是少数民族入主中原，尽管政坛上纷纷扰扰、熙熙攘攘、波诡云谲、腥风血雨、君面千变、帝座百迁，唯独儒学作为"国学"的正统主导地位不变，孔子的"帝师"身份不变，孔子故里山东曲阜作为"圣地"的朝拜之所不变，历代帝王"朝圣""祭孔"的传统不变。孔子的封号自西汉武帝时"为汉制法"的"素王"始，经历朝历代不断加封，由"师"而"王"，由"圣"而"神"，至清顺治年间定称为"大成至圣文宣先师"，追赠"万世师表"的封号。

一个生前风尘仆仆、四处奔走呼号的孔子终于被抬到了吓人的高度，只要你到曲阜孔庙大成殿或全国任何孔庙去看看，众多端坐在神坛上的孔子哪一个不是手执玉笏，头戴冲天冠，身着华衮，金面肃然！已无一丝人间烟火气，岂止是超凡入圣，实则是由圣成神了。

当我如此粗枝大叶地缕述中国历代封建王朝尊孔崇儒的历史时，不止一次想起马克思150多年前说的这一名言："一切已死的先辈们的传统，像梦魇一样纠缠着活人的头脑。当人们好像只是在忙于改造自己和周围的事物并创造前所未闻的事物时……他们战战兢兢地请出亡灵来给他们以帮助，借用它们的名字、战斗口号和衣服，以便穿着这种久受崇敬的服装，用这种借来的语言，演出世界历史的新场面。"我觉得马克思关于"他们战战兢兢地请出亡灵来给他们以帮助"的论断，揭秘了人类历史、人类社会的一个普遍现象，远不止于资产阶级登台了。中国历朝历代的尊孔史就是一部不断请出孔夫子的亡灵，利用他的儒术来巩固自己统治、维持社会有序状态的历史，是一部将孔子塑造成"圣"与"神"的历史，也是一部随着形势发展，根据当时王朝的需要，不断让孔子的思想和形象"当代"化的历史。

孔府、孔庙、孔林、孔墓的连续性，就是孔子的思想和形象不断被"当代"化的编年史，它正反映了中国历史的连续性，又反作用强化了历史的这种连续性。

孔子，"圣之时者也"！

四

在我的老家，岳麓山脚下，紧靠岳麓书院，有一圈红墙围裹着一座耸然而立的覆盖着黄绿相间琉璃瓦的古老建筑物。这是一座孔庙。不知何年何月始，它成了一所小学的校舍。我的童年启蒙就是在这儿完成的。那当年想必供奉着至圣先师文宣王神位的大成殿被隔成了几个教室，天天书声琅琅，下课则笑语喧哗，那是我们这帮少不更事的孩子们的乐园。只有每天上学时看到石门旁立着的"文武官员到此下马"的拴马桩，才会朦胧意识到这儿的旧主人曾享有至尊至贵的地位。不过也仅此一想而已，这儿留给所有学生的永远是温馨。

几十年后的现在想来，被搞得那样森严可畏、连官员们都要"到此下马"的文王庙，原来一旦装进新内容，也是可以这样令人亲近的。

其实这正是孔子及其学说的另一面，即平民化的"草根"一面。虽然曾一度官居大司寇之尊，在当时鲁国官场和列国政界也算是个风云人物，但你要孔子不草根都不行。据说孔子血统高贵，因为在其后人编修的《孔子世家谱》上，孔子的四十七世祖竟然是中华民族的始祖之一黄帝，而四十三世祖契则是殷商的始封祖。这身世够显赫的吧！自此一路下来，各世祖均为政界头面人物，直到六世祖孔父嘉因参与宋国国君废立之事被杀，导致抄家没产、祸及家族，其后人才被迫去国离乡，避祸鲁国，这一门显贵自此家道衰落。其后孔子的五代祖先（包括其父叔梁纥）在鲁国或为家臣，或为地方小官，再无腾达之时。

培养一个贵族也许需要经过三代人的积淀。但毁掉一个贵族之家却一击足矣。即便孔子血液中真有黄帝一脉的 DNA 贵胄因子，那也远远敌不过现实社会中平民生活对一个人的影响。孔子3岁时其父叔梁纥去世，其母颜征在携孔子居于鲁都曲阜的阙里，完全融入周围的平民生活当中。其间上过一段平民学校，15岁后可能迫于生计而不得不一边自学，一边干活，即孔子自谓"吾少也贱，故多能鄙事"，曾为人"委吏"，即管理仓库，又为人"乘田"，即管理牛羊，在当时上层人士看来这个名丘字仲尼的年轻人尽管文质彬彬，但已与"贵族"八竿子打不着了，充其量不过是一个识文断字的乡巴佬罢了。

"孔子要，季氏飨士，孔子与往。阳虎绌曰：'季氏飨士，非敢飨子也。'孔子由是退。"如果说孔子少时的贫贱还未使他充分而清醒地明白自己在现实社会中的角色定位的话，那么在他16岁那年，当他自以为出身士而欣然赴鲁国执政之卿季武子招待士的宴会时，季氏家臣阳虎却将他拦住不让进："季氏宴请的是士，不是请你！"这对孔子不啻当头棒喝。后人可以想见这位高个子年轻人当时的尴尬。可以这么认为，这句侮辱性的话对孔子一生都会产生影响——一方面是激励孔子出仕从政，以便实现他在政治上的宏图大志，其中就包含着将人都当人看待的理念；另方面是烙上磨灭不掉的草根情结。孔子 30 岁时开始聚徒设教，面向社会底层办私学，实行"有教无类"的办学方针，就是草根情结的一个证明。后来孔子"鲁乱奔齐"，途经泰山时，"有妇人哭于墓者而哀"。孔子命子路去问何故，妇人说："昔者吾舅死于虎，吾夫又死焉，今吾子又死焉。"孔子问："何为不去也？"答曰："无苛政。"孔子由是大发慨叹："小子识之，苛政猛于虎。"——"苛政猛于虎"，五字掷地有声，浓缩了自有政治以来人民大众对苛政暴政的痛苦感受，对一切为政者具有振聋发聩、暮鼓晨钟的警示作用。其深刻性、经典性足令众多煌煌辩言黯然失色。没有那份平民情怀，没有一颗仁者之心，没有长期对草根生活的真实体察，断乎难出此言！而在家乡生活于父老乡亲们中间的孔子性格温和恭贤、平易近人，说话不多（"孔子于乡，恂恂如也，似不能言者。"《论语·乡党》）。这样一个在平民生活中长大的孔子，一个在周游列国羁旅中阅尽人间疾苦的孔子，一个常怀草根之忧的孔子，对普通人的生命价值自然比只顾争权夺利的当权者有更多人文关怀，并把这种关爱通过教育如春风化雨般洒播到人心中去。

　　考诸孔子一生，除青少年时期为生计所迫边自学边干活，50 岁后一度短暂从政，之后周游列国十余年之外，他将生命的大部分章节都献给了教育，特别是人生中的黄金季节壮年和收获季节晚年。即便是十余年的列国行，虽然政治色彩浓烈，但也是以一种别开生面的行教方式进行的——

在两千多年前的风尘弥漫的中原大地上，在沟通列国的交错迂回的古道上，不管是骄阳裂土的岁月还是风雨如晦的日子，行人们经常能见到一位五六十岁的老者，或车或行，身前身后总是围绕、跟随着一大帮弟子；他们个个难掩风尘之色，对老者则恭谨有加，因为这是他们尊敬的夫子，他们愿意一辈子追随的师长孔子。设若在下当年也曾忝列门墙，聊附骥尾，那么除了能亲眼看见孔子与各国政要论政、议经、谈文的博学多智的风采外，更经常地、大量地是在路途上亲聆夫子与众弟子或有感而发，或随机即兴地问教、授业、辩难了。在那种场合，孔子往往一反在官场议政时的严肃、高古，而更像一位和蔼可亲、彬彬有礼又不失尊严的导师，态度依然是"诲人不倦""知无不言"，方法照样是"举一反三""循循善诱"，颇像现代导师之带研，思想处于最自由无羁的激活状态。孔子的博识广闻、睿智多思，此时表现得淋漓尽致。《论语》中许多思想深邃、妙语如珠的章节如"为政以德，譬如北辰，居其所而众星共之""其身正、不令而行""自古皆有死，民无信不立""道不同，不相为谋""一张一弛，文武之道也""三人行，必有我师焉"等等就是出自此时。咳唾成珠玉，吐纳皆文章，此之谓也乎！

叶公问孔子于子路，子路不对。子曰："女奚不曰：其为人也，发愤忘食，乐以忘忧，不知老之将至云尔。"

这应当是孔子当时的真实写照。温和而不失威严，庄重而又安详（"子温而厉，威而不猛，恭而安"），居则设帐授徒，行则随机解惑，治国宏谋、人生哲理，均娓娓道来，诲人不倦，学生如坐春风，心神俱怡。孔子的这种教师形象在民间较之那个在森严庙堂中的"百世帝师""文宣王"自然更为人们所亲近、所接受、所熟悉。作为私学的开创者，在以后的千年社会生活中，几乎凡私塾都挂孔子画像，设孔子牌位，学生入学均要对孔子牌位行礼致敬。即使没有孔子牌位，也会像当年少年鲁迅那样，"对着那匾和鹿行礼。第一次算是拜孔子，第二次算是拜先生。"（《从百草园到三味书屋》）孔子的平民形象深入人心，"子曰诗云"之类人们耳熟能详。至今还记得儿时时常听见父母叔伯说："孔夫子讲哩……"或是"孔夫子周游列国时……"那语气在幼时的我们听来犹如援引家族中某位受人尊敬的长者的教诲，我似乎可以嗅到那位老人家身上熟悉的气味。

中国当代的一位伟人在被问及其"亲密战友"给他奉上的四个"伟大"时，他说：讨嫌，只保留"导师"一说，其他的都去掉。想必于今有人问起孔夫子他头上那些历代冠上的高得吓人的尊号时，他或许会说，把那些劳什子都摘掉，只要"教师"这一称号吧！

五

一切历史都是当代史。

孔子的死，正如他的生一样，尽管在朝野产生了影响，引起了关注，但也仅此而已。谁也没有，谁也不能估量、猜测到这个人身后会产生什么样的影响，他的学说能否生存下去，会遭遇什么命运。就连孔子自己在去世前不久都曾浩叹：“吾道不行矣，吾何以自见于后世哉！”

历史事实是，孔子之“道”不仅大“行”于后世，而且在历朝历代朝野双方的合力作用下，经二千余年的历练，他本人也由当年芸芸众生中的“长人”长成了人类历史上、精神文化上的巨人。其故里曲阜孔林中绵延七十余代二千余年的孔氏墓地，见证了这个人影响历史的巨大能量，在中国乃至世界历史上都是空前绝后的文化奇观。尤为引人注目的是，改革开放以来，孔子及其学说愈来愈受到正面的、积极的、科学的评价，形成了一股研究、出版、宣讲中国文化和儒家经典的热潮，外电报道：“中国的‘孔子热潮’体现了‘中国式发展模式’的自信。……孔子在中国已完全‘复活’，并兴起了传统文化潮，这是不争的事实。任何社会现象都反映了该社会成员的思想，从这一点看孔子的‘复活’是绝不容轻视的变化。”今年6月外电报道：“截至本月1日(孔子学院)已经达到了156所，遍布54个国家和地区。”光美国就有十几所。说孔子当今又在世界范围内“周游列国”似不为过。

这一次孔子是真正走下神坛，走向普罗大众，走向世界的现代之旅。跟随他的当然有七十二贤人乃至三千弟子，但更多、更大范围的当代粉丝们也加入了这个儒学的现代之旅。

孔子及其开创的儒家学说已历二千余年，这个他曾经生活过、奔走过、呼号过的世界早已天地翻覆，世事全非。经过这么漫长岁月的磨损，再坚挺的砖石建筑物如金字塔、长城等也会风雨剥蚀，再辉煌璀璨的金属器皿如金王冠、青铜鼎也会锈迹斑斑，最终将凋零湮灭，为何身为"百世帝师"的孔子在世人心目中却始终金刚不坏，为何曾经跟历代封建王朝结下不解之缘的儒家学说能将其根须一直延伸到今天，以至不死不灭？如果说，历代王朝是因为孔子学说能维护以等级制度和纲常秩序为核心内容的封建统治而需要它、尊崇它，那么，在封建社会已终结近百年，人们对封建残余深恶痛绝的现代社会，在经历了"打倒孔家店"的"五四运动"和"批孔批儒"的"文化大革命"后的今天，在网络博客、手机短信、超级女声、NBA 联赛等时尚风靡世界的张扬个性的时代，孔夫子凭什么会重新被人们从历史的深处推向现实的前台？

这个秘密还得从孔子及其学说本身去探寻。

樊迟问仁。子曰："爱人。"

当两千四五百年前的某一天，孔子如此回答弟子的问题时，其内心也许波澜不起，从容淡定。因为对于"仁"的精义，孔子思考多年已烂熟于心，"爱人"几成其下意识了。然而他当时肯定没意识到，这似乎脱口而出的两个字，就如"苛政猛于虎"的激愤之词一样，会给千秋后世的芸芸众生以怎样的启示和震撼。

"仁者爱人"是孔子学说中最可贵的民主性精华，"仁"是其思想的主要范畴，也是孔子的独造。所谓"爱人""泛爱众"的仁心仁术，就是要求统治者把人当人看，把平民即"草根"们当作与自己一样的人来看待。孔子将这种仁心仁术作为政治和道德的基础，诉诸政治就是行仁政（"修己以安人""修己以安百姓""博施于民而能济众"），诉诸个人就是做仁人（"己所不欲，勿施于人""己欲立而立人，己欲达而达人"）。做人为政达到极致，天下就会臻于理想的天下为公的大同社会。这是中国儒家民本思想的源头，其后从孟子的"民为贵，社稷次之，君为轻"，荀子的"天之生民，非为君也；天之立君，以为民也"，到黄宗羲的"向使无君"，"盖天下之治乱，不在一姓之兴亡，而在万民之忧乐"的民本民主思想，皆滥觞于此。

在孔子博大的胸怀中，人的生命获得了极高的价值和尊重。这在视奴隶如草芥、杀人如屠猪狗的当时，无异于阴霾中的一声春雷。在孔子看来，一切财物都比不上人的生命可贵。马厩失火，他不问马而问人。他反对当时传之已久的人殉制度，即使用俑殉他也痛心疾首，斥之曰"俑者不仁"，诅咒"始作俑者，其无后乎？为其像人而用之也。"不要说是中国史，就是查诸世界史，在两千多年前奴隶制向封建制嬗变的血火年代，有什么思想家、政治家对漠视人的生命、亵渎人的尊严如此深恶痛绝？思想能如此超前？

真该衷心感谢孔子。因为有了他，一些具有普世意义的人类社会中的永恒主题那么早就被提出、被确立。即如关于对生命的顾念和尊重，对人的价值的发现和考量这样的问题，让中国人早在两千多年前就开始萌生出对生命的敬畏之心，也让志士仁人、专家学者思考了两千多年。"人命关天""救人一命，胜造七级浮屠"这类市井箴言、江湖俗语都看得出它的投影；

而且还有不少具有罕见超前性的进步思想和命题，在经历了漫长的历史淘漉后愈见其生命光辉，令我们这些现代人心动。

如关于人与自然关系的哲学思考。《周易》中的"天人合一"思想认为，人是天地生成，应与自然界和谐相处。而《周易》正是孔子极感兴趣并加整理的上古典籍之一。"孔子晚而喜《易》……读《易》，韦编三绝。"《周易》这个思想也直接体现在孔子的言行中。他说：人是"天之所生，地之所养"，而人"断一树，杀一兽，不以其时，非孝也"。就是讲，虽然人类为了生存，不能不伐木猎兽，但是这种维持人类生存的活动也必须遵循自然界生物生长发育的规律，如果违背规律贸然行事，那就像对父母不孝一样是对大自然的不尊重。这种思想，经孔子传人孟子等的发展，形成了中国关于宇宙万物发生和相互作用而构成系统整体的阴阳学说，与现代生态学完全吻合。也是其仁学仁心的延伸吧。

又如以德治国、"德主刑辅"的理念。"子曰：'为政以德，譬如北辰，居其所而众星共之。'"强调以道德教化来治理国家，是孔子一贯的思想。孔子认为："道之以政，齐之以刑，民免而无耻；道之以德，齐之以礼，有耻且格。"刑法虽必不可少，但道德教化的范围更宽泛，作用更根本，可以从约束行为到净化心灵。所以孔子自己虽然曾一度官居鲁国大司寇，掌管鲁国司法、刑狱和社会治安，但他并不一味唯刑。"听狱必师断"，多听各方意见，再做决断，颇有点民主作风。在他任上有一件记载下来的事例："有父子讼者，孔子拘之，三月不别，其父请止，孔子舍之。"父告子不孝，三月之后，孔子赦免了其子。此事引起季氏不悦，言孔子欺己："（子）语予曰，为国家必以孝，今杀一人以戮不孝，又舍之。"孔子闻之慨然叹曰："呜呼！上失之，下杀之，其可乎？不教其民，而听其狱，杀不辜也。"孔子之意谓行孝当以教化为本，教化不行，独行杀戮，无异滥杀无辜。这是孔子以德治国"德主刑辅"理念的具体体现。而现代西方法律制度中关于证人作证义务特免权的规定，有的（如亲属间作证义务的特免权）竟然可以到孔子那儿去找依据。面对社会的种种矛盾冲突，儒家追求"无讼"的最高境界，主张"德主刑辅"的轻刑政策。孔子认为，父为子隐，子为父隐，直在其中。即是说，作为刚正不阿的法律，也应该包含人文关怀，应当尊重父子间的血缘亲情，免除直系亲属间作证的义务。当然，作证义务的免除并不等于允许包庇犯罪行为，而仅仅是免除在审判阶段作证的义务。此事虽小，但同样映现出孔子仁学的超前性和人性的光辉。

再如"有教无类"的教育思想体系。这是孔子一生中对人类最伟大的贡献，也是被尊为"万世师表"的根本原因。办私学，实行"有教无类"的办学方针，仅凭这一点，孔子就足以成为中国历史上颠覆贵族教育制度，第一个使教育面向平民、面向社会的大功臣。虽说是潮流所至，然孔子的勇气和超前眼光仍使今天的我们为之钦佩——在某种意义上说，我们今天仍然是这种教育理念的受益者。和谐社会的丰厚内涵中，理所当然地就包括了教育均衡教育公正的原则。"学而不厌，诲人不倦""举一反三""温故知新""三人行，必有我师焉""知之为知之，不知为不知""见贤思齐"等等这些今天我们记忆犹新、朗朗上口的妙言警论，体现着孔子倡行的教学原则和教学方法，具有江河可废，此论不磨，放诸四海，概莫能外的超时代、超国度、超种族的普世意义。

毫无疑问，不论孔子个人如何具有人格魅力，其学说怎样超前，儒学作为一种萌生于从奴隶制向封建制嬗变历史时期，又贯穿于两千多年封建社会的"国学"，其历史局限性自不待言，其中的封建糟粕也理应扬弃。近代、现代的批评者指斥儒学对中国封建社会的超强稳定、科学技术和生产力发展的缓慢停滞等等起了负面作用，因而在走向现代化的今天应予排斥。但是需要提请世人注意的是，虽然我们在走向现代化，但我们的历史传统没变，文化背景没变，而儒学正是构成这传统和背景的重要元素，如果我们的历史和文化根本就是排外、泥古的，是自闭、僵化的，那么中国的现代化进程就不可能实现；而事实是，改革开放以来，外来的理念、机制、资金、技术、人才等之所以能在中国现代化进程中产生效果、发挥作用，就是因为我们拥有一种能包容、适应这一切的历史传统和文化背景。这也正是中国软实力的一个证明，也是今日儒学复兴和孔子学院办到世界去的题中之意。中国崛起不仅是经济的，更是文化的，在这种崛起中就有孔子提出的那些普世的理念，如"和""和谐"等范畴。中国领导人提出的"和谐社会""和谐世界"命题，是在当今崭新历史条件下，根据中国和世界的现实状况，对孔子和儒学这种理念的发展和创新，在国内国外产生了广泛的影响。法国国际问题专家皮卡尔称："我个人很喜欢和谐这个词，和谐概念包含在孔子思想和中国传统理念内，不过同时也具有现代意义，因为和谐承载着深刻的价值理念，意味着对强权逻辑说不。"而德国学者则认为，中国领导人提出的建立"和谐世界"的构想最终能够成为人类共享的理念和理想。

看到洞明世事、练达人情、聪明绝顶的孔夫子那么早就能把握住未来世界存在的真谛，我们只能说"OK"了。

有趣的是，当孔子花费 14 年时间，领着一群破衣烂衫的弟子一个一个地叩开列国之门，兜售他的政治主张时，总是不由得使人联想起现今的招聘、应聘、解聘。孔子跟国君政要们谈政论经说文，意见合则留，不合则走，你炒我鱿鱼，我也炒你鱿鱼没商量，虽说一路上"夫子再逐于鲁，削迹于卫，伐树于宋，穷于商周，围于陈蔡，杀夫子者无罪，藉夫子者无禁"(《庄子·让王》)，备历艰辛苦楚，但至少留去自由。从这点看，孔子当是中国古代最早最大的"打工者"。而孔子之所以会辗转这么多国家，就是因为他"克己复礼"的社会改良方案，不合时宜地照顾到平民阶层的利益，注定为代表贵族利益的各国执国柄者所不容。孔子的这个政治主张实际上以其民本思想和礼治体系为当时正在萌动的封建制度的雄起和延续奠定了基本原则，当时没落的贵族集团又怎么能赏识！

现在看来，这些列国君主们还真是做了件好事，就因为他们没重用孔子，没有让孔子套上政治的"小夹板"在官场沉浮并终老他乡，才使中华民族有了思想文化巨人孔夫子；中国历史乃至世界历史上少了一个有他不多、无他不少的官员，整个人类却有幸直到今天仍然可以欣赏到古代东方文明那次辉煌日出的瑰丽。据说，历史有时会走错房间，因而出现意想不到的突变。

孔子本想走进政界官场，最后却滑落于学界。一不小心，终使他永垂于青史。

时代抛弃了他。历史选择了他。

六

在中国历史上，孔子可谓独步千载。

在世界历史上，也罕有可比肩者。

古希腊哲学三杰苏格拉底、柏拉图、亚里士多德庶几可比之。苏格拉底在哲学上改变了以前哲学关于万物形态的本原观，把人类对万物统一性的认识提高到了一般与个别、本质与现象的高度，是人类认识史上的一次飞跃。在政治上他主张专家治国论，反对民主选举。苏格拉底一生没有留下任何著作，在这一点上与孔子相似。但孔子殁后其门人弟子辑录他的言行编撰成《论语》，与《诗》《书》《礼》《易》等典籍，一并成为中国漫长封建社会中知识分子的经典，这却是苏氏所无法比拟的。柏拉图则不同，他著作等身，传世有《辩证篇》《理想国》等等，其哲学体系的核心是理念论，即物质世界之外还有一个非物质的理念世界，前者是不真实的，后者才是真实的，这是典型的唯心主义。柏拉图和孔子憧憬理想的大同社会一样，崇尚他心目中的理想国家，认为国家就是放大了的个人，个人则是缩小了的国家等等。因其一整套政治、哲学建树，柏氏成了学院派的开山鼻祖。其后的亚里士多德更是古希腊哲学之集大成者，他本着"吾爱吾师，吾更爱真理"的精神，抛弃了柏拉图的许多唯心论观点，认为物质世界是客观存在的、永恒的。同时他和孔子一样，又是一位大教育家，首次提出对学生要进行"智育、德育、体育"三位一体的教育。苏、柏、亚三氏构成了古希腊哲学的主体，奠定了西方哲学的基础，其对后世影响之大，足以成为西方文明发展的源头。

去年，随中国新闻代表团访问希腊，在雅典卫城上，听说山下有一个石洞，曾是当年拘押苏氏的处所。我从卫城山下去寻找，终因语言不通而失其所在，可谓擦肩而过。晚上，在可以遥望被聚光灯照耀得一片通明的卫城帕特农神庙遗址的下榻宾馆里，大厅悠扬动听的钢琴声如爱琴海夜涛一波又一波涌入耳鼓，我又想起了孔子。我曾到过孔子周游列国时路过的河南永城，听当地人说，那里有一个孔子当年避雨的"避雨亭"，也是一个岩洞，可惜时间仓促未能前往一探究竟。想想，如果去了，站在两千多年前孔子及其弟子曾经待过的同一处所，可能会有时间在此凝冻、沧桑于此压缩的"山中方七日，世上已千年"之感慨吧。

然而仔细一想，尽管孔子和苏、柏、亚三氏对东方和西方文明分别产生了巨大而深远的影响，二者之间还是有区别的。苏、柏、亚三氏前后师承，他们的历史作用因这学业上承上启下、不断发展的师生关系而更彰显。这么说来，谈到儒学，至少也应将孔子最杰出的继承人"亚圣"孟子放进来。一般而言，谈古希腊哲学主要就是谈苏氏师徒三杰，而谈孔孟之道也就是谈儒学。二者之间的不同在于：孔孟儒家是一种更重现实、重民生、重实践的学说，对治国之道、个人修养和人性哲学的研究更甚于哲学范畴的抽象，而苏门三杰代表的古希腊哲学却尤长于完整哲学体系的构建，精于思辨之道。所以，儒学一方面被历代封建王朝供奉于庙堂，千年香火不绝，另方面又透进百代草根的思想灵魂，成为构建中国人文化人格、心理模式的重要元素。而苏门三杰的哲学殿堂则为西方一代又一代思想家提供了思想原料和哲学工具，西方中世纪文艺复兴运动所要"复兴"的正是古希腊人文科学的精神。但唯其是精神思辨的巍巍殿堂，云山雾罩般，既与当权者有所疏隔，又超越于一般百姓的智趣，所以它在民间和当代社会的影响远远不如孔孟儒学。

在雅典，有一处当年雅典学院的遗址遗迹，它象征着古希腊哲学那高高在上、似乎不食人间烟火的精神抽象品格。除此之外，在民间似乎再难找到与苏氏等有联系的事物。而在中国，山东曲阜的孔庙、孔府、孔林横贯两千余年沧桑而不毁，全国各地文庙遍布，以至于孔子学院今日走向世界，这是世界文明史上独一无二的文化景观、文化现象。

斯人逝矣，时不再来。

但是我们的目光依然会一百次、一百零一次恋恋不舍地转向、投向产生了孔子的那个时代。

孔子及其学说越是热炒于当代，我们越是有感于他遭冷遇的古代。

以孔孟生活的年代看，大致在公元前551—前289年，正当春秋战国之时；苏门三杰则生活在公元前469—前322年。与孔孟年代相重叠。为什么在几乎同一时期的中古时代，在这相去万里的两个不同国度，在社会生产力还十分低下、物质生活尚相当粗陋的当时，会产生影响东西方文明发展走向的思想界的东方圣人和西方巨子？德国作家兹尔格·齐特劳就注意到了这个问题，他在《自从有了哲学家》一书的前言中说："大约是在耶稣诞生前六到五个世纪，许多大的思想体系和对世界的诠释就露出了端倪——而且是在世界范围内。比如，远东的孔夫子、释迦牟尼和老子，我们西方的泰勒斯、毕达哥拉斯和赫拉克利特。为什么恰恰是这个时期出现了诠释世界的潮流，我们只能猜测。其中一个重要的原因，肯定是生活状况的变化。"他归纳出两条：有充足的思考时间；有充分的言论自由。

然而紧接而来的问题是，思考的时间、言论的自由并非那个时期所独有，历史表明，从古至今，不少时代都可能出现这样的条件，为何别的时代产生不出孔子和苏门三杰这样顶尖的思想文化巨人？

人们其实忽视了老翁叔梁纥和少女颜征在野合的时代象征意义。

当盘古万年的历史沉积与鸿蒙初辟的人化自然阴阳相拥时；当新兴阶级登台呐喊的前卫伴奏与没落贵族的末世欢歌激情较量时；当社会生产力还没发展到以分工的精雕细琢使人成为分工的奴隶，一些卓拔之士得以免受分工所带来的局限、使人片面化的负面影响，从而获得成为完人的那种性格上的完整和坚强，知性智性全面发展时；当中国历史从混沌的史前史状态走向夏、商、周"三代"，而先秦思想家在总结三代历史的基础上认识到人是具有善恶二重性的类本质相同的历史主体，从而实现人类精神觉醒的思想新飞跃时，那么，在这样的经典时刻，带着人类纯真童年时代超常发展印记，"童言无忌"式直透事物本质真相的百科全书式的巨人就会横空出世。这是些和神话同时现世的，具有永不复返社会阶段的独特魅力，不可再现，但却横亘历史、光照千年的人物。

论者说得对，中国全部古代文化乃至中国人的人格心理无不深深打着孔子及儒家的烙印。不仅如此，在人类历史上，唯一没有中断过的以儒家文化为基础的中华文明之影响，不仅深刻影响了国人的精神，超越了时代，而且超越了国界，它构成了包括日本、朝鲜等国家在内的东方文明的基本内涵。直到如今，新加坡还在用儒家文化治国教民。而 17 至 18 世纪思想启蒙运动兴起的欧洲，孔子及崇尚理性思辨、以道德为本的儒学对当时的思想界产生了很大影响。德国著名哲学家莱布尼茨说过："我整天沉醉于孔子这位中国哲学之王的著作中，巴黎今年刚刚出版了他的著作。"另一位德国学者克里森·沃尔夫甚至由于他"过于推崇"孔子学说而被他所任教的大学解职。被尊为启蒙时代"百科全书学派"首席哲学家的狄德罗称颂孔子为哲学圣人，高度评价《论语》中的"道德警句"比欧洲的"超验哲学和经验哲学要高明得多"。思想巨人伏尔泰则说他根据中国元代戏曲《赵氏孤儿》改编的戏剧《中国孤儿》是"孔夫子思想的戏剧化表现"。他认为，"对于人类来说，没有比孔夫子更有价值的立德者了。"而德国经济学家奎奈则被其门生尊为"欧洲的孔夫子"。这种影响一直延续到今天。不少西方国家的政治家、企业家在制定其策略和现代管理概念时，都喜欢从儒家那里取经探宝并获成功。正如 20 世纪 80 年代世界诺贝尔奖获得者在巴黎会议上宣言所说：“人类要在 21 世纪生存下去，必须回首两千年前，去吸取孔子的智慧。”

有新锐人士力捧当今某红女星，说“一个×××，比一万本孔子都有效果。所以要像重视孔子一样重视×××，中国文化才有未来”。又有时尚人士激情澎湃地指出：“孔子不是很伟大吗，×××也是中国人的代表啊……我们也要尊重她，崇拜她，好歹中国人就这么一张脸让人家记住了……”云云。不否认×××们的过人之处和成功之道。但让人记住她“一张脸”又能怎样呢？被全世界更多人记住“一张脸”的女星灿若群星，嘉宝、泰勒、梦露……数不胜数，但伊们能与古希腊三杰、文艺复兴三杰、华盛顿、林肯等比肩吗？至于只有重视×××，“中国文化才有未来”更是让人匪夷所思。如果一定要有一比的话，那么，孔子及其学说有若博大汪洋的沧海，而×××则只是“沧海一粟”。

所以，在外国学者、作家编写的诸如《影响人类历史进程的 100 名人排行榜》、评说人类有史以来 38 位大师的《自从有了哲学家》等著作中，没有留下“一张脸”真容的孔子和古希腊哲学三杰均名列其中且荣居前列。而在《影响中国历史 100 事件》《影响世界历史 100 事件》等书中，孔子及儒家学说的创立都是必不可少要大书特书的历史事件。这远比谁的脸被老外记住更重要。

孔子的“脸”即孔子的人格形象，永远在历史的定格中，在芸芸众生的心里。

我们现在再次回过头来遥望孔子那既朦胧又清晰的形象。

在封建帝王的庙堂里，泥塑木胎的孔子了无生气却又阴沉威压、古老沧桑，"百世帝师"的名头恰如其分地彰显着他对维护封建统治的作用及地位。在民间社会、江湖草民中，有教无类、循循善诱、警言謷齿、哲理入心的孔夫子则一派长者风范，亲切淳厚，睿智过人，言行堪为表率，有着鲜活的生命力。而在人类历史上，在我们这个星球上曾诞生过的总数达数千百亿之多的人口中，孔子是仍然存活在人们记忆中的、在过去几千年中对社会进程起过巨大作用、至今影响不灭的百十精英中走在最前面的几位思想巨人之一。

毋庸置疑，孔子留给我们的印象不论多么鲜活，其人其事早已消逝于古久历史烟尘的深处。可是，他分明又没有死，在我们生活周围到处都感受到他的影子和气息。当我们收回遥望历史上孔夫子背影的目光向前眺望时，宽袍大袖的他竟然又在我们前面扬尘跋涉，这位"生活在公元前5世纪的21世纪哲人"，仍在娓娓告诉我们人生的许多箴言和智慧……

瞻之在前，忽焉在后。

说不尽的孔夫子哟。

古老又时髦的孔夫子！

2007 年 1 月至 6 月

中古三星耀吉林
　　——关于东明、朱蒙、大祚荣的那些事儿

一

　　头顶上无边无际的蓝天穷极高旷邈远，浮游的半透明的缕缕白云更增添了它的深邃空明，让仰望它的人有一种身与物化的晕眩之感。但身边这座建于中古时代素有"东方金字塔"之誉的将军坟，却是触手可及的带有历史威压感的真真实实的存在。

　　将军坟坐落在吉林省集安市东北的龙山南麓，由1100多块经精细加工的巨大花岗岩石条砌筑，向上逐层内收颇类古玛雅古墨西哥坛状祭坛，通体凝聚着一股神秘气息。由于种种原因，这座庞大的古建筑曾像吴哥窟和敦煌石窟一样逐渐被人们所遗弃乃至遗忘，湮没、消失在荆榛树莽之中千余年……

　　我曾在荆楚古城古地的古庙、古桥、古墓、古巷盘桓勾留，也曾在大学历史系的课堂上、古籍里爬梳沉想；更曾在十三朝古都、六朝古地流连凭吊，窃以为煌煌历史遗存尽在中原荆楚矣，却没想到，在原以为是一片蛮荒蒙昧之区的吉林黑土地上，竟然也能一睹如此美轮美奂之古王陵！

将军坟工程浩大，建构宏丽，气势雄浑，足可媲美关内那些留名青史被列入国家重点文物保护单位名录上的王陵；但它绝非吉林境内唯一一处可圈可点的历史文物，实际上它只是古高句丽众多座王陵中的一座，而与高句丽承前启后共同支撑起吉林几千年开发史的还有上起于秦汉下迄于隋唐以降的土著先民及夫余王国和渤海国这两个少数民族地方政权留下的无数遗珍。

秦汉至隋唐，是中国历史上王朝翻覆雄豪迭出的历史年代，当秦皇汉武、唐宗宋祖等一干英雄豪杰用巨手搅得大河上下怒浪滔滔、金戈铁马掀动长城内外苍茫风雨，强有力地将文治武功炳耀于天下之时，作为中原王朝藩属的夫余、高句丽、渤海等少数民族政权的创始人东明、朱蒙、大祚荣及其子孙，也曾此起彼伏、前赴后继地演绎过为古代中国开疆拓土、创建中华文明多样化形态的生龙活虎的边疆史，留下了民族融合、文化交流的篇章，也留下了龙潭山文化、高句丽王城、渤海旧城的大量遗存。正因为有了这些地方古国及创建它的风云人物，汉雨唐风润化关外，中原文明照亮了黑沉沉吉林古地的白山黑水……

二

在历史烟云弥漫混沌的上古时期，吉林这片黑土地上就已生息着多民族的先民。到先秦时，濊貊族系古族人已成为吉林地域的主要居民，创造了松花江流域的西团山文化等古文明。至秦一统天下，汉承其绪，郡县制的触角已抵达今吉林珲春及其以东近海处，沧海郡的设置进一步促进了貊系古族社会的发展。西汉王朝时期貊族系中人的一支率先在嫩江中游地区建立了离国。至公元前 2 世纪末，一个新兴的少数民族政权的雏形已开始在政治、经济、文化均已达奴隶制社会临界点的貊系古族社会母体中躁动起来。而为这个王国雏形催生并初步打造成夫余国的正是离国王子东明。关于他的身世，史无明载，留传下来的是一团五彩斑斓扑朔迷离的神话传说。这种传说在中国和朝鲜史籍中多有记载，但最早见于中国史籍《论衡》——

北夷橐离国王侍婢有娠，王欲杀之。婢对曰："有气大如鸡子，从天而下，我故有娠。"后产子，捐于猪溷中，猪以口气嘘之，不死；复徙置马栏中，欲使马藉杀之，马复以口气嘘之，不死。王疑，以为天子，令其母收取，奴畜之，名东明，令牧牛马。东明善射，王恐夺其国也，欲杀之。东明走，南至掩淲水，以弓击水，鱼鳖浮为桥，东明得渡，鱼鳖解散，追兵不得渡，因都王夫余。故北夷有夫余国焉。

一个边陲不化之地少数民族地方政权创始人的神话传说，居然被中国中原王朝的史书、史籍记录在案，足见这一人物连同他的建国传奇的影响及其在中原衮衮诸公眼中的重要性。神化自己的始祖，神化杰出人物的身世，这是生活在中国大地上的汉族和少数民族的共同做法，周朝先人后稷，满族祖先库里雍顺降生之说，汉高祖刘邦斩白蛇起义之说，等等，皆如出一炉。然而，撩开神话传说的神秘外衣，综合散见于史籍的零星资料，我们还是可以大致还原一个比较接近真实的夫余国始祖东明的粗线条轮廓——

东明之母是槀离国王后宫中一位地位卑下的侍婢。当她有娠时，国王或是疑其私通，或是担心生下孩子于王权继承不利，乃欲杀之以绝后患。这才逼着侍婢编造出"有气大如鸡子，从天而下，我故有娠"的说辞侥幸免死。东明出生后，国王指使人将他扔到猪圈马厩中同牲畜一起生活而大难不死，这种"贱养"即使庶子东明自小就体验了下层卑贱者的艰辛遭遇，又锻炼了他的体魄。但却令国王疑其为"天子"，"令其母收取，奴畜之"，打发去放牧牛马。其时牧奴中大约颇多士卒勇夫，东明由是练就一身骑射功夫，成长为智勇兼备的昂藏伟丈夫。这就招致王室成员的妒恨，谗言顿起，国王害怕东明要"夺其国"，又一次动了杀机。于是东明从危机四伏的王宫出走，与心腹南渡淹淲水（今嫩江与松花江汇流处附近），一路上备遭困阻，终以自己超强的智慧和坚忍不拔的意志到达松花江以南。审时度势，招贤纳士，征服了当地人，创建了夫余王国。

也许正是因为史籍中几乎没有关于东明其人的具体记载，当我写此文时更加心存揣想：此公真是长得"天日之姿，龙凤之表"，英气逼人，以致周边人视其为"天帝之子"，加以追捧？还是中人之姿，但腹有良谋、胸怀大志的英豪？抑或是真人不露相，混在当时千万平头百姓中则不为人知，而一旦登高一呼却应者云集的人杰？……但都已无据可考了。唯一可以坐实的是，他一手打造了夫余王国。

这大约是公元前 2 世纪末以前的事，也是南迁橐离人与当地人的一次民族融合。其建之初，以今吉林市东团山、龙潭山一带为活动中心，后迁至今农安一带。其时夫余尚属奴隶社会早期阶段。东明立国后便迅速扩张势力以武力慑服肃慎、高句丽，同时与中原王朝长期保持一种朝贡的藩属关系，学习中原王朝的封建礼仪、官制，儒家典籍，接受中原王朝的封号印绶和管辖，在政治、经济、文化上都有了长足进步。此后数百年间，夫余国的统治者们基本上维系了始祖东明奠定的内政外交方针，以藩国之属长期与中原王朝保持友好服从的关系。直到 494 年（北魏孝文帝太和十八年）降高句丽，这个享国近七百年之久、肇基于西汉王朝时的吉林古国终于熄灭了它最后的一缕光芒。

三

公元 494 年，接受夫余人举国投降的是高句丽 21 代王文咨明王罗云，他的上一代王长寿王巨琏乃其祖父，而长寿王正是将军坟的墓主。这位长寿王在高句丽历史上也是一位赫赫有名的人物，在位期间，迁都平壤的是他；征百济，攻陷其都城的是他；攻取新罗狐鸣等七城的是他；死后被魏文帝追封车骑大将军的是他；为其父、第十九代王国冈上广开土境平安好太王修陵建"好太王碑"传之后世的也是他。寿王的将军坟阶坛共 7 级，寿王墓室建于第三级阶坛，室顶由一重达 50 吨的巨石覆盖。

室内平行放置的一大一小两块长方形石棺床至今保存完好。只是历经千多年的岁月沧桑，墓主的衣冠连同那曾经辉煌一时的高句丽王国都已荡然无存，棺床上空无一物。墓室外，将军坟沐浴在夏日夺目的阳光下，而这墓室内却清幽如许。此情此景，令来凭吊的我辈莫名地生出几许怅惘，同时也有一个突如其来的疑问悬停在空中——当文咨明王罗云从祖父长寿王手中刚接过王位不几年，于公元494年接纳"夫余及妻孥以国来降"时，他知不知道，想没想过，五百多年前，他们的远祖、高句丽王国的创始人朱蒙还曾是夫余国王子？且与夫余后来的金蛙王有着一段感人的交往？——公元19年夏，高句丽始祖朱蒙之母柳花夫人死于夫余，夫余王金蛙仍以太后礼仪厚葬柳花，并建神庙奉祀。此情不可谓不重。同年冬，朱蒙还遣人前往夫余，厚赠高句丽方物以报答金蛙的大恩大德。朱蒙与夫余王室的爱恨情仇岂是一个"缘"字了得？然而正是朱蒙当年从夫余的出走，才有了高句丽王国，才有了好太王、长寿王、文咨明王这些后世子孙得以一展身手的广阔舞台……

更令凭吊者纳闷的是，朱蒙出世与东明降生创业的神话传说竟然高度重合。创立夫余国的东明是因其母"有气大如鸡子，从天而下，我故有娠"而生；打造高句丽政权的朱蒙则因其母被"幽闭于室中，为日月所（照），引身避之，日影又逐而之，因而有孕，生一卵，大如五升许"，后从卵中生；东明生后被置猪圈，"猪以口气嘘之，不死；复徙置马栏中……马复以口气嘘之，不死。"朱蒙尚在肉卵中，夫余王以为怪物，弃之，但狗不敢食，牛马绕行，群鸟遮护，刀砍斧劈皆不开，只好交回其母柳花，后由肉卵生一英俊男儿。——总之，他们都是天纵英才，号称"上帝之子"，非凡夫俗子所可比也。而且，两人生于宫廷，皆为庶子，又皆善射。且都由于英才遭忌，于是一个离开王宫南下，建夫余，另一个弃夫余远走高飞，创高句丽。前后相距不到二百年。

尽管神话云山雾罩，学者们依据各种史料做出的分析也使我们能像接近东明一样，走近一个比较符合历史真实的朱蒙。

他是夫余王子，但其母柳花夫人非夫余王正室，故朱蒙也只是庶子，同其母一样，朱蒙在夫余王室中地位不高。然而位卑者往往高贵，练就一身武功，又智勇过人的朱蒙在以王位继承为争权夺利之核心的宫廷斗争中处于不利地位，经其母柳花夫人点拨，他带领亲信乌伊、摩离、陕父等三人脱离王室逃出生天，跟随他的或许还有一支军队。这一行动发生在汉元帝建昭三年（前37），朱蒙时年22岁。

在当今这个年龄的男人还被称为"男孩"，似乎迟迟不愿长大，而两千余年前的"男孩"朱蒙，却已经历了生与死的考验，冰与火的洗礼，他们一行来到土壤肥美，山河险固的卒本川（今辽宁省桓仁县城附近）居留。两年后，开始在纥升骨城营建都城。因此地是西汉王朝玄菟郡管辖下的高句丽县，所以朱蒙在卒本川建国后就定国名为高句丽。

不过，除了后人附会的朱蒙出生、去国的种种神迹外，当时及后世关于朱蒙行事为人的具体记述几乎是一片空白。只有朱蒙收服松让一事，倒有笔记小说式的传闻：朱蒙建国立都后的某一天，在沸流水边发现有菜叶自上游漂来，断定上游一定有人居住。乃以狩猎之名率人顺流而上，来到沸流国所在地。沸流国王松让问朱蒙："寡人僻在海隅，未尝得见君子。今日邂逅，不亦幸乎？然不识君子自何而来。"朱蒙答曰："我乃天帝子，来都于某所。"松让曰："我累世为王，地小不足容两王，君立都日浅，为我附庸，可乎？"朱蒙闻言十分恼怒，双方决定以较量射艺决定胜负。结果，精于射术的朱蒙获胜，松让服输。翌年，松让举国降之。朱蒙将其地作为多勿部，仍命松让管辖。

这个故事相当精彩，从中可以看到朱蒙在创国之初是如何用智慧、计谋赢得机遇，以兵不血刃的和平方式获得新地盘的。当然也不能一概和平解决之。毕竟是开疆拓土的战争，军事行动肯定是主要方式。公元前32年，朱蒙命乌伊等率军征伐了位于今长白山东南的荇人国，并在此建立了高句丽城邑。公元前28年，朱蒙又命扶尉率兵灭掉了位于今长白山东部的北沃沮，也在此地建起了高句丽城邑。至此，朱蒙用十余年时间建成了由夫余人、高句丽人、濊貊人、汉人等各民族组成的地方政权，势力扩至沸流、荇人、北沃沮等部落，辖有今通化县、白山市、临江市、长白县及长白山东北一带。公元前19年（汉成帝鸿嘉二年），完成了立国建都扩地大业的朱蒙去世。在位19年，年仅40岁。

朱蒙可说是高句丽乃至整个东北古代史上的一个传奇。他励精图治，赤手空拳打下一片天地，在沉寂的吉林历史天空爆出了一团璀璨的焰火，照亮了他后世子民大展拳脚的舞台；他英年早逝，没有留下任何有关他死因和遗言的记载，我们无从揣测他是心有不甘还是心满意足。但不争的事实是，朱蒙创建的高句丽国，经过他二十几代继任者的打拼，延续了七百余年，这在中国历史上的少数民族地方政权中几乎是绝无仅有的了，国祚之长几可直追中原八百年殷周王朝。这也是朱蒙垂于青史的不朽成就。

朱蒙的继任者中，鲜有昏君，其中有几代王更是文治武功，声威显赫。第二代王琉璃明王即位仅一年，就完成了"迁都国内（今集安市区西部），筑尉那岩城"的国家工程，使高句丽王国在此雄踞400年之久，在白山黑水间上演了不断开疆拓土、整治政经、发展文化教育、同中原王朝偃武修文、友好往来的精彩剧目。第十九代广开土王（即好太王）谈德更是一代雄主，史称其"生而雄伟，有倜傥之志"，在位期间励精图治，南征北讨，扩大了高句丽的疆域，增强了高句丽的国力，将高句丽推上辉煌顶峰。他战胜朝鲜半岛的百济并取得其以南大片土地，为其子第二十代王长寿王迁都平壤创造了有利条件。长寿王即位不久即迁都平壤以避北魏之锋芒，从而使高句丽在此后二百余年间得以在朝鲜半岛上充分发展。为感念先王的功绩，第二十代王长寿王巨琏在好太王故去第三年修建了好太王碑，时在414年（东晋安帝义熙二年）。就在这为好太王记功的碑文中，还特别铭刻了其始祖朱蒙"剖卵降世生而有圣德"及南下建国途中的种种奇闻。

朱蒙死后被葬于今辽宁桓仁的龙山，谥号东明圣王。其墓今尚在，但较粗糙简朴。其后代子民却经长达数世纪的不懈努力，创造了高度发达的高句丽文明。尤其是他的历代子孙，留下了高句丽山城、千里长城、洞沟古墓群、太王陵、将军坟、五盔坟、四盔坟、千秋墓、国内城、丸都山城、关马山城、霸王朝山城等一大批古建遗迹。特别是好太王碑闻名遐迩，成为上继朱蒙下启后世的里程碑式的国家级文物。

令人慨叹的是，长寿王死后，其继位者一改前朝内奉中原的遗策，重起刀兵，导致包括隋唐两朝最高统治者隋炀帝、唐太宗御驾亲征的数次战争。668 年唐军直逼平壤，高句丽末代王宝藏出降。"最是仓皇辞庙日，教坊犹奏别离歌。垂泪对宫娥！"此时宝藏心中况味，亦如南唐后主李煜乎！所谓"早知今日，何必当初"，此其谓与？从此，由始祖朱蒙创立，经二十几代王朝苦心经营 705 年之久的高句丽国在大唐版图上化作 9 个都督府，42 个州，100 余县。由唐代名将薛仁贵出任平壤安东都护镇守之。

四

当东明、朱蒙在时光隧道中渐行渐远，历史的尘埃将他们印在吉林大地上的深深足迹一个个掩埋之际，又一个少数民族强人大祚荣连同他创建的渤海国于公元 698 年崛起于盛唐时期的吉林大地。此时距高句丽为唐所灭（669 年）仅 30 年。

渤海国是建于唐代以靺鞨族人为主体的地方民族政权。说起这靺鞨族来，真大有来头。作为中国东北地区古代少数民族之一，其远祖肃慎族自先秦以来即生息于东北的白山黑水之间，但其族名却一变再变：东汉之际改肃慎为挹娄，南北朝时挹娄改称勿吉，后又称靺鞨。渤海国时"始去靺鞨号，专称渤海"，渤海之后其遗裔先后易名女真、满洲、满族。

　　不管怎么称呼，靺鞨部族历史上一直与中原政权保持臣属关系，不断送子弟到内地留学，派使节到内地取经，如饥似渴地学习中原先进文明。但同时与高句丽有着十分复杂的爱恨关系，既受高句丽驱使，又常与之发生冲突。隋末，粟末部首领与高句丽战，战败后，率其部千余家内属，处之于营州（今辽宁沈阳）。这些定居下来的粟末靺鞨人"与边人来往，悦中国风俗，请被冠带，帝嘉之，赐以锦绮而褒宠之"，从而加速了靺鞨人汉化的进程。高句丽灭国后，大批高句丽人和依附于高句丽的粟末靺鞨、白山靺鞨人纷纷内迁，并与营州的粟末靺鞨人会合。在这个内迁浪潮中，就有大祚荣父子率领的家属部众。他们同隋朝时就迁入营州的粟末人和汉人杂居一地，更多更直接地受到先进汉文化的熏陶，知悉了创建政权的基本套路。这就为靺鞨人建国注入了初始能量。而这时，中原唐王朝内政纷乱，放松了对东北各少数民族势力的控制。特别是高句丽灭亡，契丹入侵河北阻隔了唐对东北的掌控后，东北地区突然出现了权力真空。

　　面对这天赐良机，已经蓄势多年的大祚荣父子毅然率部东归。自营州东渡辽水，抵达长白山下靺鞨人的故地，很快同当时的高句丽遗民及其他几个较大的靺鞨部落联合起来，成了一股不可小觑的地方势力。大祚荣利用契丹阻遏唐军进讨的机会，凭仗所在奥娄河（今牡丹江）的险要地势，筑城自卫，于698年宣布建国称王。自行将朝廷赐颁其父的"震国公"晋升为"震国王"。接着遣使突厥，结义盟好，消弭外忧。不久，又将王都迁往敦化市南郊的敖东，以利于农业生产和向四周发展。体现出大祚荣开放长远的政治眼光。

705 年和 713 年，唐中宗、唐玄宗先后两次派遣使臣前来招慰和册封，颇识时务的大祚荣欣然拜受，将自号的震国废弃，而按朝廷的封号，专称渤海国，并去掉原有的靺鞨族名，自此称为渤海人。这种名义上的改动意味深长，表明大祚荣本人既是靺鞨人的最高首领，又是唐王朝委任的地方行政军事长官；渤海国政权既是靺鞨人自己管理自己的行政机构，又是唐朝管辖内的一个州，是唐朝的地方行政建制。

纵观靺鞨族的历史，那真是一个孜孜以求，不断将创建政权、创立王国的政治游戏操弄于股掌之上的大玩家。当它被称作女真时，他们在北方建立了金国；当它被称为满洲时，他们从白山黑水大举入关，建立了大清帝国。而在这两次立国大典之前，他们于中国的盛唐时期以渤海国的名义进行了史上第一次的"建国"演练。

同夫余的东明、高句丽的朱蒙一样，史籍中没有留下关于大祚荣个人音容笑貌、行状谈吐的任何资料。有关他发迹、立国的有限记载不过是夹在书本中风干了的记忆碎片。然而他们的确是在吉林这片黑土地上生龙活虎般生活过的一方豪杰，他们当年搞风搞雨留下的遗迹至今犹在可见，到处都散发着曾经身处其中的历史人物的气息。努力捕捉这些信息，人们有理由相信，这个大祚荣应该是一个长着圆阔脸庞，上唇蓄着两撇长须，鼻隆额方，双眸隐有精光的汉子；身材不一定高大，但必然是敦实强健的，且娴熟刀弓，行动干练机敏；此公还应是腹有机谋权变，辩才无碍，极富鼓动性和浓厚的个人魅力。不然，他怎么能在信息流通闭塞、交通十分不便的中古时代，审时度势，把握机遇，该出手时就出手，打出"建国"旗号而又能避开各方势力的干预，在一片"空白"中以自保？我们可以想见，在他们内迁营州的 30 年漫长岁月中，大祚荣是怎样日复一日奔走于这里结交的汉人高句丽人之中，时而谈笑晏晏，时而买醉醺醺，时而埋首中原典籍华章，时而投身当地各种官办民办的社会活动；在这样的场合，他精力充沛，行事豪爽，能屈能伸；双眼偶或精光一闪，随即敛去，换上狡黠或诚恳的笑意。就是这样，他不仅结交了一批各色朋友，更是把中原王朝的典籍制度、政权运作模式、官场礼仪学到手。东归长白山后，当地的高句丽遗民，以及其他靺鞨族部落，为他杂博的见识、为他极富煽动性的口才、为他提出的充满诱惑性的"建国"方略、为他身上散发出的领袖魅力所折服，于是自愿联合起来，成为实现大祚荣建国梦的基础力量。

大祚荣当然是一个富于政治智慧、目光远大的人。这种政治智慧和政治眼光最重要的是体现在他对中原王朝的态度上。

中国的中原文明历史悠久，内容宏富，在社会发展阶段和政治制度、经济水平、文化层次上远远高于周边少数民族地区。依托这种高度文明崛起的历代中原王朝在体量上，在政治、经济、军事实力上，在文化同化力上，都是其他地方势力难以望其项背的。看看吉林历史上的几个地方政权吧，当它们同中原王朝交好时，就有了强大的政治依托和安宁保障，中原先进的文化就得以传播过来，有力地推动地方政权在政治、经济、社会各方面的发展——这种速度远远快于其自身自然式的发展，甚至出现跨越历史阶段的奇迹。夫余国在其延续的数百年中同中原王朝的关系分分合合，但总体上是内奉中原的，中原王朝先进的典章制度对于夫余的政权建设起了很大作用。但当中原地区社会动荡，中原王朝国力衰微时，地方政权就陷入互相攻伐、一朝败亡的境地。夫余国正是在中原政治陷入分裂，无力他顾时被其他地方割据势力击溃的。高句丽王国的700年历史中，内奉中原也一直是其当权者的国策，该国从这一政策中获益多多，是达成其繁盛的一个重要因素。直到隋灭唐兴，高句丽、百济不遵唐命，联合进攻新罗，违背了同唐王朝的友好藩属关系，唐太宗天威震怒，发大兵两次亲征高句丽，高句丽由是覆亡。

高句丽灭国，距大祚荣建国才不过30年。殷鉴不远，他应该是感同身受，刻骨铭心的。这个腹有机谋但深藏不露的强人，当唐中宗、唐玄宗两次遣使来招慰册封时，他不仅毫不犹豫地拜谢受封，而且为了表示效忠朝廷、履行属下职责和义务，大祚荣还遣其子大武艺随唐使入长安谢恩为质。在他执政期间，先后六次派遣其子或属臣入唐朝觐，贡献方物，领取赏赐。他还向唐朝廷奏请就市交易，并要求到内地做佛事交往。这些请求，大唐王朝都一一予以满足。

719年春，70岁左右的大祚荣去世，但他与中原王朝修好的国策被其继任者们承袭下来。据统计，渤海入唐朝贡先后达49次之多。就是说，千多年前，在今吉林敦化到陕西西安的漫漫长路上，大祚荣的子孙和使节们曾经不知疲倦地、虔诚又满怀希望地为唐王朝奉上吉林的土特产贡物、渤海王室的奏章信札，又从唐王朝带回丰厚的赏赐、坚定的承诺和各种支持。正是这种政策，维护了渤海国的政治稳定，经济发展，社会平安。渤海国经大祚荣 20 余年的打理，到他离去时，已占有地方两千里，编户十余万，拥有"胜兵数万"，享有"海东盛国"之美誉。他的子孙中，第三代渤海王大钦茂偃武修文，宪象中原制度，大力推进唐朝政治制度和文化思想，诸如统治机构设置、地方行政区划、官吏配备、通行汉文字、崇尚儒家思想等等，都与唐帝国这个时代巨人顾影随形，形成"车书本一家"的格局。到第十一世渤海王时期，渤海社会经济长足发展，"海东盛国"于此达到巅峰。

大祚荣创建的渤海国，是中国历史上少数民族地方政权中与中原王朝关系最为友好的一个藩国，也是汉化程度最高的地方自治政权，对促进东北境内各民族大融合，推动东北地区的早期开发，都居功至伟。渤海国王大祚荣，继东明、朱蒙之后，也在白山黑水间留下了巨大的足迹。至于他魂归何处，已无足紧要了。

五

东明建夫余国于公元前 2 世纪末之前，公元 494 年降于高句丽，享国近 700 年。朱蒙创高句丽国于公元前 37 年。从朱蒙立国到夫余降高句丽，其间有 400 多年之久是夫余与高句丽的并存期，称得上是双雄并峙，让沉寂的吉林大地红红火火热闹了好几个世纪。朱蒙出自夫余国王室，与夫余同属濊貊族，高句丽人也是由濊貊族系中分化出来的一个部落。这两个同出一源的部落政权在 400 余年中既交往又争斗，其势此消彼长，最终夫余为高句丽所亡。但这两个地方王国都创造了深受中原文明影响的璀璨地域文化，当这两颗硕大的流星划过沉沉中古吉林的历史天空时，几个世纪的人们都在仰首观望点赞，为它们莫名的瑰丽，也为它们多舛的宿命。

将军坟和它的主人见证了夫余王的来降，也见证了故国自身的陨落。但它更见证了另一颗新星的迅捷升空。仿佛是为了不使吉林这片黑土地重归沉寂，距高句丽繁华散尽仅 30 年，渤海国就横空出世，以 200 多年的历史，以别样的风采风情让世人永远记住了大祚荣及他的子孙们。

我们再一次来到了将军坟。登上坟顶自有一种"念天地之悠悠"的指顾历史风云，挥洒无边思绪的感慨，但进入长寿王曾长卧的墓室，更有某种如进入到金字塔深处，触摸历史深层内核，悟感某种历史玄机的深邃、凝重。同行者已经各自走开，墓室内光线逐渐阴暗。我静立着，思绪似已弥散在浩茫无际的时空……我在时空中穿越千载，努力感受着当年虽寿高 92 岁但已然了无知觉的长寿王的衣冠被他的臣民们送进这墓穴时的场面和气氛，感悟着代代无穷已地书写历史，又随时随地被历史清场的被称作"历史人物"的那种生命存在的真谛和意义……

2015 年 2 月

西陵纵横

泰陵怀古

这就是清西陵吗?

我们这一群在保定参加精神文明建设宣传经验交流会的新闻工作者,驱车百十里来到易县的永宁山下。举目都是光秃秃的丘陵,既无泰岱之雄,亦无峨眉之秀;却兀地现出一片苍松翠柏,掩映着洁白的雕栏玉砌、大红的朱门宫墙,墙内祭殿巍峨,明楼高耸,黄、绿两色的琉璃瓦顶在春日的阳光下金碧辉煌;明楼后面一座座巨大的圆形宝顶(坟丘)却似蹲伏不动的庞然怪兽,将它们的脊背拱向蓝天,有如斯芬克斯,使这静谧的幽谷平添了一股森然的威压之势。就在这周边达百余公里、围墙达 21 公里的陵区内,有帝陵 4 座(雍正泰陵、嘉庆昌陵、道光慕陵、光绪崇陵),后陵 3 座,妃陵 3 座,王公、公主园寝 4 座,共葬 76 人。陵内殿宇千多间,石建筑和石雕刻百余座,建筑面积达 5 万多平方米。真是名副其实的"帝王之谷"！

可是，当年那崛起于关外林莽的满族帝王入主中原后，为什么要选择这远离京城的不毛之地作为自己的"龙穴"，而没有像明十三陵那样就近建造呢？

只有当我们登上雍正葬身的泰陵明楼披襟当风时，才看出这"万年吉地"的恢宏气势——苍黄的山丘绵延无尽，如大海波涛起伏，风中疾走的白云仿佛在追逐、在搏击这滚滚黄涛。高天寥廓，思绪纵横。虽然时值仲春，却似乎有股秋肃之气扑面而来。我忽然想起"骏马秋风冀北"之句，那是何等壮阔的图画——秋草浪涌，雁阵横空，塞马长嘶，金风飒飒。的确，这冀北燕赵之地的气象是迥异于"杏花春雨江南"的，它线条粗犷遒劲，色块凝重浑朴，韵调激越苍凉，不似江南的旖旎秀雅，完全是一种伟岸的阳刚之美，与关外的白山黑水相仿佛。三百多年前，当勃兴于白山黑水间的八旗精锐金戈铁马问鼎中原时，是很有些"掣长鲸于碧海"的阔大气魄的；尽管此后歌舞升平的安逸享乐生活使骁勇善战的八旗子弟每况愈下，但他们的祖先却无愧于富有开拓进取精神的一代天骄。马克思曾说过，不管资产阶级社会怎样缺少英雄气概，它的诞生却是需要英雄行为的，它的斗士们需要从古代的传统中找到把自己的热情保持在伟大历史悲剧高度上所必需的理想和幻想。封建时代每个新王朝的创业者大概也是如此吧？处于奠国拓疆、康乾盛世之间的雍正之所以看中这块宝地，是不是塞马秋风的雄厉景象重又激起了骨子里已逐渐泯灭的先人豪气，勾起了对发祥之地的缅怀呢？当然，更可能的是想借这山川之灵气以昌盛国脉吧。

可叹的是，此后的清王朝闭关锁国，不仅拒绝吸收外来的先进的东西；而且窒息内部的一切新事物，终于走到了穷途末路。光绪看到了"国将不国"的危机，支持新派谭嗣同变法维新，以图振作，孰料却遭西太后慈禧的无情扼杀。其时清王朝气数已尽，备受西太后挟制的光绪生前已无力为自己营造陵墓，清亡之后才由逊清皇室继续修建，其建制规模已无复往昔景象，却也忝列于此，实际上，它既是一个皇朝的终结，也是整个封建社会的终结。

不过今天的游人们似乎对这位短命皇帝无多大兴趣，倒是往往在崇陵之东的珍妃墓前驻足遐想。据说，光绪、珍妃两情融洽，珍妃是支持光绪变法维新的，因而招致慈禧的嫉恨，将她打入冷宫意犹未尽，终于在1900年借八国联军攻陷北京之机将她投入水井，致使这弱女子24岁就玉殒香消，其后遗体几经辗转才迁葬于此，光绪生前与珍妃咫尺天涯，死后才泉台相会，这个爱情上、政治上的悲剧，留给后人不少值得咀嚼的东西……

燕赵悲歌

燕赵自古多慷慨悲歌之士！

即以清西陵坐落的这片古老土地而言，就西有紫荆山，南有易水，与狼牙山隔水相望，东为燕国古下都遗址。公元前227年，秦国出兵进攻齐、楚等国，将及燕国。在燕国"小弱，数困于兵，今计举国不足以当秦。诸侯服秦，莫敢合从"的危急形势下，侠士荆轲受燕太子丹之重托，仗剑入"虎狼之强秦"

谋刺秦王，以解燕国之危。就是在易水之滨的军事重镇燕下都，荆轲与"皆白衣冠以送之"的燕太子丹等诀别，慷慨悲歌："风萧萧兮易水寒，壮士一去兮不复还！"后人慕荆轲之雄烈，乃将易县城西南一山名之为荆轲山，上建荆轲塔。而与此塔相距三十多公里的狼牙山上的烈士塔却铭刻着人民革命战争年代更为激撼人心的悲壮一幕——1941 年秋，日本侵略军三千余人分九路向我晋察冀边区大举进犯，我主力部队转移到外线作战，仅留下少量部队在狼牙山的牛角壶一带牵制敌人。浴血奋战之后，只剩下马保玉、葛振林等五战士，在三面受围、弹尽粮绝的情况下，他们宁死不屈，跃身悬崖，是为狼牙山五壮士。

现在，当我们站在西陵最高处遥望荆轲山、烈士塔时，似乎易水之滨仍在回响着"壮士一去兮不复还"的历史余音，狼牙山上惊心动魄的悲壮呐喊犹在百里陵园中振荡……"天地有正气，沛乎塞苍冥"，正是这浩然正气，铸就了燕赵豪杰，民族精英。

保定地委宣传部和西陵文物保管所的同志的介绍，又把我们引回到现实中来——十年浩劫，河北，尤其是保定地区（易县当然不例外）成了重灾区：武斗猖獗，派性恶性发展，党政机关瘫痪，经济受到严重破坏，某些贫穷山区的人民甚至连温饱都没解决，整个局势在动荡之中。北京和全国在关注着。这儿的人民毕竟有燕赵豪杰的气概，从党中央派来的省委第一书记、新上任的保定地委书记、到山沟沟里连饭也吃不饱但却舍家豁命要告倒贪赃枉法者的农民大娘，都把希望、赤诚和一腔热血放在贯彻落实党的十一届三中全会以来的方针、政策上去了。经过艰苦的努力，他们消除了派性，稳定了局势，发展了生产。接着在席卷全国的改革大潮中，在社会主义物质文明和精神文明的建设中，他们又做出了显著的成绩。且看保定地区——1958年荣获周总理签发的"农业社会主义建设先进单位"奖状的辛兴村党支部以党风带民风，促进了经济的迅速发展，被河北省命名为"文明村"；定州市总司屯办事处运用"层次对应"的方法，对农村党员进行教育，取得了最佳效果，定县县委、县政府把全县多个自然村分为6个基地、20个基点分类指导，聘请科技人员为顾问，建成3万多亩"千元田"；涿县解放生产力，11万妇女投入十大行业的商品生产，仅1984年即创产值1.5亿元，约占全县工农行业总产值的50%；易县北管头村5名青年组成"狼牙山青年林业社"，两年绿化荒山2700亩，被全国绿化委员会和团中央授予"绿化祖国突击队"称号；涞水县大力发展"双向式"城乡经济，望都县建立"农副产品生产者协会"，安国市创办了农民技术研究会，广泛开展"抓科技，增效益"的活动……类似的两个文明建设的先进事例，保定地委的同志可以一气举出上百来个。就连这个1961年被列为全国重点文物保护单位的清西陵也焕发出了新的光彩。1980年以来，该陵文物保管所同当地驻军一起，从清理陵区环境入手，在职工中大抓"四有"教育，不断把"五讲四美三热爱"活动引向深入。目前整个陵区清除草茨面积达30多万平方米，运走垃圾1300多立方，完成了4座帝陵的消防安全给水网的铺设工程，补栽常青树木一万多株，育苗15亩，培养花卉百余种……西陵的如此变化，恐怕是长眠在西陵下的那些人万万想不到的吧？

当然，燕赵大地上两个文明建设的硕果不是轻易得来的。

在经济体制改革和经济建设的进程中，省委、地委和人民群众一道，经受了改革的阵痛，经历了曲折的斗争，付出了大量的心血。蒋子龙不是写过表现农民改革家阔大胸怀和坎坷命运的报告小说《燕赵悲歌》吗？的确，改革，仍然需要敢于拼搏、敢于开拓前进的慷慨悲歌之士！不过，这"悲"并非悲切、悲痛、悲哀、悲剧的"悲"，而是悲壮的"悲"，是为了祖国的前途，人最宝贵的精力和生命在上下求索、九死不悔的奋斗中奉献、升华所展示的深沉、壮美和崇高。是的，我们面临的"第二次革命"——改革，正在造就千千万万新时代的慷慨悲歌之士，有了他们，我们改革的成功、目标的实现，是毫无疑义的。

两个世界

易县人民不会忘记 1982 年的 4 月 18 日。这天正是星期天，清西陵桃红柳绿，游人如织，春意正浓。上午 9 点 30 分，中国民航的一架直升机在陵区上空盘旋了一圈，然后降落在泰陵小牌楼西的海墁上。机舱门打开，健步走下舷梯的竟是日理万机的胡耀邦同志！

总书记立即同游人们汇聚到一起了。他进了隆恩门，但只看了一眼隆恩殿，转身就往外走。常驻西陵文物保管所的易县文化局副局长跟了出来。总书记详细询问了保管所的情况后，笑着说："那还不错，今后在搞好文物保护和旅游外，还要搞绿化，美化环境。"随后，耀邦同志又来到嘉庆昌陵西边的驻军营房，接见了这个部队和易县各部门负责人，听取了易县县委关于发展林业的汇报，针对太行山区的特点，做了建设山区、绿化山区的指示。

这是一次普通的来访，又是一次重要的视察。西陵之所以有今天的新貌，太行山区之所以有现在的变革，都跟总书记的此行有关。这以后，一些中央领导同志曾多次亲临河北的城市山乡，同地方的同志一起共商发展生产、富国富民的大计。就在我们参加的精神文明建设经验交流会召开前夕，即今年4月17日到20日，耀邦同志又来到保定地区的5个县，风尘仆仆地实地考察、访问农户、开座谈会，就加快山区建设步伐，尽快绿化太行山做了重要指示。在这次视察中，耀邦同志希望广大中青年干部要学会两件本事：一是要学会创造性地贯彻上级指示；二是要学会正确处理党内矛盾。"我们之有今天，全靠了党中央的指引啊！"保定地委、易县县委的同志谈起这些，感激之情发自肺腑。我们也深有同感。

在由易县乘车返回保定市时，大家忽然瞥见了车窗外早已荒废、又被农田水利建设切断的路基和河中光秃秃的石砌桥墩，地委的同志颇有感触地指点说：那是当年西太后慈禧由北京来西陵谒陵时火车道的残迹。史载，清朝自在河北遵化和易县分别修建东、西二陵后，每逢皇帝谒陵祭祖都要兴师动众，皇舆、坐骑、车辆、差役、御林卫队旌旗蔽日，甲仗耀目，浩浩荡荡，接连数里，来回四百多里的行程，所耗人力、物力、财力之巨令人咋舌。1903年，那个扼杀变法、敌视科技、丧权辱国的西太后谒陵，却是坐火车去的，演出了一场用近代科技为封建宗法、神权活动服务的闹剧。当时卢汉铁路（卢沟桥至汉口）北段已建成，但京卢之间尚无铁道，为了这次谒陵，特地抢建京卢段，同时铺设由高碑店至易州（易县）泰陵的轨道，使之与卢汉铁路相衔接，仅此一项花白银 60 万两。铁路既成，又特别筹办谒陵的专用车辆——龙车。承办此事的盛宣怀、袁世凯等人借机邀宠，大事铺张，把个龙车弄得珠光宝气，甚至特置吸鸦片床，如意桶（"便溺器也，底贮黄沙，上注水银……外施宫锦绒缎为套，成一绣墩"），极尽奢华之能事。随行的有光绪帝、后妃和庆亲王等一大帮皇亲国戚，盛、袁二人亦在内。现在，面对当年的铁道残迹，这里的人们已经司空见惯，但乡亲父老和地、县的同志每谈及此事，辄感慨系之：谒陵之举对于封建统治者来说完全是为了维系一己皇权，显示其统治的合法性、延续性，但对于人民群众来说则是一场劫难。慈禧谒陵给沿途百姓带来沉重负担和骚扰，以至事后朝廷不得不宣布这些地方"应征本年钱粮，著加恩蠲免十分之三"，以免激起民变。所幸社会发展的规律不以任何人的主观意志为转移，封建统治者的"敬天法祖"也不能挽救束缚生产力发展的旧社会的必然灭亡。

巴士沿着坦荡的公路，在这片古老而又年轻的土地上疾驰，西陵远去了，狼牙山掠过了，前方，绿野无垠，桃云似锦，清风拂面，春光正媚……

1986 年 6 月 16 日

深深的海洋
——为一位伟人而作

好想写写这位世纪老人。

却又久久难于下笔。

你面对的是浩瀚深邃的海洋，是这个星球上生命起源的地方，平静时碧波万顷在晴空下无际无涯地荡漾铺展，其博大足以汇纳千流万水，一旦深不可测的海底火山喷发，那烈焰熔岩会使每一朵浪花都燃烧，使整个大海都沸腾，其气势无与伦比……当一位伟人魂归大海，当这位伟人波澜壮阔的一生如大海般在你眼前涌现出千般气象万种风神时，你惊叹，你震撼，你崇仰，你甚至敬畏，你唯独难以平静从容地为之礼赞……

一

1974年4月，邓小平率中国代表团出席联合国第六届特别会议，他的使命是代表中国阐述毛泽东关于"三个世界"的理论和中国的对外政策——我之选择这一事件、这一时刻来开始本文，是因为这不仅仅是"文化大革命"以来自我封闭近十年的中国重新与世界对话的时刻，而且是作为世界性杰出领袖人物邓小平政治生涯中最具传奇性、最具戏剧性的时刻。

法新社4月7日电："昨天，当中国副总理邓小平这位一向只对政府最重大的工作负责的第一流的老资格领导人，在中国航空公司的伊柳辛式62飞机上系紧安全带准备从北京长途跋涉到纽约的时候，全世界的人在预料中国将有某种真正的惊人之举的心情下简直好像听到了他系紧安全带的声音。"法新社记者并非夸大其词。邓小平在联大特别会议上的发言产生了强大的冲击波，成了"台风眼"。《纽约日报》4月12日现场采访专讯这样介绍："邓小平着黑色中山装……面容严肃地缓步进入会场。当他演说时，会场特别宁静，气氛极为肃穆。"讲毕，掌声雷动。日本《产经新闻》电讯描绘说，"中国代表团的行动简直像主角一样。邓代表遭到了相机的集中进攻，他的座位周围人山人海。"

这种热烈场面的出现，固然因为邓小平"是迄今为止访问美国的中国最高首脑"，代表中国所做的猛烈抨击美苏两个超级大国霸权的讲话在第二、第三世界代表的心中产生了共鸣，当然毋庸否认，邓小平的领袖群伦的大国领导人的凝重风度，他的不可阻挡的个人魅力，肯定也是形成这股劲风的强大因素。

4月14日晚，作为被邓小平猛烈抨击的超级大国之一的美国的国务卿基辛格博士举行宴会同邓小平会晤，私下会谈了3个小时。"说实话，我那时不知道他是谁。因为他在中国的'文化大革命'中受到迫害。"基辛格后来回忆说。这个精明的美国佬当时甚至不知道邓小平是中国代表团的团长。但是，当邓小平在晚宴上和基辛格折冲樽俎时，基辛格肯定意识到眼前这位比他矮一个头的英华内敛的"东方小个子"那百折不回的钢铁意志和再造乾坤的巨大能量，邓小平处理事情的果断能力以及对事物的洞察力给基辛格留下了深刻印象。在潜意识中，他是否已将邓小平列为自己今后要长期与之打交道的令人生畏的强硬对手呢？

——但是基辛格绝不会料到，中国国内的政治阴影又将降临到邓小平身上。"文化大革命"中的中国，革命的戏剧效果一个胜过一个，人和事物好像是被"盛大节日"的五彩缤纷的火光所照耀，在"四人帮""造反派"那里几乎每天都充满极乐狂欢；而社会在还未清醒地领略疾风暴雨的"文化大革命"灾难性后果之前，一直是沉溺于长期的酒醉状态，以致被几个波拿巴式的政治骗子的如簧之舌所蛊惑，甚至不惜将人民最优秀的儿子、民族最可贵的精华送上"革命"的祭坛。不到两年，已被打倒过两次的邓小平在实行了大刀阔斧的整顿后第三次被打倒。

——基辛格更不可能想到，中国人民、中华民族、中国共产党的自我批判能力、自我否定能力和自我再生能力远远超出了世界上一切预言家的预料。他们在自己无限宏伟的目标面前虽然由于一时的失误被迫再三往后退却，给世界上一切爱它、恨它、观望它的人们留下了一连串的不解之谜；但它一旦退到无路可退之际，就会置之死地而后生，将三千烦恼丝一刀了断——"四人帮"一夜覆亡，"文化大革命"戛然而止，众望所归的邓小平第三次崛起。邓小平的这次崛起，带来了社会主义中国翻天覆地的巨变，从而大大加速了中国跻身现代化强国的进程，强有力地影响了国际社会的政治经济格局。

苍天有眼，斯民有幸！

二

在中国人和外国人心目中，邓小平是一位充满传奇色彩的大英雄。

试想，在中外古今的政治风云人物中，有谁经历过三落三起的波折？有谁经受得住三落的浩劫？又有谁能创造出三起的奇迹？

如果说，邓小平政治生涯中的第一次跌落，即20世纪30年代初遭受王明的"左"倾宗派主义打击而受到党内"最后严重警告"处分，被撤去职务，这在当时错综复杂的国内外政治背景下，对于老一代的革命者似乎还难以避免，带有某种规律性的话，那么，他的第二次跌落，即在狂热的"文化大革命"极"左"灾难中成为首当其冲的目标，就几乎是必然的了。

倘若只有前面两次跌落，那么事情就止乎此了，他本人或许会背着恶名被历史灰积尘封，中国则将继续在"左"的泥泞道上蹒跚许多年。所幸的是，两千多年前孟子说的"天将降大任于斯人也，必先苦其心志，劳其筋骨……"注定要在20世纪中叶通过邓小平做一次辉煌的验证——邓小平在第二次跌落后第二次崛起，第二次崛起又导致了最为神奇的第三次跌落和复出。

被作为"文化大革命"主要对象而被打倒在地的"第二号

最大的走资派"在"文化大革命"中重新上台来整顿"文化大革命",这在当时已远远超出了人们的政治想象力。但历史的辩证法就是如此无情、如此神妙——在林彪折戟沉沙、"文化大革命"已将整个国家引入死胡同、毛泽东为此而沉思而焦虑之际,时代呼唤着一个能"重整朝纲"的强有力人物出来,"如果没有这样的人物,它就要创造出这样的人物来"(马克思语)——被发落到江西新建县劳动,在后来被称之为"邓小平小道"上走了三年思考了三年的邓小平,就是这样一位为时代所需要又被时代所"创造"的杰出人物。

邓小平第二次复出的几年中,统筹全局,力排干扰,大刀阔斧的整顿使被"文化大革命"搞得满目疮痍的国家重现生机,证明了他有治国安邦的好手段,而不仅仅是一个充当配角的人。当整顿的刀斧即将触及"文化大革命"的根本时,内心十分矛盾的毛泽东要求邓小平主持中央政治局会议,做一个评价"文化大革命""十分成绩,三分缺点"的决议。

按照世俗的看法,无论是从人情上、策略上,都不妨做这个妥协。因为毛泽东对邓小平一直是有好感的,不然不会在邓小平第二次跌落时保留他的党籍,这是邓小平第二次复出并很快进入权力核心的一个极重要因素,更何况邓小平第二次复出后,毛泽东对他的工作给予了很大支持,赞同他搞整顿、抓生产,只是难以容忍否定由毛泽东本人亲自发动的"文化大革命"。所以毛泽东的建议中有着对邓小平的情分、也有着自己的矛盾、苦衷,更有着对邓小平的期盼。邓小平如果做一妥协,不仅人情上过得去,而且政治上可以"留得青山在",不愁以后无一展抱负的机会。但是开"钢铁公司"的邓小平以"由我主持写这个决议不合适，我是桃花源中人，不知有汉，无论魏晋"为由拒绝了毛泽东的建议。这绝不是偶然的，实乃邓小平耿直、刚毅、实事求是的性格使然，而这种性格又是同他的目标、信念、原则相一致的。

这样，一方面是要通过整顿的实际行动来扭转"文化大革命"造成的灾难，实质上就必然导致否定"文化大革命"；另一方面是要通过决议来维护"文化大革命"，实质上必然要最终否定整顿。一方面，否定"文化大革命"虽然反映了历史的必然要求，但力量相对弱小；另一方面，维护"文化大革命"虽然是一种时代谬误，但政治力量更其强大，"这就构成了历史的必然要求和这个要求实际上不可能实现之间的悲剧性的冲突"（恩格斯语），由此我们看到了作为杰出人物的邓小平的刚直性格一旦同时代谬误发生冲突是如何导致历史悲剧的，在这个悲剧中凸显出了邓小平人格的崇高。

然而，中国 20 世纪 70 年代中期这一社会悲剧尽管付出了沉重的代价，但是播撒了否定"文化大革命"的火种，启迪了人们的思想，激励了人们的斗志，为"四人帮"的一朝灭亡奠定了群众基础，为邓小平的第三次复出准备了思想条件，也为此后的改革开放开了先河。在更浓重的阴霾降临中国大地的当时，体现着中华民族傲骨的邓小平成了一种象征，一种力量，一种希望。

三

邓小平曾几次对来访的外国客人说过：我是一个军人，我真正的专业是打仗。

的确，从邓小平 1920 年 16 岁离开家乡远走高飞到法国开始他的职业革命家生涯的 70 多年中，领兵打仗就有 20 年左右时间。百色起义，创建晋冀鲁豫解放区，刘邓大军千里跃进大别山，指挥淮海战役，挥师解放大西南，和平进军西藏——在中国共产党领导的革命战争史上，留下了邓小平戎马生涯的不朽手笔，展现了他的军事奇才。然而，元戎运筹制胜，又岂止于战旅疆场！

长鲸掣碧海，大略驾群才。1977 年邓小平第三次复出后的作为表明，他在解决比军事行动更错综复杂、更需要高度的智慧和胆略的决定中国向何处去的重大政治问题上；在需要为国家、民族、人民的未来发展确定历史方位的重大转折时刻，显示出了卓越的领导艺术和高超的战略决策的能力，展现了高瞻远瞩、雄才大略、领袖群伦的伟人风范。

当时摆在全国人民面前的重大时代课题是：粉碎"四人帮"，是否意味着"文化大革命"祸害的终结？在各国争先恐后走向现代化的国际潮流中，已远远落后的中国还存不存在向何处去的问题？怎样确定中国今后的走向？……这些课题同每一个中国人都有关，但人们，或者说绝大多数普通人，虽然迫切渴求新的变化新的生活，但对此问题不但不可能有清醒的理性认识，而且在相当大的程度上还受着多年来极"左"思潮的束缚。而当时的中央负责人在此情势下做出的"两个凡是"的决断，则意味着在各个方面仍将沿袭过去的"既定方针"，其中就包含着对邓小平的"潜龙勿用"……

尽管当时百业待兴、百废待举，处在困境中的邓小平却暂时撇开千头万绪，犀利的目光盯住了被扑朔迷离情势所笼罩的整个链条中最关键的一环，那就是必须用准确的、完整的毛泽东思想来指导全党全军和全国人民。由此展开的关于真理标准的大讨论如大河奔涌，冲决了"两个凡是"的桎梏，还马列主义毛泽东思想本来面目，恢复了党的实事求是的思想路线。当时那种对思想的震撼和解放，我们这一代人至今记忆犹新。

此关键一役，促成了邓小平的正式复出，并理所当然地成为党的第二代领导集体的坚强核心，从而能够一环扣一环地采取一系列重大行动——首先是在各个领域拨乱反正，纠正极"左"，胜利召开了党的十一届三中全会；紧接着，针对党内外出现的资产阶级自由化思潮，提出坚持四项基本原则；在力排"左"和右的干扰中，十一届六中全会通过了《关于建国以来党的若干历史问题的决议》；在党的指导思想上拨乱反正胜利完成的基础上，以邓小平为核心的党中央着手研究中国现代化建设的大课题，提出了中国百年图强的三步走经济发展战略；为了保证这个目标的实现，邓小平果敢地发起了一场关于改革开放的新的革命，于是改革由农村发端迅速发展到城市，于是特区的建设，深圳、珠海、海南的崛起，东南沿海地区的开放，浪起潮涌，涛声震撼了整个中国大地……

现在我们已清楚地看到，由于邓小平英明的战略决策，中国的整个链条都动了，整盘棋都活了，促成了改革开放、经济建设如日月中天、江河行地的无法遏止的联动效应，一直惠及今天。

当然，这场战略决战没有烽火硝烟，没有厮杀呐喊；但是，交织其间的矛盾、冲突、斗争的尖锐、复杂、激烈程度却不亚于战场；投入、付出的心血、激情、苦恼、毅力、意志、企盼和取得的成就则更是空前。这毕竟是一场有 12 亿人参与、在 960 多万平方公里广袤大地上全方位展开的伟大战略决战啊！你若是从时代的高峰去俯瞰神州大地，你肯定会领略到一场新的造山运动的隆隆雷霆和恢宏壮景——它体现在冬雷惊笋般节节拔高的楼群上、联袂而起的一座座现代化城市中；体现在大街小巷"黄蚂蚁"般的人流愈来愈加速地成为五彩缤纷的彩蝶的变化里；体现在老百姓日益丰盛的餐桌上、不断完善的生活电器中；体现在愈来愈开放、自由、活跃的心态中；体现在成为畅销书的《中国可以说不》里；体现在通过传媒不断传来的中国在世界上同各大强国平起平坐的消息里；体现在洗雪百年耻辱的香港回归的欢腾中……

江泽民同志指出："邓小平同志这样说过：如果没有毛泽东同志，我们中国人民至少还要在黑暗中摸索更长的时间。我们今天同样应当说，如果没有邓小平同志，中国人民就不可能有今天的新生活，中国就不可能有今天改革开放的新局面和社会主义现代化的光明前景。"

微斯人，吾谁与归！

四

作为一个领导着 12 亿人民进行改革开放、经济建设的战略决战，推动着中国自汉唐以来又一次跃上世界潮头的大国领导人，肩上的担子绝不会是轻松的。

但是日理万机、挥斥风云的邓小平一点也不给人以负重之感。这位宽肩、结实的老人，不论是在人民群众中还是在党和国家的重要会议上；也不论是在休闲的桥牌战、水上游，还是在国际会议上、同各国首脑晤谈中，始终是精力充沛、头脑清晰、步履稳健、反应机敏、气度从容。他用两根苍劲有力的手指夹着烟卷，谈笑风生、语动四座的潇洒姿态是人们熟悉的、亲切的，但每每也给人以历史的沧桑感和敬畏感——就是在这青烟袅袅之际，一些重大的决策和举措在孕育、在形成、在实施——淮海战役中几十万国民党军在覆灭；针对"文化大革命"的整顿在雷厉风行地实行；改变中国面貌的百年图强的经济发展战略在启动……

邓小平是位"干的比说的多"的求真务实的政治家。他过人的精力与勤奋是同他肩负的巨大的工作量所需要的排山倒海般的行动能力相称的。而不断推动他和全党全国人民走向行动的则是他的思想，是现在被称之为邓小平建设有中国特色社会主义理论的科学思想。

"理论在一个国家的实现程度，决定于理论满足这个国家的需要的程度。"可以说，当今世界上，还没有一种学说像邓小平理论那样，与如此之多的普通人的思想感情、行为方式、日常生活发生千丝万缕的联系，使一个国家贫困了几千年的人民的物质文化生活水平在极短的时间里提高到为全世界瞩目的程度，使这个国家真正开始挥别一穷二白，实现向现代化迈进的跨世纪超越。这个理论给国家和民族所带来的福祉与光荣，每个中国人从自己做人的尊严、做中国人的骄傲，从展现在自己面前的个人与国家发展的无限可能；从衣食住行等一切宏伟与琐细中都切身感受到了。因此，邓小平理论在社会主义中国享有最大的权威。

这个理论的基本原理同马克思主义一脉相承，同时又极具开拓性和创新精神，有着鲜明的时代感并被赋予强烈的邓小平风格。在"两个凡是"冰封一切春之消息时，如惊雷炸响般提出，当前特别重要的是恢复毛泽东同志倡导的实事求是的思想路线；在种种"左"的、僵化的所谓"社会主义"的观念左右人们头脑时，提出要重新认识社会主义，指出我们还处在社会主义初级阶段；当东欧剧变苏联解体之后，及时提出了冷静观察、稳住阵脚、沉着应对、有所作为的方针；当举国上下面临着如何缩小同世界经济发展的差距，如何搞中国式的现代化的大课题时，系统地提出并阐明了改革开放的理论；在中国统一大业的关键时刻提出了"一国两制"的伟大新构想，顺利地实现了香港的回归……这一切，充满了开拓意识、创新精神和时代色彩，具有非凡的想象力和穿透力。

理论上的开拓创新，来自伟大马克思主义者的解放思想、实事求是的精神，来自忠诚中国共产党人对党对人民事业的高度使命感和强烈责任心。"解放思想，就是使思想和实际相符合，使主观和客观相符合，就是实事求是。"严格的务实精神使邓小平一切从中国实际出发地来提出解决问题的办法、找到该走的道路。"出来工作，可以有两种态度，一个是做官，一个是做点工作。我想，谁叫你当共产党人呢，既然当了，就不能够做官，不能够有私心杂念……"共产党人的使命感、责任心，对国家命运和人民利益的深切关注，赋予他以冲破禁区、超越前贤的理论勇气和远见卓识。在马克思主义关于社会主义的理论武库中，邓小平的一系列崭新论述当属开山之作，谈的都是重大理论与实践问题，却绝对简洁明快、通俗晓畅。风格即人。这种文风是邓小平坦荡、朴质、果断的性格的反映，也是他严格的甚至是苛刻的求实精神和逼视事物真相、直透事物本质的洞察力的体现。"黄猫、黑猫，只要捉住老鼠就是好猫。"这句在"文化大革命"中被反复批判但却不胫而走的名言，是那样生动形象地体现了实事求是、一切从实际出发的思想；"两手抓，两手都要硬""发展才是硬道理"等等名言，将许多重大的理论问题高度概括化了、形象化了，即使是最普通的老百姓也耳熟能详，朗朗上口。

"最通俗的马克思主义＝最高的马克思主义。"列宁这句名言简直就像是为邓小平理论而说的。

五

"小平你好！"1984 年国庆节北京游行队伍中的大学生经过天安门时突然打出的这个横幅，由衷地表达了当代中国人对这位世纪老人的爱戴感激之情。

的确，中国改革开放十几年来取得的巨大成功无可争辩地奠定了邓小平作为我国社会主义改革开放和现代化建设总设计师的崇高地位，使他赢得了作为世界性杰出领导人的声誉。美国《成功》杂志选他为 1985 年的成功者，《世界报》在 1988 年把他评为十年来最代表时代精神的名人，《时代》周刊曾两度把邓小平评为新闻人物。世界各国的领导人、资深政治家、著名科学文化人士、现代化大企业的管理者、各种新闻传媒的工作人员，纷纷来到北京邓小平的寓所，拜访他，请教他，倾听他的意见……

党的十一届三中全会之后，邓小平以他卓绝的建树而臻于权威和声望的巅峰。

但是邓小平在中央政治局会议上主动表示自己不担任中央委员会主席，从权威的顶峰引身而退，又一次出乎人们的预料。

历览千年青史，还没有发现一位威望、能力达于巅峰状态的伟大人物在人们翘首以待之时能够自觉自愿采取如此果断的行动。这是邓小平对历史传统的超越，对政治架构的超越，尤其是对以个人为本位的"自我"的超越，他的崇高人格魅力在这一超越中闪现着夺目的光彩。尤其是当我们看到现实生活中有的人将手中那一点点权力发挥到最大限度而获取最大好处时，邓小平将最大权力交给别人这一举动就更令人感慨系之了。

在这举动后面，是一位哲人对国家长治久安的深谋远虑，是一位公仆对人民命运的深情关爱。邓小平说："文化大革命"结束，我出来后就注意这个问题。我们发现，靠我们这老一代解决不了长治久安的问题，于是我们推荐别的人，真正要找第三代。他还多次说过，不要形成天下安危系于某人一身的局面，那是危险的。

为此，邓小平不仅率先垂范，而且为确立我党第三代中央领导集体付出了巨大的努力，做了大量的工作。他说，第三代领导集体的核心就是江泽民同志，大家都要维护这个核心，团结在这个核心周围，这是我的政治交代。现在，人们有一千种理由一万个根据认定，邓小平第三次复出后的十几年里，不仅以宏伟的规模非常有效地行使权力从而极大地改变了本国和世界的历史进程，而且是有史以来为数不多的真正在高度道德水平上治理国家的伟人。

做出了政治交代的邓小平已入耄耋之年，他实现了"过一个真正的平民生活"的最终愿望，他像所有的老爷爷一样和家人共享天伦之乐，看看电视，打打桥牌，逗逗孙儿孙女，散步，偶尔也像普通人一样到外面走一走，看一看……这位叱咤风云七十余年的世纪老人的生命由绚烂之至而趋于平淡，有一种返璞归真的意味。"他有一个可能是我永生难忘的表情，"围棋国手聂卫平说，"就是他一笑啊，虽然咱们说是像慈祥的老人，但我觉得更像是一个很天真幼稚的孩子似的，笑得非常的天真和纯洁。"的确，只有无私无愧无怨无悔的人才会有这样纯真的笑。

但即使是这样，对人民命运的高度责任感仍不时如火焰般在这位老共产党人胸中燃烧。1992年他以88岁高龄千里南行，所做的一系列讲话仍然挟雷霆万钧之力，且充满青春朝气。

邓小平的逝世，在人们心中引起巨大的悲痛，但是社会没有波动，体制没有波动，国人没有以往痛失领袖时的惶惑、忧虑、茫然，因为正如新加坡资深政要李光耀所说："邓小平走得非常从容，他在去世之前已把一切都安排好了。"人们在克制、冷静中化悲痛为力量，决心在以江泽民同志为核心的党中央领导下将邓小平开创的建设有中国特色的社会主义的伟大事业继续推向前进。这表明了党的成熟，人民的成熟，社会的进步，充分体现了邓小平的大智慧和战略眼光。古往今来，不知有多少仁人志士、英雄豪杰在追求生前身后事的完美，但真正做到几稀！邓小平无疑是个成功者。

六

在历史的深邃天幕上，无数杰出人物如群星闪烁，各放异彩——有的以武功卓绝炳耀千载；有的以文治华彩光照后人；有的长于思维，建构起煌煌理论体系；有的胆略超群，运用行政手段改造现实雷厉风行；有的极富组织才干，筹划、组织、实施重大计划得心应手；有的具备高超的宣传鼓动天赋，传播先进的思想，点燃理想之光……对于他们而言简直是与生俱来的天职。

在众多的杰出人物中，能集文治武功于一身，融理论与实践为一体，既继承又开拓，虽屡踬而屡起，挽狂澜于既倒，扶大厦之将倾，使国家面貌民族命运改变之巨大形同乾坤再造的人，无疑是不世出的巨人、伟人。这样的巨人、伟人，毛泽东、邓小平是当之无愧的。"在伟大领袖人物的脚步声中，我们听到历史隆隆的惊雷。"——这里无意对尼克松做何评价，但这位美国前总统在他的《领袖们》一书中当头而来的这句话，倒恰如其分地描摹出了伟人行动的历史效应。

探索邓小平一生三次大落大起的传奇经历，特别是第三次复出后不到 20 年时间里，他的生命流程为何会释放出那样巨大惊人的能量，他的政治生涯为何会铸就那样烛照天地的壮美辉煌，他的国家为何会在他的导引下如神龙腾霄般令环球瞩目，这无论在当今还是未来，肯定都是一个激励人心的、令无数政治家、社会学家、心理学家和史学家们产生巨大兴趣的课题。邓小平是永远说不尽的。

马克思主义关于人民群众和个人在历史上的作用的理论给了我们正确解答这些课题的钥匙和线索，但是它坚决排斥一切机械的、形而上学的、教条主义的方法，也不可能提供现成的答案。邓小平已融入了我们民族、我们国家、我们党的历史，他的一生太曲折，他的经历太独特，他所处的历史环境太复杂。"这位非凡人物及其精神可以比作一个多棱形的金刚石，每转一个方向就现出一种不同的色彩。"（爱克曼：《歌德谈话录》）除非对每一个有关因素都加以分析研究，否则就永远无法理解，为什么恰恰在这片国土上、这个时代里会造就出这样一位伟人。

例如，1976 年 4 月邓小平第三次被撤销职务时已经 72 岁，"四人帮"对此弹冠相庆，以为从此可以高枕无忧。因为在"四人帮"看来，随着时间的流逝，邓小平的政治生命也就自然终结了。"四人帮"抓住的是所谓"常理"，他们做梦也没想到历史的辩证发展往往会出现超越"常理"的奇迹——时隔半年之久他们自己就成了阶下囚，而这也是同邓小平第二次复出后几年雷厉风行的整顿所造成的政治经济形势分不开的，正如法国《晨报》所说，"他（邓小平）甚至无须亲自出面，就清除了他的劲敌'四人帮'及其朋党。""四人帮"不但错误地估计了形势，更是低估了邓小平，他们不但没料到自己一伙这么快就会全军覆灭，更不会料到他们一旦覆亡，历史必然会再次选择邓小平，因为邓小平超凡的卓越才能、国人皆知的显赫政绩，特别是对党对人民的忠诚，使他成为当代中国不可或缺、不可替代的最佳人选。美国《新闻周刊》报道说，中共十届三中全会公告发表后，北京天安门广场人山人海尽情欢呼，一直延续数天，并且蔓延到上海和其他城市，"这对一位恢复名誉的领导人来说是前所未有的。"邓小平在人民心目中的地位和印象由此可见一斑。"四人帮"尤其打错算盘的是，对于凡夫俗子而言，的确"人生七十古来稀"，但是对于邓小平来讲，70岁出头正是经验最丰富，智慧、才干、领导艺术臻于化境的时候，就连当时西德的《世界报》都认为，"73岁已经是相当高龄了，但这并不被认为是种妨碍。通常要用经验和智慧来衡量中国最高领导人。"谁能想到，邓小平以古稀之龄还能再奋斗20年呢！而正是这20年使邓小平成就了一番空前伟业。由此可见，个人在历史上究竟能起多大作用，除了这个人物本身是否具备巨人的素质、他所在的国家能否为他提供大展骥足的广阔空间，以及这个国家政治、经济发展的必然规律能否强有力地造势等条件外，连人生修短这样的偶然因素也具有至为重要的意义。而古老辽阔的中国、史诗般悲歌慷慨的中国、高天厚土氤氲浩气的中国，正是孕育人杰并为他们提供用武之地从而改变自己面貌的国度。李光耀最近在答日本记者问时指出：任何别的人、别的国家都不可能改变中国。"但是，中国的一位领导人就可以改变中国的面貌。毛泽东可以改变中国，邓小平也可以改变中国。说不定哪一天新一代的领导人将改变中国。"可以预期，在以江泽民同志为核心的党中央的坚强领导下，中国在 21 世纪将会有更加惊人的改变。

伟人的一生，的确是一部启迪人、教育人、陶冶人、鼓舞人的大百科全书。江泽民同志深情地说："邓小平同志和我们永别了。他的英名、业绩、思想、风范将永载史册，世世代代铭刻在人民的心中。"

一个伟大的灵魂融入了大海。

深深的海洋在律动，海洋深深地在呼吸……

哲人岂萎哉！

1993 年 8 月

1997 年 7 月

回首频频来时路
——话说清帝东巡

（一）

在中国历史上，曾被古人名之为"不咸"的长白山绝对是一座绕不过去的大山。在现实生活中，它更是一座让旅人游客瞻之往之的名山。

自打从关内来到关外的半个世纪中，我和无数来此的游人一样，曾经多次在长白山下遥望过林海穷尽处一抹悬浮天际如滚滚雪龙般的白色山影，在没有亲自登临之前，原以为它是乍然呈现在眼前的一个与自然界的神秘和人间世的玄奥融合成的巨大传奇，凡是遥望它的人，都会生出许多奇思玄想……但直到很久之后，才知道早我辈三百多年前的某年某日，一位高踞于中国最后一个王朝皇座上的年轻男人，也曾于此用他虔敬的、热切的、深情的目光，凝视着、遥望过这同一座大山山影……

三百多年后，长白山依旧巍然屹立于斯，而那位和我们看同一景物的帝国至尊早已尘归尘土归土，虚化无形了。但他确实是在那一天来过此处构成了惊鸿一瞥的历史瞬间的啊！

据史料记载，"那一天"是这样展开的——

从 1671 年到 1698 年，康熙皇帝曾三次驰马关外"东巡"，轮迹蹄痕碾印在白山黑水之间。为的是"寰宇一统，用告成功"，以此谒祭太祖、太宗山陵。这期间康熙两到吉林，但只有 1682 年第二次东巡时专门望祭了长白山。这次东巡，声势浩大，据记载，参与人员达七万人，高士奇《扈从东巡日录》描述："旌旗羽葆络绎二十余里，雷动云从，诚盛观也。"

是日，天气晴好，在吉林小白山（温德亨山）上遥对长白山西北方向的望祭殿，那位高踞帝座的年轻男人带着平定"三藩"的余威和荣耀，阅视吉林水师的激情，率先拉开了有清一代望祭长白山盛典的大幕。这位康熙爷，史载"天表奇体，神采焕发，双瞳日悬，隆准岳立，耳大声洪，绚齐天纵。稍长，举止端肃，志量恢宏，语出至诚，切中事理"。康熙此时 28 岁，应该就是上文所说的"稍长"之年吧，撇开前面那些对帝王歌功颂德的谀辞套话，"举止端肃"云云，与我们现在见到的当时康熙的画像，倒可互为印证。然不论康熙实际上样貌如何，"天下第一男人"的至尊身份和他自 8 岁登基始非同小可的历练与作为，都必然会赋予他一种雍容华贵君临一切的不凡气度。在庄严肃穆的献祭鼓乐声中，在随侍的朝廷和地方官吏的簇拥下，年轻的大清皇帝三拜九叩，行礼如仪，虔诚地朝东南方的长白圣山遥相拜祭。礼毕，随侍、陪祭臣工恭请圣驾回銮，但康熙朝东南方向远眺良久，盘桓再四，迟迟不肯离去。一代英主，心中有着怎样的化不开的家国情结啊。他的《望祭长白山》诗，挥洒了他彼时的感悟和祈愿：

　　名山钟灵秀，二水发真源。翠霭笼天窟，红云拥地根。千秋佳兆启，一代典仪尊。翘首瞻晴昊，岧峣逼帝阍。

（二）

　　莽莽长白山，高天厚土的吉林大地，乃至整个关东白山黑水，对于康熙大帝，对于清朝皇室，对于大清帝国，具有非同寻常的重大意义。

　　当年满人乍兴于关外，尔后铁骑大举入关，明王朝突然崩塌，小民们三百来年习惯了的紫禁城皇座上的汉族皇帝一夜之间变成了脑后拖着长辫子的异族皇帝，这个令人眼花缭乱的大变局太突然，太突兀，太不可思议，这个民族，这个王朝，仿佛是从另一个世界闯进来的异类，叫人耿耿于怀，寝食难安，必欲驱之而后快。殊不知这个几经演变的满族已在中华大地繁衍生息数千年了。满族先人可上溯到先秦之前的远古时期生活在白山黑水的肃慎族，这个肃慎族在历史上留下了一连串的更名：东汉时号挹娄，南北朝时改为勿吉，后又改为靺鞨，到隋唐时渤海国在吉林的敦化一带建立，"始去靺鞨号，专称渤海"——这个渤海国是满族先人建立的第一个少数民族地方政权。渤海亡后其遗族又易名为女真，建立了满族史上的第二个政权金朝，其繁衍生息的故土吉林由是被视为肇兴之始的"金源内地"。金朝末年，蒙古崛起，金亡，元兴。女真这个有着操弄政权的传统的民族一度处于蛰伏期，直到明代。此时天降异人，努尔哈赤横空出世，以文武之道统一女真各部，创立八旗制度，又创建了一个大金政权（史称后金），并由辽阳迁都盛京（今沈阳）。这是满族史上的第三次创建政权。自此，女真族正式改称满洲族（简称满族）。随之，大清政权也正式确立。1644 年，清王朝八旗铁骑将这个"鞑虏"政权驶进了北京，满族第三次建国的权力游戏也由"大清国"前奏进入大清帝国的高潮，这支由白山黑水奏响的传奇乐章在轰鸣了 268 年之久后才在帝都北京曲终。

　　满族作为一个由白山黑水孕育培植出来，定鼎北京，一统全国的少数民族，其与关外的白山黑水，与吉林的渊源既深且厚。为了推崇这片诞育了先祖爱新觉罗氏族的发祥地，神化其受命于天的正统性、合理性，清太宗皇太极追溯满族源流，最早提出了三仙女的神迹之说。其核心内容就是长白山东北布库里山下有一名为布儿瑚里的湖泊，一日天降三仙女浴于斯，有神鹊衔一朱果置于小妹佛库伦衣上，而又为佛库伦吞食，感而成孕，生一男，自称姓爱新觉罗，名布库里雍顺。这里的关键不仅在于为大清皇权天授造舆论，还在于三仙女传说的发生地就在长白山下。长白山东北 30 公里处有一红土山，山下有一圆池，立有一碑名"天女浴躬处"，即是爱新觉罗氏族的发祥之地。由此可见长白山在满人心目中至高无上的地位和深厚渊源。

　　正因为满族先人世世代代生息于白山黑水，他们创建的清王朝肇兴于关外沃土，其氏族神迹发于长白，祖宗陵寝基于盛京，因此，当清帝国的统治者们前赴后继、耗时费力、大张旗鼓地南巡（下江南）、西巡（去西安）、北巡（赴蒙古）、东巡（山东祭孔）时，始终不忘被视为"祖宗肇迹兴王之所""兴龙重地"的东北和吉林，频频将热切的目光投向关外那片广袤的黑土地，于是有了又一个区别于赴山东祭孔的"东巡"。

首次提出"东巡"构想的是顺治帝。清入关第 10 个年头，顺治就表示，"自登极以来，眷怀陵寝，辄思展谒"，只是由于当时关内战事仍很紧张，诸王大臣又纷纷表示反对，以致未克成行。将东巡构想变成行动的是顺治之子、雄才大略的康熙。1671 年清王朝东征西讨，大体完成了国家的统一。刚刚亲政不久的康熙皇帝即决意东巡，告谕礼部说："朕仰体世祖章皇帝遗志，欲躬诣太祖太宗山陵，展祭以告成功。"经过充分准备，康熙十年九月玄烨从北京出发，开启前无先例的首次东巡。但这次东巡是直奔盛京而去，在那里他亲自祭奠福陵和昭陵，在此盘桓月余，然后返京。此次东巡并没有来吉林，但回到北京后却有一系列动作：在顺治年间修筑的"盛京边墙"（俗称"老边"）之外，又修筑了长达 690 华里的"柳边"（俗称"新边"），对东北局部即长白山地区实行封禁，以收固边防，划区界，保龙脉，占特产之功。又喻礼部等衙门议复封"长白山之神"，在吉林小白山乌拉望祭。并于 1677 年命内大臣武穆纳去关外踏查长白山。"长白山乃祖宗发祥之地，今无确知之人。尔等前赴镇守乌拉将军处，选熟悉路径者导往，详见明白，以便酌行祀礼。"这是长白山崇祀的准备。

接着，1682 年和 1698 年，康熙又进行了第二次、第三次东巡，这两次东巡都来过吉林，先是阅视吉林水师，布置抗击日俄事宜，后是抗击沙俄、平定噶尔丹叛乱成功后，到吉林奉祀祖陵，巡行塞北，经理军务，尤其是在清朝历史上首次望祭了长白山。康熙帝的东巡，为清王朝的东巡制度奠定了基础，成为谒祭祖陵，安抚满族，筹划东北边疆建设的国家行为，同时也成了清朝历代皇帝要遵奉的一项"祖制"。这之后，还有 10 次东巡，其中雍正帝还是在雍亲王时，曾代父东巡谒陵一次。自己登基后并未亲临。倒是乾隆，挟康雍乾盛世之威，曾 4 次东巡，大手笔破了乃祖康熙的记录，其子孙更是难以望其项背。

（三）

公元 1754 年 9 月 23 日，康熙之孙乾隆帝浩浩荡荡一行第二次东巡谒陵时到达吉林城。此时乾隆 43 岁，较其乃祖望祭时年长 15 岁，登基已 19 载，正是一个男人年富力强，治国经验达于成熟之时。"他的目光自信，丝毫没有掩饰。他的脸形稍长，呈椭圆形状，五官匀称而帅气。他的表情淡定而显慧智。嘴唇丰润，双耳和下颌突出，肤色白皙，面部尚无须髯（在后来的画像中，就有了细须之迹象）。"美国传记作家欧立德在这里描述的是清廷意大利籍画师郎世宁在乾隆 25 岁时为他画的像。虽然望祭长白山时已过去近 20 年，但大致形容应不会大变，只不过这位人到中年的皇帝此时唇上已有细须，成熟的经历了风霜的沉毅面容使其更具最高统治者的威仪。自然，他东巡的排场绝不会逊色于乃祖。翌日，在吉林将军傅森、副都统额尔登额扈从下，在沉寂了许久的小白山望祭台继乃祖之后隆重举行了大清史上第二次望祭长白山盛典。这位春秋鼎盛的皇帝，在国家治理上已取得政府机构改革的成效，全国税收蠲免，金川战争取胜，拉萨平叛成功，准噶尔战役大捷等一系列成就之后，脚踏祖先发祥的热土，遥望满人心中的长白圣山，一定神思悠悠，追想无极。于是宣读御制祝文，并留下两首诗。

其一曰《驻跸吉林境望叩长白山》："吉林真吉林，长白郁嶻岑。作镇曾闻古，钟祥亦匪今。郊歧经处远，云雾望中深。天作心常忆，明礼志倍钦。"

其二曰：《望祭长白山》："诘旦升柴温德亨，高山望祭展精诚。椒馨次第申三献，乐具铿锵叶六英。五岳真形空紫府，万年天作佑皇清。风来西北东南去，吹送膻芗达玉京。"

清代康乾二帝皆精通汉文化，尤喜吟诗，据说乾隆一生作诗在万数以上，但评价不高，能被人记住者几稀。这两首诗明白浅达，或许会随着长白山文化一起流传下去吧。只不知乾隆彼时彼刻是否会遥想起72年前乃祖康熙爷来此望祭时写下的那首诗呢？

但这无关紧要，要紧的是他们爷孙三代开创的康雍乾盛世已近百年，至乾隆时已达巅峰之状。据后来国外学者统计，其时中国的GDP占到全世界的三分之一。国家空前强盛富足，自然给了统治者行使权力，采取行动，制订游戏规则的更大空间。终乾隆一朝，将康熙开创的巡游之治推向了顶点，大大小小共巡游数十次，其中南巡6次，东巡4次。这样频繁的巡视活动，所费必然甚巨，已引起地方和臣子的不满和非议。对此，乾隆特别强调它对于了解民情，安抚民众，解决民诉，加强民治，整饬武备，强化边防，整顿吏治的重要性。即以这次东巡为例，乾隆不仅望祭长白山，到盛京谒祭祖陵，还效法其祖康熙特地到吉林松花江上阅视水师，布置抗击沙俄事宜。

说到康熙亲临松花江阅视水师，是在 1682 年东巡时。其时立国不久，巩固皇权，维护一统，稳定政局民情，是当时最重要的国家使命，平叛削藩、收复台湾、保卫东北、反击沙俄、亲征噶尔丹、进兵安藏，加上治理河道，发展农业生产，国家大事不断。而此时铁骑入关的八旗军兵雄风尚在，整个清朝王室尚在励精图治。因之康熙东巡除了完成祭陵谒祖的规定动作，他沿途目光所及、情思所牵更多的是在政治生态、人事代谢上勾留。1671 年康熙第一次东巡抵盛京，即召见黑龙江将军巴海，垂询边防军务诸事，告诫巴海："俄罗斯尤当慎防。"并赋诗一首赐巴海："夙简威名将略雄，高牙坐镇海云东。……尽使版图归化日，远教边徼被皇风。"以示嘉勉。1682 年二次东巡，对自顺治始，中经他自己陆续筑成的柳条边歌咏寄情，对"重关称第一，扼险倚雄边"的山海关赋诗致慨，表达了巩固边防，通过修明政治消弭战事的愿望。而最能体现康熙心系天下大事的是，1682 年康熙第二次东巡，在望祭长白山之后小憩两日，即泛舟松花江上，驶往大乌拉（今吉林乌拉街）。康熙在船上襟袖盈风，江上水师船队帆桅相接，兴之所至，挥毫书《松花江放船歌》，除了描绘放船胜景，抒发喜悦的心情，还特意表示："貔貅健甲皆锐精，旌旐映水翻朱缨，我来问俗非观兵。"康熙及乃孙都不愧是处理军务和民生辩证关系的大师，深知为了加强军事斗争力量，最根本的是要改善民生，而改善民生的首务就是要了解民情民意。一句"我来问俗非观兵"凸显出了这个宗旨，同时不着痕迹地隐去了其在军事武备上的良苦用心。也显示出一代英主雄兵在握不妨超然的气定神闲，且带着几分顾左右而言他的调侃。

而乾隆，这位自幼深受康熙器重、亲政时常以乃祖为法的皇帝，当他踏足吉林，重循乃祖足迹时，特作《松花江放船恭依皇祖诗韵》："隆崇长白佑维清，松花江源山顶生，飞流银河练影明。萦回行里竹箭轻，望祭申烟如鸾鸣，临江遂命青雀横。水天上下秋光晶，冯夷静恬涛不惊，击汰直达吉林城……"

历史事实表明，康乾二帝东巡，在"观兵"的同时，对"问俗"也表现出了浓厚的兴趣。康熙的"问俗"内容宽泛，关心兵民疾苦，革除官员恶习，调整官民军民关系，缓和阶级矛盾、民族矛盾，发展农业生产，加强东北地区建设，统统包括在内。而乾隆更多的是关注民生民俗和地方的风物人情，这从他4次东巡留下的三百余首诗作中可以看出来，其中与民生有关的诗多达60余首。人参、貂皮、鹿、山果、松子、鲟鳇皇、驼鹿、熊罴、海东青、东珠、松花玉、五谷、木纸、糖灯、小船、木桶、小匙、爬犁、桦皮屋、麻草束、烟囱、搁板、嘎啦哈等等东北民间起居生活、生产劳动、民俗风情的种种物件和东北特有的动植物、农作物都被贵为天子抚有四海的乾隆撷取入诗，且都观察细致，饱含感情，这不仅在清代历史上，就是在中国历史上都十分罕见！作为一位封建帝王，如果不是真正关心社会民生、江山社稷，怎么能放低身段，去歌咏这些在时人看来登不得大雅之堂的物事呢！

乾隆之后，嘉庆帝在 1805、1818 年先后两次东巡，道光帝 1829 年也东巡过一次，其时大清王朝已迈过巅峰，败象初显，开始走下坡路。嘉庆、道光的东巡已无复乃祖当年的显赫。道光之后，已是清晚期，疲癃尽显，自保尚且不足，哪还有余力余暇东巡！可以说，东巡的兴衰，正是大清王朝由盛世走向式微的穷途末路的一个缩影。

（四）

中国历史上，帝王巡游并非自清朝始，其作为治理天下的一种帝王之术，始作俑者可上溯到上古时代的帝王，黄帝、舜、禹等均曾巡游天下。但闹出大动静来的还属"千古一帝"秦始皇。

秦王朝建立后，为进一步加强对全国的统治，秦始皇效法先王，从公元前 219 年始，接连 5 次"巡行郡县，以示强，威服海内"。巡游所到之处，皆立刻石，或颂秦德，或纪秦功，或饬秦法，还针对巡游发现的问题采取措施，巩固统一，加强边备。这些巡游在当时一定程度上促进了社会的发展，但是其频繁的出行和庞大的规模，加上始皇帝为逞私欲，所费靡巨，劳民伤财，激起了民怨民愤，负面效应超过了正面效果。最终导致秦帝国的覆亡

在巡游的奢华、排场的浩大上足可与秦始皇 PK 一下的是 800 年之后的隋炀帝杨广。其时隋刚立国，杨广通过弑父杀兄夺取了皇位，为了加强对全国政治上的控制，打通南北物资的流通，杨广干了两件大事：一是在洛阳新建一座都城，号东都；

二是开一条贯通南北的大运河。几年后，从东都到江都的大运河甫一完工，炀帝就率 20 万人的庞大队伍巡幸江都。一则游玩享乐，二则威慑子民。为了这次巡游，几千艘大船首尾相连竟浮江二百里，一路上 8 万多名民工被征发来为之拉纤，两岸百姓被逼迫置办酒席"献食"。到江都后杨广领着随行百官和宫娥妃嫔，各色人等花天酒地，挥霍享受，整整闹腾了半年才又大张旗鼓地回到东都。这以后杨广几乎每年都出巡游乐，极尽铺张之能事。

秦始皇、隋炀帝，也曾是史上搅得周天寒彻的狠角色，但他们的巡游与康、乾二帝相比，在历史的深刻性上、在治国理政的功效上，在巡游本身目的的内涵、目的的精神层次上，在巡游的范围上都差了好几个档次。这里不说康乾的南巡、西巡、北巡，单说回其祖先发祥地的东巡吧。清帝们的东巡，从一开始就目的明确，路径清晰，通常都是：一是到盛京谒陵祭祖。祭告的主要内容是总结在关内取得的重大成绩；二是通过召见、赏赐、免赋、减刑等安抚满族，兼及关外的汉、蒙群众；三是筹划建设东北的边疆大计；四是抵近观察民情民俗，随机解决问题；五是到吉林望祭满族先祖发祥地长白山。而且，清帝的历次东巡，大多发生在一些重要的历史事件节点上，如康熙第二次东巡祭祖的重要内容，是禀告三藩之乱的平定，同时也为反击沙俄侵略做实地考察。乾隆的 4 次东巡，虽然庞大的巡游队伍沿途也少不了惊官动府、劳民伤财，但确实是为了清帝国长治久安采取的重大行动。而始皇帝的巡行郡县，目的就是"以示强，威服海内"，开始也有一些重大设计，如到泰山举行封禅大礼，但后来逐渐变成了他随心所欲的享乐之旅，流传到后世的奇闻轶事是派徐福率童男童女数千人入海求仙，以获长生不老药；兴师动众徒劳地到泗水搜寻周鼎；搏浪为刺客狙击；又亲自入海在芝罘射杀巨鱼，最终死在巡游途中被伴以鲍鱼送回长安，等等。至于隋炀帝，他巡幸江都荒淫无道的享乐，已成为后人小说创作的素材。明代白话小说《隋炀帝逸游召谴》即其一也。它将炀帝借巡游大耗民脂民膏荒淫无道最后身死人手的史实用小说手法铺排开来，内含谴责，足为后世之警。

从治国抚民的政治层面看，在康乾等清代诸帝的考量中，可能南巡的意义和作用最大，那是要深入南方，行经大半个中国广大汉人居住的地域，有漫长的海防线，名城巨市棋布，商贾云集，保持这些地方的安宁繁盛，无论从政治上、经济上、军事上看，对于清王朝的安危稳定都至关重要，所以每一南巡，不光声势浩大，且须精心布阵，耗时费力，不可轻心，实际上南巡途中也在不断演绎精彩故事，不仅在当时，即便今天，也都是文艺作品的保留题材。但是，东巡更有它的独特性。清统治者精心发起组织这个重走来时路（其祖关外兴起奋斗入关终成大业）的盛大活动，本身就有教育子孙后代不忘根本、铭记先人当年"艰难困苦、玉汝于成"的创业史的良苦用心。于此也可看出康乾对帝国未来命运的深谋远虑。此外，撇开它固边、抚民的功用来说，东巡因其谒陵祭祖、重回故乡的内容，而使其具有了表达孝敬、释放乡愁的意义，具有了浓浓的"常回家看看"的亲情味。

最早提出东巡想法的顺治帝福临说："自登极以来，眷怀陵寝，輙思展谒……今将躬诸山陵，稍展孝思"。这里"孝思"成为福临回乡的出发点。康熙帝决意东巡，也说是"体仰世祖章皇帝遗志"，即表达乃父未尽之孝思。可见，人无分贵贱，上自皇亲贵胄帝王家下至黎民百姓，都对生我养我的故乡一往情深，去国离乡都斩不断那片乡愁，这正是家国之思最深厚的源头。早在康熙帝寻根敬祖500年前的金王朝，金太祖完颜阿骨打之孙金世宗完颜雍就遏止不了祖辈传承的思乡情结，自京城中都（今北京）东巡魂牵梦绕的女真族兴起之地吉林，并在今吉林省扶余市徐家店乡石碑崴子村为其祖金太宗起兵反辽誓师处立碑颂功，这就是国家级重点保护文物《大金得胜陀颂碑》。作为由女真嬗递而来的满族帝王，康熙、乾隆们熟知历史掌故，他们东巡来吉林重履故土时，该会接续起这代代相承的血浓于水的乡愁吧。

（五）

康熙、乾隆们俱往矣，唯有长白山依然在吸引着一代又一代后来人凝注的目光。"遥望山形长阔，近视地势颇圆，所见片片白光，皆冰雪也。山高约有百里，山顶有池，五峰围绕，临水而立，碧水澄清，波纹荡漾，池畔无草木。"这是1677年6月，内大臣武穆纳一行奉康熙之命，实地踏查长白山时所见。而今，白山依旧在，人世几沧桑。比康熙、乾隆那些贵为帝国至尊的男人们幸运得多的是，今人、后人们不仅可以遥望长白山，而且可以直登白山之巅，一览天池胜概。不争的事实是，长白山因清帝们的崇祀而位比泰山，源远流长的长白山文化也因此而增添了极为重要的历史内涵。清帝们又因东巡、望祭而使人们永远记住了关东大地和长白山在中原版图上的重要地位，记住了一个从远古蛮荒之地走出来的民族是怎样艰苦奋斗，一步步走进中华腹地，同汉文明相融合，成就近三百年的一统江山的。现在，当我们再回望长白山时，那一抹如滚滚玉龙般的白色剪影中会时不时浮现出那两位帝国至尊强悍而虔敬的身影。相信，只要长白山文化在流布，人们还会不断地去探寻他们的前世今生……

2019 年 6 月

附　录

名家评述

善画能文　博思雄辩

谢　冕

易洪斌先生善画能文，所作奔马，飞云流火，英风烈慨，充满了生命的活力与遐想。蔡若虹前辈盛赞其画"神在征途形在马"，讲的是易先生在绘画上的形神两胜的卓越气象。我不懂画，但看过易先生马画中的《两小无猜》《厮磨》诸作，觉得其中渗透了人性的温馨，蕴有真趣。至于《红雨随心》《闻道》《非清流而不饮》等更是把文学中的思维方式和想象力（应当说，艺术和文学是相通的，但成熟而自然地表现这种共同品质的，在绘画界并不多见）引进了画中。这些都说明易洪斌不仅是一位画家，更是一位文人。他在这两个艺术品种上做出了相互融通而又相得益彰的成绩。

易先生不仅画马，也画虎，画人物，他所画的虎，可谓虎虎有生气，而又脉脉有温情。我最喜爱也最难忘他的《相看两不厌》这幅画。画的正面是一只卧虎，与虎面对着的是一位裸女——从画面上我们只看到她斜卧的背影。这位女性的背影说明她实在是一位丰腴有致的美神。"他们"就这样一动不动地对视着。她欣赏的也许是"他"的雄健伟拔，"他"欣赏的也许是她的温柔艳丽。就这样，虎看着她，她看着虎，他们都忘情了。他们都是大自然造就的美的极致，他们都异常欣喜地发现了对方。画题用李白《独坐敬亭山》中的名句："相看两不厌，只有敬亭山"，说的是物我两忘的完美境界，易先生把这诗意引进了画中，给了人以无尽的想象。我对于绘画只是一种喜爱。严格讲，只是在门外的缝隙里，偷偷窥视那辉煌堂奥的些微光亮。因为是外行，本不应多言。但看了易先生的画，欣喜之余，收不住，说了些可能是贻笑大方的话。

现在该说到正文上面来了。这里要谈的是多才多艺的易洪斌的另一种本领——散文的写作。易先生的散文所写的内容涉及甚广，但偏重于历史性题材。有几篇是自述性质的，记载了对父母的怀念，这些文字在叙述中抒发着深深的亲子之爱，非常感人。《凡圣之间》写父亲平常、执着而又认真的一生。其间有警语，如写父亲的悄然谢世时说，死亡"在父亲沉睡之中到来，来得轻柔而又残酷，平静而又凄厉，温馨而又惆怅"，接下来的一句话是："任何向妇孺和老人出手的暴力都是卑劣的，这个死也一样，我诅咒它！"《龟虽寿》也写父母晚年的日常生活。对风格豪放的易先生来说，这些怀念父母的文字却是非常婉转细腻的——它们表现了儿女情长的一面。

当然，最能体现易洪斌雄健博大的文风的，是他的那些涉及历史题材的文章。这些文章，寓深刻的哲理思考与个人兴致寄于丰富的史实之中，着眼的是大视野和大胸襟的抒发。《千年等一回》最能说明作者历史知识的渊博，它从秦始皇陵寝的兵马俑说到汉唐立国以及天下兴亡的道理。旁征博引，视野开阔，纵横三千载，止归于当世。这是一篇博思雄辩的大文，充分显示出作者占有和运用史料、缜密思考并艺术地表达这种思考的功力。这样的文章还有《他成全的是历史——回望西楚霸王项羽》，以及他那气势磅礴的一唱、再唱、三唱阳关的"阳关三叠"，等等。"你可以想象，在浩瀚的塔克拉玛干大沙漠里，当朝暾乍露、晨光初动之时，那衔尾前行远送东方文明的马队留下的拉长的影子如何日复一日坚韧不拔地在沙丘上缓缓移动；当落日熔金，暮云合璧之际，一片苍茫中，带来域外信息的悠扬、粗犷、苍凉的驼铃声是如何穿越时空响在自己心头……这时，你真的会涌起一股要向冥冥中的历史老人，向几千年前每一个走在丝绸路上的先行者合十颂祷的强烈冲动……"这样的文字是随手拈来的，在他的文章中到处可见，都是一些很强悍的、很坚忍的文字。这些展现了历史风物和足迹的文字，很能说明易洪斌散文的基本特征：为文有大气势，不以精细委婉见长，而追求风格的遒劲放达。

我们的画家笔下有很多的动物，他通过这些动物的形神寄托自己的人生境界和梦想。我注意到，除了对于历史的浓墨重彩的点染，表达他的关于兴亡盛衰的思辨之外，他还把眼光投向了大自然一切生物的生存状态上。《你绝望的眼神让我心碎》是一篇让我感动的文字。文章从庄子和惠施关于鱼乐的论辩说起，推到动物是有感情的论断。易先生引用了很多生动的统计材料来证实这一点。但是一个严酷的事实是，人类正在改变生态，人类正在促使近代物种以比自然灭绝快一千倍的速度丧失，以比其形成快一百万倍的速度促使其消亡。这些物种的消失在20世纪大约每天一个，现在则是每小时一个。"在人类无所不到的威力和永无止境的欲望面前，在人类文明特别是现代文明面前，从最渺小的、最温顺的昆虫鸟雀到最强悍、最孔武有力的猛禽巨兽,全都显得是那样的孤苦无助,它们的任何反抗都不堪一击,整个动物界在战栗。"

读这一篇让人心灵为之颤抖的文字，想着作者所说的"绝望的眼神"——他指的是那些动物在受到人类的虐杀、濒临死亡之前的那种祈求、祈求无效之后的绝望，这是一种让人心悸的眼神。作家的博大爱心使他看到了这种眼神，他把这种悲哀的感受传达给了我们。想着那些在人类的贪欲、残忍和淫威的逼迫下失去家园和生命的动物界，我想，写这样文字的人，该有怎样伟大的一份悲悯之心啊!

写到这里，我又想起了易洪斌的一幅大画（请原谅我再一次谈到了他的画）《仁者》。在画的前面作者有一题记："一支年代不详以杀伐为生的武装队伍，不知从何而来，向何而去，没有谁能止住他们坚毅沉重的步伐，当之者必将遭遇一场血战。但是此刻，一个小小的意外使这些铁石心肠的战士猝然止步——就在他们的脚前，跌落了两只嗷嗷待哺的黄口雏鸟。"这些无可阻挡的硬汉子们，就这样在两只雏鸟面前停住了他们的脚步。画家称这些可能是林中强者的他们为"仁者"。画中的故事无可考，也许压根就是一个虚构，但这里的确跳动着一颗仁者之心。

易洪斌先生好为长文，一些重要的文章总在万言上下，颇像时下读者爱读的文化散文一类。但易先生有他自身的特点，那就是进步的史观和精深的史识,以及气势磅礴的文章风格……
总的说来,他是自成一家的。奔放热烈,旁征博引,汪洋恣肆,
气象万千,于述事中饱含情感,这些,大抵可称为易洪斌文章
的大格调。

2003 年 4 月 10 日于北京大学畅春园

书生意气侠客梦

孟繁华

散文是最能表达个人情怀的一种文体，无论是观沧海，看流云，饮酒赏菊，抒情言志，长篇短制，总会有意无意地透露出作家的境界、修养、学识乃至抱负、向往等与情怀相关的精神世界。在作家的情怀中，我们感受着不同的宁静致远或壮怀激烈、独善其身或兼济天下。这本散文集是作家易洪斌近年来散文创作的结集，收有散文凡 21 篇。最能体现他个人风格的主要作品，可以在"文化散文"的范畴内议论；但他似乎又无意"术业专攻"，以求"自成一格"，而是听凭内心的指令，上下古今情之所至，只为能够抒发情怀。因此，在《蓦然回首》中，我们看到的是作家眼中的上下几千年，古今中外事。这些文章内容的丰富性，从一个侧面反映了易洪斌的情感世界和内心向往。

千古文人侠客梦。易洪斌有多种不同的社会身份，这些身份总对他以及他的朋友或隐或显，直接间接地产生某种影响乃至距离，这是身份社会不可避免亦无须回避的一种社会心理现象。但是，当易洪斌以散文家、画家出现的时候，他那些身份的光环则逐一褪去，呈现在我们面前的是他缠绵多情的书生意气和豪情万丈的侠客梦想。这种情怀总会让人情不自禁地想起中国文人的传统以及面临的困惑。这个传统以及困惑大体说来就是进与退、居与处、独善其身或兼济天下。进入当代之后，这个传统和困惑似乎为其他问题所掩盖，但就知识分子这个群体的整体意识来说，问题并没有得到真正的解决。20世纪90年代以后，对陈寅恪、吴宓、王国维等大师的重新讨论，事实上就隐含了这种困惑的存在和未了的情愫。易洪斌是个当代知识分子，他深受现代知识的熏染陶冶。但他史学专业的知识背景和远未消失的、哺育了他的中国传统文化，仍然血液一样流淌在他的精神领地。于是，在其间，我们看到的还是国事家事天下事，听到的还是风声雨声读书声。

面对历史、先贤的悠长慨叹和顿发的英雄情怀，构成了《蓦然回首》的主旋律。一介书生的侠客梦想，在大秦帝国军阵面前、在青年将军霍去姚当年的战场，在侠客荆轲刺秦的想象中，在成全历史的西楚霸王惨烈的命运里，在一代风流谢东山潇洒从容的性情中，在邓小平处乱不惊气象万千的生涯里，得到了彻底和酣畅的抒发。我总认为，中国文化的主脉还是英雄文化，历史唯物论哲学观并不掩埋英雄文化在文化传统中的巨大影响。这些英雄豪气对书生的影响当然不只是修身齐家治国平天下，重要的是一种英雄人格对读书人的深刻影响。在易洪斌的视野里，他不是以成败论英雄，重要的是他对英雄人格的钟情与认同。在这里当然不乏成功者，他们创造或改写了伟大的历史，比如大秦帝国创造的"世界第八奇迹"，比如流芳千古的古今大师们，比如改变了中国命运的邓小平。这些奇迹的深远影响已经写进了历史并还会焕发出耀眼的光焰。但对失意的英雄，对不成功的英雄，易洪斌则在人格的意义上给以倾心的理解和认同。他的这份理解和认同甚至更为深切更为亲近。那份壮志未酬的怅然、掷地有声的一言九鼎，那份恍若隔世的"仁"和"义"，那种处乱不惊、视功名如浮云的潇洒从容和坦荡，等等，同样是易洪斌高歌赞颂的对象。他追求的不是"世事洞明"，他羡慕的不是"人情练达"。在易洪斌的这些"文化散文"中，在他气壮词雄的文体修辞中，我读出的则是作为一个当代知识分子内心博大辽远、高天流云般的多情的书生侠客梦想的万千气象。

当然，散文集记述的还有世间冷暖、凡人小事。他追怀父母的文字，应该是书中最为动情和动人的文字。特别是对父亲一生独善其身、清贫淡泊但又洁身自好、铮铮硬骨的知识分子风范的记述，分外感人。他是一个普通人，但他又是一个普通人中值得尊重的楷模。他的为人和风骨，对易洪斌显然有大的影响。日常生活的细微细节是最能反映一个人的品质和性格的，易老先生的那种人格在易洪斌儿女情长的追忆中熠熠生辉，令人心碎。此外，在检讨人与动物的关系中，对现代文明的质疑，对动物世界绝望的眼神生发出的由衷悲悯，表达了易洪斌情怀的另一方面。从大的方面说，事关人类生存，事关生态环境的平衡。但易洪斌所要表达的还是对生命的尊重和怜惜、人与动物和谐相处的深切愿望。易洪斌画人与虎共舞的画作多幅，虎的威猛与女性的温柔，恰是英雄美女，是力量与美的统一，它的新奇和大胆，超越了人与兽的界限，让你感受的是本该如此。

凡此种种，都表达了易洪斌英雄情怀之外的另一种关怀。这种儿女情长和对弱势族类的同情与悲悯，与易洪斌散文构成了一种互文性，它是作家、画家用不同的艺术形式表达的相同的人文理想和文化理念。

书生意气、英雄情怀和人间世事的关怀，表达了易洪斌鲜明的入世态度。作为当代知识分子对公共事物积极关切，对人类精神领域的深深介入，是一种积极的人生态度，也是当代知识分子对社会价值和最高正义的理解和维护。易洪斌正值盛年，他在几个领域都取得了令人羡慕的成就。就他的积累和抱负而言，可以预知的是，他给我们带来的将是更多的惊喜和愉悦，我们对他期待着。

2003 年

（作者系沈阳师范大学教授、中国当代文学研究会副会长）

凡圣之间的精神遨游

朱　晶

　　与洪斌结识三十余年，彼此鲜有倾谈。这次有幸先睹其散文书稿，得以聆听他的心声，是我很高兴的事。文学的交流，可能不如言语对话那么直接，但同样可以推心置腹，甚至会更细致而有回味的余地——当然要有《凡圣之间》这样真诚的文本。

　　首先吸引我的，是洪斌忆念父母的三篇文章。能够通过文字重温、倾诉自己对双亲的真爱，是幸福的。每个人都有难忘的骨肉亲情。《龟虽寿》以一只"灵龟"午夜叩门起笔，收束于母亲病逝后哥哥"戚然的目光"。"那只乌龟消失的菊花丛下。一阵风来，金色的花瓣飘飘洒洒……"为全文罩上一股肃穆、诡异的氛围。往事回忆平实细腻，作者的感受自然而动情。母亲从不穿新衣，手里是"永远做不完的针线活儿"，白天操劳家务，晚上还要陪老伴儿"熬夜"——父亲搞"科研"，母亲就翻小人书或报纸，"不懂也要看噻！"（人物方言语气词，增添了地域情调）到了半夜，不管生活多么困难，总要给老伴儿冲一个鸡蛋。母亲没有留下年轻时的照片，"我"在亲戚那里找到 20 世纪 30 年代一张四十来号人的家族合影："母亲站在第三排，刚露出个头，齐耳的短发，梳着刘海；颧骨微高的瘦削的脸上，一双大眼睛流露出淡淡的抑郁——大约是因为其时父亲正负笈云南没在身旁吧。""我"的记忆里，忘不了母亲带小弟看病，为小弟输血而自己咯血的情景；忘不了母亲冬日等在路口扫煤屑的身影；忘不了家人远行，母亲孤独地坐在门前发呆的神情。最令"我"痛悔的是，"文化大革命"大串连回家，母亲盼望"悌伢子"能住上几天，可"我"仅吃了几口便饭便上路，把动乱年代孤苦伶仃的母亲留在了身后。"神龟虽寿，犹有竟时，腾蛇乘雾，终为土灰。"洪斌感慨于人之晚年那如落日即将暗淡下去的景象——"然而母亲，这个文化程度不高的旧式家庭妇女，却敢于直面这余绮散尽的时刻。"

1989 年 12 月一个严寒的日子，我在长春送走了我的母亲。洪斌特地赶来吊唁。可我压根儿不知道，十个月前他也经历了巨大的失母之痛。多年过去，洪斌怀念母亲的真情依然深深打动我，使我由衷地敬仰这位慈祥可亲的南方母亲，并确信：一切善良、有爱心的母亲在天性上都与伟大相通，而饱经沧桑、操劳不息的母亲，虽然一辈子平凡而寂寞，但她们的人生毅力更强韧，人格更高贵，爱心则更博大而圣洁。

洪斌笔下的父亲执拗而高古，是个"穷则独善其身"的知识分子。他出身西南联大，满腹经纶，辗转多方落在中学施教，"作为有抱负有脾气有个性的男子汉，却时乖命蹇克制忍让清贫一生。"《寂寞的风景》微妙地点染了父亲对儿子那威严而含蓄的爱，写出了他"烦于应酬，拙于应对"的孤僻性格。《凡圣之间》有两处精彩之笔。一是"我"从父亲临终前的表情引发的想象。"不管何人，遑论凡圣，在由生入死，出生入死的那一临界点的表情都是内心体验的最真实反映。""我"想象着：弥留状态下的父亲先是见到四年前故去的母亲，她"头发变黑，眼睛又恢复了神采"；然后他逐一看到了先他而去的两个儿子以及他的父母友好……一生的历程于眼前恍然闪回，怀着对"宇宙形式新问题"的发现，徜徉在他"诗词中不止一次描写过的鲜花绽放、灵山奇水"之间。这是奇崛的幻想，又是对老人心路的真切体察与领悟。二是父亲过世后，翻阅其手札、日记，打开他的精神世界。77岁的父亲几乎七年不间断地记下了晚年的科研和思想的心得。据统计，他的研究涉及如电磁波、光子能量、波粒二象性等十几项人们生疏的物理数学问题；同时又计划撰写《唐诗三百首读法》《唐诗三百首绝律别裁》等著作。老人"说大人物则藐之"，对牛顿、爱因斯坦的理论提出尖刻的诘难；而关于"金钱的贪求和享乐的贪求，促使我们成为它的奴隶""只有不为世俗污尘所染的人才有超时之见"等"人生真义"，则力透纸背，昭示了一种"生命的自由自主之境"。洪斌"展卷超然识父风"："凡人也可如圣贤一样臻于英雄之境——奋斗到生命的最后一息"，由此生出"凡圣之界在哪里"的喟叹。父亲"寂寞的悲壮"给洪斌的启悟，有同于王小波在《沉默的大多数》那里引申的思考，即生命的价值和思想的权利是每一个人固有的，不可被任意贬低或剥夺。

《你绝望的眼神让我心碎》，亦属一篇动情之作。它表达的是一种生态时代宏大的悲悯精神。人类素来被称为"万物的灵长""宇宙的精华"，就全球生态伦理而言，如果把人视为"圣"，那么动物界就是"凡"了。文章从环境与文明的关系考察"凡圣"间的失衡，发出了"人们，你们要警惕啊！"的呼吁。

中国古代两位哲学家有一次闲游濠水，于桥上凭栏观鱼。

庄子说："鲦鱼出游从容，是鱼之乐也。"

惠施不以为然："子非鱼，安知鱼之乐？"

庄子反诘："子非我，安知我不知鱼之乐？"

作者由此引出动物感知、感情能力的探讨，并认为"提出动物情感问题的庄子比阐释了相对主义认识论的庄子更高明"。之后列举大量令人发指的人类虐杀动物的事例，笔调沉痛而雄辩，进而提出这样的哲思："如果说，承认和维护人的基本权利是个道德问题，那么，这种道德要求是否也应包括承认和维护动物的基本生态权利？如果答案是肯定的，那么，剥夺、践踏动物的基本权利无端造成动物的痛苦、恐惧乃至死亡，是否和剥夺、践踏人的基本权利一样，都是反良知、反理性、反道德的行为？"

这的确是个逻辑思辨上十分尖锐的诘问。处理与自然界生物界关系时，人类到底是善还是恶？是诚还是伪？面对越来越严重的生态灾难、物种灭亡，人类是否能够遏制自己的贪婪和破坏欲？

我理解，"君子远庖厨"与宗教的"不杀生"并不是一回事。人与动物"基本生存权利"的平等必须有一定的前提，即要保障人类的根本利益。当"疯牛病""禽流感"肆虐，大批量的"杀生"

似乎难以避免，而随意虐杀保护动物则也应受到法律的惩处。在现代条件下，笼统提出"征服自然""战胜自然"可能已不具备科学意义。恩格斯在《自然辩证法》中说得好："我们不要过分陶醉于对自然界的胜利。对于每一次这样的胜利，自然界都报复了我们。……阿尔卑斯山的意大利人，在山南坡砍光了在北坡被十分细心保护的松林，他们没有预料到，这样一来，他们把他们区域里的高山畜牧业的基础给摧毁了；他们更没有预料到，他们这样做，竟使山泉在一年中的大部分时间内干涸了，而在雨季又使更加凶猛的洪水倾泻到平原上。"恩格斯所说的生态破坏，如今的地球人似乎变本加厉。从这个意义上，我赞同洪斌发出的警示，而且不无悲观地看到，在地球有限的生态资源与人类无休止的"开发"之间，远远没有出现均衡或抑制的迹象。

《凡圣之间》最有特色的部分，自然是洪斌称之为"史论性散文"的篇章。这些足可傲视群雄的历史文化散文，在史迹、史料采用和理趣的结合上别开生面，无愧为当代散文的鸿篇佳作。

此类文章的思古之幽情，大体有两个触发点：其一，聚焦历史风物，展开联翩畅想。如《千年等一回》，观览"世界第八奇迹"西安秦代兵马俑，"心驰神往，梭巡于浩远的历史长廊"，追思中国统一之源、兴盛之路。而《西出阳关（阳关三叠之一）》，则游走"羌笛流云的塞外"，在一片坍如土堆的"墩墩山烽燧遗址"，遥想当年"雄关绝域，大漠征人"；其二，回眸古代风流人物，宣叙内心的英雄情结。《他成全的是历史（回望西楚霸王项羽）》《霜锋铮（回望游侠荆轲）》《回望霍骠姚（阳关三叠之二）》皆为古代豪杰的个案述评,《英雄》《啊！大师》却属于中外群英的散记综论。

这组历史文化散文值得赞赏的,首先是流贯其中的严谨而恢宏的历史意识。洪斌毕业于北师大历史系,历史是他的专业。他精通历史,尊重史实,善于发现史实与史实、史实与现实之间的内在联系。英国历史学家霍布斯鲍姆说:"历史对当代社会的主要启示建立在历史经验和历史前瞻相结合的基础上。"这正是洪斌散文所蕴含的历史韵味,他的选材着眼于史料的现代启迪价值。这里不戏说,不编造,不做"翻案"文章,更不热衷于什么"另类史观"或"历史的 B 面"。

其次,历史情境的宏阔和深远,构成了这组散文特有的容量、气势和沧桑感。《千年等一回》,面对秦兵马俑,作者"为这两千多年前熔铸进的一代雄魂所震慑",又悟及现实中"当年一统中国的遥远回响",可谓"思接千载"。秦王扫六合;汉代铁骑北击匈奴;大唐李世民"以马上得天下";宋、元、明三朝七百年,经济中兴,西藏归入祖国,郑成功收复台湾;晚清闭关锁国,近代中国遭受百年屈辱……尽收笔底,单篇散文涵括如此历史规模实为当代文坛所罕见。如果说,能够在梵蒂冈圣彼得大教堂、西斯廷礼拜堂、佛罗伦萨米开朗琪罗大广场、巴黎罗浮宫、纽约大都会艺术博物馆、莫斯科特列恰柯夫美术馆留下观赏的足迹,已经不乏其人,那么,可从意大利三杰米开朗琪罗、拉斐尔、达·芬奇说到中国美术大师齐白石、徐悲鸿,把中国古代画杰八大山人朱耷与西方现代派大师毕加索相比较,同时历数李白与杜甫交谊、凡·高与高更反目、徐悲鸿与林风眠互敬之轶闻,却是非易君莫属了。《啊！大师》，从文化角度铺展了别一片艺术史的广阔天地。

当然，谁也不会忽略，洪斌散文的情绪冲击力、思想感召力来自其英雄情结。历史英雄，是他集中描绘、多次诠释、反复咏叹的主题，是他凡圣之间精神遨游的关注焦点。《英雄》开篇即借古代"望气之术"阐发作者的英雄观："这就是人间英雄气，这是天地正气，阳刚大气，沛然浩气，它照亮人寰，激活历史，让开明盛世气白色阔大，令萎靡之世一振疲癃"，"这种英雄气辉映在杰出人物奋发图强、百折不回、乾坤再造的宏图伟业和开通历史关隘的英雄壮举中，也炳耀于凡夫俗子临危受命、仗义助人、成仁取义的志士诺、烈士血中"。《啊！大师》又有更生动的描述："大师是丘陵起伏中的峭壁奇峰，是绿荫连绵中的虬枝神木，独钟天地灵气，偏得日月精华，就像一株太过强大的植物摄取过多的营养水分一样，周围其他的植物就难以长得同样高大茂盛而细小平常，所以大师在芸芸众生中总是稀少的而且往往是孤独的、高傲的。他的思想、行为、作品总是不随流俗与众不同。大师与世俗的矛盾几乎成了规律性的现象。"这里说的是文化英雄。

"大音希声"。这种对英雄、英雄气质、英雄精神的弘扬与呼唤，在当今文坛颇为独特。洪斌笔下的历史英雄，最令我震撼的，是刺客荆轲，是失败的英雄项羽。古义士"刺客"，近年被影视界热炒。《秦颂》之后，一部命名《英雄》的"大片"被送到美国求奖而未得。据说，该片创作曾受"9·11"事件启发，"要给'9·11'之后的世界一个'说法'"。于是，历史被篡改，"刺客"最后臣服于秦王,成了"强权政治"的陪衬。《霜锋铮（回望游侠荆）》（载《作家》2003 年 4 月）中的荆轲,依然是伴着"风萧萧兮易水寒"上路,带给秦王两份厚礼：秦逃将樊於期的首级和燕国督亢地图。结果,"图穷匕首见",荆轲血溅秦廷,用他的话来说："事所以不成者,以欲生劫之,必得约契以报太子也。"文章考察了后世对荆轲刺秦的不同评价,既不赞同"诚知匹夫勇,何取万人杰"的否定态度,又不唯道德评价是从而无视历史的大势,从而廓清了这段历史书写的若干混乱。正视荆轲刺秦的正义性和悲剧性是明智的,这不但因为那个时代所崇尚的"临危受命、见义勇为、千金一诺"的道德时尚和人格风度,并未丧失其现代魅力,而且,为弱小者请命,以生命反抗强权,"能够站在自己生命之外、生命之上来审视和使用自己的生命,这就已经超越了'自我',在精神层面上达到了英雄的高度"。《他成全的是历史（回望西楚霸王项羽）》,对比刘邦的政治权术来记述和解析项羽的历史命运,同样充满智慧的光彩。我注意到,文中有关霸王别姬的情节写得极为简略。扩大了说,除了虞姬,这组散文几乎看不到女性形象和女性英雄形象,这不免令我稍感遗憾。作为读者,不能苛求作品提供自己感兴趣的东西,但对历史而言,脱离女性的男性叙事是不完整的,易于造成历史视角的偏失。洪斌散文的历史陈述,在质地、节奏和力度上已形成自己独特的风格。

例如人物描述：

"秦王政'蜂准,长目,鸷鸟膺,豺声',生就一副异相,后人有以为非此非常之貌不足以副孟轲'五百年必有王者兴'之雅望，但据郭沫若考证，这种体貌特征表明嬴政患有软骨症和气管炎，并由此推断出他幼时受人轻视而形成坚忍、好胜、残暴的性格。"(《千年等一回》)

再如场面描述：

小船载着亭长和乌骓刚刚从项羽含泪的目光中远去，刘邦的追兵已至，又一次围住了项羽。项羽身边只余二十余骑。他令众人下马，与汉军短兵相接。项羽让自己抖擞神威，一柄长剑织出一片寒光闪闪的剑网，汉兵又伤亡数百人。但增援者有增无减。

项羽浑身上下伤痕累累，体力严重透支。他知道，活了31岁，最后时刻终于到来了。这位传奇斗士提起最后一点力气站定，仰望乌云奔走的天空，呼出一口长气，手中宝剑戟指对面一员汉将："你不是我原来的部将吕马童吗？听说汉王用千金万户来悬赏买我的头颅。现在，我就成全了你吧！"

话音刚落，他手中的利刃就如一道雪亮的弧光飞上了自己的颈项，鲜血如殷红的骤雨刺目地溅飞开来，高大魁伟的身躯山崩似的轰然倒下，激起了悠久的历史回声……(《他成全的是历史》)

紧扣史实，善用文言，句式多变，叙述融入描写或夹入史制考据的解说或插入点评言论，辞采与理趣交映。这种古朴、激情与理性的融汇，造就了文本意境的雄浑美和沉吟美。从整体上说，篇幅的洋洋大观，文风的汪洋恣肆，语言的沉郁华丽，正与作者史诗性的构思、熔岩欲喷般的倾诉冲动相协调相适应。

全书的压卷之作无疑是《深深的海洋》。此文发表后被《新华文摘》全文转载，1998年荣获吉林省长白山文艺奖，足以表明它的影响和价值。邓小平恰如文中引述的爱克曼对歌德的评价："这位非凡人物及其精神可以比作一个多棱角的金刚石，每转一个方向就现出一种不同的色彩。"作品的成功在于诗情与政论的结合，文章突出邓小平晚年的辉煌，兼顾其政治作为与人格魅力，有力地展现了这位"世纪老人""集文治武功于一身，融理论与实践为一体，既继承又开拓，虽屡踬而屡起，挽狂澜于既倒，扶大厦之将倾"的伟大历史风范。

大散文需要大襟怀大手笔，需要作家人格、学养和思想的充分修炼。多年来，洪斌学史、习文、办报、挥毫，才高业精，出类拔萃，堪为吾辈表率。"易郎善文复善画，大笔如椽画骏马。"前辈范敬宜先生的赞许十分中肯。这里，请允许我摘引1996年笔者读洪斌画马写下的一段感言：

宋人刘道醇说："善观画马者，必求其精神筋力；精神完则意出，筋力劲则势在。"法国画家马蒂斯认为，"离开拘泥于细节地反映动态，一个人就能获得更高的美和宏伟。"我觉得他们的见解有共同之处。正是这种超越物象追求传神的结构简化与手段纯化，把绘画导向写意与象征，一旦艺术家的功力能将对象特质与人性与主体素养、学识、理想相熔铸，就会使画作在精神层面达到与诗、音乐和哲学的沟通。由此，我理解了洪斌为什么竭力要在笔下摆脱"凡马"的躯壳进而追求"神骏"的风度与气韵，也正是在这个意义上，洪斌的马已不再是马，而成为生气勃勃的美的精灵，成为旨趣丰富的艺术符号。

　　洪斌的散文大约也正在追求这样的境界吧。

2003 年 5 月 26 日于长春湖西路

中国史魂与中国英雄

张未民

一

易洪斌将其散文创作结集为《凡圣之间》出版，使我们得以一窥其创作整体风貌。当我们将其在眼中打量在心中掂量，才发现有一个收获时刻在等待着人们——这不光是作者本人的重要收获，也是他的读者，是散文创作界的一份新的收获。

我们已经强烈地感受到了这本散文集中那些主要篇什张扬的个性、强势的文风；我们甚至可以使用"风骨"一词来衡称其文，用"才情"一词来彰表其人。我们知道，"才情"一词早已被人用滥，但虽如此，用在易洪斌先生其人其文上却并不过分；而"风骨"一词甚为古老，但今人的散文浩繁如海，能称得见出风骨者，恐也在少数。我们把易洪斌的散文毫无疑问地看成北派散文的重要收获，它的硬度，它的雄健，它的瓷实，都多少可见当年鲁迅评价北方作家时所用的"力透纸背"一词所显现的样子和文风。这是一些有着生命感的文章，历史已被血性熔铸，而情感则将知识稀释。谢冕先生在为该书所作的序中说"他是自成一家的"，"那就是进步的史观和精深的史识，以及气势磅礴的文风"，"都是一些很强悍、很坚韧的文字"，"为文有大气势，不以精细委婉见长，而追求风格的遒劲放达"，"奔放热烈，旁征博引，汪洋恣肆，气象万千，于述事中饱含情感，这些，大抵可称为易洪斌文章的大格调"。这些评价是有其理由和见地的。

　　但应该说，易洪斌散文仍然给评论界出了一个难题。无疑，"他是自成一家"的，但对这自成的"一家"应该如何表达？他的文章有着时下流行的"大散文"的格局，也颇像所谓"文化散文"的路数，可如此定位总是有些不适，作者也许意识到此，所以才自称为"史论性散文"。如果用时下流行的"文化散文"来比较，易洪斌散文的着眼点并不在文化，他并不是在那里感慨文明的升降、文化的沧桑，乃至思考文化的理数，在历史的废墟旁借史咏叹文人的胸怀；他的散文的着眼点直接就是历史，他为文有一种把握历史的强烈欲望，在这里历史并未虚化为一个文化的问题、一种文化的沧桑感、一种文化的喟叹，而以一个仿佛政治家、历史家的立场来回望历史、掌握历史、臧否历史，所以才有这种类似走在司马迁"究天人之际"、曹孟德"煮酒论英雄"、张艺谋电影论"英雄"等评说千古、指点江山、激扬文字这样一种路数上的文字，那些纵横捭阖的"大气"所呈现的是一种偌大"抱负"，并不是一般文人的"视野"，尤其是"文化视野"所能涵盖，于是有"史论散文"云云，如果暂无更恰当

的词汇，倒也不失为一种"自成一家"的表达。因为我们深切地
了解，易洪斌先生历史专业出身，而长期主政省报，在他的政
仕生涯行将结束时期写下了这样一批散文，正可以看作他政仕
上远未实现的抱负的转移。他的散文颇类电影大片《英雄》所为，
极尽逞胜审美才情之能事，其实所支撑于内里的，完全是他的
政治的才情、历史的才情，评说历史并不流于一般的文化观念，
而是将历史与时代比肩，以今时代重大动向来重整历史秩序。
即便专就历史专业而论，所谓历史观与史识，乃至史论的含意，
其背后的实质也完全是一种政治高度、政治意识的把握与评说。
我们毫不怀疑作者是想在散文创作上释放才情，因此并不能像
我们去读郭沫若、顾颉刚、翦伯赞、张荫麟、苏秉琦、夏鼐、
张光直、许倬云等历史家的文章随笔那样以史学为上，但究其
内里，仅用文艺家乃至文化家的范畴也解释不了这种才情，而
正所谓"江山不幸诗人幸"，政治才情，历史人情和审美才情三
者的融汇才有了这样的一批散文创作的新收获。

<h2 style="text-align:center">二</h2>

　　于是我们可以拈出两点来具体评说易洪斌的史论性散文：
一曰史魂，中国的史魂；二曰英雄，中国的英雄。

　　先说史魂。易洪斌史论性散文的一个主题方向是对中国史
魂的追寻。什么是中国的史魂？我想这是中国作为东方国家独
有的形态在时空长河中流淌所显露的那种一脉相承、一以贯之、
一泻千里的物质的和精神的物质。中国之所以为中国，是因为

中国在几千年历史中绵延不绝的，是一种东方国家理念，也是一种历史国家形态；中国之所以为中国，不但在于它鼎立古今统领四方的国家法统，更在于它在世界上少有比肩的大规模国家实体、大规模人口、大规模文化和领土的完整性，在于它这种偌大完整性于长时段历史上的绵延稳态所形成的历史整体性，世无其匹，世无其比。中国的国魂是一种史魂，中国的史魂即为其国魂，而抓住天人之际，兴亡之间，时而蔚然大国气象万千里而离分断裂却不绝若线的中国之史魂、国魂，则为数千载中国英雄人杰所把握之时代大势、国之大脉，这大势大脉拧成一股，就是统一的历史动向，就是统一与分裂的历史较量所展现的血与火的汇流。读易洪斌的散文，之所以要读成史论性散文，就在于你会发现作者正在做着追寻中国史魂的努力。《千年等一回》抒写于两千年中国历史的回环之间，文命所系思虑所系者，在于抓住并大力突出表现了统一这一中国史魂。《回望霍剽姚》之霍去病的英雄风采完全是建立在汉朝大一统功业的基石之上，没有中国这种一统的江山伟业，霍去病纵然天作英才，又能英名几时？而笔墨恣肆精彩的《回望西楚王项羽》一文，之所以对项羽脱帽致敬，是因为他"成全了历史"；作品抓住了项羽之所以"不肯过江东"，之所以自刎了断一世伟业声名这一历史悬念，肯定或颂扬了他不过江东、不割据一方、不延缓战争、不延缓统一的英雄意志。至于写一代风流谢安的英雄神采，放到淝水之战这统一与分裂的大战背景上去写，而我所遗憾的是，作者似乎已被谢安的风流才情和神话般的人生情节所吸引，却没有指出淝水之战的胜负在中华统一的历史脉络里的意义和局限，因此谢安或其对手前秦苻坚，都没有像项羽一样"成全历史"，而是"历史成全了他们"，尽管他们也英才勃发，智慧了得，但在中国史魂的意义上，在统一与分裂的大历史境界比较中，他们终究不能归于一流英雄，终于不能与那些创造中国历史、成全中国历史的大英雄并肩而立。至于那篇给作者带来一些名声的《深深的海洋》，力写邓小平这位当代中国之父，其把握一代伟人的生平，也是在中国史魂的精神线索中凸现了邓小平的中国功业。中国功业，延续、再造、发展中国的功业之谓也。

纵观百年来我们对中国的认识，对中国史魂的把握和理解，虽然形态上也有进化论的史观、阶级论的史观、反封建论的史观、现代性的史观、人性论的史观、民族论的史观，爱惜战争或群众论的史观等种种表现，但实质上都是基于中国危亡的自古没有之局势，基于中国统一与分裂的忧患意识，基于中国生存荣辱的史魂。在偌大中国遇到了一个异己的西方体系的世界化强势浪潮后，能否保全中国绵延几千年的特性和传统，能否保全中国的历史血脉中的整体性而自主地立于现代世界，需要现实性的回答，也需要历史的回答，这就是百年来中国史魂的主题仍然以在传统历史遗产规模基础上的统一和强大为旨归的因由所在。而中国的生存，这个"只有一个中国"的中国的生存，没有统一和强大，将不复为"中国"，在现代世界尤其如此。而在古代，尽管有分裂时期，有少数民族的政权时期，仍然有"中国"之传统存在，仍然有中国统一的强大社会观念存在，仍然有"中国"存在，但现代世界不同了，西方的强势和民族国家体系使这一切都失去了条件。在新世纪之交这些年，我们关于中国史魂的认识应该说是越来越清晰了，这倒不光是海峡两岸"一国两制"之于中国历史发展上的问题突显和紧迫，而更主要的则在于我们实行市场经济、融入世界贸易体系，在于中国于全球化的政治、经济、文化态势愈演愈烈的情境下，如何将几千年来的中国整体性、主体性得以维新、保存和发展，统一与分裂的挑战再现了新时代的重大意义。因此有人颇有道理地批评一些清帝题材电视剧的帝王思想，但究其理，当代人对康熙、雍正等帝王的中国功业的国家性认同，是其有意无意地忽略或误读历史，从而把有清一代的严酷统一、文字狱等荒谬史实视而不见的真正原因。易洪斌的散文大作，同样也不用一般道德家或文学家的眼光，而对秦皇的暴政、对项羽的恶行忽略或者看轻，却倍加崇敬他们于中国统一的丰功伟业，这也是他真实感受到了这个时代中国人对中国史魂的向往、追求和期待，于是他将政治才情和历史才情毫不吝啬地施展于笔端。

三

再谈英雄。易洪斌史论散文的另一主题方向，是对中国英雄本质的挖掘。

近年来由于电影《英雄》的风行，又一次引发了人们对英雄概念的关注和探讨。我们不能说易洪斌对英雄主题的关注，对英雄、大师、圣者的倾情与此有关联。易洪斌对英雄的倾情之情结，是其政治才情、历史才情和审美才情个性化的必然结果。但应该看到，近年来英雄话题的兴起也有其中外文化语境的必然。

在集中作者倒是写了一篇长文《英雄》，论列中国历史上各类英雄，照应到了方方面面的辩证，在平凡与英才之间、凡圣之间做了平衡取舍。但只要细观全书，作者时时流露出的对英雄的倾情，则并非一般意义上的英雄，这英雄就是中国英雄。他所倾情者如项羽、始皇帝、荆轲、汉武帝、霍去病、王安石、文天祥、谭嗣同、张骞、郑和、李世民这些只有在"中国"的意义上，在中国的国家意义上才发生重大意义的大英雄，均所谓天下英雄是也。在古代的观念里，天下英雄也即中国英雄。

近年来兴起的英雄话题并不是很长一段时间以来人们对社会和文艺中崇高与英雄主义的呼唤的延续，并非一个纯然的首先化的问题。它是在一个特定的历史时期的需要提起的"英雄"，它不是呼唤而是感受英雄、论说英雄。问天下谁是英雄？冷战后存在的世界多极化倾向和单极化势力使"英雄"一词的含义敏感起来，平添了天下大势下英雄话语的复杂性，文化冲突和利益冲突，恐怖主义和反恐，暴力原欲和反暴力原则，民族国家和世界帝国，上权和人权，全球化和反全球化都使人们对英雄的期待，对英雄的诘问成为一个备受关注的焦点。而就中国而言，对小康富足感和对现代科技与法治文明的依赖，都使往日叱咤风云纵横天下的英雄感不免寂寞，遂使英雄的话题既有突兀感也有应时而起之势，尤其像易洪斌在散文中所张扬的英雄情结，以及如张艺谋在电影《英雄》中所阐释的英雄观念和天下英雄的境界与本质，都显得今人击节而又费解，会引来不少对英雄话题的诘问，乃至讨论或炒作。我想指出的是，这肯定又是一个需要在世界、在中国这样大范围、大规模时空上论评英雄的风云际会之时，如果我们的小康之福仅就个人或小团体的富足而言，也许不会有多少英雄感；但只要将小康之福扩展至中国这样的大范围、大规模，它就无可置疑地属于英雄感的本质范畴；而如果自古以来就挺立如巨人的"中国"，它的特性、传统和历史仅仅被解释为西方式的"民族国家"或现代性的演进，也不会有多少英雄感，但只要将中国看成"世界的中国""天下中国"，哪怕是"亚洲的中国"（梁启超语），它也无可置疑地属于英雄感的本质范畴，它的小康，它的安全，它的进步，它的整体性和主体性都将具有全球意义的非凡性质。其实对中国而言，无论你主观上认为它处于一个英雄时代也好，还是处于一个非英雄的时代也好，就其本质而言，它都是英雄性质的。只要你在中国的意义上来论得失、衡优劣、品高下，英雄的含义、英雄的意义都必然要来临，具有中国意义的，必然是英雄的，同理，天下或世界亦然。因此，我们从电影《英雄》和易洪斌散文中的英雄主题可以得出这样的结论，即他们所探索的英雄本质，在其根本上，是一种中国英雄，或者天下英雄。

所以，他们的英雄话语，才有汪洋恣肆、气象万千，才有所谓的"大格调"。那是一种舍生忘死、舍小逐大、舍个体而求普世性大同的大局观、大政治、大历史，是对大英雄的追念和向往。尽管英雄盖世，也不免"青山依旧在，几度夕阳红，是非成败转头空"式的最终悲情；但不管怎样，这些天下英雄、中国英雄，终归还是英雄。

行者的追寻

张玉芬

一

易洪斌先生的散文集子《凡圣之间》即将付梓出版，有幸先读了他这部集子里的散文书稿。其实他收在这部集子里的大部分散文在发表之初已经引起我的关注，十分喜爱，早就盼望着它们能够集合，列队而出，也好更方便收藏赏读。

洪斌先生，周围的同事和他的朋友都称他"老易"。作为吉林日报报业集团总裁，他从事新闻工作已三十多年，进入报社领导班子也已近二十年，可能是现在全国新闻传媒中资格最老的老总了。尤其是老易 1990 年主持吉林日报社全面工作，继而任总编、社长、报业集团总裁的这些年来，正是报业竞争烽烟四起、报业改革如火如荼之际，老易以一个资深新闻工作者的敏感与良知、远见卓识与认真负责的事业心、孜孜矻矻地和报社领导班子及全体员工一道，在全国抢占改革先机，在新闻改革、新闻职称评聘试点、使用激光照排以告别铅与火、实行网络智能化采编以逐步摆脱纸和笔、试办自办发行、内部体制机制改革、干部聘用等等方面，都曾在报界先行一步或同步，从而使吉林日报社的改革与发展一直与时俱进。三年前，在省委、省政府的支持下，又大胆迈出新的步伐，组建吉林日报报业集团，后经国家有关部门批准，吉林日报报业集团正式运营，现在，各项改革正在深化之中……

比老总的资格更老的是老易的"文名"。20世纪70年代，刚出校门不久，老易就开始发表理论文章，成为吉林省"文化大革命"后最早投身文艺、美学理论探索研究的年轻学人之一。此后笔耕不辍，出版过多种美学论著和文艺理论评论集，不少观点和篇章被转载，或收入学术年鉴和理论文集。

老易还著有小说、散文集，其中有的篇什在20世纪80年代初随着"伤痕文学"一起被翻译和介绍到国外。

理论文章因其学术性而易干瘪枯燥，而阅读老易的评论文章和美学著作却如读美文。他的《维纳斯启示录》《美学漫谈》《两个人的世界——爱情审美双向流程》等是在尝试以散文笔法写理论著作，至今仍不失其特色。

老易开始写大散文是近些年的事。但起笔宏阔，立意高远，引起业界及读者相当的注意。尤其是他的一批史论性散文发表后，得到普遍好评，被专家认为是"奔放热烈，旁征博引，汪洋恣肆，气象万千，于述事中饱含感情"而"自成一家"。

在他的这部集子里我最喜欢他写父母亲的那一组散文。在这一组散文里，老易将他情感世界的深厚、细腻、敏感展露无遗。

这几篇散文我读过多遍，每读完，我都要从心底里深提出一口气来，才可以正常呼吸。但眼前那个渴望着父亲抚爱的年过半百的游子的形象久久挥之不去。那字里行间凝聚着的对父母的缠绵深情、对无法改变的人生大限的痛切无奈，无奈之余情到极致而产生的一种美好的设想与信念，都感人至深。

常常觉得越是最深的情越难以表达，越是最切的痛越无法描述，欲说还休时，往往都是"天凉好个秋"了。父母与子女的感情无疑是天底下最深刻的情，父母过世也会是最彻骨的痛，表述这种情与痛，无疑也是最难的事情。在文学界写父母写得好的文章为数不少，老易的这几篇文章可圈可点。

史论性散文无疑是这部集子里的亮点，是分量最重的一部分。我不敢妄评他的这一部分作品，我觉得我的能力不足以分析。但他这些散文磅礴的气势，华美的文采，缜密的思绪，深厚的文化含蕴应该说开卷就会感知。那是纯男人的散文，男人的视角，男人的文笔，男人的怀抱。他抬眼就是滚滚的历史烟尘，举笔就是伴随着滚滚历史烟尘而来的千古豪唱，把一个雄性的符号写到了最大。

老易的笔下是"真英雄就有真性情"的项羽，是伴着"风萧萧兮易水寒"上路的刺客荆轲，是永远24岁的霍去病，是"率情任性，将一生以风流潇洒出之，却又建旷世之功盛誉流传后代"的谢安，是多棱角的金刚石般的非凡人物邓小平……这些历史上的英雄人物都有一个共同点，那就是都具备人格、人情、人性的超拔率真，高洁高尚的自我完美，丰满独特的个人魅力。

《英雄》一篇，可谓作者对历史上"英雄"的总论。对英雄也下了一个定义。他说："所谓英雄，就是这样一种人：他们无论是置身于历史事变的尖端，肩负贯通历史的重任，还是混迹于市肆，斤斤于引车卖浆的区区琐事；亦无论居庙堂之尊，贵为王公，还是处江湖之远，贱为草民，只要正义需要伸张，公道需要主持，危难需要援手，壁障需要破除，他们都会义无反顾、舍生忘死地全力以赴，表现出压倒一切困难、冲决一切罗网、抛弃一切私利直至生命的英雄气概。"

英雄是真正的精神贵族，是社会的宝贵财富，他们的精神世界非庸夫俗子所能窥其堂奥，他们的作用亦非任何别的社会力量所能替代。

在所有的文体里，散文应该是最见真灵性的，就像一颗松籽长出来的必定是松树一样，无论怎样应景、做作的散文，也总会流露出作者的真感情、真思想。老易无疑对这样的一些历史上的英雄人物充满偏爱，有着强烈的认同与共鸣。一个以英风烈慨、崇高雄壮为自己审美理想的人，也必然鄙弃吝陋屑小之气，苟且猥琐之态的。但有时有点大男子主义，如《羞答答的玫瑰静悄悄地开》一篇，在老易众多作品中稍显另类，也较有趣，却显露出一种男性的优越、男性的强大和看女人的男人视角。

二

其实提到老易的散文，就应该提到老易的画。老易在亦政、亦企、亦文的同时，还是个颇有知名度的画家。老易提起画笔的时候，已届中年，在一般人看来，应属修身养性之举：但老易却偏似突然闯入画坛的"黑马"，出手不凡，一鸣惊人，而且时间不长，就数次举办个展，出版了《关东三马》《易洪斌画集》等。《国画家》《书与画》《美术观察》《美术》《人民日报》《经济日报》《光明日报》《中华新闻报》《中华收藏》等数十家报刊发表了其数百幅画作，不少还对之做了评介。他的画作有的获奖，有的被收藏，有的被收入画集，还参加过在美国、韩国、加拿大、印尼、香港等地举办的画展。

老易创作的国画作品中，马是不变的、常画常新的主题和主体。古人将各色好马名之谓花骢、绿骥、紫鹿、苍龙等，可知马的非凡与高贵，亦可见古之智者对马的偏爱。于马情有独钟的老易对马有更独到的诠释。他认为，对以写意见长的水墨淋漓的中国画而言，马最具"写"的要素。"马不是马，而是时代的精灵，是志在四方的猛士，是闪电霹雳，是一种上天下地横绝六合冲开一切险阻开通前进道路的力量，或者说，它本身就是历史的洪波大浪。"应该说，这样的马正暗合了老易的艺术审美理想，是其心神之所系。

其实画马谈何易？在古代，曹霸、韩干、李公麟、赵孟頫、任仁发、仇英等画马名家如高山耸峙；现代画马大师徐悲鸿更是横空出世；其他如黄胄、尹瘦石、刘勃舒、韦江凡、贾浩义、张广等画马高手亦壁垒森严。在他们之后、之外还有他人驰骋的自由空间吗？但易洪斌硬是凭自己如滚雷行天、巨浪排空的阔大气势，神龙飞动、意象万千的思想含蕴，画出了个性，画出了风范，画出了让人过目难忘、神采别具的"易家马"！

"易家马"在苍茫无羁的时空中随心卷舒，自由升腾，是"神马"之精，"龙马"之魂。

在他的激情之美洋溢于作品之间的同时，他的江南才子对美的难以压抑的追逐之心，使他的画作里还有另一番情致。或秋水伊人，或花、鸟、鱼、虫，皆情致盎然，生趣别开。那该是老易心中最柔软温馨，最绮情浪漫的一部分，带着湘江雨露、楚韵离骚，情深意远，神秘奇异，亦文采斐然。老易曾这样表述过他的美学观点："文史哲熔于一炉，感性与理性相济，使我的审美趣味由偏向轻柔一变而崇尚雄伟、粗犷、遒劲、深邃、豪放。我相信，打破时空的壁障，让历史之河一泻千里的，首先是壮伟之举，是浩然之气，是力，是铁，是拼搏与奋斗，是奉献与牺牲。"

在老易的画作面前，你忽略的是那种技艺的雕琢与巧趣；在心灵上冲击我们的是燃烧的热烈；是蓬勃的生机、张扬的生命；是一种汪洋恣肆奔放豪迈的激情；是其源源不断的、频繁的艺术冲动。他追寻的是健康、原生；是自我的释放、精神的超越。只有一个对世俗日益放弃了追求，对一般意义上的生存桎梏能够冷眼相对的非常放松的人，目光才会这样直达生命本质，笔触才会这样狂放。其艺术美学思想的展现，蕴含着的丰富的历史内涵和昂扬的时代精神，产生了强大的震撼力和感召力。而这些与他的散文是一脉相承的，蕴含着五千年中华文化的民族灵魂。艺术处理氛围营造，则显示了作者通过艺术形象思维对历史所做的客观的、人生的、哲理的考问和评价。他的画笔与文笔也更进一步走向了思想的辽阔，无羁奔放，无一不在表述雄阔的胸襟和情怀，呈现出一种无阻无碍博大深长的气象。

作为画家的老易，凭着他对历史的把握和对哲学、美学的理解，对艺术的悟性与灵感，恰到好处地通过艺术形象融入人的情思与理想，使一幅简约的画面，也蕴含着说不尽的情韵和彻悟。作为作家的老易，又将摹影绘形，准确捕捉瞬间形象，挥洒写意、天马行空的艺术想象，用于文字之中，大笔勾勒，使你如临其境，如闻其声；使每一文字都蕴含着丰富的信息，留下无数想象的空间。

集子里收录的长文《你绝望的眼神让我心碎——写在世界环境日国际纪念大会召开之际》，作家从"人之为人的高贵尊严和对生命的珍爱敬畏之心""人与自然、人与非人生命的关系"的高度，呼吁"非人类动物与人一样有平等生存的权利，有与人类并列的尊严"，提醒人们警惕"对非人动物的奴役与虐杀，最后结果将是一个除了人类自己的喧嚣外，再也没有任何天籁和其他生命的瑰丽大合唱的枯寂世界"。

与此相映成趣的是画家的画作《仁者》，在这幅一改以往绘画风格的画作题记中，画家写道："一支年代不详、以杀伐为生的武装队伍，不知从何而来、向何而去，没有谁能止住他们坚毅沉重的步伐，当之者必将遭遇一场血战。但是此刻，一个小小的意外使这些铁石心肠的战士猝然止步——就在他们的脚前，跌落了两只嗷嗷待哺的黄口雏鸟，两条幼嫩无助的弱小生命……"此题记就是这幅画的画面形象的解读，画家说"谨以此献给世界动物保护行动"。

在这文里、画里，画家与作家的目光已穿越时空，以悲天悯世的情怀和人文思考，直达生命意义的终极，其对非人生命的生存权利的张扬，对人类命运乃至我们生存的地球甚而整个宇宙的忧虑与关注，使他的这些文与画闪耀着别样的光彩。

老易文与画相映生辉的还有关于项羽的故事。在《此恨绵绵》等几幅画作中，项虞悲剧被艺术家处理得惊心动魄挥之不去；在题为《他成全的是历史》一篇散文中，老易更用他一贯纵横捭阖、挥洒自如的笔墨，对项羽做了全方位的表述和评价。

文与画已成老易思想的两翼。或以绘画寄托思绪；或以文字直抒胸臆，使他成为清醒而深邃的艺术家，激情而放达的学问家。

三

老易是长沙人，嬉戏于麓山之野、忘情于湘水之滨，这是他关于童年的永远记忆，直至如今，"常莎""米萝"的笔名，还是他永远的乡愁。难得听老易带着一份自豪、一份情感用娓娓的湘音讲述他家乡的一山一水、一草一木、人文自然、童年趣事。踏上湖南的土地，走进长沙，就如踏响了一架多声部的钢琴，那明山秀水间出没着的中华民族的伟大人物，如屈原、王夫之；如黄兴、蔡锷；如毛泽东……他们的人格、他们的精神，他们瑰丽传奇的人生，以及以这些人物为代表的悠悠历史、煌煌文化都震撼着你的灵魂。

岳麓山为衡山之足，就坐落在长沙市内，高明广大、林壑清幽，近瞰湘江，远观洞庭，"寺庙相踵、院墙云连"，许多历史名人、著名学者、思想巨子在这儿留下了大量的历史、文化遗迹，岳麓山的最大特色就是儒、释、道三教共存，相互交流融汇，自然与人文历史双璧辉映，使"天人合一"成为今日岳麓山的灵魂。

岳麓山下的岳麓书院是我国四大书院之一。是几千年正统儒文化传递的驿站。世称"千年学府"。"惟楚有材，于斯为盛"，道出的就是岳麓书院作为天下最辉煌的英才荟萃之地的历史事实。

老易儿时的家就在岳麓山下，就读的湖大附小原是一座立有"文武官员到此下马"拴马桩的文庙，就在岳麓书院的旁边。"那积淀着民族审美心理的红墙金瓦、石狮古柏，以其感性、直观的'有意味的形式'，给幼小的我上了民族文化的第一课。"（易洪斌散文《我心中的山，心中的水》）课余假日，老易和小伙伴们跑遍了岳麓山野，熟透了岳麓书院、爱晚亭、云麓宫、黄兴墓、蔡锷墓；饿了吃野果，渴了喝山泉。在溪间游泳、在池塘边钓螃蟹，躺在山腰处自己用树枝搭成的窝棚里看云起云飞，日升日落，站在山顶上与兀立的山鹰一起观碧空帆影、湘流浩荡，无羁的思绪，想象的翅膀就在云端展翅翱翔了。灿烂的文明、优美的大自然与一颗混沌初开的童心是如此和谐地融为一体，这样的幸运不是每个人都能得到的。"故乡的山、故乡的水用它既旖旎蕴藉又古色古香的美陶冶了我的心灵，给了我灵气，我之所以从小酷爱文学艺术，成年后又与美学、文学、艺术等结下了不解之缘，那根由，不就在此山此水吗？""我之所以成为男子汉，在我的性格、气质的整体结构中，不是还能找到这最初砌下的基石吗？"（易洪斌散文《我心中的山，心中的水》）确实，故乡的人文自然已做成了他的骨血，塑成了他生命的一部分，奠定了老易人格修养、道德胸襟、审美追求，甚至品味情志的基石。

在岳麓山的半山腰上，老易儿时住过的那栋湖大宿舍至今仍掩映在变幻的树翳云影里，砖墙依旧，门窗依旧，似乎儿时养的那只猫儿还在那寂寂的窗洞里爬进爬出。老易记得那楼前该有一块当初盖楼时遗下的大石头，小时候常在那上边爬来爬去，觉得它大得很。那石头至今还在，但上面已绣满青苔，显然再没有一个如儿时老易一样的孩子在上面爬来爬去了。无疑，老易与那楼、那石一样都早已留下了岁月的痕迹，但那楼里的爱恨情仇定还在上演着，老易也早已在另一块土地上演绎出了一段有声有色的人生了。

1968 年的冬天，毁灭文化的"文化大革命"达于高潮之际，刚刚从北京师范大学历史系毕业的易洪斌一夜之间如飞蓬飘落到了披风沐雪的长白山。一辆运原木的大卡车将易洪斌拉进了长白山腹地。那一天大雪纷飞，呵气成冰。老易虽然在当地人的关照下，戴上了狗皮帽子，围上了大围巾，裹上了棉大衣，但彻骨的寒冷还是使他的双脚冻得肿胀麻木几乎失去知觉。但那莽莽茫茫的雪山，郁郁苍苍的森林、那大声哗笑、大口喝酒又古道热肠的山民们，给了老易强烈的震撼……

有人曾撰文探讨过易洪斌文与画作中的楚文化背景与"骏马秋风塞北"的长白神韵之间的关系，因之所形成的艺术风格。

更有人说那湘风楚韵、人文精神已做成了他的文化结构与生命底色。同时也将北方边民性格中特有的那份强烈、鲜明、那份粗犷、雄豪，渗入了自己的血脉。

白山黑水的熏陶，冰天雪地的锤炼，江南与塞北的真气凝结，深厚的楚文化底蕴，应该造就了一份他生命中的得天独厚。

盛夏时节，北方的阳光已泄露了炎热的消息，但登上长白山，浩荡的山风却仍然砭人肌骨。山的这边厚厚的积雪虽然已经变得绵软、黏涩，但执拗地不肯融化；山的那边，星星点点地开着杜鹃花，花朵虽小，却异常绚丽，在阳光下灿灿生辉。这是长白山特有的景观，如四季之神憩息聚会之所。沿着松江河一侧上山的路线，已铺就了整齐蜿蜒的石头阶路，从山脚一直修到山顶；拾级而上，你不能不感叹人的伟力，自然的神奇。山顶，其实是火山口。俯视下望，就是那一泓闻名遐迩的天池，天池水波不兴，凝然不动，神秘莫测，像山的一只独眼，漠视天空，漠视一切。

在山顶，老易站了很久。山，是大山，蟒势龙盘；风，是山风，浩荡无羁；云，或飞动，或滞重，飞动的是流云，舒卷游走，旖旎浪漫；滞重的是浓云，黑压压地罩住了山头，弥漫了山隙。那一瞬间，老易的眼神有些苍茫。

他在想什么？想人与自然的关系；想人的命运，人的爱、人的孤独？他在想以往的岁月，还是湘风楚韵又涌上了他的心头呢？

岁月流转，30年后，老易再踏上长白山的时候，已很难再找到当年痕迹，在那棵几百岁高龄的松王面前，老易也不由得叹息"人活不过树哇"。最近，几个朋友先后谢世，使他不禁常有一些岁月沧桑的伤感，将自己的"中之虚斋"也易名为"人生易老轩"，让人油然而生酸楚与慨叹。

人生易老，但有些人是不老的。也正如一株树，秋天来了，凋零的只是叶子，枝干里蕴满的是更加成熟与旺盛的生命。

四

夏日的科尔沁草原，天气出奇地好，晴和、高远、明亮；天格外的蓝，云格外的白。近处的草野斑斑驳驳的，显然是退化和缺乏保护的结果。远处却依然是一望无际的绿，如正在呼吸的海洋，绵延起伏直至与天相接。空气有些干燥，风中流动的气息却十分好闻，那是青草、树木、迟开的花甚至是牲畜的粪便所混合发出的香气，浓郁、丰富、温馨，让你没来由地感到一阵阵生命的躁动。一群马正在草原上啮啃青草，忽而东、忽而西，俯仰自在。这些马显然不是老易笔下的龙马、神马，但也还不失剽悍、俊朗，老易十分喜欢。说也奇怪，那些马似乎天生与老易相熟，竟都任由其接近、抚拍。老易身穿深色衬衫，头戴牛仔帽，与那群唳叫的马一起映衬在晴朗的天幕上，直如一幅游动的水墨画。

老易的天性里似乎确有与马的精神相近、相通的地方。老易画画从不写生，接触马与各种动物的机会也不多。但老易初次骑马，对马的那份感觉与自信，那份相依相得就像找到了自己心灵相通的伙伴。

与闲暇时的老易交谈或一起活动，是轻松和快乐的；走近老易，感受他内心深处的丰富与渊深，系统地欣赏他的文、他的画更是受益多多，收获颇丰。但老易很少臧否人物。以他的性情、品质，肯定对一些人与事不屑不齿，虽然有时也"冷眼看鸡虫"，但他不说，而且把许多关系、许多事都处理得圆融通达。我想这一方面是他囿于身份职责所系，更重要的是他宅心仁厚、悲天悯人，对人对事总抱着一种体谅的态度。

但老易对人对一些生灵的欺凌与杀戮却常常愤懑不已，激动之态溢于言表。

老易从不吃狗肉，看不得老虎等大型动物在动物园的笼子里焦躁地踱步、徘徊，一些人对野生动物的豪餮、甚至将孔雀这种美丽的生物都拿来吃，他更是深恶痛绝。他不仅把他对狮、对虎、对羊……对一切生灵都有的这一份敬畏与恻隐之心，表现在他的文里、画里。他还积极倡导有关保护环境、替野生动物呐喊的报道，甚至有时亲自布置题目，使充满人文情怀的文章屡屡见诸报端，发出主流媒体的声音。

丰富而又单纯的老易，深厚而又阔大的老易，复杂而又率真的老易。他的内心常在现实与理想、浪漫与禁锢之中挣扎，优雅而又寂寞。

生命的质地，最终决定着文学艺术的质地。老易以文人之资质入仕、为文、作画，始终没有脱略文人本色。多年的从政生涯，不仅没有改变他这种中西方文化交融所形成的人文情怀，反倒使他更加开阔、深刻、练达。他的文气、他的知识修养、他的个性追求，以及他生活际遇所形成的人生感悟都融汇于创造的形象之中。他的某些作品在明显地追求一种宏观驾驭，一种人类品格的凝聚与升华，一种对人生、历史的深刻理解，一种于繁杂现实中提炼出来的时代精神。而他所追求的精神表现的艺术主张，也必然在更高的层次上形成画家与作家独特的艺术语言。

老易的社会职务很多。除吉林日报报业集团总裁以外，老易还是中国报纸副刊研究会副会长、省委宣传部副部长、省散文学会会长、省新闻工作者协会主席、省美协主席等等。如果说每个头衔都是一副责任和义务的重轭，那老易就是在重重重轭之下了。他百般忙碌，文章与画作却愈趋多样、丰富，其数量与质量都让人惊叹。而且其文从容旷达、沉郁深致；其画纵横挥洒、情致多端，无应景流俗、浮躁庸陋之气。老易人到中年的时候积数十年的学养，使自己潜在的艺术禀赋得以发挥，人生进入另外一种境界，生命焕发出另外一种光辉。这种在时间的流程里对生命的处理方式，正是一种意志，一种力量，一种对工作、对创造的持久热忱和虔敬。

老易曾在其文艺评论集《一分历史十分情》的跋中说，"历史每挪动一寸，往往都是无法计量的情感乃至生命的消耗……以此来表达为文为论之艰辛亦未尝不可。"但不也正是这种艰辛和拼搏，使生命奔放、高贵，使有限的生命融入无限的历史长河从而放射光华吗？

老易请朋友给他刻了一方图章，"难得清醒"。这显然是针对郑板桥的"难得糊涂"而言的。他又悟到了什么？他又在苦苦地寻觅什么？显然，老易对人生、对艺术在进行更为深入的思考，寻求着另一种超越。

"漫说北群空八骏，欲挽天河洗尘色。问何时，大象兮无形，耿星月。"老易南人北相。既有江南文化濡染出来的儒雅俊逸，又有东北风霜熏陶出来的威仪阳刚。始终保有对生活、对人生的新鲜的感觉和创造的激情，如嘶风的野马，激越、昂扬，充满了积极进取的精神；如坚忍的行者，勇毅、顽强，在人生的道途上执着地追求，未来自会更有一片高远的理想境界等待着他吧。

2003 年 5 月于长春